Monique Truong

Das Buch vom Salz

****

Monique Truong

Das Buch vom Salz

Roman********************

Aus dem Englischen
von Barbara Rojahn-Deyk

C. H. Beck

Die Übersetzung aus dem Englischen wurde
mit Mitteln des Auswärtigen Amtes unterstützt
durch die Gesellschaft zur Förderung der Literatur
aus Afrika, Asien und Lateinamerika e.V.

Titel der Originalausgabe:«The Book of Salt»
erschienen bei Houghton Mifflin Company, Boston/New York 2003
Copyright © 2003 by Monique T.D. Truong

5. Auflage, 2016

Für die deutsche Ausgabe:
© Verlag C. H. Beck oHG. München 2004
Gesetzt aus der Joanna MT im Verlag C. H. Beck
Druck und Bindung: Kösel, Altusried/Krugzell
Gedruckt auf säurefreiem, alterungsbeständigem Papier
(hergestellt aus chlorfrei gebleichtem Zellstoff)
Printed in Germany
ISBN 978 3 406 69835 4

www.beck.de

Für meinen Vater, einen Reisenden,
der endlich heimgekehrt ist.*******

Es war sicherlich Glück, daß wir gute Köche fanden,
auch wenn sie in anderer Hinsicht so ihre Schwächen
hatten. Gertrude Stein wies mich gern darauf hin, daß
sie nicht für uns arbeiten würden, wenn sie solche
Fehler nicht hätten.

******************** Alice B. Toklas

1 *

Von jenem Tag besitze ich zwei Photographien und natürlich meine Erinnerungen.

Wir waren mehr als drei Stunden zu früh an der Gare du Nord angekommen. Schließlich hatten wir eine ungeheure Menge von Koffern, normale und auch Schrankkoffer. Zweimal mußten wir mit dem Taxi von der Wohnung zum Bahnhof fahren, bis alles an Ort und Stelle war. Eine kleine Gruppe Photographen, die sich zu diesem Ereignis zusammengefunden hatte, bot sich an, die erste Ladung zu bewachen, während wir in die Rue de Fleurus zurückkehrten, um noch mehr zu holen. Meine Mesdames nahmen das Angebot, ohne zu zögern, an. Sie hatten ein geradezu blindes Vertrauen zu Photographen. Photographen, so glaubten meine Mesdames, verwandelten eine Gelegenheit in ein Ereignis. Ihre Anwesenheit signalisierte, daß Bedeutung und Ruhm gekommen waren und sich an den Händen hielten. Ihre aufblitzenden Kameras hatten, wie das strahlende Lächeln lange verloren geglaubter Freunde, rasch das kollektive Herz meiner Mesdames erwärmt. Eher wie Freunde, die zu neu sind, um ihnen zu trauen, hatte ich gedacht. Ich war inzwischen seit einem halben Jahrzehnt bei meinen Mesdames. Die Photographen waren nicht von Anfang an dagewesen. Aber als die Vorbereitungen für die Reise begannen, kamen sie zum Eingang der Rue de Fleurus 27 geschwärmt wie die Honigbienen. Es war leicht zu verstehen, warum meine Mesdames die Beziehung zu ihnen pflegten. Jedem Besuch eines Photographen folgte unweigerlich ein Brief, der einen Zeitungs- oder Zeitschriftenausschnitt enthielt, in dem die Namen meiner Mesdames mit einem Heiligenschein aus roter Tinte eingekreist waren. Die Ausschnitte, von denen jeder einzelne sorgfältig mit einem erhitzten Bügeleisen geglättet worden war, besonders wenn ein Kniff im Papier gedankenlos die Gesichter meiner Mesdames getroffen hatte, wanderten augenblicklich in ein Album mit einem grünen Ledereinband. «Grün ist die Farbe des Neides», erklärten mir meine Mesdames. Bei diesen Worten schossen wissende Blicke zwischen ihnen hin und her. Was sie ausdrückten, kann man nur als Schadenfreude bezeichnen. Meine Mesdames verständigten sich miteinander auf geheimnisvolle Weise, aber nach all den Jahren in ihrer Gesellschaft kannte ich den Schlüssel. «Grün» bedeutete, daß sie verzweifelt auf diesen Tag gewartet hatten und es müde waren, ihn bei Freunden und entfernten Bekannten eintreten zu sehen; daß das Album von Anfang an dagewesen war, ungeduldig, aber den rechten Augenblick abwartend; daß sie es jetzt voll freudiger Erregung mit Familienphotographien der alleröffentlichsten Art füllten. «Grün» stand nicht mehr für ihren eigenen Neid, sondern für den anderer Leute.

Ich weiß, es ist vielleicht schwer zu glauben, aber es bedurfte des Eintreffens der Photographen, um mir klarzumachen, daß meine Mesdames nicht, wie soll ich sagen, wirklich meine waren; daß sie einem Land angehörten, größer als alle, in denen ich je gewesen war, daß seine Menschen das Recht hatten, die beiden als zu ihnen gehörig mit Freuden an sich zu ziehen. Natürlich war die Rue de Fleurus 27 immer voller Gäste gewesen, aber das war etwas anderes. Meine Mesdames empfingen gern Gäste, aber sie sahen sie auch gern wieder gehen. Viele waren in der Hoffnung gekommen, auf Dauer einen Platz am Teetisch meiner Mesdames zu erhalten, aber ich wußte jedesmal, daß sie nach der dritten Kanne würden gehen müssen. Mich mußten meine Mesdames bezahlen, damit ich in der Nähe blieb. Ich habe das immer für eine köstliche Ironie gehalten. Mit den Photographen jedoch begann etwas Neues. Dieser letzte Schwung von Bewunderern war äußerst anspruchsvoll und absolut untröstlich. Sie gaben sich, wie ich fassungslos feststellen mußte, nicht damit zufrieden, an die Tür der Rue de Fleurus 27 zu klopfen und höflich Einlaß zu begehren, um eine Tasse Tee zu trinken. Nein, die Photographen wollten, daß meine Mesdames mit ihnen fortgingen, die Rue de Fleurus hinter sich ließen, das Haus mit einem Schlüssel abschlossen. Alles, woran ich an jenem Tag auf der Gare du Nord denken konnte, waren die Blitze der Photoapparate und wie sie aufgehört hatten, mich zu erschrecken. Es war Licht, das vorgab zu erhellen, aber in Wahrheit die Absicht hatte zu blenden. Blitze vor einem heranjagenden Gewitter, hatte ich gedacht. Aber ich nehme an, das war die Befürchtung des Seemanns, die aus mir sprach. Meine letzte richtige Ozeanüberquerung lag elf Jahre zurück. Was meine Mesdames betraf, war sie über dreißig Jahre her. Für sie war das Meer nur eine Erinnerung, eine beruhigende weite Fläche zwischen hier und dort. Für mich war es lebendig und kampflustig, und es erinnerte mich daran, daß Entfernung nicht an der riesigen Ausdehnung des offenen Meeres gemessen werden kann, sondern daß diese erst der Anfang war.

Als meine Mesdames begannen, sich auf die Reise vorzubereiten, hatten sie Basket und Pépé mitnehmen wollen. Die SS Champlain war gern bereit, Hunde und die verschiedenartigsten Haustiere unterzubringen, solange sie von einem erster Klasse reisenden Besitzer begleitet wurden. Das Problem war jedoch Amerika. Kein Hotel, zumindest keins auf ihrer Reiseroute, wollte Reisegefährten von der vierbeinigen Art akzeptieren. Die Diskussion war für kurze Zeit tränenreich, vor allem aber kurz gewesen. Meine Mesdames waren in den letzten Jahren praktisch geworden. Selbst der Gedanke, daß ihr geliebter Pudel und ihr ebenso geliebter Chihuahua winselnd oder – im Falle des Chihuahuas – kläffend viele Monate, wenn nicht Jahre lang in Paris schmachten müßten, selbst der konnte ihre Heimreise nicht aufschieben. Das Verhältnis zwischen mir und den Hunden, dem Pudel Basket insbesondere, war keinesfalls von Zuneigung geprägt. Meine Mesdames hatten den Pudel im Frühjahr 1929 in Paris auf einer Hundeschau gekauft. Später im Jahr wurde auch ich ein Mitglied des Haushalts in der Rue de Fleurus. Ich habe immer den Verdacht gehabt, daß die zeitliche Nähe unserer Ankunft der Grund dafür war, daß sich dieses Tier mir gegenüber so schlecht benahm. Eifersucht ist schließlich etwas Instinktives. Meine Mesdames bestanden darauf, Basket jeden Morgen in einer Lösung aus Schwefelwasser zu baden. Auf der ganzen Welt hätte es keinen saubereren Hund geben können. Oft hielten Besucher in der Rue de Fleurus mitten im Satz inne, um Baskets Fell und dessen rosa, an rohes Kalbfleisch erinnernden Farbton zu bewundern. Zuerst dachte ich, es wäre das Schwefelwasser, das die Farbveränderung beim lockigen weißen Fell Seiner Hoheit bewirkt hätte. Doch dann wurde mir klar, daß Basket einfach die Haare ausgingen, daß seine Wurst-pellenhaut inzwischen durchschien – eine peinliche Peep-Show, an der zweifellos seine morgendlichen Bäder die Schuld trugen. Bald begannen meine Mesdames damit, Basket kleine, capeähnliche Mäntelchen anzuziehen, wenn Gäste da waren.

Ich konnte mich selbst waschen und anziehen, vielen Dank. Obwohl ich, wie Basket, ebenfalls eine Reihe von Bewunderern hatte. Nun gut, vielleicht auch nur ein oder zwei. Pépé, der Chi-huahua, dagegen war klein und abstoßend. Er war kaum ein Hund, bestand bloß aus Augen und einer nassen kleinen Nase. Pépé hätte keine Bewunderer haben sollen, aber wie Basket war auch er ein schönes Beispiel dafür, wie die Zuneigung meiner Mesdames gelegentlich dem Falschen galt. Natürlich baten mich meine Mesdames, sie zu begleiten. Stellen Sie sich vor, sie hätten Basket und Pépé eingeladen und mich nicht. Ausge-schlossen! Bedenken Sie, wir waren inzwischen mehr als ein halbes Jahrzehnt zusammengewesen. Ich hatte sie auf allen ihren Reisen begleitet, obwohl das in Wirklichkeit nur hieß von Paris in ihr Sommerhaus in Bilignin. Meine Mesdames waren beide in den Fünfzigern, als ich zu ihnen stieß. Da hatten sie ihre Wanderlust inzwischen verloren. Eine Reise bedeutete für sie mittlerweile ein ereignisloses Hin und Her von einer Stätte des Komforts zu einer andern, eine Autofahrt durch die gedämpften Farben der französischen Landschaft. Die Seereise änderte alles. Schon Monate vorher begannen meine Mesdames mit den Vorbereitungen dafür. Sie bestellten neue Kleider, Handschuhe und Schuhe. Nichts davon war extravagant, aber alles verschwenderisch – mit Blumen und unterschiedlichen Vögeln bestickte Westen, hübsche Tweedkostüme mit braunem Samteinsatz und Samtknöpfen als Reisekleidung, für beide die gleichen Schuhe, mit Ausnahme der Absätze und der Größe. Das größere Paar bemühte sich nur geringfügig, seine Trägerin anzuheben. Beide waren schulmädchenhaft in ihrem Aufstieg, aber männlich in ihren Proportionen. Das kleinere Paar strebte nach größerer, aber kaum nach schwindelerregender Höhe. Sie dürfen nicht vergessen, daß meinen beiden Mesdames ihre Bequemlichkeit sehr am Herzen lag.

«Wir fahren mit dem Zug von Paris nach Le Havre, wo die SS *Champlain* liegen wird. Von dort an wird der Atlantik sechs oder sieben Tage lang unser Gastgeber sein, und dann wird New York City in Sicht treiben. Von New York geht es nach Norden, nach Massachusetts, dann nach Süden nach Maryland und Virginia, dann nach Westen nach Ohio, Michigan, Illinois, Texas und Kalifornien bis zur Pazifikküste und dann vielleicht wieder zurück.» Als meine Mesdames die geplante Reiseroute nachzeichneten, erhob sich der Name jeder Stadt – New York, Boston, Baltimore, Cleveland, Chicago, Houston, San Francisco – als heller Dur-Ton der Aufregung aus ihrer ansonsten atonalen Tieflage. Besonders bei der Erwähnung von Flugzeugen bebten ihre Stimmen. Sie wollten ihr Amerika unbedingt aus der Perspektive des zwanzigsten Jahrhunderts sehen, teilten sie den Photographen mit. Sich vorzustellen, daß ein Höhenflug nicht mehr nur eine Metapher war, sagten sie zueinander. Sie fragten sich, wie teuer es wohl wäre, wenn sie sich ein eigenes Flugzeug kauften, natürlich gebraucht. Schließlich waren meine Mesdames immer noch praktisch denkende Frauen.

Ich war ein wenig abergläubisch. Das Schicksal mußte ebenfalls diese Träumereien vom Reisen und Fliegen mit angehört haben, dachte ich. Wie auch nicht, wo doch der Brief noch im Laufe desselben Tages in der Rue de Fleurus eintraf? Es war ein richtiges Ereignis. Meine Mesdames überreichten mir den Umschlag auf einem kleinen Silbertablett. Es sei ihnen mit Verblüffung zu Bewußtsein gekommen, daß sie noch nie zuvor meinen vollen Namen geschrieben gesehen hätten, sagten sie. Was sie vermutlich noch mehr verblüfft hatte, war die Erkenntnis, daß ich während all der Jahre, die ich bei ihnen beschäftigt war, niemals einen Brief erhalten hatte. Dies war der erste. Ich brauchte den Umschlag nicht anzusehen, um Bescheid zu wissen. Der Brief war von meinem ältesten Bruder. Niemand sonst dort hätte gewußt, wo ich zu finden war, daß die Rue de Fleurus 27 mein Zuhause war. Bevor ich den Brief öffnete, schnüffelte ich daran. Er roch nach einer weit entfernten Stadt, stechend in Erwartung des Regens. Wenn meine Mesdames nicht im Zimmer gewesen wären, hätte ich ihn mit meiner Zunge geschmeckt. Ich war sicher, daß ich die vertraute Schärfe von Salz spüren würde, aber was ich wissen mußte, war, was für eine Art von Salz: Küche, Schweiß, Tränen oder das Meer. Ich wollte, daß sich mir dieses in Papier gehüllte Ding enthüllte, daß es mir, noch ehe die Wörter ans Licht kamen, sagte, warum mein Bruder fast fünf Jahre gebraucht hatte, um auf meinen ersten und einzigen Brief nach Hause zu antworten.

Ich hatte ihm gegen Ende des Jahres 1929 geschrieben. Ich saß allein in einem überfüllten Café und war betrunken. Jener

Dezember war ein schrecklicher Monat, um in Paris zu sein. Alle meine bevorzugten Etablissements waren entweder übermäßig voll oder erbarmungswürdig leer. Die Leute nippten entweder feierlich an großen Jahrgängen, oder sie schütteten irgendwelche Rauschmittel in sich hinein, egal, welche, ertränkten sich in Maßlosigkeit, hoben ein Glas, um ihre Hemmschwelle herabzusetzen, tranken Spirituosen, um ihre Stimmung zu heben. Es gab eine Fülle von Ausdrücken dafür, aber das Gespräch in jenem Dezember drehte sich überall um dasselbe: «Die Amerikaner fahren nach Hause.» Und was noch besser war, diejenigen, die hierblieben, taten nicht mehr so großspurig, waren nicht mehr so maßlos in ihrem Stolz. Man braucht Geld, so sagten alle, um so etwas am Leben zu erhalten. Es stimmte, die Amerikaner fuhren nach Hause, und je nachdem, wer man war, gab dies Anlaß zur Freude oder zur Trauer.

Die monts-de-piété der Stadt zum Beispiel machten bombige Geschäfte. «Berge der Barmherzigkeit», daß ich nicht lache! So französisch, so verlogen, einen solchen Haufen von poetischen Wörtern zu benutzen, um eine Pfandleihe zu bezeichnen, einen Ort, der mit allem angefüllt ist, was Wert hat, aber niemals mit Poesie. Ich hatte gehört, daß sich die Pfandhäuser in Paris vor gut gearbeiteten amerikanischen Anzügen nicht mehr retten konnten. Ende Oktober, als alles anfing, gab es Anzüge aus Seersucker, Anzüge aus feinem Baumwollstoff und aus Leinen. Um diese Jahreszeit wohl kaum ein Opfer, dachte ich. Für diese Art von Bekleidung war Paris bereits zu kalt. Ich habe es immer für das beste gehalten, meine leichten Anzüge zu versetzen, wenn das Wetter umschlug. Das sorgte für Schutz vor hungrigen Motten, und man sparte bei den Mottenkugeln. Mein eigener Hunger spielte ebenfalls eine nicht unerhebliche Rolle. Aber zu Beginn jenes Winters wurde es ganz klar. Die Amerikaner versetzten Cordsamthosen, dicke Wollsachen und flanellgefütterte Tweedanzüge. Winterkleidung konnte nur eines bedeuten: Die Verzweiflung forderte mehr Platz im Schrank. Die Verzweiflung dehnte ihren Aufenthalt aus. Das Ende des Jahres 1929 brachte auch Frustration mit sich, die in sämtlichen Cafés und ihrem Umkreis laut wurde. Da ging es um wochenlang ausstehende Getränkerechnungen, um Hotelgäste, die, ohne zu bezahlen, abgehauen waren, oder um überfällige Mieten. Die Gelder von zu Hause hätten es nicht über den Atlantik geschafft, hatten die abreisenden Amerikaner behauptet. Die Gelder von zu Hause waren nie geschickt worden, oder, noch schlimmer, sie reichten nicht mehr, das wußte inzwischen jeder in Paris. Die Amerikaner – nicht bloß hier, sondern auch in Amerika – hatten ihre Vermögen verloren. Ein böser kleiner Wunsch war in Erfüllung gegangen. Die Pariser vermißten das Geld, das schon, aber niemand vermißte die Amerikaner. Obwohl ich hörte, daß anfänglich Sympathie geherrscht habe. Als die ersten Amerikaner eintrafen, waren die Pariser sogar recht nachsichtig ihnen gegenüber. Diese verlorenen Seelen waren schließlich aus einem Land geflohen, in dem ausgerechnet eine Flasche Wein Schmuggelware und ein Glas Champagner ein Vergehen war. Aber als klar wurde, daß die Amerikaner nicht vorhatten, wieder abzureisen, und nicht beabsichtigten, jemals wieder nüchtern zu werden, da wollten die Pariser ihre Stadt zurückhaben. Doch es war bereits zu spät. Das seltsame Verhaltensmuster der Amerikaner war klar erkennbar geworden. Sie kamen hierher, um ihren heimischen «Lastern» zu frönen. Zuerst waren sie in die Bordelle eingefallen, und dann waren die Cafés drangewesen. Das Huren und das Trinken konnten die Pariser absolut verstehen, aber die Heuchelei kam dann doch nicht so gut an.

«Aber schließlich gibt es noch die Russen, die Ungarn, die Spanier ... finanziell nicht annähernd so gut ausgestattet, aber in anderer Hinsicht ganz entzückend bestückt.» Das Gelächter, das auf diese Bemerkung folgte, sagte mir, daß man am Nachbartisch über mehr als nur Geld sprach. Wenn sie in ihren Cafés zusammenkamen, redeten die Pariser nur selten lange über Geld. Das Thema war mit ein oder zwei Worten erschöpft. Sex dagegen war eine ganz andere Geschichte, schon eher ein Heldenepos. Meine Klatschgeschichten und eigentlich auch meine Nachrichten vom Zeitgeschehen hörte ich immer im Café. Natürlich brauchte ich eine Weile, um dahinterzukommen, aber je länger ich blieb, desto mehr verstand ich. Alkohol, das hatte ich gelernt, war ein beredter, wenn auch ein wenig ungenauer Dolmetscher. An jenem Dezemberabend hatte ich mein Vertrauen in ein Glas nach dem andern gesetzt, nicht weil ich unbedingt auf Alkohol aus war, sondern auf ein wenig Unterhaltung. Außerdem mußte ich an jenem Abend nirgendwo sonst sein. Also saß ich da und starrte die vom Zigarettenrauch nachgedunkelten Wände an, bis meine Brieftasche leer, meine Blase voll und ich sehr betrunken war. Schlimmer noch, der Alkohol hatte mich betrogen, hatte mir Versprechungen gemacht und sich dann geweigert, die Sache durchzuziehen. In der Vergangenheit hatten die kleinen Gläser die ungleichmäßigen Nähte zwischen den französischen Wörtern verschwimmen lassen, aber an jenem Abend vergrößerten sie sie und machten sie deutlicher erkennbar. Sie drohten aufzuplatzen. Sie drangsalierten mich mit höhnischen Fragen, wie ich dort sitzen und Lachen stehlen, Unterhaltungen mitgehen lassen könne, wo es doch jetzt allgemein bekannt sei, daß die Amerikaner nach Hause führen. An der Stelle übernahm unvermittelt Panik die Befragung: Würden meine neuen Mesdames sich ihnen anschließen? Oder betraf die Frage vielleicht nur das Wann?

Ich kann mich nicht erinnern, den Kellner um Papier und Bleistift gebeten zu haben, es mußte aber so gewesen sein, da ich so etwas nie bei mir trage. Die Cafés gaben sie damals umsonst aus. So französisch! Wasser zu verkaufen und solche Luxusgüter zu verschenken! Es war ein langweiliger Brief, vollgestopft mit Einzelheiten, die nur meinen ältesten Bruder interessieren würden: meine Gesundheit, der Preis von Unterwäsche und Schuhen, der Preis einer Métro-Fahrkarte, mein Wochenlohn, die Speisenfolge meiner letzten Mahlzeit, die Fassade von Notre-Dame, von der der Regen abprallt, Paris unter einer dünnen Schneeschicht. Ich hatte vergessen, wie anders meine Sprache auf Papier aussieht, daß ihre Buchstaben so wenig Ähnlichkeit mit ihrem tatsächlichen Klang haben. Wörter, von denen ich die meisten seit Jahren nicht mehr ausgesprochen hatte, schenkten sich mir reichlich. Redegewandtheit ist schließlich etwas Relatives. Auf jenem Bogen Papier, auf einer anderen Seite des Erdballs, bin ich redegewandt. Das Kratzen des Bleistifts, das Sichwinden des Papiers, das alles sollte bitte nicht aufhören, aber es war kein Platz mehr. Daher schrieb ich es auf den Rand: «Meine Mesdames kehren vielleicht nach Hause zurück. Ich will nicht wieder ganz von vorn beginnen, die Stellenangebote überfliegen, an Türen klopfen und allein fortgehen. Fürchte ich.» Ich hatte ein Komma zwischen «fortgehen» und «fürchte ich» setzen wollen. Nun hatte auf dem Papier ein Punkt statt eines Kommas einen unbestimmten Ausdruck des Bedauerns in ein deutliches Geständnis verwandelt. Mit einer schnellen Bewegung des Bleistifts hätte ich das bereinigen können, aber dann las ich den Satz noch einmal und dachte, *so* stimmt es ja auch.

Die erste Zeile im Brief meines Bruders erschreckte mich, und ich fragte mich, ob er ihn überhaupt selbst geschrieben hatte. «Es ist Zeit für Dich, nach Hause zu kommen, zurück nach Vietnam», erklärte er und rief damit auf atemberaubende Weise die Stimme des Alten Mannes in Erinnerung, zusammen mit seiner rückgratbrechenden Fähigkeit, zu unterdrücken und zu kontrollieren. Aber die darauf folgenden Zeilen machten klar, wer die Feder geführt hatte: «Du bist mein Bruder, und mehr ist nicht zu sagen. Ich verzeihe Dir nicht, denn Du brauchtest Dich nie bei mir zu entschuldigen. Ich denke oft an

Dich, besonders beim Neujahrsfest. Ich hoffe, ich sehe Dich beim nächsten hier zu Hause. Ein gutes Essen und ein roter Beutel erwarten Dich. Und ich ebenfalls.» Der Brief war vom 27. Januar 1934 datiert. Er hatte nur einen Monat bis zur Rue de Fleurus gebraucht. Warum mein Bruder erst so spät geschrieben hatte, sagte er nicht, außer daß zu Hause alles anders geworden sei. Er schrieb, es wäre besser für mich, alles persönlich zu hören. Was er meinte, war, daß Papier nicht stark genug sei, um das Gewicht dessen zu tragen, was er zu sagen hatte, aber daß er seine Stärke dennoch würde testen müssen.

An den Rand dieses Bogens Papier, auf der andern Seite des Globus, setzte mein Bruder seinen Namen. Und dann, als wäre es ihm nachträglich eingefallen, schrieb er dort, wo das Ende hätte sein sollen, noch die Worte «Gute Reise».

Ich faltete den Brief meines Bruders zusammen und bewahrte ihn in der Tasche meines einzigen und daher besten Kalt-Wetter-Anzugs auf. Beide trug ich an jenem Tag zur Gare du Nord. Der Anzug war säuberlich gebügelt, wenn auch ein wenig abgetragen. Der Brief war schlechter dran. Die Öle an meinen Fingerspitzen, die Wärme meines Körpers hatten seine physikalische Zusammensetzung verändert. Die Seiten waren vom wiederholten Anfassen und Immer-wieder-Lesen durchsichtig geworden. Die Tinte war zu einem Violett ausgeblichen. Er war nur noch schwer zu entziffern. Obwohl meine Erinnerung diesen Akt in Wahrheit bereits hatte überflüssig werden lassen.

Das erste Photo von der Reise war dort am Bahnhof gemacht worden. Es zeigt meine Mesdames, wie sie nebeneinandersitzen und geradeaus blicken. Sie warten auf den Zug nach Le Havre, plaudern mit den Photographen und schauen mit großen Augen in die Linse. Es ist der gleiche Gesichtsausdruck wie der, den sie beim Probieren neuer Schuhe zur Schau tragen. Sie stehen niemals gleich auf und gehen umher. Sie sitzen lieber da und lassen ihre Zehen langsam erkunden, wo das Leder nachgibt und wo es fest umschließt. Bestimmt eine angenehme Übung für sie, da sie beide stets ein kleines, irgendwie pflichtvergessenes Lächeln an den Tag legen. Ich bin dort drüben auf der Bank, hinter ihnen, auf der linken Seite. Der mit dem gesenkten Kopf und den geschlossenen Augen. Ich schlafe nicht, ich denke nur nach, und dabei hilft mir manchmal die Dunkelheit. Ich bin ein Mann, der es nicht gewohnt ist zu wählen, und daher hatten mich die Monate bis zu diesem Tag an der Gare du Nord einer Qual ausgesetzt, die heftig und neu war, selbst auferlegt und selbst verlängert. Ich hatte vergessen, daß sich Besonnenheit so anfühlen kann.

Jetzt betrachte ich manchmal das Photo und frage mich, ob es vorher oder hinterher gemacht worden ist. Zu diesem Zeitpunkt reine Spekulation, ich weiß. Obwohl ich mich zu erinnern meine, daß ich in dem Augenblick, in dem ich meinen Entschluß gefaßt hatte, unwillkürlich aufschaute, als hätte jemand meinen Namen gerufen. Wenn das stimmt, dann muß das Photo kurz davor entstanden sein, während der Augenblicke, als mein Herz in einem harten, synkopierten Rhythmus schlug gleich dem der herannahenden Züge und alles, was ich in der Dunkelheit hören konnte, ein einfacher Refrain war:

Ich will nicht wieder ganz von vorn beginnen,

Die Stellenangebote überfliegen,

An Türen klopfen und

Alleine fortgehn.

Es stimmt, ich fürchte mich.

2 ⁎⁎

KOCH GESUCHT
Zwei amerikanische Damen
wünschen einen Koch einzustellen.
Rue de Fleurus — melden Sie sich beim Concierge.

Zwei amerikanische Damen «wünschen»? Klingt eher wie
eine Proklamation als wie ein Stellenangebot. Sicher, heutzutage würden zwei amerikanische Damen in Paris nur «wünschen», denn ihr Wunsch ist Befehl. Wollen, nun ja, wollen ist
einfach nicht amerikanisch. Ich gratuliere mir zu dieser doch
recht treffenden und pikanten Bemerkung. Wenn ich jetzt bloß
noch wüßte, was «treffend» und «pikant» auf französisch
heißt, dann könnte ich aufhören, mir selbst zu gratulieren und
statt dessen eine Unterhaltung mit dem *beau garçon* drei Park-
bänke weiter anfangen. Das Ironische an meinem Erwerb einer
fremden Sprache liegt darin, daß ich zwar gerade genug billige,
brauchbare Wörter zusammengetragen habe, um meine Wünsche zu schüren, aber nie, nie genug üppige, unbesonnene, um
ihnen Nahrung zu geben. Es stimmt allerdings, daß es ein paar
französische Wörter gibt, die ich schnell aufgeschnappt habe,
so schnell, daß ich mich nicht erinnern kann, sie *nicht* gewußt
zu haben. Als wäre ich mit ihnen im Mund geboren, als wären
sie die Kerne einer sauren Frucht, die jemand anders gegessen
und deren Überreste er mir dann rüde in den Mund gestopft
hat.

«Rüde? Rüde? Ich werd' dir sagen, wer rüde ist. Das bist du,
du ungehobelter, respektloser Lümmel, der von zu Hause abgehauen ist! Man hat dir beigebracht, wie man ‹*s'il vous plaît, merci,*

Monsieur, Madame› sagt, damit du im Haus des Generalgouverneurs arbeiten konntest. Dein ältester Bruder, der hat auch so angefangen. Mit zwölf war er der Junge, der hinter Madames *petit chouchou* saubermachte, wenn der Köter in allen Ecken des Hauses sein Geschäft erledigte und mit seiner Scheiße und seinem Urin die Holzfußböden ruinierte. Jetzt ist dein Bruder dreißig und Souschef. Trägt eine frische weiße Schürze und kennt mehr französische Wörter als unser Lehrer hier. Bald wird er …»

Ich habe in meinem Leben nur sehr wenig Wahres und Unveränderliches entdeckt. Eins ist, daß der Zorn des Alten Mannes keine Rücksicht auf die Geographie nimmt. Gebirge, Flüsse, Ozeane und Meere, alles, was sonst den Durchschnittsmenschen auf dem Stück Land, das er sein Zuhause nennt, festhalten würde, all das hat ihn nie davon abgehalten, mich automatisch anzusteuern, genau zu bestimmen, wo ich bin, und mich zu zwingen, ihm meine Ehrerbietung zu bezeugen. Während sein Körper tief in der Erde von Saigon liegt, verweilt sein Zorn bei einem «nichtsnutzigen Lümmel» auf einer Pariser Parkbank. Selbst hier findet er mich.

«Arbeitslos und allein», mutmaßt der Alte Mann – das Destillat meines Lebens in zwei traurigen, treffenden Worten.

Ich versuche, mich mit der üblichen Antwort zu schützen: Ach, du schon wieder? Ich dachte, ich wäre für dich *gestorben*, Alter Mann?

«Keiner meiner Söhne verläßt eine gute Anstellung beim Generalgouverneur, um Koch zu werden! Koch auf irgendeinem lecken Schiff für Matrosen, die noch nicht einmal wissen, wie man ‹bitte› oder ‹danke› in ihrer eigenen Sprache sagt, von Französisch ganz zu schweigen. Alte Huren werden das, aber keiner meiner Söhne», hast du gesagt.

Manchmal kann ich deinem katholischen Gott nicht genug dafür danken, daß du, mein lieber und gewalttätiger «Vater», jetzt nur noch aus meinem unerschütterlichen Schuldgefühl und meinen teleskopischen Erinnerungen an vor langer Zeit verübte Brutalitäten zusammengeschustert bist. Denn eine scharfe Antwort wie die meine, eine solche Herausforderung, hätte mir wenigstens eine Ohrfeige und einen Schlag in den Magen eingebracht. Aber jetzt wirst du, der du oben im Himmel bist, angesichts meines ruhigen, kühlen Lächelns verschwinden. Arbeitslos und Allein jedoch weigern sich hartnäckig, den Rückzug anzutreten, und fordern, daß ich mich ihrer annehme, noch ehe der September im Oktober aufgeht in diesem Jahr deines Herrn 1929.

«Zwei amerikanische Damen ...» Hmm. Amerikanerinnen. Ich hoffe, ihr Französisch ist nicht so miserabel wie meins. Was für einen tollen Haushalt wir abgeben würden, wenn wir mit Gesten und unbeholfenen Zeichnungen unser beider Gebrauch einer Sprache aus zweiter Hand ergänzen müßten. Obwohl – im Gegensatz zu dem, was der Alte Mann mich glauben machen wollte – das Vokabular der Knechtschaft nicht auf meiner Kenntnis fremdsprachiger Wörter beruht, sondern eher auf meiner Fähigkeit, sie zu schlucken. Natürlich nicht meine eigenen, sondern die von Monsieur und Madame. Das erste, was ich im Haus des Generalgouverneurs gelernt habe, war, daß Monsieur und Madame, wenn sie von ihrem irrwitzigen Mißfallen darüber verzehrt wurden, wie die Fußböden gebohnert, wie das Silber geputzt oder wie das *poulet* gedünstet worden war, das Dienstpersonal, und zwar alle fünfzehn Angestellten, auf französisch beschimpften. Nicht in ihrem Pidginfranzösisch im Verein mit atonalen vietnamesischen Brocken, das sie normalerweise uns gegenüber verwandten. Nein, dies war eine reine Form, die für Würdenträger und beschränkte indochinesische Dienstboten reserviert war. Man hatte den Eindruck, daß Monsieur und Madame absolut außerstande waren, ihrem feingeschmiedeten Zorn in einer anderen Sprache als der ihren Ausdruck zu verleihen. Natürlich senkten wir alle den Kopf und taten reuig, so wie es uns der katholische Priester beigebracht hatte. Natürlich standen wir alle in seliger Unwissenheit da und bekamen nichts von den Nuancen, Wortspielen und Doppeldeutigkeiten jener Sprache mit, die so verzweifelt versuchte, uns anzugreifen. Natürlich, ein paar Wörter rutschten durch, aber im großen und ganzen waren wir alle ziemlich geübt im Ablehnen und Zurückweisen aller mit Ausnahme der nötigsten. Minh der Souschef, wie der Alte Mann ihn umgetauft hatte, hatte uns erzählt, daß die Franzosen nie müde werden, darüber zu diskutieren, warum eine bestimmte Klasse von Indochinesen einfach nicht imstande ist, die Schwierigkeiten, die Feinheiten und die beflügelte Eloquenz der französischen Sprache zu meistern. Inzwischen habe ich den Verdacht, daß dies ein Gesprächsthema für die herrschende Klasse überall auf der Welt ist. Sie sind so angetan von ihrem Unterschied, sprachlich und auch sonst, daß sie die instinktive Fähigkeit verloren haben, den Trotz jener zu bemerken, die ihnen dienen.

Minh der Souschef war früher einfach Anh Minh gewesen, mein ältester Bruder und der einzige Bruder, dessentwegen ich Sehnsucht nach zu Hause haben könnte. Niemand hätte an dieser Parkbank und dem Schatten dieser unglücklichen Kastanienbäume mehr Gefallen gefunden als er. Auch Minh glaubte felsenfest und leidenschaftlich daran, daß die französische Sprache uns retten, uns in den Kreis der Familie aufnehmen und mit Küssen auf beide Wangen belohnen würde. Und es war kein abstrakter Glaube. Er gründete sich auf die Küche im Haus des Generalgouverneurs. Minh beharrte darauf, daß Monsieur und Madame, sobald sie seine *omelette à la bourbonnaise*, seine *coupe ambassadrice* oder seine *crème marquise* gekostet hätten, keinen französischen *chef de cuisine* mehr kommen zu lassen brauchten, um den alten Claude Chaboux zu ersetzen. Der Alte Mann verkündete wie ein Wahrsager, daß es im Haus des Generalgouverneurs bald den ersten vietnamesischen *chef de cuisine* geben würde.

Während also wir übrigen Hausangestellten dastanden und stumm das tänzerische Gewoge der Schmährede von Monsieur und Madame über uns ergehen ließen, stand Anh Minh allein und litt Qualen, abgekanzelt und verraten von all den französischen Wörtern, die er sich zu eigen gemacht und nahe seinem Herzen aufbewahrt hatte, verwundet. «Minh der Verwundete» nannte ich ihn von da an in meinen Gebeten.

Der alte Chaboux starb, und ein junger Jean Blériot traf aus Frankreich ein, um den begehrten Titel in Empfang zu nehmen. Jetzt würde nur noch höhere Gewalt, ein Malariaanfall oder ein auf Madame geworfener lüsterner Blick Chef Blériot, wie er genannt werden wollte, zur Abreise veranlassen. Am elften Mai 1923 begann seine Herrschaft. Auch Minh blieb in der Küche des Generalgouverneurs, um unter einem weiteren französischen Küchenchef zu dienen, ihn zu vertreten, als er anfing, nach Rum zu stinken, hinter ihm sauberzumachen, als er den Topfrand nicht mehr finden konnte und gehackte Schalotten und Ölspritzer den gefliesten Fußboden würzten.

Und ich, was sollte ich machen? Zwanzig Jahre alt und immer noch ein *garde-manger*, der Kartoffeln zu perfekten kleinen Kugeln meißelt, aus Rübenstücken Schwäne schnitzt, deren gebogene Hälse so zart sind wie Blériots Finger, Finger, die ich gern gekostet hätte. Was sollte ich, mit Fähigkeiten und mit Wünschen ausgestattet, zu denen sich kein Mann bekennen würde, also tun?

«Zwei amerikanische Damen wünschen, einen Koch einzustellen – Rue de Fleurus.» Eine durchaus wohlhabende Gegend, und zwei amerikanische Damen müßten genug haben, um einen ordentlichen Lohn zu zahlen. Eine der Fähigkeiten – es ist eher eine Fertigkeit –, die ich seit meiner Ankunft in dieser Stadt erworben habe, ist ein Scharfblick für ihre Straßen. Ich weiß, wo sie liegen, wo sie diskret miteinander verschmelzen, wo sie unerklärlicherweise beschließen, ihren namenlosen Anfang zu nehmen. Eine Fähigkeit, geboren eigentlich aus dem Mangel an anderen Fähigkeiten. Wenn die liederliche, die Seiten mit den Stellenanzeigen verstopfende Zurschaustellung von Straßennamen jedem meiner Tage die Marschroute vorgibt, wo mich der Gestank der Nichtverwendbaren begleitet, dann zwingt mich das, gierig und verehrungsvoll um die Gunst der Boulevards zu buhlen. Ich muß gestehen, daß mich meine intime Kenntnis der Stadt in wirklich verzweifelten Situationen gerettet hat. Paris ist eine Madame mit Herz.

«Nennen Sie eine Straße. Los, irgendeine. Ich sage Ihnen, wo sie ist. Linkes oder rechtes Seineufer, sogar die genaue Lage. Rue de Fleurus? Das ist eine kleine Seitenstraße des Boulevard de Raspail, in der Nähe des Jardin du Luxembourg.» Ich habe mir auf diese Weise Dutzende Gläser Marc verdient. Franzosen, vor allem, wenn sie betrunken sind, lieben die Herausforderung. Die Zuhörer, wenn es denn welche gibt, fordern mich oftmals auf zu wiederholen, was ich gesagt habe. Es scheint, daß mein Akzent es selbst für die Ohren von Arbeitern schwermacht, mein Französisch zu verstehen. Aber wenn ihnen erst einmal klar ist, daß ich zu ihrer Unterhaltung da bin, ist der Rest eine fesselnde Vorstellung. Zum Glück habe ich keine Ahnung, wie man «fesselnd» auf französisch sagt, denn sonst wäre ich gezwungen, anzugeben und die Überraschung zu verderben. Und sie sind immer überrascht. Und sie versuchen es immer noch einmal. Sie nennen die Straße, in der ihre Großtante Sylvie wohnt, in der ihr Schlachter seinen Laden hat, wo sie sich das letztemal verlaufen haben, und wenn sie ganz verzweifelt sind, nennen sie eine Straße auf einer der Inseln, die diese Stadt spalten. Aber da bin ich dann schon gegangen, denn allzuoft verwandelt sich ihre Überraschung in Ärger. «Wie bringt es dieser kleine Indochinese, der noch nicht mal richtig Französisch kann, der noch nicht mal mehr als einen einfachen Satz rausbringt, der noch nicht mal genug versteht, um sich über die Witze zu ärgern, die wir auf seine Kosten machen, wie bringt *der* es fertig, diese Stadt besser zu kennen als wir?» Jetzt brauche ich nur noch einen kleinen Affen in einem Anzug, der teurer ist als mein eigener, und ich könnte mich dem Heer der Zirkus-monstrositäten anschließen. «Treten Sie näher, treten Sie näher! Sehen Sie den Halb-Mann-halb-Frau-Schwertschlucker, die Dame mit Bart, und hier kommt der Kleine-Indochinese-der-diese-Stadt-besser-kennt-als-jeder-Pariser!» Aber das ist kaum eine Fähigkeit, mit der ich einen potentiellen Arbeitgeber be-eindrucken könnte.

Ich bin jetzt seit über drei Jahren in dieser Stadt. Ich habe mit einer peinlich großen Anzahl von Haushalten Vorstellungs-gespräche geführt und sogar für sie gearbeitet. Nach meiner Er-fahrung fallen sie unter zwei Kategorien. Nein, genaugenom-men sind es drei. In die erste gehören jene, die nach einem katzenhaften Blick in mein Gesicht auf der Stelle ablehnen, in der Regel nonverbal. Eine zugeknallte Tür stellt eine unge-wöhnlich effektive Form der Kommunikation dar. Keine Dis-kussion, keine vorzulegenden Zeugnisse, kein «Wollen Sie etwa sonntags freihaben?» Diese, obwohl sofort unerfreulich, ziehe ich vor. Typ zwei sind die, die mich vielleicht zu guter Letzt an-stellen oder auch nicht anstellen werden, aber nichtsdestoweni-ger darauf bestehen, mich mit Fragen auszuziehen, als nähmen sie eine alles andere als zartfühlende Musterung vor. Die Typ-Zweier benehmen sich, als wären sie von der französischen Re-gierung dazu autorisiert, herauszufinden und zu dokumentie-ren, wie genau es möglich ist, daß ich meinen Fuß auf ihr geheiligtes Land gesetzt habe, um dort zu leben.

«In Paris, drei Jahre», sage ich.

«Wo waren Sie vorher?»

«Marseille.»

«Und davor?»

«Schiff nach Marseille.»

«Schiff? Ja, natürlich. Wo ist das Schiff ausgelaufen?»

Und so gebe ich wie eine Kurtisane, die gezwungenermaßen den Tanz der sieben Schleier vorführt, widerwillig die Städte preis — eine nach der andern —, die ihren Namen in mich eingeschnitten und das vernarbte Fleisch hinterlassen haben, das den größten Teil dessen ausmacht, was ich bin.

«Hmmm ... Sie sagen, Sie sind seit drei Jahren in Paris? Das hieße also, wenn Sie mit zwanzig Indochina verlassen haben, dann wären Sie jetzt ...»

«Sechsundzwanzig, Madame.»

Drei Jahre, für die es keinen Nachweis gibt! konnte man sie beinahe denken hören. Die meisten Pariser können es ignorieren und mir sogar verzeihen, daß ich nicht so kultiviert bin, inmitten des Glockengeläuts ihrer Kathedralen geboren zu sein, vor allem, da ich statt dessen inmitten des Glockengeläuts der Nachbildungen ihrer Kathedralen geboren bin, die in einer weit entfernten Kolonie errichtet wurden, um sie an die Majestät und Frömmigkeit von zu Hause zu erinnern. Solange Monsieur und Madame wissen, daß ich mich in ihrer Stadt oder in einer ihrer Kolonien aufgehalten habe, können sie sich darauf verlassen, daß die République und die katholische Kirche ihr wachsames Auge auf mich gehabt haben. Aber wenn ich mich als ein Untertan offenbare, der vielleicht in die Irre gegangen ist, der vielleicht ein unkontrolliertes, ungezügeltes, dokumentarisch nicht belegtes und unbußfertiges Leben geführt hat, dann werde ich ihnen verdächtig. Vorher war ich so wenig eine Bedrohung wie eine Nonne im Kloster. Jetzt aber starrt mich Madame an, um zu sehen, ob sie die abweichenden sexuellen Praktiken entdecken kann, die ich mir zweifellos angewöhnt habe und jetzt ganz bestimmt unter den Nasen der Notre-Dames der Stadt verbreite. Jetzt macht sich Madame Sorgen, ob ihre kleinen Mädchen in meiner Gegenwart sicher sind.

Madame, Sie haben keinen Grund zur Besorgnis. Mich interessieren Ihre kleinen Mädchen nicht. Ihre Jungen ... nun, das ist deren Entscheidung. Wenn sie meine Gedanken hören könnte!

Ich habe keine großen Chancen bei diesem zweiten Typ, ich weiß. Aber zu meiner Schande unterwerfe ich mich wieder und wieder dieser Prozedur. Alle diese Fragen, so betrüge ich mich jedesmal selbst, müssen doch bedeuten, daß ich eine Chance habe. Und so bleibe ich und serviere mich schließlich wie ein dürres gebratenes Schwein, nur um zu hören: «Danke, aber nein, danke.»

Danke? Danke? Madame, Sie sollten applaudieren! Mir stehend Ovationen zu bereiten wäre nicht unangebracht, denke ich jedesmal. Ich habe Ihnen gerade eine Geschichte erzählt, vollgepackt mit exotischen Schauplätzen, Seereisen, Familiengeheimnissen und unchristlichen Lastern. *Danke* dürfte nicht reichen.

Mein selbstgerechter Zorn lodert, bis ich gezwungen bin einzuräumen, daß ich ihnen in Wirklichkeit nichts erzählt habe. Diese Sprache, in die ich eintauche wie in ein trockenes Tintenfaß, hat mich im Stich gelassen. Sie hat mich mit schwachen Flügeln auffliegen lassen und zugesehen, wie ich ins Schweigen herabstürze. Ich bin außerstande, irgend etwas zu erzählen, kann ihnen nur Städte aufzählen, von denen sie einige besucht haben, während andere bloß ein Punkt auf einem Globus sind, Orte, die sie nur mit den Fingerspitzen, aber niemals mit den Sohlen ihrer Füße berühren werden. Ich bin gezwungen zuzugeben, daß ich für sie nur eine Reihe von Reisezielen bin ohne Räume dazwischen, die etwas bedeuten.

Danke, aber nein, danke.

Den dritten Typ nenne ich die Sammler. Bei ihnen kann man immer mit mehreren Wochen und manchmal sogar mit mehreren Monaten Arbeit rechnen. Ihre Einstellungsgespräche führen sie professionell, ja mechanisch. Bevor ich noch wie üblich meine «guten Omeletts» – wenn auch wenig wortgewandt – rühmen kann, bin ich eingestellt. Sechs Tage in der Woche sind Frühstück, Mittag- und Abendessen zu bereiten. Sonntags habe ich frei. Einige übertragen mir auf der Stelle das Einkaufen auf dem Markt. Andere bestehen darauf, mich während der ersten Tage zu begleiten, um sicherzugehen, daß ich den Unterschied zwischen einer *poularde* und einem *poulet* kenne. Ich enttäusche sie selten. Natürlich habe ich es nie geschafft, mir die Vielzahl der Wörter einzuprägen, die sich die Franzosen geradezu zwanghaft für dieses Tier ausgedacht haben, das der geschmorte, frikassierte, geröstete, gefüllte Mittelpunkt eines jeden französischen Heimes ist. Fette Hühner, junge Hühner, gerade geschlüpfte Hühner, alte zähe Hühner – alle haben ihren eigenen Namen verliehen bekommen, sozusagen ein Adelstitel in dieser Sprache, die es sich leisten kann, sich dem gegenüber, was auf dem Tisch liegt, so trunken und ausschweifend zu verhalten. «Ein Hühnchen» und «das Hühnchen nicht» sind die einzigen Worte, die ich brauche, um auf dem Geflügelmarkt zurechtzukommen. Durch Verneinung zu kommunizieren ist nicht die schnellste und ganz sicher nicht die geschätzteste Ausdrucksform, aber für diejenigen von uns, die nur wenige Wörter übrig haben, ist es der Zauberspruch, die Beschwörungsformel, die eine sonst unzugängliche Schatzkammer öffnet. Indem ich meine Worte handhabe wie ein rostiges Küchenmesser, kann ich fordern, zurückweisen und schließlich genau das Exemplar ausfindig machen, das den abendlichen Kochtopf zieren wird.

Ja, sicher, und für jede grobe, mißgebildete Wendung, für jedes unbeholfene, falsch gesetzte Wort zahle ich. Ein Mann mit einer geborgten, schlechtsitzenden Sprache wie ich kann sich nicht um die Aufmerksamkeit dieser Stadt bewerben. Ich kann nicht teilnehmen an dem lebhaften Streit zwischen ihr und ihren Bewohnern, einem Streit unter Liebenden. Ich bin ein Mann, dessen Stimme ein rauhes Flüstern ist in einer Stadt, die ein Lied vorzieht. Ich trage, da ich nicht länger imstande bin, dem Klang meiner eigenen Stimme zu trauen, einen kleinen, gesprenkelten Spiegel bei mir, der mir mein Gesicht zeigt und meine Hände und der mir versichert, daß ich noch da bin. Mit jedem heimatlosen Tag werde ich mehr und mehr wie ein Tier und suche verzweifelt Unterschlupf in den Küchen derer, die mich aufnehmen wollen. Jede Küche ist eine Heimkehr, eine Atempause. Dort bin ich der Dorfälteste, der Weise, den man verehrt. Jede Küche ist eine vertraute Geschichte, die ich mit Safran, Kardamom, Lorbeer und Lavendel ausschmücken kann. In ihrer Hitze und ihrem Dampf erlaube ich mir zu glauben, daß es die schiere Geschwindigkeit meiner Hände ist, das tadellose Maß meiner Augen, die Feinheit meiner Zunge, die hier belohnt werden. Während dieser Erholungspausen bin ich nicht länger der Stumme, der an den Stufen der Stadt bettelt. Dreimal täglich inszeniere ich eine Mahlzeit, und sie sitzen mit schlaffen Mündern da, zum Schweigen gebracht. Ihre Zungen konzentrieren sich auf den Geschmack von Nahrungsmitteln, der so vertraut ist und bei dem dennoch der beschränkteste Esser mit jedem Bissen eine Note entdeckt, die ihn an etwas erinnert, das zu beschreiben er keine Worte hat. Am Ende sind sie überwältigt von einem Gefühl, das sie noch nie gehabt haben, von einer Sehnsucht nach Gegenden, in denen sie noch nie gewesen sind.

Ich verlasse diese Zufluchtsorte nicht freiwillig. Ich wäre es zufrieden, dort alt zu werden, den Herd meinen Geliebten, das Kupfergeschirr meine Kinder zu nennen. Aber Sammler werden von dem, was ich koche, niemals vollständig satt. Sie sind ausgehungert. Der Honig, nach dem sie gieren, verbirgt sich in meinen Wunden. Ihre Taktik ist jedoch raffiniert: eine Frage, eingeschmuggelt mit dem Geld für den wöchentlichen Essensetat, eine zweite, eingerollt in ein Kompliment für das Dessert am Abend zuvor, drei andere, getarnt als neugierige Frage nach der Zubereitung der gestrigen Suppe. Schließlich unterscheidet sie nichts mehr von Typ zwei, nur noch der Kern ihrer Obsession. Sie sind nicht wirklich daran interessiert, wo ich gewesen bin oder was ich gesehen habe. Sie verlangen nach den Früchten des Exils, nach den bitteren Säften und den schweren Herzen. Sie sehnen sich danach, von der reinen Meersalztraurigkeit des Ausgestoßenen zu kosten, den sie ins Haus gebracht haben. Und ich bin nur einer in einer langen Reihe. Der Algerier, den eine Hungersnot zur Waise gemacht hat, der Marokkaner, geschändet von seinem Onkel, der Madagasse, den man aus seinem Dorf vertrieben hatte, weil seine verkümmerte linke Hand ein Zeichen für die Missetaten seiner Mutter war, all das sind verwundete Trophäen, die mir vorausgegangen sind.

Es ist nicht so, daß ich unwillig bin. Ich habe mich schon für weniger verkauft. Unter ihrer sanften Führung, ihren samtenen Fragen kann selbst ich zur Genüge Mitleiderregendes und billige Souvenirtragödien absondern, um sie bei Kräften zu halten. Sie sind in ihrem Verlangen niemals unmäßig, eher das Gegenteil. Sie sind methodisch. Eine wohlüberlegte, maßvolle Dosis macht einen Teil des Reizes aus. Nein, es sind meine eigenen starrsinnigen Hände, die mich vertreiben. Es ist nur eine Frage der Zeit. Nach so vielen Wochen im Schein jenes weichen, stetigen Lichts vergesse ich allmählich die stacheldrahtbewehrten Regeln solcher Anstellungen. Ich vergesse, daß es Tage geben wird, wo ich es bin, der das Verlangen, die rohe, blutige Notwendigkeit verspürt, alle meine verwahrlosten, zerzausten Tage zu offenbaren. Und ich vergesse, daß ich wie ein Bittsteller am Tor des Tempels warten werde, weil sämtliche Zimmer im Hause düster und still sind. Wenn man mich aufgegeben hat, mir nicht mehr mit süßer Stimme Fragen stellt, dann vergesse ich, wie lange das Rippenstück schmoren muß, ob man Hühnchen besser in Wein oder Brühe dünstet, wo man die frischesten Forellen kauft. Ich denke nicht an die Prise Kreuzkümmel, den Hauch von Liebstöckel, den Tropfen Limone. Und wenn ich in diesem Zustand bin, schreibe ich wie unter einem Zwang Seite um Seite meine Kündigungen.

«Ja, ja, sie suchen immer noch einen Koch», bestätigt der Concierge. «Sie müssen noch einmal wiederkommen, in etwa einer Stunde, wenn sie von ihrer Ausfahrt zurück sind. Klopfen Sie einfach da links an diese Tür. Die führt ins Studio. Wie, sagten Sie, war Ihr Name?»

«Bình», antwortete ich.

«Was?»

«Bình.»

«Biene? Biene, na, das ist ja leicht auszusprechen. Sie scheinen ein netter Bursche zu sein. Ich gebe Ihnen mal einen guten Rat – zucken Sie nicht mit der Wimper.»

«Was?»

«Zucken Sie nicht mit der Wimper», wiederholte der Concierge, wobei er seine Brauen und seine Stimme hob, um seinen Worten Nachdruck zu verleihen. «Verstehen Sie?»

«Nein.»

«Die beiden Amerikanerinnen sind ein bißchen, ähm, ungewöhnlich. Aber das werden Sie selbst sehen, sobald die Studiotür aufgeht.»

«Studio? Malerinnen?»

«Nein, nein, eine Schriftstellerin und eine, ähm, Freundin. Aber das ist nicht der Punkt. Sie sind nett, sehr nett.»

«Und?»

«Nichts Wichtiges, wirklich. Außer ... außer daß Sie sie mit ihrem vollen Namen anreden sollten. Gertrude Stein. Immer ‹GertrudeStein›. Denken Sie einfach, es wäre ein Wort.»

«Ist das alles? Und die andere?»

«Die heißt Alice B. Toklas. Sie zieht ‹Miß Toklas› vor.»

«Und?»

«Das wär's. Das ist alles.»

«Dann bin ich also in einer Stunde wieder hier. Auf Wiedersehen, Monsieur.»

3 ***

Dies ist ein Tempel, keine Wohnung.

Der Gedanke – noch kaum geformt und unbestimmt und gerade im Begriff, sich mit den schwachen Gerüchen zu vermischen, die die sich öffnende Tür ankündigt – verwandelt sich so schnell aus einer Prophetie in ein Evangelium, daß ich für einen kurzen Augenblick, von meinem Körper befreit, neben mir stehe und als feierlicher Augenzeuge dienen darf. Normalerweise bin ich, wie der Alte Mann, mit Langsamkeit geschlagen. Bei ihm wurde sie von Feigheit ausgelöst. Bei mir wird sie durch Nachlässigkeit verstärkt. Uns eignet ein Zögern gegenüber einem Akt, der für die um uns herum etwas Gewohnheitsmäßiges und Normales ist – das Ziehen von Schlußfolgerungen. Statt dessen werden wir beschwert und niedergedrückt von jahrzehntelanger Beobachtung. Wir sammeln unsere Beobachtungen, diese Fetzen und Reste, und haben dann weder Nadel noch Faden, um sie zusammenzunähen. Wenn die Schlußfolgerungen einmal gezogen sind, dann werden sie zu der dicken, stachligen Schale einer Zibetfrucht, einer Hülle, die dazu bestimmt ist, den Gestank von Fäulnis und Verfall tief in ihrem Inneren zurückzuhalten. Aber für unsere Nachbarn, deren Schnüffelnasen Mitglieder unserer Großfamilie waren, war der Alte Mann jemand mit fest gegründeten Meinungen und von unerschütterlicher Moral, jemand, der Urteile fällte mit der Ruhe eines Ochsen, der seinen Weg mit Haufen des eigenen Dungs markiert. Seit meiner ersten Nacht in der Fremde leide ich unter einem Traum, der traurig und unverblümt ist. Ich stehe vor dem Sarg des Alten Mannes, der vor seinem Haus in der Morgensonne aufgebahrt ist, und sage wie in Trance: «Dies war ein Mann, der von einem langen Leben profitiert hat. Im Lauf seiner vielen Lebensjahrzehnte ist er zu ein paar Schlußfolgerungen über die Welt um sich herum gelangt. In seinen Händen hat dieser grobe Bodensatz seines Lebens seine natürliche Komplexität verloren und ist zu einer Kette perlenähnlicher Wahrheiten geworden, zu einem engen Halsband für die, die seinen Namen tragen.» Ich hole tief Luft und erkläre dann feierlich: «Er war ein Feigling, der schließlich den Mut aufbrachte zu sterben in dem Wissen, daß in der Stille, die er zurückläßt, ich das letzte Wort haben würde, daß ich auftreten würde, um sicherzugehen, daß sein Ruf zusammen mit seinem Körper stirbt.» In meinem Traum sage ich all das auf französisch, obwohl ich weiß, daß es unmöglich ist. Aber in meinem Traum löst mir Grausamkeit die Zunge, und ich spreche zweifellos flüssig.

Dies ist ein Tempel, keine Wohnung.

Der Gedanke, der mit dem Duft von Nelken und süßem Zimt in der Luft immer mächtiger wird, holt mich aus der Vergangenheit, einem Land ohne Grenzen, in dem ich mich so oft wiederfinde, nach Paris und in die Rue de Fleurus zurück, wo sich eine bis auf ihre rotverrosteten Angeln schmucklose Tür auftut. Eine Frau mit dem Gesicht einer Eule taucht auf und nimmt in einem Lichtkeil Aufstellung. Diese Frau, denke ich, hat das Gesicht einer Uralten. Das bedeutet nicht, daß es faltig oder stumpf ist. Bāo zufolge, der auf der *Niobe* mein Schlafgenosse war, haben die Uralten Gesichter, die sich seit Jahrhunderten nicht verändert haben. Wenn man sie ansieht, sagt er, ist es, als betrachtete man eine Abfolge von Gemälden, die ihre Vorfahren und ihre Nachkommen zeigen, so als wenn zwei Spiegel das Spiegelbild im jeweils andern endlos reflektierten. Bāo sagte, daß Uralte Gesichtszüge besitzen, die so stark und kraftvoll sind, daß sie Generationen von neuen und rebellischen Blutlinien widerstehen können. Frauen, die des Ehebruchs angeklagt werden, weil die Gesichter ihrer Kinder nicht den Gesichtern ihrer Ehemänner ähneln wollen, sind häufig Uralte. In einem Glühwürmchenaugenblick der Selbstbetrachtung sagte Bão, daß diese Frauen gefürchtet seien, weil sie die eheliche Vereinigung zum Gespött machten, daß die vorherbestimmten Gesichter ihrer Kinder nur allzu laut verkündeten, wie nebensächlich der Mann sei, daß er möglicherweise überhaupt nicht gebraucht werde. Natürlich sagte es Bão nicht mit genau diesen Worten. Die seinen waren unanständiger, riefen mit photographischen Details die Erinnerung an die Handlungen Serenas der Solistin wach, einer Halbblutschönheit aus Pondicherry, die über seinen halben Wochenlohn verfügte, Geld, das er mittlerweile für gut angelegt hielt, hatte er doch eine Ahnung von seiner eigenen Bedeutungslosigkeit bekommen. In der Tat gut angelegtes Geld. Serena und ihre talentierten Finger und Zehen waren für Bão inzwischen ein biegsames Beispiel, ein offen eingeräumter Kunstgriff, der ihm half, alles, was er im Leben kannte, zu erklären, angefangen beim Handeln um ein paar zusätzliche Scheiben Rindfleisch in seiner Schale mit phở bis hin zum Unterschied zwischen dem Dienst unter englischen Kapitänen und dem unter französischen. Aber nach jeder Wiederholung, egal, warum er Serena ins Spiel gebracht hatte, gab mir Bão denselben Rat: «Denk daran, was mir Serena die Solistin gezeigt hat: Es gibt einfach ein paar Dinge, die ein Mann nicht tun kann!» Dann riß Bão jedesmal die Augen weit auf, und sein Körper erstarrte, so als wollte er jede Unruhe ausschalten, damit die unanständige Bedeutung seiner Worte voll ausgekostet werden konnte. Bãos krampfartiges, stilles Gelächter beendete dann offiziell die Darbietung. Als wir uns kennenlernten, fragte ich Bão, warum er Matrose geworden sei, wenn sein Name doch «Sturm» bedeute. Er antwortete mit einem unrhythmischen Schütteln, einem Schweigen mit weit geöffnetem Mund, das mit Gelächter gleichzusetzen ich erst später lernte.

Als ich ins Südchinesische Meer glitt, als das Wasser die Küstenlinie auslöschte und mich von meinen Sünden reinwusch, fing ich an zu glauben, daß es Kampf und Streit nur auf dem Festland gäbe. Zu schweißfleckig und mühselig für Seereisen, dachte ich. Daher kamen Bão und ich während unserer gemeinsamen Zeit zu der stillschweigenden Übereinkunft, daß alles, was er sagte, wahr sei. Ein Abkommen, das leicht zu halten war, da es an Bord der *Niobe* nur wenige gab, die das Recht hatten zu widersprechen, zu sagen: «Nein, das stimmt nicht», die die Geräusche verstanden, die wir machten. Laut Bão kannte der Erste Offizier ein paar Worte Vietnamesisch, aber die Frau, die sie ihm verkauft hatte, kam aus der alten Kaiserstadt Hue. Seine Ohren waren nur auf ihren besonderen Tonfall eingestellt, der mit seinen Windungen und seinem Auf und Ab an das Auswringen nasser Seide erinnerte, und selbst dann noch, als sie nackt dasaß und das Geld einforderte, das sie gerade verdient hatte, hoheitsvoll klang. In unserem südlichen Marktplatzgeplänkel hörte der Erste Offizier die unvertraute Sprache einer billigeren Sorte von Huren. Das soll nur heißen, daß Bão und ich uns ein sicheres Haus gebaut hatten, dessen alleinige Bewohner wir waren. Aber wir waren auch sein verhängnisvoller Konstruktionsfehler. Wenn wir uns mit erhobenen Händen den Winden des Indischen Ozeans ergaben, die Spuren von Einsamkeit wie Blütenstaub mit sich brachten, dann waren wir seine einzigen Säulen und trugen sein ganzes Gewicht. Solange wir zusammen waren, hatten wir ein Obdach. An dem Tag, an dem die *Niobe* in Marseille anlegte, holte Bão seinen Sold ab und winkte mir zum Abschied vom Deck eines Schiffes, das nach Amerika fuhr. «Solange wir zusammen sind, haben wir ein Obdach», formte ich mit den Lippen, aber er war bereits auf See.

Die Frau mit dem Eulengesicht wiederholte ihre Frage. Meine Erinnerungen an Bão hatten mich offensichtlich gänzlich verschlungen. Wie lange habe ich dagestanden, ohne ein Wort zu sagen? Meine verzögerten Antworten selbst auf einfache und direkte Fragen können für gewöhnlich mit einem Lächeln und einem «Mein Französisch ist nicht sehr gut» abgetan werden. Aber heute nachmittag bin ich zu keinem von beiden imstande. Ich kann auf keines der scheppernden französischen Wörter antworten, weil ich zu gefesselt von der Oberlippe bin, auf der die schwarzen Haare leise zucken, wenn die Frau spricht. Ihr Schnurrbart, denke ich, würde meine drei Brüder samt und sonders mit Neid erfüllen, die erst nach Wochen ungehemmten Wachstums auf etwas hoffen konnten, das diesen Namen verdiente. Der Haarbogen, der wie eine herabgesunkene dritte Augenbraue aussieht, wird von einem erhabenen Monument für den Gott der Gerüche gekrönt. Aus ihrer Stirn hervorragend, bläht es sich abrupt auf der Höhe ihrer Augenhöhlen und ist weniger eine Nase als eine Altarplastik, welche die linke Seite ihres Gesichts von der rechten trennt. Weiter nordwärts verschwinden ihre Gesichtszüge unter einem Scheitelkäppchen aus Haar, das, dunkel, das spätnachmittägliche Licht absorbiert. Das Ganze überwältigt mich mit seiner Aufdringlichkeit, bis ich ihr in die Augen sehe. Sie leben außerhalb ihres Gehäuses. Ihre Iriden jagen das Licht, das diese Stadt im Frühherbst vergoldet, wie zwei Netze, die sich sanft über einen Schwarm Schmetterlinge senken. Dann haben sie es eingefangen, und die Kreise, strahlend vor Bewegung, dem Öffnen und Schließen vielfarbiger Flügel, explodieren. Wir stehen da, sehen uns an und warten auf meine Antwort. Ich bin hier, um mich nach der Stelle des Kochs zu erkundigen, möchte ich sagen, aber da mir dafür die feineren Bauteile fehlen, bringe ich statt dessen hervor: «Ich bin der Koch, den Sie suchen.» In ihren Augen zuckt Erkennen auf, und sie antworten mit einem stillschweigenden «Natürlich».

Ich lebe inzwischen länger hinter der Tür zum Tempel als hinter irgendeiner anderen in der Stadt. Ich habe meine eigenen Schlüssel bekommen. Ich kenne die Anordnung der Räume, die früher von der Tür verborgen wurden. Ich habe mein eigenes Zimmer bekommen. Ich habe darin tief und fest geschlafen, lebhaft geträumt. Durch die anderen kann ich mit geschlossenen Augen gehen. Ich kann durch sie hindurchgehen, ohne gesehen zu werden. Ich habe all die Geschichten gehört, die darin wohnen, kenne die interessanten Gesichter an den Wänden. Ich kann mir vorstellen, daß meine Mesdames von Anfang an hier auf mich gewartet haben. Glauben Sie mir, das Leben in der Rue de Fleurus 27 ist vorhersehbar in seinem Auf und Ab, das Ebbe und Flut gleicht, unterbrochen von beruhigenden Zeiten der Windstille.

Schließlich war ich an einem Sonntagnachmittag erschienen. Da war Miß Toklas nur an einem Ort zu finden, da stand sie in der Küche aufgebaut. Ein wenig spreizbeinig, die Füße in dicken Wollsocken, die von den Lederriemen ihrer Sandalen festgehalten wurden, schälte sie die sauren grünen Äpfel, die später am Abend GertrudeSteins regelmäßig wiederkehrende Sehnsucht nach ihrer Kindheit in Amerika mildern würden. Miß Toklas steht immer, wenn sie in der Küche ist. Kochen, so denkt sie, ist keine Freizeitbeschäftigung. Aber für sie ist es genau das geworden, und sie ist sich dessen nur zu sehr bewußt. Sie bewahrt eine Pappschachtel voller Rezepte auf, so wie andere Frauen Liebesbriefe aus ihrer Jugendzeit aufbewahren. Sie hat Angst, daß sie die Leidenschaft vergessen könnte. Jetzt kocht sie nur noch sonntags für GertrudeStein. Bei ihnen hat der Koch wie in anderen französischen Haushalten den Sonntag frei. Am Ende jeder Woche kehrt Miß Toklas aus Notwendigkeit und eigenem Wunsch in die Küche zurück, kriegt Butter und Mehl unter die Fingernägel, atmet den Geruch von Zimt ein, verbrennt sich die Zunge und ist getröstet. Sonntags essen sie niemals auswärts. Keine Ausnahmen. Keine Besucher an der Studiotür mit Empfehlungsschreiben. Keine Besichtigung der Bilder. Sonntags sitzen meine Madame und Madame ungestört in ihrem Eßzimmer, vor sich große Teller, gehäuft voll mit den Erinnerungen an ihr Amerika. Natürlich kann Miß Toklas weit über das Essen ihrer Kindheit hinausgehen. Sie ist eine Köchin, die Absinth an die Salatsauce tut und Rosenblätter in ihren Essig. Ihre Speisenfolgen gleichen einer Karte der Welt. Aber in letzter Zeit teilen die beiden eine Vorliebe für Gerichte, die sie in ihrer Jugend gestärkt haben. Keine von ihnen scheint zu bemerken, daß Miß Toklas' «Apfelkuchen» jetzt mit einem nach Apfelmus schmeckenden Vanillepudding gefüllt und mit Buttercreme überzogen ist oder daß ihr «Hackbraten» geriebene Orangenschale enthält und mit Weißwein begossen worden ist. GertrudeStein findet es unermeßlich erotisch, daß das, was sie gleich essen wird, von den Händen ihrer Geliebten gewaschen, geschält, geknetet, berührt worden ist. Überwältigendes Verlangen erfüllt sie, wenn sie die schwachen Abdrücke von Miß Toklas' Fingerspitzen im gewellten Rand einer Pastetenhülle entdeckt. Miß Toklas glaubt, daß diese Abende ihre Belohnung sind. Sie ist eine Heidin, die sich im geheimen nach dem Hochamt sehnt. Für sie haben diese Sonntagabende etwas von beidem, und das versetzt sie in Hochstimmung.

«Pussy, da ist jemand an der Studiotür», hatte GertrudeStein wahrscheinlich von ihrem chintzbezogenen Sessel aus gerufen.

Es gibt in der Rue de Fleurus 27 zwei von diesen Sesseln, und beide stehen im Studio. Sie sind speziell angefertigt worden, und daher kann der eine GertrudeSteins Leibesumfang in seiner Gänze aufnehmen und der andere Miß Toklas' kurzer Statur entgegenkommen.

«Lovey, ich bin es leid, mit den Füßen zu baumeln. In meinem Alter sollte eine Frau sich hinsetzen können, ohne wie ein unartiges Kind auszusehen», muß Miß Toklas erklärt haben.

«Na gut, Pussy, in Ordnung», hatte GertrudeStein zweifellos zugestimmt.

Und damit dürfte ihre Diskussion über die kostspieligen
Sessel beendet gewesen sein. Denn Miß Toklas muß selten mehr
als «Lovey» sagen, um den Sieg davonzutragen, das weiß ich.

GertrudeStein, die sich inzwischen an ihren bequemen
Thron gewöhnt hatte, dürfte dann noch einmal gerufen haben:
«Bitte, Pussy, bitte. Da ist jemand an der Studiotür!»

«Aber, Lovey, du sitzt doch direkt daneben», hatte Miß
Toklas dann wahrscheinlich von der Spüle her eingewandt, obwohl sie wußte, daß es zwecklos war. GertrudeStein macht nun
einmal nicht selbst die Tür auf, weder an diesem noch an
irgendeinem anderen Tag. GertrudeStein ist im Laufe der letzten Jahre zu dem Schluß gekommen, daß Leute, die sich die
Mühe machen, sie zu finden, etwas schrecklich Lästiges sind,
ausgenommen natürlich, sie kämen, um ihrem Genie zu huldi-
gen. Sie ist, das muß man zugeben, der hellste Stern am westlichen Himmel. Obwohl ich glaube, daß GertrudeStein in
Wahrheit eher ein Sternbild ist. Sie hat in etwa die gleiche
Größe wie Miß Toklas, ist aber stämmig gebaut, wobei sie den
größten Teil ihres Gewichts an Busen und Hüften speichert.
GertrudeStein ist eine große Schönheit, glauben sowohl Miß
Toklas als auch ich. Das heißt, nein, ich anfänglich nicht. Nur
Miß Toklas konnte für sich eine solche unmittelbare Klarheit
des Blicks in Anspruch nehmen. GertrudeSteins Gesicht ist
breit, ihre Züge sind unverwechselbar, ein wenig grob. Ihre
Nase und ihre Ohren erscheinen unverhältnismäßig groß im
Vergleich zu ihrem übrigen Gesicht. Sie selbst jedoch tritt auf,
als wäre sie ein Objekt der Begierde. Sie tritt auf, als wäre sie ihr
eigenes Objekt der Begierde. Eine solche selbstverursachte
Wollust hat eine suchterzeugende Wirkung. Wer dem länger
ausgesetzt ist, wird am Ende schwach und hilflos.

Ich habe in der Wohnung Photos einer GertrudeStein herumliegen sehen, die ihr Haar in einem riesigen lockeren Scheitelknoten trägt. Er sieht unordentlich, ja irgendwie schlampig aus. Der Gesamteindruck ist jedoch heroisch. Die Gertrude-Stein, die ich kenne, hat weniger Haare auf dem Kopf als ich. Die Geschichte ihrer Verwandlung dürfte so um die Mittagszeit begonnen haben, nehme ich an, da sie vorher selten wach ist:

GertrudeStein betrachtet ihr Spiegelbild, das auf der Oberfläche einer silbernen Teekanne schwimmt, und kommt zu dem Schluß, daß der auf ihrem Kopf aufgetürmte Haarhaufen nicht akzeptabel ist. Er unterbricht die Kontinuität ihres Gesichts, denkt sie: Ihn abzuschneiden, sagt sie zu Miß Toklas, werde ein wichtiger Akt sein. Sinnlose, übertriebene Verzierung, erklärt GertrudeStein und denkt dabei an die Kommas und Punkte, die sie aus ihren Texten herausgezupft hat. Solche Störungen, betont sie, seien nichts anderes als plattgefahrene Kröten auf einer Landstraße, nachlässig und unschön. Die moderne Welt kenne keine Grenzen, deshalb müsse die moderne Story den Möglichkeiten offenstehen − wie eine Straße, auf der sie sich verirren kann, wenn sie das will, oder sich ganz langsam vorwärtsbewegen und jeden Grashalm berühren. GertrudeStein müßte es wissen. Sie ist eine vorzügliche Autofahrerin. Nur wenn sie im Rückwärtsgang fahren muß, läßt sie nach. Lieber würde sie immer weiterfahren, bis sie ihr Fahrzeug wenden kann, ein 360°-Bogen des Starrsinns. Auf diese Weise fährt sie im Grunde genommen immer vorwärts.

Miß Toklas mag den Wind im Gesicht.

Es dauert fast zwei Tage, die nur von ihrem beiderseitigen Wunsch, etwas zu essen, unterbrochen werden, bis Miß Toklas GertrudeSteins Haare abgeschnitten hat. Indem Miß Toklas eine Strähne nach der anderen zwischen die Klingen ihrer Schere schiebt, lächelt sie und sagt: «Ach, das ist so spanisch!» Das ist ihr größtes Kompliment für eine Situation. Spanien ist das Land, so denkt Miß Toklas, in dem sich ihre Seele, voll entwickelt, zum erstenmal zeigte. Spanien ist das Land, in dem sie zum erstenmal erfuhr, was Leidenschaft ist – ohne GertrudeStein. In jeder Stadt gibt es mindestens ein Haus mit dem Zeichen des Kreuzes darauf, in dem sie *sie* treffen konnte. Ihren Flirt, ihre Geliebte, ihre Jungfrau. Als sie zum erstenmal in Ávila sind, bittet sie GertrudeStein zu bleiben, im Schatten der klösterlichen Mauern Ávilas zu verweilen. GertrudeStein argwöhnt, daß Miß Toklas auf spanischem Boden die Verehrerin einer anderen werden würde. Solch einen schändlichen Wettstreit könnte GertrudeStein nicht ertragen. Sie weiß, daß Paris seinen Teil an Verführungen hat, aber die sind wenigstens körperlicher Art. Der Anblick von GertrudeSteins Schultern, wie sie behutsam in einen Umhang aus frisch abgeschnittenen Haaren gehüllt werden, die wie Spitzen gleichzeitig bedecken und zeigen, rührt Miß Toklas. Sie hört nicht auf zu schneiden und denkt dabei an die Mönche, die sich in einem langsamen, absichtsvollen Akt durch die Straßen Valencias schlängelten. Sie schneidet immer weiter, verliert sich in GertrudeSteins Verwandlung. Nach ihrer zweitägigen Sitzung bleiben GertrudeStein kurzgeschnittene Haare, die ihr genau bis zu den Ohrläppchen reichen, eine Bedeckung, die gesetzt wirken soll, statt dessen jedoch auf die darunter lauernde nackte Haut anspielt. GertrudeStein hält Miß Toklas in den Armen und küßt ihr zum Dank die Handflächen. Miß Toklas fallen die Kinder in Burgos ein, die GertrudeStein für einen Bischof gehalten und gebeten hatten, ihren Ring küssen zu dürfen.

Die Hände an der Schürze abtrocknend, ist Miß Toklas dann wahrscheinlich durch den Korridor zur Studiotür gegangen. Dabei ist sie an ihrer Lovey vorbeigekommen, die im tiefen Schatten eines weiteren Kriminalromans saß. GertrudeStein ist sehr demokratisch in der Auswahl ihres Lesestoffs. Sie findet Vergnügen an der knappen Prosa, der halsbrecherischen Geschwindigkeit, mit der sie die Seiten umblättert, an der eroti-

schen Mischung von geringfügigen Verbrechen und lasterhaf-
ten Liebesaffären. Besonders nach dem eindeutig amerikanischen Englisch, das so offenkundig eingesetzt wird, ist sie geradezu süchtig. Sie findet, daß diese Sprache die Geschichten mit
ihrer Energie und ihrem Schwung erst voll zur Entfaltung
bringt. Seit über zwanzig Jahren ist GertrudeStein jetzt in Paris,
und trotzdem glaubt sie, daß sie von Tag zu Tag vertrauter mit
ihrer Muttersprache wird. Jetzt, wo diese nicht mehr auf die
Themen des alltäglichen Lebens anwendbar ist, nicht mehr an
den Preis von Benzin, das Wetter oder an die Gesundheit von
anderer Leute Kindern verschwendet wird, ist sie für Gertrude-
Stein zu einer Sprache geworden, die der Genialität und dem
Schöpfertum, der Liebe und der Hingabe vorbehalten bleibt. Da
es die Umstände mit sich bringen, daß sie die Sprache öfter
sieht als hört, hat sie mit der Zeit auch deren Konturen und
Schwünge zu schätzen gelernt, die auf den Seiten der Bücher
und Briefe, die über ihren Schoß gehen, eingefangen sind und
ruhig gehalten werden. Die Wörter sprechen ihre naturwissen-
schaftliche Seite an, erinnern sie an ihre Zeit als Medizinstuden-
tin, als sie etwas Lebendiges und Spannendes sezierte, einem lebenden Tier lebenswichtige Organe entfernt und das Chaos
beobachtet hatte, das darauf folgte.

Miß Toklas mag den Geruch von frischer Tinte an Fingerspitzen.

Sie tippt alles, was GertrudeStein schreibt, und liest auch
Korrektur. Das intime Verhältnis, das sie zu diesen geschriebe-
nen Wörtern hat, kann man nicht haben, findet sie, wenn man
nur die fertigen, maschinengeschriebenen Seiten liest. Sie sehnt
sich nach dem Gekritzel, nach den dunklen, dunklen Strichen,
wo ihre Lovey fest und mit Absicht aufgedrückt hat. Sie erkennt
jede Unterbrechung im Tintenfluß, manchmal mitten im Wort,
Pausen ihr zur Freude. Erst wenn sie ausruft: «Erbarmen, bitte,
hab Erbarmen!», beginnt die Tinte wieder zu fließen. Am An-

fang, als Miß Toklas in die Rue de Fleurus 27 einzog, schrieben und korrigierten andere Frauen für GertrudeStein. Miß Toklas erkannte sofort, welche Vertrautheit das schenkt. Sie wollte die fremden weißen Glacéhandschuhe nicht wie abgestreifte Schlangenhäute auf dem Tisch liegen sehen, keine Finger, die sich an der Schreibmaschine für die Kühle der Tasten bereithielten. Sie glaubte, sie könnte riechen, wie deren Schweiß die Tinte auf den Seiten zersetzte. Es war ihr wichtig zu wissen, daß dies nicht so war. Schon seit langem hat sich Miß Toklas GertrudeStein unentbehrlich gemacht. Sie ist ebensosehr eine Wächterin ihres Tempels wie die solide Tür zum Studio. Sie ist die vorderste Verteidigungslinie, der offizielle Vorkoster des königlichen Essens, die Glucke. Miß Toklas stößt die Studiotür mit einer einzigen Bewegung ihres Handgelenks auf, ein Hinweis auf die Stärke ihrer Hände. Sie sieht mein Gesicht und sagt: «Ich bin Alice B. Toklas, und wer sind Sie?»

4 ****

«Thin Bin», sagt GertrudeStein und spricht dabei fröhlich meinen Namen falsch aus, reimt ihn statt dessen mit einem englischen Wort, von dem sie behauptet, daß es mein augenfälligstes Kennzeichen beschreibe, es jedoch ablehnt, mir mitzuteilen, was dieses denn sei. Ich weiß inzwischen, daß meine Madame, obwohl nicht grausam, doch eine Menge Unfug im Kopf hat. Nie versäumt sie es, mich mit einem Lächeln und einem lauten, aber herzlichen amerikanischen «Ja, hallo, Thin Bin!» zu begrüßen. Dann geht sie weiter und läßt mich einmal mehr mit der Frage zurück, was dieses «thin» denn sein könnte.

Kurz, denke ich, ist die naheliegendste Antwort.

«Dumm», behauptet der Alte Mann hartnäckig.

Gut aussehend, wage ich vorzubringen, kommt der Sache wohl näher.

Alle meine Arbeitgeber beschenken mich mit einem Spitznamen, ob sie es wissen oder nicht. Keiner von ihnen – und ich übertreibe nicht – hat mich je bei meinem Vornamen gerufen. Ihre Ausprachefehler sind ohne Zahl, ein Epos für sich. GertrudeSteins Spitzname reimt sich eben nur. Jedesmal, wenn sie meinen Namen nennt, sage ich ihn auch. Ihn richtig ausgesprochen zu hören, wenn auch nur in meinem Kopf, ist ein Wunsch, den ich nicht ablegen kann. Ich korrigiere, wo Laute fehlen, und bringe in die richtige Ordnung, was vorher in Unordnung war. Trotzdem sehne ich mich nach einer anderen Stimme, die meinen Namen ausspricht, und das in einem erwartungsvollen Ton, mit einem Seufzer der Erleichterung, einem warmen Klang der Zuneigung.

«Thin Bin», sagt GertrudeStein, «wie würden *Sie* ‹Liebe› definieren?»

Während meine Madame ihre Frage mit dem beginnt, was ich inzwischen als meinen amerikanischen Namen akzeptiere, muß sie das übrige, das Eigentliche, auf französisch sagen. Es ist schließlich die einzige Sprache, die wir gemeinsam haben. Und glauben Sie mir, GertrudeSteins Französisch ist furchtbar. Wie ein Schuh, der eine Treppe hinunterfällt. Der Rhythmus stimmt überhaupt nicht. Je näher es kommt, desto lauter und disharmonischer klingt es. Ihr breiter amerikanischer Akzent gefällt ihr jedoch ungemein. Sie betrachtet ihn als notwendige Verzierung, ganz wie eine ihrer beeindruckenden Mosaikbroschen, die sie so gerne trägt. Sie benutzt ihn ausgiebig auf ihren täglichen Spaziergängen durchs Viertel, auf denen Basket an seiner roten, aus Seil geflochtenen Hundeleine zerrt. Mit dem Chihuahua geht GertrudeStein niemals spazieren. Pépé ist nicht in Bestform, wenn er Erde oder Stein unter seinen Bleistiftpfoten spürt. Zuerst zittert er, und dann läßt er Gas ab. Für einen Hund von der Größe eines Perlhuhns mehr, als man sich vorstellen kann. GertrudeStein zieht den ziegengroßen Pudel vor. Baskets Mäntelchen, so glaubt sie, gibt ihm ein vernünftiges Aussehen. Gemeinsam ziehen diese beiden stattlichen Botschafter amerikanischen Goodwills durch die Straßen des Rive gauche, plaudern mit den Ladenbesitzern in den Türen und mit den alten Männern, die ihre winzigen Hunde spazierenführen, die Sorte, die wie Pépé das ganze Jahr über zittert. Es überrascht mich immer, wenn ich Basket mit GertrudeStein spazierengehen sehe. Trotz aller Hochnäsigkeit, die Seine Hoheit an den Tag legen, wenn sie mit mir allein zu Hause ist, ist der Pudel Basket auf den Straßen dieser Stadt nur noch ein weiterer hechelnder, sabbernder, hinterteilbeschnüffelnder, pisseversprühender Gegenstand unangebrachter Zuneigung. Ich bin nicht von Natur aus eifersüchtig. Es ist nur so, daß mir Hunde oder genauer: Madame und Madames Liebesverhältnis zu ihnen fremder sind, als ihre Sprache es jemals sein könnte. Wie Anh Minh sagen würde: «Nur die Reichen können es sich leisten, ihre Tiere *nicht* zu essen.»

GertrudeStein beherrscht absolut perfekt eine Art von Hundesprache, mit der sie ihre Wertschätzung auszudrücken vermag. Diese und den keuchenden rosa Basket benutzt sie, um sogar zu dem mürrischen Schlachter auf dem Boulevard Edgar-Quinet nett zu sein, einem Mann, der sein eines Glasauge ununterbrochen auf die Reihen kleiner nackter Kadaver gerichtet hält, die in seinem Schaufenster hängen. Sie benutzt sie und Basket, um dem Zigeunermädchen mit den langen Wimpern, das, je nach Jahreszeit, Rosmarin- oder Veilchensträuße auf der Rue de la Gaîté feilbietet, etwas Nettes zu sagen, wenn Basket hinspringt, ihr die Hände leckt und seine Nase unter ihre Röcke steckt. Meine Madame benutzt diese Sprache und Basket, weil ihr Französisch, wie das meine, Grenzen hat. Es verweigert sich ihr. Es zwingt sie, sich kurz auszudrücken, wenn auch nicht genau. Im Französischen sieht sich GertrudeStein völlig auf einfache Sätze angewiesen. Sie gleicht das mit dem Klang ihrer Stimme und der Wärme ihres Blicks aus. Sie handhabt die Sprache mit überwältigendem Charme. Wenn ich sie sprechen höre, erfüllt mich fast so etwas wie Freude. Ich bewundere die Holprigkeit, die unbekümmerte Großtuerei ihrer Worte. Ich finde, sie entspricht meiner eigenen. Ich denke, wir werden einander mit einem Wort unser Beileid ausdrücken und uns das übrige mit den Augen sagen. Ich glaube, *das* haben wir gemein.

GertrudeStein hat ihrerseits angefangen, sich für meine, wie soll ich sagen, Interpretation der französischen Sprache zu interessieren. Mein Gebrauch von Verneinungen und Wiederholungen ist für sie eine Bestätigung. Die Zeugin eines so urgewaltigen, brutalen Niederreißens einer Sprache zu sein beflügelt sie. Sie ist eine Mitverschwörerin. Und natürlich machte ihr die Sache Spaß. Ich weiß noch, daß GertrudeStein am Tag meiner Einstellung dabei war, als ich mit Miß Toklas zum erstenmal den Speiseplan für die darauffolgende Woche besprach. Das Gespräch fand damals, wie es das auch heute noch tut, in der Küche statt. GertrudeStein betritt, wie ich inzwischen weiß, die Küche grundsätzlich nicht. Sie muß von Anfang an gespürt haben, was in mir schlummerte. An jenem Nachmittag wollte ich Miß Toklas fragen, ob das Haushaltsgeld es gestatte, für ein Abendessen, zu dem meine Mesdames zwei Gäste erwarteten, zwei Ananas zu kaufen. Ich wollte ihr sagen, daß ich die erste Ananas in papierdünne Scheiben schneiden und diese mit Schalotten und Rindfleischscheiben kurz anbraten würde. Daß der Zucker der Ananas dabei karamelisieren und dem Gericht einen leicht rauchigen Geschmack verleihen würde, nach dem man süchtig werden könne. Daß das Rezept eine verfeinerte Version eines der Lieblingsgerichte meiner Mutter sei. Ich wollte ihr sagen, daß ich die zweite Ananas in mundgerechte Stücke schneiden, sie in Kirschwasser tränken und aus ihnen ein betrunkenes Bett für löffelweise eingefülltes Mandarineneis machen würde. Um den Rand würde ich ungesüßte Schlagsahne spritzen, einen Ring aus elfenbeinfarbenen Rosetten. Und da ich eitel bin und nichts lieber höre als die Loblieder, die ich hervorrufen kann, wollte ich ihr noch sagen, daß ich auf das Ganze drei Blütenblätter kandierter Veilchen mit ihren funkelnden Zuckerkristallen streuen würde.

«Madame, ich möchte eine Birne ... keine Birne kaufen.»

Miß Toklas sah mich an. In ihren Augen lag keinerlei Erkennen.

Nun ja, in dem Augenblick, als ich meinen Mund aufmachte, hatte ich das französische Wort für Ananas vergessen. Die Wörter dieser Sprache verlassen mich, wie es ihnen paßt, und verspotten mich mit ihrer improvisierten Abwesenheit. Wenn ich alleine bin, dann bieten sie sich mir an, sind wie lokkeres Wechselgeld in einer flachen Tasche, aber sobald ich nach einem greife, fallen mir die anderen heraus. Das ist mir schon oft so gegangen. Wenigstens weiß ich jetzt, was ich tun muß, dachte ich. Ich wiederholte meine Frage, aber diesmal hatte ich die Hände auf dem Kopf, wobei nur der untere Teil der Handflächen mein Haar berührte. Meine gespreizten Finger sahen aus wie zwei aufrechte, nicht ganz geöffnete Fächer. So stand ich mit meiner Krone vor meinen neuen Madame und Madame als die Verkörperung einer «Birne ... keine Birne». Ich weiß noch, daß GertrudeStein lächelte. Bereits da beschäftigte sich meine Madame mit meinem Französisch. Sie wickelte meine Worte um ihre Zunge und hob sie sich für später auf, um ihre Wandlungen genauer zu studieren.

Inzwischen hat es sich GertrudeStein angewöhnt, meine Fähigkeiten zu testen. Am Anfang reichte ihr meine einfallsreiche Umbenennung von Nahrungsmitteln, Tieren, Haushaltsgegenständen. Aber da es gleichfalls ihre Angewohnheit war, keine andere Sprache zu beherrschen als ihre eigene, mußte sie ihre Liste zunächst auf englisch zusammenstellen, dann Miß Toklas' Wörterbuch nach der französischen Entsprechung durchforsten und zu guter Letzt eine Illustration oder ein Beispiel aus der physikalischen Welt auftreiben, die ich mir ansehen konnte. Das ist etwas, womit sich GertrudeStein nach dem Abendessen beschäftigt. Mehr als eine halbe Stunde widmet sie dem nicht. Es ist eine Ablenkung, ehe sie für den Rest des Abends ein dickes Buch aufschlägt. Miß Toklas ist mit ihrer Handarbeit immer ganz in der Nähe. In jüngster Zeit ist GertrudeStein zu dem Schluß gelangt, daß es effizienter wäre, wenn sie mit dem letzten Schritt ihrer Vorgehensweise anfinge. Alles andere ist zu unpraktisch, denkt sie inzwischen, ist so, als machte ein Künstler ein Porträt und durchstreifte dann die Welt auf der Suche nach dem Modell. Praktischerweise hortet GertrudeStein bereits eine Unmenge von Dingen in den Räumen der Rue de Fleurus 27. Knöpfe, Muscheln, Glaskugeln, Hufeisennägel, Streichholzschachteln, Zigarettenspitzen (letztere inspiriert von Miß Toklas, deren Stimme ihre Gewohnheit verrät) liegen in der ganzen Wohnung herum. Manche Objekte sind nach Arten zusammengefaßt, andere nach den Jahren ihrer Erwerbung geordnet, wieder andere nach dem mit ihnen verbundenen Gefühl. Als Miß Toklas in die Rue de Fleurus einzog, hatte GertrudeStein bereits eine beachtliche Kollektion zusammen. Miß Toklas verstand sofort. Man brauchte ihr nicht zu sagen, daß alltägliche Gegenstände zu Reliquien und Ikonen werden, sobald GertrudeSteins Hände sie berührt haben. Sie glaubte es bereits.

Das Geschirr vom Abendessen ist abgeräumt und abgewaschen, und ich bin wieder ins Studio gerufen worden. Nach vier Jahren dieses Spiels kann es doch kaum noch etwas in dieser Wohnung geben, was wir nicht benannt haben, denke ich. Letzte Woche zum Beispiel mußte ich GertrudeStein zum drittenmal in diesem Jahr sagen, daß Basket «ein-Hund-nicht-ein-Freund» sei und Pépé, nun, Pépé «ein-Hund-nicht-ein-Hund».

«Thin Bin, wie würden Sie ‹Liebe› definieren?»

Ah, denke ich, ein klassischer Zug vom Materiellen hin zum Spirituellen. GertrudeStein möchte, wie die Sammler vor ihr, die Dehnungsstreifen auf meiner Zunge sehen. Ich schmecke einen vertrauten Tropfen Bitterkeit. Ich zeige auf einen Tisch, auf dem sich einige Quitten in einer blau-weißen Porzellanschale langsam gelb färben. Ich schüttele den Kopf in ihre Richtung und gehe wortlos hinaus.

Papierweiße Narzissen, hundert Zwiebeln in flachen Tümpeln aus feuchten Kieselsteinen, mit freiliegenden Wurzeln, fest haftenden bleichen Ankern, welche die Blüten halten, wenn sie sich zur Sonne hinbiegen. Die Fenster sind niemals völlig geschlossen, denn der süße, pudrige Duft wäre sonst unerträglich.

In den Ecken, wo Sonnenlicht ein nicht eingelöstes Versprechen ist, stehen Schalen unterschiedlicher Größe mit getrockneten Hortensiendolden von der Farbe gerade erst aufgegossenen Tees. Ohne Wasser, das sie niederdrückt, rascheln die Blüten in ihren Porzellangefäßen, wann immer sich ein Luftzug durch die Dachkammer stiehlt. Die Blütenblätter, die zart an dem feinen Porzellan der Gefäßwände schaben, singen das Lied eines Regenschauers. Ich ziehe es vor, mich nur an diese Dinge zu erinnern. Das übrige will ich vergessen.

Ich will vergessen, daß du die Rue de Fleurus 27 als ein «Schriftsteller» unter unzähligen anderen betratest, welche die Studiotür mit einem Empfehlungsschreiben und einem Gesicht öffneten, das von Talent und berechtigter Hoffnung verschönt wurde. Du standest an der Stirnseite des Studios und hörtest einem Mann zu, der mir den Rücken zukehrte. Ich betrat den Raum mit einem Tablett zuckerbestäubter Kuchen für all die jungen Männer, die, sitzend oder stehend, als hungriger Strahlenkranz GertrudeStein umgaben. Nach Jahren aufgezwungener Unsichtbarkeit, wie sie die Knechtschaft mit sich bringt, spüre ich es nur allzu deutlich, wenn man mich beobachtet, eine Empfindlichkeit, aus dem Mangel geboren, ein Salzkorn auf der Zunge eines Mannes, der nur Bitteres geschmeckt hat. Als ich nachsah, ob die Teekannen neu aufgefüllt werden müßten, fühlte ich einen leichten Druck. Es war das Gewicht deiner Augen, die auf meinen Lippen ruhten. Ich blickte auf und sah das Spiegelbild eines drahtigen jungen Mannes mit tiefliegenden, erschrockenen Augen. Ich blickte auf und sah mich neben dir. Ich bin wieder auf See, dachte ich. Wellen rollen durch meine Adern. Ich bin wieder auf See.

Ich will vergessen, daß du Miß Toklas zugeflüstert hast, du seist auf der Suche nach einem Koch. Du bist mit meiner Madame in die Küche gegangen und hast ihr dabei die ganze Zeit Komplimente gemacht und ihr zum Arrangement ihres Teetischs gratuliert. Die Kuchen seien fast so unvergleichlich wie ihr Rahmen, hast du gesagt, Geißblatt, Rosen und Mimosen, logst du, seien deine Lieblingskombination. Dich zu ihr neigend, hast du in verschwörerischem Ton erklärt, du bekämst Besuch von ein paar Freunden und wolltest ihnen zu Ehren ein Essen geben. Ich hoffe, Sie empfinden es nicht als Zumutung, wenn ich Sie um Rat bitte, hast du meiner Madame in die gewundenen Gänge ihres Ohrs gemurmelt, und auf diese höfliche, aber intime Art und Weise hast du die Geschichte begonnen, die du für mich erzählt hast.

Miß Toklas bewunderte das Timbre deiner Stimme. Sie fragte sich, ob sie Glocken höre. Sie fand, du ähneltest einem jungen Novizen, dessen Gesicht sie einmal durch die bröckelnden, durchlöcherten Mauern eines spanischen Klosters erblickt hatte. Sie erinnerte sich an etwas Wildes und Ausschweifendes, verborgen unter dem Gewand der Sanftmut. Ihr Blick verweilte beim Schnitt deines Anzugs. So amerikanisch in seiner Geradheit, dachte sie. Kein Schnickschnack, dachte sie. Miß Toklas billigte den Duft nach Lorbeer und Limone auf deiner Haut. Wie ein Franzose, dachte sie, der sich ankündigt, noch bevor er den Raum betreten hat, und sogar noch Eindruck macht, nachdem er gegangen ist. Mit jedem Atemzug nahm dich meine Madame in sich auf, und du wußtest es. Später an jenem Abend fragte mich Miß Toklas, was ich mit meinen Sonntagen anfinge. Seit über vier Jahren gehörte ich nun zu ihrem Haushalt, aber an jenem Abend geschah es zum ersten Mal, zum ersten Mal, daß sich eine meiner beiden Mesdames nach dem einen Tag erkundigte, an dem ich nicht bei ihnen war. Meine Sonntage gehören mir, dachte ich.

«Nichts», sagte ich.

«Nichts», wiederholte Miß Toklas lächelnd.

Machen Sie sich über mich lustig, Madame? dachte ich.

«Wieso?» fragte ich.

«Erinnern Sie sich an den jungen Mann, der heute nachmittag mit mir zusammen in die Küche kam?»

Ob ich mich an ihn erinnere? Wenn ich Glück habe, werde ich die ganze Nacht einzig und allein an ihn denken, dachte ich.

«Ja», sagte ich.

«Er sucht für diesen Sonntag einen Koch.»

Ich bin der Koch, den er sucht, dachte ich.

«Oh», sagte ich mit unbewegtem Gesicht.

Miß Toklas erklärte mir, daß du Junggeselle seist und mir freie Hand bei der Planung des Menüs lassen würdest. Zwar Amerikaner, aber einer, der es sich noch leisten konnte, für die Ungelegenheiten, die ein so kurzfristiger Auftrag bereitet, einen Bonus zu zahlen, versicherte sie mir. Sie gab mir deine Visitenkarte und sagte, ich solle mich mit dir am folgenden Tag um Viertel nach zwei treffen.

«Habe ich erwähnt, daß er Ihnen ein Kompliment wegen der schönen Kuchen gemacht hat, die Sie heute nachmittag serviert haben? Das heißt, genaugenommen hat er, glaube ich, ‹unvergleichliche› gesagt.» Miß Toklas wußte, daß ich eitel bin und daß meine Eitelkeit den Honig in ihrer Stimme richtig verstehen würde, selbst wenn ich ihre unaufrichtigen Worte wie Ameisen wegwischen mußte.

Ich war ohne Hoffnung, folglich auch ohne Argwohn. Ich las den Namen auf der Karte und hatte nur ein schönes Paar Winterstiefel vor Augen. Meine Manschetten sind durchgescheuert. Ausgefranste Ränder sind der filigrane Schmuck, der das Kleidungsstück aus zweiter Hand verrät. Meine Handschuhe geben meine Fingerspitzen dem kalt beobachtenden Blick preis, aber meine Schuhe, meine Schuhe gehören einem Mann, der, ohne zu zögern, dem Luxus hinterherstiefelt. Weiches Leder, handgenäht, beredt, was Form und Funktion angeht, und, ja, glänzend. Ich putze sie jeden Tag mit dem Schweiß meiner Arbeit.

Ich putze sie jeden Abend, bis ich darin mein Spiegelbild sehe, grau und glanzlos. Ich war fünfzehn Minuten zu früh da, und es war niemand zu Hause. Ich saß im Eingang der Rue de l'Odéon Nummer 12 und ließ mich vom vorübertreibenden Leben gefangennehmen. Darin bin ich sehr französisch, fürchte ich. Am besten unterhält mich der unaufhörliche Strom mir unbekannter Menschen. Die im Vorüberziehen auftauchenden und wieder verschwindenden Gesichter fesseln mich. Was diese Pariser da unter dem blauen Zelt ihres Himmels unbedingt verkünden müssen, werde ich niemals völlig mitbekommen, aber ich brauche ihre Unterhaltungen auch nicht. Denn da sind immer die gleichen stereotypen Figuren, die selbst ich verstehen kann: Liebende, am besten, wenn sie zu dritt auftauchen, zwei eng umschlungen und der dritte, der nebenhertrottet und mit jedem verzweifelten Schritt an Selbstachtung, aber nicht an Hoffnung verliert; Studenten, zu viert oder fünf unterwegs, mit roten Augen von endlosen Nächten mit zu vielen Büchern und zuviel Alkohol, selten jedoch beidem zugleich; Poeten, immer allein, selbst wenn sie in Begleitung ihrer Muse sind, die lange Schatten in ihren langen Mänteln werfen, Mänteln mit zu vielen Löchern und Flicken, den sorgsam kultivierten Zeichen der Kreativität, die sie vom Mitleid ausschließen.

Du nähertest dich von der gegenüberliegenden Seite der Straße, in der einen Hand zwei Bücher und, an einem Finger der anderen baumelnd, eine weiße Pappschachtel mit einer darumgebundenen roten Schnur. Pralinen, dachte ich. Mein Blick versank in den Falten deines zerknautschten Mantels, in den Wellen deines Haars. Ich will wieder auf See sein, dachte ich. Ich will wieder auf See sein.

Dein Haar sieht sauber und frisch gewaschen aus, dachte ich, ein wichtiger Hinweis auf die allgemeine Sauberkeit eines Menschen. Du trägst es auf der linken Seite gescheitelt. Auch das eine meiner Vorlieben. Deine Krawatte ist in den V-Ausschnitt deines Pullovers gesteckt. Auch ich mag den weichen Fall eines Pullovers lieber als die Knöpfe und die Steifheit einer Weste. Dein Mantel sieht warm aus. Du siehst gut darin aus. Deine Hände ... deine Hände? Aber wo sind deine Handschuhe? Ach, Hände wie die deinen werden nicht sehr lange kalt bleiben. Deine Augen – Kaffee mit Zimt. Eine Mischung, um meine Lebensgeister zu wecken.

«Nun, was ist, kommen Sie mit herein, oder sollen wir unser Einstellungsgespräch hier im Eingang führen?»

Dein Französisch war makellos, aber du sprachst es sehr langsam und salbungsvoll und mit einem schlüpfrigen Unterton. Am liebsten hätte ich den Mund geöffnet und jedes Wort gekostet. «Einstellungsgespräch» jedoch war ein Schlag ins Gesicht. Es rief mir jäh ins Gedächtnis zurück, daß ich ein Dienstbote war, der sich für einen Mann hielt, ein Narr, der sich für den Herzkönig hielt. Ich stand auf und ging mit dir in ein Treppenhaus, getäfelt mit Platten aus Sonnenlicht, die einzeln durch die staubigen Fensterscheiben geschoben worden waren. Ich folgte dir vier Treppen hoch, und mit jeder Stufe stieg ich tiefer hinunter zu einem Ort, an dem ich meine Einsamkeit schmecken konnte, ein Geschmack, vertraut und gallebitter.

Quitten sind reif, GertrudeStein, wenn sie so gelb sind wie die Flügel von Kanarienvögeln im Flug. Sie sind reif, wenn ihr Geruch Sie mit dem Krachen grüner Äpfel und der parfümierten Umarmung korallenroter Rosen neckt. Aber selbst dann bleiben Quitten Früchte, hart und widerspenstig – nutzlos, GertrudeStein, bis man sie köcheln läßt, sie stundenlang auf niedriger, gleichmäßiger Flamme pochiert. Fügen Sie Honig hinzu und Wasser, und beobachten Sie, wie ihr trockenes, beinhartes Fleisch die Hitze aufsaugt und sich in ein sattes Orange kleidet. Nicht das Orange der Sonnenaufgänge, die Sie niemals sehen, sondern das vom Fruchtfleisch der Papayas, wenn sie am Baum gereift sind, eine Farbe, die Sie schmecken können. Um Ihre Frage zu beantworten, GertrudeStein: Liebe, das sind keine Quitten, die sich in einer blau-weißen Porzellanschale gelb färben, die man sieht, aber nicht berührt.

5 * * * * *

Als wir uns zum letztenmal sahen, traf ich mich mit Anh Minh am Haus des Generalgouverneurs beim Hinterausgang. Ich weiß noch, wie ich in die hellerleuchtete Küche schaute und die wirbelnden Deckenventilatoren sah, die heiße Luftströme aus den Fenstern trieben. Es war zwei Uhr morgens, aber die Küche war eine einzige Gluthitze. Chef Blériot hatte alle vier Backöfen angeheizt und mit schlanken Broten gefüllt, deren glatte Oberseite in gleichmäßigen Abständen eingeschnitten war. Das übrige Haus war dunkel bis auf einen schwachen Schein, der aus dem Fenster des Chauffeurs fiel.

Vor Jahren – ich hatte gerade im Haushalt des Generalgouverneurs angefangen – hatte mir Anh Minh einmal erzählt, daß der Chauffeur der älteste Sohn eines reichen Kaufmanns sei, in Paris studiert habe, nach Vietnam zurückgekehrt sei, nur um zu sehen, wie sein Vater das gesamte Familienvermögen in Opiumwölkchen aufgehen ließ, sein Auto am Spieltisch verloren habe und jetzt, wenn er nicht den Renault von Monsieur und Madame fuhr, Stunden damit verbringe, Gedichte über Madames Sekretärin zu schreiben, eine leicht schielende junge Frau, die zur Hälfte Französin und zur Hälfte Vietnamesin sei. All das erzählte mir mein Bruder in einem Atemzug und ohne Pause. Mit ähnlicher Geschwindigkeit ging er die Lebensgeschichten der anderen durch, die das fünfzehnköpfige Personal ausmachten. Es war nicht die Freude am Klatsch, die ihn motivierte, sondern Pflichtgefühl. Ihm war klar, daß ich Bescheid wissen mußte, um zu überleben. Daß die Kenntnis dieser Fakten mir helfen würde, bei denen, die in der Hierarchie über mir standen, nicht ins Fettnäpfchen zu treten. Er erzählte mir diese Geschichten, damit ich an sie denken konnte, bevor ich den Mund aufmachte. Im Hause des Generalgouverneurs mußte ein Hausangestellter, den Monsieur und Madame nicht mochten, vorsichtig sein, aber einer, den seine Kollegen nicht mochten, würde die Nacht nicht überleben. Stell dir vor, du hast dreizehn Feinde statt zwei, sagte Anh Minh. Sich selbst hatte er netterweise von der Zahl möglicher Mörder ausgenommen, und diese Tatsache bewahrte ich ebenfalls im Gedächtnis. Im großen und ganzen zog es mein ältester Bruder vor, seine Lektionen auf die Vorgänge in der Küche zu beschränken. Ich wußte immer, wann sich Minh der Souschef anschickte, mich zu unterweisen. Zuerst wischte er sich die Finger an dem Taschentuch ab, das er stets in der Tasche hatte, dann warf er den Kopf zurück und bot seine Kehle den Blättern der Küchenventilatoren dar. Dann pries sein Mund die Vorzüge bretonischer Butter, die, stark gesalzen, in Dosen verpackt zu uns kam und Monsieur mit seiner morgendlichen Baguette serviert wurde. Madame zog Marmelade in dickwandigen Gläsern mit handgeschriebenen Etiketten vor, die aus gelben Pflaumen gemacht war, welche den Namen eines wunderschönen französischen Mädchens tragen. «Mirabelle», sagte Anh Minh in einem Ton, daß auch ich sie zu sehen vermochte. Als der alte Chaboux gestorben war und der junge Blériot kam, um seine Stelle einzunehmen, erklärte mir mein Bruder, daß diese französischen Küchenchefs Puristen seien, in der klassischen Tradition geschult und aus Familien stammend, die seit mindestens hundert Jahren Küchenchefs stellten. Minh der Souschef stimmte zu, daß es wahrscheinlich besser so sei. Schließlich hatte der *chef de cuisine* im Continental Palace Hotel in Saigon – ein Mann, der behauptete, aus der Provence zu stammen, von dem aber das Gerücht ging, er sei der uneheliche Sohn eines hohen französischen Beamten und dessen vietnamesischer Näherin – entlassen werden müssen, weil er Gerichte servierte, die von Zitronengras und Strohpilzen überdeckt wurden. Außerdem schmuggelte er Stückchen von Zwillingspflaumen und Jackbaumfrüchten in die Sorbets. «Die Gäste waren außer sich, forderten, das einheimische Küchenpersonal auf der Stelle zu entlassen, wenn nicht gar ins Gefängnis zu werfen, waren schockiert, daß es sich bei dem Schuldigen um einen harmlos aussehenden Provençalen handelte, und aufgebracht genug, um mit der Schließung des vornehmsten Hotels in ganz Indochina zu drohen, und, ja, das Continental setzte den Mann kurzerhand vor die Tür!» sagte Anh Minh, womit er eine weitere Lektion in denkbar kürzester Zeit erteilt hatte.

Anh Minh glaubte, wenn er drei Minuten hier und fünf Minuten da einsparte, dann könnte er die Minuten eines Tages zusammenzählen und hätte vielleicht genug, um sein Leben noch einmal ganz von vorne zu beginnen. Selbst damals schon wußte ich, daß die gesparten Minuten jede Nacht in einem tiefen Schlaf durchgebracht wurden, aus dem mein Bruder mit nichts als dem Taschentuch in seiner Tasche aufwachte. Aber mit Minh dem Souschef in der Küche war ich es zufrieden, einfach zuzuhören. Anh Minh, der Erstgeborene, hatte die Stimme geerbt, nach der wir, die drei folgenden Brüder, verlangten. Wenn ich die Augen schloß, hörte ich den Alten Mann mit seinen Flußlauten, leise und der Erde nahe, ein tiefer Strom, der mich, der ich am Ufer stand, zu sich rief. Er war da ohne die schwimmenden Inseln aus Abfall, die halb unter der Wasseroberfläche treibenden Körper neugeborener Tiere und die sich drehenden Inseln aus trockenem Laub und zerbrochenen Zweigen. Ihren Weg durch Anh Minhs geöffnete Lippen nehmend, sagte die gereinigte Stimme des Alten Mannes: «Ich glaube an dich.» In der Küche des Generalgouverneurs lernte ich aus den Worten meines Bruders und fand Trost in der Stimme des Alten Mannes. Dort empfing ich den Segen, den ich sonst niemals hören würde.

«Dummkopf! He, Dummkopf, hol mir eine Schachtel Kautabak!»

Der Alte Mann meinte zwar mich, aber er hätte statt dessen auch zu irgendeinem meiner Brüder sprechen können. Spätestens als wir laufen konnten, kannten wir auch unsere Namen. «Dummkopf» teilten wir uns wie das abgelegte Kleidungsstück des Älteren. Wir waren alle gleich, bis einer von uns den Alten Mann mit sich versöhnte, indem er Anzeichen von dem zeigte, was der Alte Mann von uns erwartete.

Einer wurde Gepäckträger bei der Eisenbahn, zunächst zwar nur für die zweite Klasse, aber er hoffte, in nicht allzu ferner Zeit die erste Klasse von innen zu sehen. Die Franzosen hatten dem Land ein Muster von Schienensträngen eintätowiert, da sie wußten, daß Beweglichkeit es ihnen erlauben würde, den kleinen Drachen, den sie ihr eigen nannten, unter Kontrolle zu halten. Tag für Tag spürte mein zweitältester Bruder die harten Schläge der Mobilität auf den Schultern. Tag für Tag drückten die Kosmetikkoffer der französischen Ehefrauen Anh Hoàng zu Boden. Zusammen mit ihren Männern, den Regierungsbeamten, bereisten sie ihre Kolonie und vergaßen völlig, wer sie waren und daß sie Meere hatten überqueren müssen, um in eine höhere soziale Klasse aufzusteigen.

Mein drittältester Bruder arbeitete in einer Druckerei. Er säuberte die Druckplatten, bevor sie auseinandergenommen wurden, von den Nachrichten des nächsten Tages außer Kraft gesetzt. Er nahm jede einzelne Druckform heraus und machte die Buchstaben sauber, solange sie noch warm und in einen weichen Überzug aus Druckerschwärze gehüllt waren. Mit seiner Bürste fuhr er in die Mondsichel eines jeden C, in die erhobenen Arme eines jeden sich ergebenden Y. In seinen Händen hielt er die neuesten Exportpreise für Gummi, profitbringend, auch wenn die Eingeborenen die Kautschukernte mit ihrer Malaria und ihrer Ruhr aufgehalten hatten. In seinen Händen lag die Anzahl der Personen, die wegen eines tollkühnen Attentats unter dem Fallbeil geendet waren. Der einsame Nationalist hatte noch nicht einmal das Tor zur Villa erreicht, aber die Gerechtigkeit forderte, daß ein Exempel statuiert werde. Anh Tùng sah nach unten und erblickte nur das O-Gebrüll eines Löwenrachens, die T-Äste eines Baumes, die S-Kurve des Mekong. Anh Tùng lächelte vor sich hin und dachte, daß die Hitze der Drukkerpressen nicht so schlimm war, wie es seine Freunde vorhergesagt hatten, daß man den Geschmack von Druckerschwärze mit einer Tasse lauwarmem Tee durchaus hinunterspülen konnte und daß er seine grau werdenden Fingernägel einfach in den Taschen verbergen würde, wenn er auf Freiersfüßen ging.

Minh der Souschef war unbestreitbar der Erfolgreiche. Er hätte im Jahr des Drachen zur Welt kommen sollen, sagte der Alte Mann. Ein Drache mit einer langen weißen Schürze war eine Ironie, die der Alte Mann nie sehen würde. Für ihn war die Schürze ein Ornat, bestickt und geweiht von den ausgestreckten Händen seines Gottes. In den Augen des Alten Mannes gab es keine Kleckse von Hühnerfett, keinen Zwiebelgestank, keine Flecken von Innereien und Fischgedärm, nur die Farbe des Erfolgs. Er äußerte häufig die Vermutung, daß Anh Minh als der Erstgeborene die Intelligenz, die Begabung und den Ehrgeiz seines Vaters in vollem Maße geerbt haben müsse. Wenn Männer seines Alters anwesend waren, erklärte der Alte Mann, daß Anh Minh als *der erste* alles aufgesaugt haben müsse, was der Schoß meiner Mutter zu bieten hatte. Ich sehe immer noch vor mir, wie sich diese fremden Männer die Lippen leckten, höre ihr leises Lachen, als sie sich meine Mutter vorstellten, vierzehn Jahre alt und das erste Kind empfangend und wie sie aufgesaugt wurde. Und was schlimmer ist, ich höre immer noch die Worte des Alten Mannes:

«Seht euch doch den Dummkopf da drüben an. Bloß gut, daß sie nach ihm versiegt ist. Das nächste wäre sonst bestimmt ein Mädchen geworden!» Der Alte Mann spuckt den dünnen roten Saft aus, der seine Lippen überspült. Der Betel, den er ununterbrochen kaut, löst sich in der Wärme seines Mundes auf. Er verfehlt den Spucknapf. Ich springe hinzu, um den Boden aufzuwischen. Aus diesem Grund will er mich in seiner Nähe haben. Er weist mit dem Kinn auf mich, opfert mich seinen Kumpanen wie vorher schon meine Mutter. Das Gelächter ist jetzt schrill und laut. Ich bin sechs Jahre alt. Ich stehe mitten in einem Raum voller Männer, die sich alle an etwas Billigem berauscht haben. Ich sehe den Alten Mann an, als dieser noch mehr Rotes in meine Richtung spuckt. Die warme Flüssigkeit landet teilweise im Messingnapf und teilweise auf meinen nackten Füßen. Ich bin sechs Jahre alt, und ich blicke hinauf zum Gesicht dieses Mannes. Ich lächle ihn an, weil ich ein Kind bin und nicht verstehen kann, was er zu mir sagt.

Als ich Anh Minh zum letztenmal sah, befand er sich zusammen mit einer Mannschaft, die aus seinen kräftigsten Leuten bestand, im Garten hinter dem Haus des Generalgouverneurs. In überdimensionalen Kupferschüsseln schlugen sie eimerweise Eiweiß zusammen mit Schaufeln von weißem Zucker zu Eischnee. Nur Schritte von der Küchentür entfernt waren Arbeitstische aufgestellt. Anh Minh wußte, daß es in einer solchen Nacht besser war, im Freien zu arbeiten. Vielleicht wehte ein leichter Wind durch die Bäume, und die Blätter über ihren Köpfen würden seinen Männern beim Arbeiten ein wenig Luft zufächeln. In einer solchen Nacht trugen die Ventilatoren in der Küche, die wie riesige Früchte des Sternanis von der Decke hingen, wenig dazu bei, die von den Öfen ausgehende Hitze zu verringern. Wären sie drinnen geblieben, wäre das Eiweiß hart gekocht worden, das wußte mein Bruder. Er hatte miterlebt, wie dies frisch angekommenen französischen Köchen passiert war, die keine Ahnung hatten, was in einer vietnamesischen

Küche alles geschehen kann. Das Eiweiß läuft die Schüsselwand hinab, der Schneebesen wird eingetaucht, und noch ehe der Zuckerstrom hinzugefügt werden kann, ist es zu festem Rührei geworden, gleicht einem in unbrauchbare Klumpen zerfallenen Kalbshirn. Im Vergleich zur Küche war der Garten eine Oase, aber noch weit davon entfernt, die ideale Temperatur zu bieten, um Luft unter das Eiweiß zu schlagen, bis es sich ausdehnte, aufblähte und nicht mehr zu erkennen war. Anh Minh machte das wett, indem er jede feuerfarbene Schale auf ein Blech mit Eis setzte, ein Vermögen, das vor unseren Augen dahinschmolz. Bis auf das «wuhsch, wuhsch» der von gestrafften Muskeln unter die Masse geschlagenen Luft herrschte Stille. Schweißperlen liefen Hälse, Arme und Hände hinab und sammelten sich in den Schalen. Ihr Salz würde wie das Kupfer und das Eis dazu beitragen, daß die Mischung feste Form annahm.

Zweiundsechzig Gäste wurden am Abend zu Madames Geburtstagsdiner erwartet. Einhundertvierundzwanzig turbanförmige Inseln aus Baiser, von feinen Linien aus karamelisiertem Zucker überzogen, würden, immer zu zweien, in Kristallschalen schwimmen, die bis zum Rand mit eiskaltem Sabayon gefüllt waren. Anh Minh behauptete, daß dies das einzige Gericht gewesen sei, mit dem der alte Chaboux bewiesen habe, daß er die Mütze des Küchenchefs verdientermaßen trug. Sein Ersatz, Chef Blériot, muß der gleichen Meinung gewesen sein, da er einzig und allein dieses Rezept des früheren Regimes ohne jede Änderung übernahm. Und das, obwohl es äußerst unorthodox sei, sagte Anh Minh, und eindeutig von dem klassischen Rezept für *œufs à la neige* abweiche. «Eier im Schnee», hatte Anh Minh für mich übersetzt, als wäre es die erste Zeile eines Gedichts. Wie Chef Blériot lehnte auch er es ab, das Tun des alten Chaboux zu verurteilen. «Armer Chaboux», sagte Anh Minh, «niemand hatte Madames Anordnung mehr überrascht als ihn.»

Schließlich war «Wie in Frankreich!» Madames unerschrockene Parole, die es immer schaffte, das gallische Herz des alten Chaboux höher schlagen zu lassen. «Der Haushalt des Generalgouverneurs hat die Pflicht, sich würdig und in hervorragender Weise zu ernähren. Alles hier sollte so sein *wie in Frankreich*!» befahl Madame, wobei sie keine Kenntnis davon nahm, daß sie in Frankreich nur drei statt fünfzehn Bedienstete gehabt hätte, um den Bedürfnissen ihres Haushalts gerecht zu werden. «Wie in Frankreich!», so endete jeder scharfe Befehl, ein nachdrücklicher Hinweis, den Madame unseretwegen hinzusetzte. Selbst der alte Mann, der schon am längsten zum Hauspersonal gehörte, der Gärtnergehilfe mit seinem gebeugten Rücken und seiner moosbewachsenen Zunge, konnte ihn nachäffen. Jeden Nachmittag, wenn sich Madame in ihr Tennisdreß warf und auf den Weg zum Club machte, ließen wir Madames Spruch über unsere Lippen schlüpfen, eine Allzweckklage, eine wohlgezielte Beleidigung, ein bitterer Kraftausdruck. Madames Redewendung konnte so viel bedeuten, und wir hatten unseren Spaß daran, sie in jedem Sinn zu benutzen. Von unserem Gelächter begleitet, lief «Wie in Frankreich!» durchs ganze Haus, versteckte sich in Schränken, schlief hinter Vorhängen, bis Madame, vom Hin- und Herschlagen eines kleinen Balles ganz erhitzt, zurückkehrte, um die Worte wieder für sich zu beanspruchen. Allerdings büßte «Wie in Frankreich!» seine Macht über Madame ein, als es um ihr wachsendes Mißtrauen gegenüber Kuhmilch ging. «Bei dieser tropischen Hitze», so hatte man Madame erzählt, «ist es schon vorgekommen, daß die Milch bereits beim Verlassen des schweißigen Kuheuters verdarb.»

«Stell dir vor, wir leben hier unter Menschen, die außer Muttermilch noch nie Milch getrunken haben!» hörte der Chauffeur Madame beim Diktieren eines Briefes ausrufen. «Bevor wir hierherkamen», fuhr Madame fort, «war das, was die Menschen hier ‹Milch› nannten, nur Wasser, das man über getrocknete und dann zerstampfte Sojabohnen gegossen hatte!» Madame wußte, daß das bei ihrer Schwester Kopfschütteln hervorrufen und sie denken lassen würde, wie glücklich sie sich doch schätzen mußte, einen Mann ohne Ehrgeiz geheiratet zu haben. Madame schloß ihren Brief, den ihre Sekretärin dann auf das offizielle Briefpapier des Generalgouverneurs zu tippen hatte, mit ein paar Sätzen über die Schwierigkeiten, die das Beaufsichtigen eines Haushalts mit fünfzehn Angestellten mit sich bringt. Das, erklärte der Chauffeur, nur für den Fall, daß ihre Schwester sich zu lange bei solch irrationalen Gedanken aufhalte.

Was Madame vom alten Chaboux verlangte, war klar. Die *crème anglaise*, der Ersatzschnee, zusammengemixt aus Eigelb, Zucker und Milch, mußte durch etwas anderes ersetzt werden. Madame bestand auf ihren Eiern im Schnee für das Geburtstagsdiner, aber Milch aus Indochina kam ihr auf gar keinen Fall hinein. «Einfach zu riskant», sagte sie. «Ich habe gehört, daß die Nationalisten die Kühe hier mit einem Kraut füttern, das so schädlich ist, daß die Milch, in ausreichend großen Mengen getrunken, eine völlig gesunde Frau unfruchtbar machen würde.» Die «Frau», an die Madame und der alte Chaboux dachten, war natürlich eine Französin. Madame hatte den Bericht von dieser durch nichts provozierten Schreckenstat und dem physischen Affront noch hinzugefügt, falls es der alte Chaboux wagen sollte, vor der ihm gestellten Aufgabe zurückzuschrecken. Es lag alles bei ihm. Er war der unerschrockene Forscher, ausgeschickt, um der Unantastbarkeit von Madame und allen Mesdames, welche die geprägte Einladung zum Diner erhalten würden, seinen Respekt zu erweisen und diese zu schützen. In einem Land am Rande des Äquators und in einer Küche, in der die Milch seiner geliebten Rinder versiegt war, mußte der geplagte Küchenchef Unmögliches zustande bringen. Der alte Chaboux mußte neuen Schnee finden.

«Sabayon anstelle von *crème anglaise!*» wiederholte Anh Minh die dramatische Lösung des inzwischen verblichenen Küchenchefs. Wenn Minh der Souschef die Zutaten wieder aufzählte, wobei die genauen Mengen sein Geheimnis blieben, war das ein Zeichen, daß ein Jahr vestrichen und die die ganze Nacht andauernden Vorbereitungen für Madames Diner begonnen hatten. «Auf so kleiner Flamme wie möglich Eigelb mit Zucker und trockenem Weißwein schaumig schlagen.» In seiner von Sternen und einem kaum vorhandenen Mond erleuchteten provisorischen Küche stand mein Bruder und erklärte mir noch einmal das Rezept, obwohl er die ganze Zeit über wußte, daß dies seine letzte Unterweisung sein würde, und bedauerte, daß sie letztendlich so wenig bedeutete.

Unglück und Verzweiflung sind immer etwas gewesen, worauf sich der Alte Mann gestützt hatte wie auf Spazierstöcke, wie auf pflichtgetreue Söhne. Nicht sein eigenes Unglück, sondern das anderer Leute. Der Alte Mann hatte sich ein Geschäft auf der letzten Zuflucht hoffnungsloser Menschen aufgebaut. Er übergab sie den geöffneten Armen seines Heilands Jesus Christus und, in geringerem Maß, denen der Heiligen Jungfrau. Heilige Jungfrau, daß er nicht lachte! Nur Männer, die Enthaltsamkeit gelobt hatten, konnten sie beschwören, eine Halluzination, die in den von Votivkerzen erhellten Nächten zu ihnen kam und ihnen sagte, sie sollten ihren müden Kopf an ihren Busen betten, der zwar keusch verhüllt, aber dennoch üppig war. Der Alte Mann hatte nichts für sie übrig. Das war von Anfang an so gewesen, von dem Tage an, als man ihn zur Notre-Dame von Saigon geführt und ihm befohlen hatte, niederzuknien und sein Gesicht dem Kirchenportal zu- und von der Frau abzuwenden, die seine kleinen bittenden Finger aus ihren eigenen lösen mußte. Von dem Tage, von dem Moment an, wo er ein Katholik wurde, war die Heilige Jungfrau für ihn ein unnötiges Anhängsel, ein schwacher Charakter in einer Geschichte, die er ansonsten eines Tages glauben würde.

Eine Kathedrale, selbst eine so nahe am Äquator, kann einen kleinen Jungen immer noch zum Zittern bringen. In einem Land mit nur zwei Jahreszeiten – Sonne und Regen – kann ein kalter Tag, wenn er denn kommt, selten überleben. Die Häuser des Herrn sind beliebte Rastplätze, in denen die Kälte gehortet und in den mit Vorhängen versehenen Beichtstühlen, dem Steinfußboden, dem gekreuzigten, geäderten Marmorchristus und den goldenen Kelchen aufbewahrt wird, die eisiger sind, als es ihr Glanz ahnen läßt. In einer Kathedrale verbrachte ein Junge, der eines Tages der Alte Mann werden würde, zitternd seine Jugend, stieg vom Chorknaben auf zum Ministranten und dann zum Seminaristen, indem er gehorsam das Leben lebte, welches die frommen Väter für ihn gewählt hatten. Aber als der Tag seiner Ordination näher rückte, verkündete der junge Mann, daß ihm die Heilige Jungfrau erschienen sei und ihm gesagt habe, er solle seine Ehelosigkeit aufgeben und sich eine Frau nehmen. Die frommen Väter waren sprachlos. Viele fragten sich, warum sie das nicht auch ihnen gesagt hatte. Der junge Mann hatte gelogen, aber seine Worte waren präzise. Er wollte nicht einfach eine Frau, sondern eine Ehefrau. Mit einer Frau konnte er schließlich auch als Priester zusammenleben. Einige der frommen Väter hatten zwei oder drei. Es schien so, als fühlten sich viele Frauen aufgrund des Zölibatgelöbnisses absolut frei und unbeschwert. Zuerst entblößten sie ihre Seele und dann auch anderes. Wenn ich in großmütiger Stimmung bin, sage ich mir, daß er eine Frau wollte, weil ihm an etwas Eigenem lag. Genauer gesagt, er wollte etwas haben, was er besitzen konnte, Eigentum, das sich vermehren konnte, das alle neun Monate an Wert zunehmen würde. Die frommen Väter behaupteten, sich mit solchen Dingen nicht auszukennen, und gingen mit gesenkten Köpfen davon.

Der junge Mann suchte einen Heiratsvermittler auf, der meinte, er könne ganz unbesorgt sein. Selbst ein Mann ohne

Geld, Eigentum, ja ohne Familiennamen könne sich eine Frau beschaffen. Ein Mann zu sein sei bereits wertvoll genug, erfuhr er, alles übrige sei eine Zugabe, Flitterkram für die wenigen Glücklichen. «Es kommt darauf an», sagte der Heiratsvermittler, «ein Mädchen zu finden, das weniger wert ist als du.» Das hieß für den jungen Mann, daß sie überhaupt nichts wert sein durfte. Traurigerweise gab es eine ganze Anzahl geeigneter Kandidatinnen. Der junge Mann hatte die frommen Väter und ein Leben in Meßgewand, Pallium und Mitra hinter sich gelassen, aber weit ging er nicht. Er fand ein kleines Haus am Rande der Stadt, in beträchtlicher Entfernung von der Kathedrale, aber immer noch nahe genug, um ihr Glockenspiel zu hören. Das erwählte er sich zu seinem Standort. Damit sein neues Geschäft florierte, durfte es nicht allzu weit von der Armut abliegen. Bittere Armut war nicht erforderlich, das hieß die Sache übertreiben. Was er brauchte, war einfach eine Samstag-Geld-Sonntagpleite Art von Armut, eine tiefsitzende Hier-komme-ich-sowieso-nicht-weg Art von Zahlungsunfähigkeit. Und im Hinblick auf seine spezielle Sachkenntnis brauchte er außerdem einen vernachlässigten, nach Möglichkeit dahinwelkenden Außenposten seines Herrn. Bald fand der junge Mann alles, was er suchte. Er spazierte in eine Holzkirche, die mit einem eingeborenen Priester und wenig sonst ausgestattet war, und bot diesem an, seine Gemeinde am Leben zu erhalten, natürlich gegen Honorar, zu zahlen per neu gesenktem Kopf bei Lieferung. Pater Vincente, geborener Vũ, der die Messe bis jetzt nur als eine einsame Angelegenheit zwischen sich und den gelegentlich als Besucher auftauchenden Seminaristen zelebriert hatte, willigte ein und fragte nicht groß nach dem Wie.

Der junge Mann war nicht brillant, noch nicht einmal klug. Er war jedoch mit einer einzigartigen Einsicht begabt, nämlich: «Glückspiel und Glaube gehen Hand in Hand.» Das war das Juwel, das ihm sein Gott unabsichtlich unter die Zunge gelegt hatte. Er seinerseits dachte sich ein Ritual aus, das es den beiden leichter machte zusammenzukommen: Kartenspiel zu später Stunde in seinem Haus und Frühgebete in Seinem Haus. Wenn die Spieler gewannen, dann beteten sie, und die Neubekehrten gewannen zumindest ein- oder zweimal – ein schmerzlos eindringender Angelhaken. Wenn die Spieler verloren, beteten sie auch. So oder so gewann der junge Mann, da er zusätzlich zu der üblichen Pro-Kopf-Gebühr von Pater Vincente immer einen ordentlichen Anteil vom Topf bekam. Und in geringerem Maße gewann auch die katholische Kirche. Wäre Pater Vincente in Ohnmacht gefallen oder wenigstens rot geworden, wenn er Bescheid gewußt hätte? Aber warum Fragen stellen, wenn ihn die Diözese für die nicht abreißenden Konversionen belohnte, für die monatlichen Taufen, die seine Gemeinde vergrößerten und ihm schließlich doch noch eine Herde bescherten.

Die Jahre verstrichen, und allmählich fand in Pater Vincentes Kirche in immer kürzeren Abständen eine Abwanderung von der Kirchenbank ins Grab statt. Sogar Pater Vincente räumte die Ironie ein. «Kaum waren sie gekommen, um ihr Heil zu suchen, da kam das Heil zu ihnen», wurde zum Erkennungsspruch seiner ansonsten wenig bemerkenswerten Predigt bei diesen Anlässen. Von Jahr zu Jahr stellte Pater Vincente mit zunehmendem Bedauern fest, daß der junge Mann, der inzwischen der Alte Mann war, ihm nicht mehr den Teil der Bevölkerung zuführen konnte, der der Lebensnerv der Kirche gewesen war. Junge Männer, so hatte Pater Vincente mit Freude festgestellt, neigten zum Heiraten und konnten daher Frauen und Kinder zur Gemeinde beitragen. Schließlich begriff er, daß die Anziehungskraft des Alten Mannes auf Männer seines Alters beschränkt war. «Man muß seine Kunden kennen», sagte dieser achselzuckend. Er sprach undeutlich, und manches Wort rutschte ihm von der vom Alkohol schlüpfrigen Zunge. Pater Vincente hielt den Atem an und wandte das Gesicht ab.

Bei meinem letzten Zusammensein mit Anh Minh schloß dieser die Augen und sagte, er habe alles gesehen, mein törichtes Lächeln, die rote Flüssigkeit, die offenen Münder, das weiße Tuch schlaff in meiner Hand. Er ließ den Kopf sinken und sagte, damals hätte er mich retten können, aber jetzt nicht mehr. Er bestätigte mir, was ich immer vermutet hatte. Anh Minh hatte eine Schwäche für kleine Tiere. Er hätte es niemals fertiggebracht, einem Huhn den Hals durchzuschneiden, es über eine Schüssel zu halten und zuzusehen, wie das Blut auslief. Er begriff das Leben mit Hilfe von Bildern, die dem von ihm gewählten Beruf entstammten, und was er vor vierzehn Jahren im Haus des Alten Mannes mit angesehen hatte, war das Schärfen eines Messers. Was er fühlte, ließ ihn zittern.

An dem Tag, an dem meine sechs Jahre alten Füße rote Flecken bekamen, überzeugte Anh Minh den Alten Mann davon, daß er in ein paar Jahren imstande sein würde, mir eine Stelle in der Küche des Generalgouverneurs zu verschaffen. «Selbst die am schlechtesten bezahlten Gehilfen kriegen zwei Mahlzeiten am Tag und die Chance, irgendwann einmal die lange weiße Schürze zu tragen», sagte Anh Minh. «Aber der Konkurrenzkampf ist hart», erklärte er dem Alten Mann. «Jeder junge Bursche, der am Hinterausgang wartet, kann ein paar Brocken Französisch, hat auf einer Plantage in der Küche gearbeitet, hat ein oder zwei entfernte Vettern unter den Hausangestellten. Deshalb sollte man jetzt anfangen. Seine ersten Erfahrungen könnte er sammeln, indem er Má bei ihrem Geschäft hilft. Ich meine, bei ihrer Küchenarbeit. Natürlich ist Más Küche überhaupt nicht mit der des Generalgouverneurs zu vergleichen», setzte Anh Minh schnell hinzu, als er das Funkeln sah, das die Augenlider des Alten Mannes spaltete. «Aber wenigstens könnte er von Má lernen, wie man ein Messer hält, wie man Sachen kleinschneidet und schält, wie man sich um einen heißen Herd herumbewegt. Die Feinheiten lernt er dann, wenn er bei

mir arbeitet. Má kann ihm nur schon mal die Grundlagen beibringen», schlug Anh Minh vor und hoffte, daß unsere Mutter
nicht hinter der geschlossenen Tür lauschte, hoffte, daß ihr
Herz noch ganz war. Wie viele Päckchen gedämpften Reis sie
auch verkaufte, der Alte Mann würde es niemals dulden, daß
man dabei von einem «Geschäft» sprach. Das war *sein* Wort.
Anh Minh fügte sich, auch wenn er wußte, daß es die Einnah-
men unserer Mutter waren, die für Reis auf unserem Tisch
sorgten, und daß das Einkommen des Alten Mannes nur seine
Flaschen vor dem Versiegen bewahrte. «Nicht zu ändern», hatte
dieser gesagt. «Notwendige Geschäftsausgaben.»

«Was das Französisch anbetrifft, so kann ich ihm genug beibringen, um Monsieur und Madame zu beeindrucken, aber ich
müßte jetzt damit anfangen. Er kann jeden Tag zum Haus des
Generalgouverneurs kommen, sobald er bei Má fertig ist. Dann
bringe ich ihm in den Arbeitspausen ein paar Worte bei. Abgesehen davon, wird es gut für ihn sein, wenn er sieht, wie eine
richtige Küche geführt wird.»

Auf dem Gesicht des Alten Mannes erschien ein Lächeln. Es
sah aus, als werfe die Haut plötzlich Blasen. Wieder einmal
machte ihn sein ältester Sohn stolz. Minh der Souschef dachte
wie ein Mann. Er überlegte, wie er aus einem Verlust noch Profit schlagen könnte. Der Alte Mann hatte recht. Anh Minh
dachte in der Tat wie ein Mann. Er überlegte, wie er einen
Schmerz verstecken könnte, der unerträglich war. Anh Minh
ließ seine Worte durch das Haus des Alten Mannes wirbeln und
suchen. Sie fanden für mich einen Raum, den zu betreten sich
der Alte Mann nie herabließ. Es war der einzige Raum mit einem Lehmboden. «Für sie noch gut genug», hatte der Alte
Mann mit einem Seitenblick auf meine Mutter gesagt. Dieser
Blick war von der gleichen gedankenlosen Gewalttätigkeit wie
die Spucke, die aus seinem Mund geschossen kam.

Als ich meinen ältesten Bruder zum letztenmal sah, da enthüllte er mir die heroischen Taten seiner matten Worte, wie sie die Geschichte meines Lebens vorhergesagt hatten, bestimmt für die Küche und rat- und haltlos dahintreibend. «Ich habe dir alles gegeben», sagte Anh Minh, «und du hast es vergeudet.»

Wir waren schließlich beide von dem Alten Mann aufgezogen worden. Anh Minh war, wie auch ich, immer auf der Suche nach ein bißchen mehr, und ich fürchte, er hatte es in der dunklen Küche des Generalgouverneurs gefunden. Was hofftest du dort zu finden, Anh Minh? Chef Blériot und Madames Sekretärin, den Anblick eines schlaffen Dekolletés, verheddert Spitzenunterwäsche, die sich um ihre blutlosen Knöchel gewickelt hatte, ein bißchen Sex, um sich zu etwas mehr hochzustemmen? Mein lieber Bruder, ich habe das Leben, das du mir gegeben hast, nicht vergeudet. Ich habe es eingetauscht gegen Blériots Lippen, wenn sie die Kerben meines Rückgrats hinabwanderten und sich in meinem Kreuz teilten, gegen meine Finger, die in seinen Locken vergraben waren und seinem Mund den Weg wiesen, unter dem sich mein Rücken durchbog, als er uns beide ohne Scham dem Himmel näher brachte, als er mir den Schrei entlockte: «Erbarmen, bitte, hab Erbarmen!»

Als ich Anh Minh zum letztenmal sah, stand er da mit einem Fingernagelmond in seinem Rücken und Kummer im Herzen. «Wie kann ich dich jetzt noch retten?» fragte er, die einzigen Worte wiederholend, die ihm an jenem Abend noch für mich geblieben waren.

6 * * * * * *

Als wir uns an Bord der *Niobe* von Saigon nach Marseille vorankämpften, erzählte mir Bão von einem Matrosen, der aus einer alten Familie von Korbflechtern kam. Am Anfang hatten seine Vorfahren versucht, auf ihrem Land Reis zu pflanzen, aber die Wasserhyazinthen, die vorher auf diesen überfluteten Feldern gewachsen waren, weigerten sich, ihren Anspruch aufzugeben. Drei Jahre lang kämpfte die Familie, und die Wasserhyazinthen gewannen. Man fühlte sich verspottet, ja sogar verflucht, denn wenn man sich umschaute, zeigten alle benachbarten Reisfelder ein sattes Grün. Verzweifelt und dem Hungertod nahe richteten die Vorfahren des Matrosen so viele Gebete an ihre Ahnen, daß sie schließlich Antwort erhielten. Eines Morgens verkündete die Älteste der Familie, daß sie eine Vision gehabt habe, was schon deshalb besonders unerwartet kam, weil sie von Geburt an blind war. Sie sagte, von nun an würden sie die Wasserhyazinthen ernten und ihre Stengel trocknen, um Körbe daraus zu flechten. Laut Bão zeigte sie den andern sogar, wie das ging, und ersann ein Muster, das so kompliziert war und so dicht, daß die Körbe Wasser hielten. Ihre Nachbarn fanden sie sehr nützlich und tauschten mit Freuden Reis gegen ein oder zwei Körbe ein. So brauchte die Familie nicht länger zu hungern. Ja, als der Knabe, der eines Tages Matrose werden würde, zur Welt kam, da war das Korbflechten für seine Familie die einzige Art, sich den Lebensunterhalt zu verdienen, die sie kannte.

An seinem fünfzehnten Geburtstag hielt der Junge im Flechten inne und verkündete, daß er ins nächste Dorf gehen werde. Als ihn die andern fragten, weshalb, sagte er: «Nur mal schauen.» Es war sein Geburtstag, und er war der älteste Sohn, also packte ihm seine Familie Reis ein, ausreichend für die viertägige Wanderung zum nächsten Dorf. Acht Tage später kehrte er zum Haus seiner Familie zurück, das von Wasserhyazinthen in voller purpurfarbener Blüte umgeben war, und erklärte, daß er vorhabe, ins nächste Dorf zu ziehen. Gefragt, wovon er dort leben wolle, sagte er, er werde von den Wasserhyazinthen ein paar Ableger mitnehmen und seine eigene Korbflechterei aufmachen. Eine Viertagereise, das ist nicht so weit weg, und schließlich war er der älteste Sohn. Am folgenden Tag verließ der Junge den Grund und Boden seiner Familie. Auf seiner rechten Schulter balancierte er einen Korb mit Ablegern. Mit jedem Schritt vorwärts hinterließ er den Eindruck einer sich leicht neigenden Waage.

«Rate mal, was passierte, als er im nächsten Dorf ankam», sagte Bão.

«Er hatte das Muster vergessen.»

«Nein, du Esel! Niemand vergißt eine Fertigkeit wie das Korbflechten, bloß weil er von einem Dorf ins nächste zieht.»

«Oh.»

Bãos Worte klingen oft unfreundlich, aber mir machte das nichts aus, weil er selbst niemals so war. Das können Sie ruhig glauben. Schließlich habe ich ihn gekannt, habe die Dunkelheit des Schlafes mit ihm geteilt, habe ihn in den Stunden vor Tagesanbruch summen hören. Also bin ich derjenige, bin wirklich der einzige, der das Recht hat zu sagen, was im Hinblick auf Bão unglaubhaft ist.

«Los, versuch es noch einmal», forderte er mich mit einem Wink auf.

«Der Korbmacher hatte kein Land», riet ich.

«Nein, er war ja nicht der Dorfidiot wie du. Während der Reisernte half er auf den Feldern im Tausch für das Recht, vom Land seines Nachbarn ein kleines Stück zu bearbeiten.»

«Also sag's mir einfach, Bão.»

«Keine Wasserhyazinthen!»

«Was?»

«Keine ... Wasser ... hyazinthen!» wiederholte Bão, als könnten die Pausen, könnte die hinzugefügte Stille zwischen den Wörtern dem Gesagten Sinn verleihen.

Bão zufolge gefiel es den heimischen Ablegern nicht in dem neuen Boden, obwohl das Feld angemessen unter Wasser stand und die Wachstumsbedingungen in jeder Hinsicht günstig waren. Der Korbmacher mußte die Ableger aus dem Schlamm und dem Wasser ziehen und das Stück Land mit einer dortigen Sorte neu bepflanzen, die unter seiner Pflege bald prächtig gedieh. Er erntete die Stengel und trocknete sie, aber als er sie flechten wollte, zerbrachen sie ihm in den Händen. In der nächsten Wachstumsperiode brachte der Korbflechter die Hyazinthenableger seiner Familie zum übernächsten Dorf und versuchte, sie auf einem anderen Feld anzupflanzen. Wieder erschien auch nicht der winzigste Trieb, und wieder versuchte er es mit der dortigen Art, aber die Stengel erwiesen sich als spröde oder, schlimmer noch, ließen sich flechten und blieben geflochten, bis er fertig war, und gingen dann wieder auseinander. Der Korbflechter, sagte Bão, wanderte immer weiter, von einem Dorf zum andern, immer entlang der Südküste Vietnams, und mußte feststellen, daß es nicht einen Ort gab, wo die Wasserhyazinthenableger seiner Familie wachsen wollten. Erschöpft und weil ihm buchstäblich das Land ausging, landete der Mann schließlich auf dem Meer.

«Es muß doch noch einen anderen Ort geben», sagte der Korbflechter nach vielen, vielen Wochen auf See.

«Ich habe ihm gesagt, er solle es in Holland versuchen», sagte Bão, offensichtlich stolz darauf, daß er die Reise des Korbflechters und seine Geschichte mit solch einem praktischen Ratschlag beendet hatte. Deshalb hatte Bão natürlich die Geschichte vom Korbflechter überhaupt nur erzählt. Ganz egal, wer vielleicht sonst darin vorkam, Bāo war der Held aller seiner Geschichten.

Jetzt denke ich für gewöhnlich an ihn, wenn ich auf Stellungsuche bin, was zugegebenermaßen häufig der Fall ist. An den Korbflechter, nicht an Bāo. (Ja, doch, an ihn auch.) Es sind nicht nur die Unterschiede, der offensichtliche Kontrast zwischen der Art, wie der Korbflechter seinen Lebensunterhalt verdient, und meiner. Mir ist aufgefallen, wie wenig exportfähig die seine ist, wie sehr sie in unser Land gehört und im wahrsten Sinne des Wortes das Schwemmland seines heimischen Bodens braucht. Aber das ist nicht der Grund, warum ich immer wieder zu der Geschichte zurückkehre. Ich halte an dem Korbflechter fest, weil ich den Teil seiner Geschichte kennenlernen möchte, den Bāo mir nicht erzählt hat. Was war in dem von purpurfarben blühenden Wasserhyazinthen umgebenen Haus geschehen, daß er fortging? «Nur mal schauen» klingt für mich wie etwas, was sich Bāo ausgedacht hat, um Verwickeltes und schwer Auszudrückendes durch seine eigene Unbestimmtheit zu ersetzen. Ich kann mir durchaus das Verlangen des Korbflechters vorstellen und daß es sich geographisch bis zum übernächsten Dorf und vielleicht auch noch ein oder zwei Dörfer weiter erstreckt. Aber seinen Körper zu nehmen und ihn aus freien Stücken aufs offene Meer zu schicken, das, so meine ich, entspringt keinem Verlangen, sondern ist höchstens dessen Konsequenz.

Als ich die Geschichte vom Korbflechter zum erstenmal hörte, war ich zwanzig Jahre alt, seekrank, aber ansonsten gesund. In der Tat war ich ein sehr gesunder zwanzigjähriger junger Mann, voller Sex und Stolz, voll von all dem, was meine Brüder vor mir zur Schau getragen hatten wie Tapferkeitsmedaillen für Kämpfe, an denen sie nie teilgenommen hatten. Aber alles an seinem Ort und zu seiner Zeit. Stolz zum Beispiel war nichts für die Arbeit. Das hatte uns Minh der Souschef beigebracht. Monsieur und Madame reagieren auf Stolz sehr empfindlich – eine zu weit hochgezogene Augenbraue, ein ironisch verzogener Mund, Schultern, von Sehnen und unversehrten Knochen gerade gehalten. Noch ehe der Dienstbote merkt, daß er etwas dieser Art an den Tag legt, haben es Monsieur und Madame manchmal schon entdeckt wie etwas, was unter ihrem Bett herumkriecht. (Natürlich würden sie das als erste bemerken.) Arbeitslosigkeit ist unvermeidlich, warum es also nicht gleich hinter sich bringen? Vermutlich ist das ihre Begründung für die automatisch erfolgenden Entlassungen. Monsieur und Madame denken, es sei wie das Abrichten eines Tieres, eines Hundes vielleicht. Wenn wir erst einmal begriffen haben, daß bestimmte Handlungen ohne Folgen bleiben, dann sind wir nicht mehr zu gebrauchen. Unsere Arme und Beine können, wenn wir sie nach Gutdünken bewegen, nicht mehr schnell und gehorsam genug auf die Stimme unseres Herrn reagieren. Alle Messieurs und Mesdames wissen, daß Stolz gefährlich ist. Sie stellen sich ihn als Schaum vor dem Mund vor. Stolz bleibt daher, wenn du Vietnamese bist, das heißt ein vietnamesischer Vater oder ältester Sohn, für zu Hause reserviert. Andernfalls trag ihn hinaus auf die Straße. Stolzier mit ihm in den Gassen umher, wo die Mädchen ihre Wäsche aufhängen und junge Männer mit der Pomade in ihrem Haar angeben. Das bringt mich natürlich auf das Thema Sex. Ja, Sex. Aus welchem andern Grund sollte jemand Pomade in seine bereits fettigen Haare schmieren oder seine Unterwäsche in der brütenden Saigoner Hitze den Blicken darbieten?

Wie wir alle von dem Alten Mann gehört hatten, waren meine Brüder Tùng und Hoàng nicht die Allerhellsten der Familie, aber sie bedurften nicht seines hämisch verzogenen Mundes, um zu begreifen, daß sie von allen am besten aussahen. Junge Mädchen, unsere Mutter, sämtliche im Umkreis lebenden Frauen aller Altersstufen himmelten sie an, und ihre alltäglichen Grüße und Scherze waren voll heimlichen Verlangens. Tùng und Hoàng waren immer schön gewesen, aber mit zunehmendem Alter veränderte sich ihre Schönheit, die, anfänglich fast mädchenhaft, jetzt zu etwas völlig Eigenem wurde, zu etwas, das sie umgab, ohne die noch feuchte Leinwand ihrer Haut wirklich zu berühren. Glauben Sie mir, diese beiden brauchten nie nach Sex Ausschau zu halten, ihn aufzuspüren wie Aasgeier. Wenn wir durch die Gassen gingen, hängten die Mädchen in ihrem Drang, gesehen zu werden, die Wäsche tropfnaß hinaus. Die Leinen hingen durch, so schwer war sie. Meine Brüder sahen die Mädchen durchaus, die Durchsichtigkeit ihrer nassen Kleider, die Art, wie ihnen das Wasser an den Armen hinunterlief, den Dampf, der von ihnen aufstieg. Tùng und Hoàng nahmen alles in sich auf, was ihnen diese Szenen boten. Erinnerungen an diese Mädchen war Nahrung für die ganze Nacht, und zwar sehr wohlschmeckende, nach allem, was ich hören konnte – ein rauhes Stöhnen für jeden Happen und Bissen, den sie sich vorstellten. Aber sehr lange würden diese beiden nicht auf ihre Phantasie angewiesen sein.

Die Dinge, die mich des Nachts wach hielten, waren von Anfang an, wie soll ich sagen, unbestimmter. Ich sah die Mädchen an den Wäscheleinen, ein Blinder hätte sie gesehen, aber ihre Wirkung auf mich war nicht dieselbe. Wenn ich die Augen schloß, verflüchtigten sich ihre Körper und ließen nur ihr Begehren zurück, stark und pulsierend. Das fühlte ich durchaus und – ein Hinweis auf mein späteres Leben und meinen Beruf – konnte es auch schmecken. Die letzten Pfirsiche der Saison, von der Sonne mit Honig gesüßt, der Geschmack von meinem eigenen Salz an den Fingern – es war ein Mittelding zwischen beidem. Als ich älter wurde, nahm mein Begehren Gestalt an. Es fand ein Gesicht und einen Körper, der sich nicht allzusehr von dem Tùngs oder Hoàngs unterschied. Das war das Problem. Einen Fluch will ich es nicht nennen, denn es ist keiner. Ein Vater, der es nur dem Namen nach ist, das ist ein Fluch, oder Monsieurs und Madames Würgegriff, selbst wenn sie gar nicht anwesend sind. Ein Fluch, so dachte ich damals, als ich die Geschichte vom Korbflechter zum erstenmal hörte, war die grenzenlose Suche jenes Mannes oder vielleicht sein fester Glaube, daß es zu dem speziellen Schwemmland, aus dem das Feld seiner Familie bestand, eine Alternative gab.

Als ich die Geschichte vom Korbflechter zum erstenmal hörte, war ich zwanzig Jahre alt und verliebt. Sterblich verliebt, mit Schmerzen verliebt. Mein ganzer Körper, ausgenommen mein Kopf, war davon betroffen. Ich war in einer Weise verliebt, wie es, so vermute ich heute, nur ein Zwanzigjähriger sein kann. Es war nicht so sehr ein Fieber, sondern viel eher ein Beben, ein unaufhörliches Zittern, welches es schwierig oder einfach unnötig machte zu denken. Reden war ebenfalls schwierig. Sprache war eindeutig das, was mit am ersten versagte, da diese Art von Gefühl anders besser ausgedrückt werden kann. Zu der Zeit arbeitete ich seit ungefähr sieben Jahren im Haus des Generalgouverneurs. Er war noch nicht einen vollen Monat da, aber er war als Küchenchef gekommen und natürlich Franzose. Beides zusammen stellte ihn so hoch über mich, daß ich ihm mit meinen irdischen Jahren nichts entgegenzusetzen hatte. «So jung und schon mit so viel Macht ausgestattet!» ging es am Tag seiner Ankunft wie ein Kehrreim durchs ganze Haus. «Mißbrauch und Verschwendung», so prophezeiten die Hausangestellten unter uns, «werden nicht lange auf sich warten lassen.» Aber Chef Blériot glich seine jugendliche Erscheinung durch eine Strenge aus, die selbst uns überraschte. Wir hätten ihn Napoleon genannt, aber da er weder klein noch um die Taille herum dicklich war, ging das schlecht. Nein, Blériot war in seinem

Aussehen ebenso gebieterisch wie in seinem Auftreten. Ein außergewöhnliches Exemplar von einem französischen Mann, das mußten wir zugeben. Sein Haar, «kastanienbraun», wie es der Chauffeur nannte, zeigte den Ansatz zu mehreren strategisch plazierten Locken, die ihm gelegentlich in die Stirn fielen, was etwas Lyrisches an sich hatte und uns wider Willen beeindruckte. Und wer von uns sah ihm nicht ein wenig zu lange in die Augen, die blau waren mit schwarzen, berstenden Sternen darin? Für das übrige, sagte der Chauffeur, sei «Kuhmilch in ihren unzähligen Formen» verantwortlich. Darüber konnte man jedoch verschiedener Meinung sein. Wir vom Hauspersonal saßen oft zusammen und stellten unsere Spekulationen über das Wesen dieses Mannes an. Wir verfluchten seinen Namen und segneten seinen Körper mit den Worten unserer Wünsche, die alle unterschiedlich waren. Der Gärtnergehilfe wünschte sich seine Jugend. Der Chauffeur beneidete ihn um seine Größe. Madames Sekretärin, das wußte jeder von uns, brauchte alles, was Chef Blériot anzubieten hatte. Ich war natürlich von Anfang an gegen ihn eingenommen. Schließlich mußte sich jetzt mein ältester Bruder eine weitere Ewigkeit mit dem Titel Minh der Souschef zufriedengeben.

Am Tag von Chef Blériots Ankunft saß Anh Minh in einer Ecke der Küche, diesem Riesenraum, den er zwei beispiellose Wochen lang sein eigen genannt hatte. Die Hände hatte er in den Schoß gelegt. Es gab nichts mehr, was er hätte tun können. Die Töpfe und Pfannen waren wieder und wieder gescheuert worden und glänzten, so sehr es nur ging. Die Speisekammer war sauber und gefegt. Die Mütze des Chefkochs hatte der Souschef bereits abgenommen und waschen und stärken lassen. Der Anblick meines Bruders, wie er barhäuptig und stumm vor Enttäuschung dasaß, erteilte mir eine Lektion, die er nie beabsichtigt hatte. Dieser Mann, der zu Hause Anlaß zur Prahlerei und Gegenstand des Lobes war, war hier nichts. Er war einfach ein weiterer Dienstbote. Ich bin überzeugt, daß sich das übrige Hauspersonal an den Gesichtsausdruck meines Bruders erinnert, aber ich kann es nicht. Wenn ich jetzt die Augen schließe und ihn mir vorstelle, sehe ich seine Hände. Abgezehrt kommen sie mir vor. So dünn, daß der Luftzug einer zugeschlagenen Tür sie von seinem Schoß wehen könnte. Wenn sich der Kummer erst an den Händen zeigt, ist er tief und grenzenlos, nicht mehr nur eine anbrandende Welle, sondern eine haushohe Flut. Das ist es, was ich mitgenommen habe, die Erinnerung an diese Hände, die ich in gewissen Abständen in meinen eigenen suche. Ihr Anblick hätte der Geschichte ein Ende machen sollen, vielmehr hätte es gar nicht erst eine Geschichte geben sollen, aber schließlich hatte Blériot einen so unaufdringlichen Anfang gewählt, daß er beinahe zu übersehen war. Wer konnte das ahnen?

«Chef Blériot will, daß du ihn zum Markt begleitest», sagte Anh Minh oder Minh Immer-noch-der-Souschef, wie ich ihn neuerdings nannte.

«Wieso ich?» fragte ich.

«Er will, daß du ihm alles zeigst, daß du, wenn nötig, übersetzt.»

«Ich übersetzen? Hast du ihm erzählt, ich könnte Französisch?»

«Ich habe gesagt, du lerntest es. Mach dir keine Gedanken. Du weißt mehr französische Wörter als Blériot vietnamesische. Hier macht dich das zum Übersetzer.»

«Oh.»

«Nur lügen darfst du nicht, denk dran.»

«Was meinst du damit? Ich hab noch nie …»

«Natürlich nicht. Ich meine damit nur, wenn du das französische Wort nicht kennst, dann sag es. Lüge nicht. Sie kommen immer dahinter und sind dann stocksauer.»

«Oh.»

«Ich meine es ernst. Mit dem Burschen ist nicht gut Kirschen essen. Vergiß nicht, ihn ‹Chef› Blériot zu nennen, und denk dran: Was immer du anstellst, fällt auf mich zurück.»

Anh Minhs Worte waren stets wohlüberlegt, aber häufig banal. Dieses Gerede vom Zurückfallen hörte man ein bißchen zu oft, besonders innerhalb unserer Familie. Es klang wie etwas, was der Alte Mann sagen würde, nur daß seine Version mit einem Kraftausdruck begonnen und geendet hätte. So oder so reichte die Drohung, alle meine Sünden auf dem Haupt meines Bruders versammelt zu sehen, nicht aus, um mich von etwas abzuhalten.

«Nicht so schnell! Bitte, Chef Blériot, reden Sie langsamer! Mein Französisch ist nicht besonders gut.»

Er lächelte, eine Bewegung des geschlossenen Mundes, die in dem Schwung der Lippen Aufmerksamkeit konzentrierte. Zuerst hielt ich sein Lächeln für albern und selbstgefällig, für eine spöttische Pockennarbe von einem Lächeln, aber irgendwo zwischen der Frau, die bittere Melonen, und dem Mann, der Zwiebeln und Knoblauch verkaufte, sah ich den Schwung und sah ich die Lippen.

«Wie alt ... bist ... du?»

«Neunzehn, fast zwanzig, Chef Blériot.»

Wieder lächelte er. Diesmal konnte ich einfach nichts machen. Dieses Bild, wie er seine blauen Augen mit dem schwarzen, berstenden Stern in der Mitte gegen das Gelb der frühen Morgensonne abschirmte, hatte sich bereits in meine Erinnerung eingegraben. Irgendwo zwischen den Zwillingsschwestern, die Mangostinen verkauften, und der alten Frau, die verkaufte, was sie an jenem Tag gerade im Garten hatte, stellte ich ihm dieselbe Frage.

«Sechsundzwanzig», antwortete er.

«Oh.»

«Morgen zeigst du mir den Fischmarkt.»

«Ja, morgen den Fischmarkt ich Ihnen zeige.»

Ein Versprechen, besiegelt in der Sprache des Handels an einem Ort, an dem Handel getrieben wurde.

«Seezunge?» fragte Blériot.

«Seezunge», übersetzte ich.

«Wels?»

«Wels.»

«Hai?»

«Hai.»

Jetzt, wo ich darüber nachdenke, eine langsame Verführung inmitten der Früchte des Meeres. Aber damals, nun, damals gab es nichts zu überlegen. Es war bereits unmöglich. Allerdings ließ sich Blériot Zeit. Schließlich war er ja Koch. Will man etwas weich bekommen, ist Schmoren besser als die offene Flamme, das wissen wir alle. Anfänglich traf ich mich mit ihm um halb sechs Uhr morgens am Hinterausgang. Wenn wir am Hauptmarkt ankamen, waren die Händler gerade eben mit dem Aufbauen ihrer Stände fertig. Am Ende der ersten Woche kannten alle Verkäufer seinen Namen, sogar der Blinde, der Zwiebeln und Knoblauch feilbot. Ich sagte zu Blériot, daß er diese Sachen nicht von ungefähr verkaufte. Mit Zwiebeln und Knoblauch könne er sich gegen Diebe schützen, weil er immer riechen kann, wenn sie davongehen. Eine kleine Lüge ergibt eine gute Geschichte. Blériot sah mich an, als sei er meiner Meinung. Sämtliche Händler kannten auch seine Stellung – Chef Blériot, der chef de cuisine im Haus des Generalgouverneurs, ein Mann, der wichtiger für sie war, als es der Generalgouverneur je sein würde. Sie konkurrierten um seinen Eiereinkauf – einen Karren voll, zweimal die Woche. Sie hoben ihm ihre wurmlosen Tomaten auf, legten ihm fingergroße Gurken zurück. Sie erklärten sich bereit, Spinat für ihn anzubauen. Für ihn tauschten sie ihre Schalotten gegen Lauch aus der zentralen Bergregion ein. Sie lernten, daß er nicht handeln würde, und folglich nannten sie ihm immer ihren optimistischsten Preis. Entweder kaufte er, oder er ging weiter. Das war das Risiko, das sie eingingen für die Chance, gut und gern den Gewinn einer Woche einzustreichen. Was mich anging, so hatten sie mich zwar schon früher gesehen, aber jetzt betrachteten sie mich erst richtig und fragten sich, wem meine Loyalität gehörte. Ob ich einer von der Sorte war, die ihre eigenen Leute verriet, damit ihr Monsieur die Entsprechung von ein paar Centimes sparte. Ob ich von ihrem Blut lebte oder von seinem Geld. Keins von beidem, wenn's recht ist. Nach der dritten Woche sagte Blériot, ich solle um fünf kommen. Ich weiß noch, daß ich dachte, in der Morgendämmerung sehen alle schön aus, sogar die Mangostinen verkaufenden Zwillingsschwestern. Wir nahmen die halbe Stunde, die Hälfte des zunehmenden Mondes, und zogen damit durch die stillen, dunstigen Straßen. So wurde Vertrautheit oder etwas, was dem sehr nahe kam, gesponnen und gewebt. Jede Woche fügte eine weitere halbe Stunde ein weiteres Scheibchen vom Mond hinzu, bis ihm die ganze Nacht gehörte. Ganz selbstverständlich verringerte sich der Abstand zwischen unseren Körpern. Mühelos berührten wir uns.

Männer wie Bão meinen immer, daß in diesem Augenblick die Geschichte wirklich anfängt. Aber Sex hat nichts von einer Geschichte, jedenfalls kein guter Sex. Da gibt es keinen Anfang und kein Ende, nur die Berührung, das Brennen, die Erregung, das weiße Licht des Hier und Jetzt. Das ist der Grund, warum man so süchtig danach wird, warum er das Risiko so sehr wert ist. Das ist der Grund, warum Männer wie ich es eingehen. Es ist ein Glücksspiel, das zu spielen sich lohnt. Ich mache mich auf die Worte des Alten Mannes gefaßt, dessen Lippen ihnen das Mark aussaugen. «Wo es Glücksspiel gibt, da herrscht Glaube.» Wann immer er etwas Wahres zu mir gesagt hat, habe ich es bedauern müssen, denn bei ihm ist die Wahrheit mit den Widerhaken des Urteils versehen, vor Verdammung strotzend. Die Wahrheit ist etwas, was man einem Mann um den Körper bindet, bevor man ihn ins Wasser stößt. Ja, der Alte Mann hatte recht, aber nicht aus den Gründen, die sein verdrießliches Herz mir zuschrieb. In mir blühte der Glaube durchaus, und wie beim Korbflechter fing auch meine Geschichte damit an. Als ich dessen Geschichte zum erstenmal hörte, sah ich nicht, daß wir noch mehr gemeinsam hatten als das. Nein, ich kam nicht auf den Gedanken zu fragen: Was hält ihn davon ab, nach Hause zurückzukehren, zu einem Haus, das von Wasserhyazinthen in voller purpurfarbener Blüte umgeben ist?

7 * * * * * * *

Die meisten Messieurs und Mesdames möchten nicht darüber nachdenken. Sie möchten lieber glauben, daß ihre Köche keine körperlichen Bedürfnisse haben, keine Sekrete absondern, von Exkrementen ganz zu schweigen, aber so ist es nun mal nicht. Wir sind nicht von Kopf bis Fuß sauber und ordentlich steril. Wir kommen zu ihnen mit unserem Können und unseren Körpern, die all das Ungeziefer und die Parasiten beherbergen, denen wir auf dem Weg begegnet sind. Ich habe *chefs de cuisine* gesehen, die sich nie die Hände gewaschen haben, niemals, noch nicht einmal, nachdem sie ihre Finger in eine Reihe von Töpfen gesteckt und dann an ihnen gesaugt haben wie Ferkel an den Zitzen ihrer Mutter. Ich habe Patissiers gesehen, die sich nichts dabei denken, den Finger ins Ohr zu stecken, ordentlich darin herumzurühren und anschließend das Ohrenschmalz in ihre butterartigen Teigscheiben einzuarbeiten. Nur eine schlechte Angewohnheit oder eine bewußte Schändung? Die Antwort hängt von ihrem jeweiligen Verhältnis zu ihren Arbeitgebern ab. In diesem Zusammenhang betrachtet, ist meine Angewohnheit nicht so schlimm. Ich habe natürlich über sie nachgedacht. Über die Befriedigung, die sie gewährt. Man kann das Fleisch damit würzen, die Suppe anreichern, dem Blutorangensorbet eine besondere Note verleihen – die Anwendungsmöglichkeiten sind endlos. Und man merkt es nicht. Aber das ist nicht ausschlaggebend. Ich tue es niemals ihretwegen. Das wäre eine unnötige Vergeudung meiner selbst. Es kostet nur wenige Minuten meines Tages, für gewöhnlich in den späten Abendstunden, wenn die eigentliche Arbeit getan ist. Ausgelöst wird es durch die extreme Kälte oder die üblichen Anfälle von Einsamkeit. Ich würde gern sagen, daß es automatisch ist, aber das stimmt nicht. Ich muß jedesmal darüber nachdenken, die Alternativen in Betracht ziehen, zu dem Schluß kommen, daß es keine gibt. Ich würde gern sagen, daß es mich glücklich macht oder mir Befriedigung bringt, aber das tut es nicht. Es beweist mir, daß ich am Leben bin, und manchmal ist das genug. Ich würde gern sagen, daß die Sache sehr viel komplizierter ist, aber das ist sie nicht.

Die meisten Messieurs und Mesdames bemerken es nicht einmal, was angesichts ihrer Vorliebe für weiß behandschuhte Diener verständlich ist. Aber glauben Sie mir, da, unter diesen Baumwollhüllen, befinden sich Dinge, die die Messieurs und Mesdames sehen sollten − Nagelhaut wie Fischschuppen, stattliche Leberflecke, die rosa und roten Wülste von Narben und Verbrennungen, Warzen wie Tautropfen. Oder wenn sie es sehen, dann finden sie nichts dabei. Die meisten Messieurs und Mesdames sind von dem Essen auf ihren Tellern zu sehr in Anspruch genommen, um sich die Hände, die es zubereitet und aufgetragen haben, näher anzusehen. Ein weitverbreiteter Fehler, ein bedauerliches Versäumnis. Wer mehr Erfahrung mit diesen Dingen hat, weiß, daß man sehr viel genauer aufpassen muß. Und Anh Minh zufolge gibt es niemanden, nicht einmal die Franzosen, der mehr Erfahrung in diesen Dingen hat als die Chinesen.

Als ich anfing, beim Generalgouverneur in der Küche zu arbeiten, erzählte mir Anh Minh von den offiziellen «Vorkostern», die neben der Kaiserinwitwe von China saßen, direkt neben dem kleinen Hund, der die Spucke und den Schleim aufleckte, die die alte Frau in ihren schweren Seidengewändern von Zeit zu Zeit aushustete. Die Vorkoster hatten die Aufgabe, von jedem Gericht einen Bissen zu essen, bevor die Kaiserin auch nur die Nase in die aufsteigenden Dampfwölkchen hielt. Laut Anh Minh wurden die Vorkoster nach der Feinheit ihres

Geschmacksempfindens ausgesucht. Es waren Männer, die mit ihrer Zunge ein einziges Sandkorn erkennen konnten, das noch an der Innenseite des gekräuselten Randes einer Austernschale hängengeblieben war. Oder die schwarze Spur eines einzigen Stückchens Glut, welche die Haut einer Bachforelle besudelt. Sie konnten das Fehlen der Sonne während der Wachstumsperiode und das Vorhandensein ungekochten Blutes in den Knochenkammern entdecken. «Stell dir vor», sagte Anh Minh, «du bist der erste.» Wenn ich ihm so zuhörte, dachte ich, daß Vorkoster in der Tat begehrenswerte Posten innehatten. In seinem üblichen Schnellfeuertakt beschwor Anh Minh für mich die epische Geschmacksbalance der Gerichte, die von jenen seit langem toten Mandarinen verzehrt worden waren. Wenn er von bitteren Melonen sprach, die mit den von Salzlake prallen Zungen von einhundert Enten gedämpft worden waren, sah ich eine Landschaft von Grün- und Grautönen. Ich schmeckte Geiz und Extravaganz, vermischt auf einem einzigen Teller. Auf diese Weise lehrte mich Anh Minh, was man in seinen Augen als guter Koch vor allem können mußte. Als erstes mußte ich mir die Möglichkeiten vorstellen. Ich mußte die Augen zumachen und sehen und schmecken, was nicht da war. Ich mußte es träumen und auf meiner Zunge wahrnehmen. Langsam, ganz allmählich, war ich imstande, genau das zu tun.

Natürlich erwähnte Anh Minh nie die Opfer, die so alle paar Monate aus dem Eßpavillon der Kaiserin getragen wurden. Die schlaffen Körper der Vorkoster, die von einem Gift, so geschmacklos wie ein Mundvoll reinen Bergschnees, dahingerafft worden waren, wurden mit einem Paar elfenbeinerner Eßstäbchen begraben, ein Zeichen des Danks von der Kaiserinwitwe. Erst als ich die Version des Chauffeurs von der Geschichte hörte, begriff ich, daß die Vorkoster Männer waren, die wegen ihrer Freude an Kulinarischem zum Tode verurteilt worden waren. Die Kaiserin, so erzählte mir der Chauffeur, brauchte keine

Gourmands. Die Kaiserin brauchte warme Körper, die das Gift aufnahmen und den Tod an ihrer Stelle empfangen würden. Die Tatsache, daß diese Körper Männern gehörten, die gutes Essen zu schätzen wußten, war eher zufällig. Genaugenommen entsprang sie der – eigentlich perversen – guten Absicht der engsten Ratgeber der Kaiserin. Sie hatten nämlich beschlossen, daß die Stellung des Vorkosters nur solchen Personen zuerkannt werden sollte, die in ihrer Leidenschaft für erstklassiges Essen kompromißlos waren. Die Ratgeber argumentierten, daß der Genuß, den jene Männer aus jedem Bissen ziehen würden, durch das Wissen, es könnte ihr letzter sein, gesteigert, ja fast bis ins Unerträgliche intensiviert werden würde. Wenn die Männer von ihrer bevorstehenden Ernennung erfuhren, aßen und tranken sie unaufhörlich, und das tage-, ja manchmal wochenlang, in der Hoffnung, daß der Tod in den Gerichten ihrer eigenen Wahl zu ihnen kommen würde. Was er selten tat.

Ich nehme an, die Moral der Geschichte war die ganze Zeit erkennbar, aber erst die Version des Chauffeurs öffnete mir die Augen dafür. Es gibt eine feine Grenzlinie zwischen einem Koch und einem Mörder, und daß diese Linie sich nicht verschiebt, dafür sorgen die Männer meines Gewerbes. Der einzige Unterschied zwischen den beiden ist wirklich nur, daß der eine tötet, um zu kochen, während der andere kocht, um zu töten. So oder so ist Töten im Spiel. Das Umdrehen gefiederter Hälse, das Zudrücken von Kehlen, die noch von Tierlauten erfüllt sind – die Beispiele lassen sich endlos fortsetzen. Meine Lehre begann ich damit, daß ich lernte, wie man Leben nimmt und dabei den Körper ganz läßt, dem Fleisch keine Quetschungen zufügt. Es ist eine kitzlige Sache, die von denen, die es nicht besser wissen, mit der unglücklichen Bezeichnung «Schlachten» belegt wird. Das ist ein zu grobes und schmuddeliges Wort für solch einen exakt koordinierten Bewegungsablauf, der so elegant ist, wie der Tod durch die Hand eines anderen nur sein kann, glauben Sie mir.

«Unglücklicherweise kann man mit den Fingerspitzen genauso gut sehen wie mit den Augen», sagt Miß Toklas. «Drücken Sie hier», fährt sie trotzdem fort und zeigt mir die genaue Stelle am Hals, bevor sie schnell wegschaut. Die Taube zappelt unter meinen Fingern, ihr Blut pulsiert heftig, will hindurch.

«Fester, Bin! Sie lassen sie leiden.»

Woher weiß sie das? frage ich mich.

Das Gesicht immer noch abgewandt, senkt Miß Toklas die Stimme und gibt ihr einen schmeichelnden Klang. «Beruhigen Sie sich, hören Sie auf zu zittern. Und jetzt weiterdrücken. Fester, so ist es richtig, fester!»

Sie klingt wie meine Mutter, denke ich. Die Worte sind andere, aber diese Mischung aus Sanftheit und dringlichem Anspornen ist unbezweifelbar dieselbe. Nachdem meine Mutter aufgehört hatte, selbst Kinder zu bekommen, half sie anderen Frauen, die ihren auf die Welt zu bringen. Ich habe oft ihre Stimme gehört, wenn sie die Frauen mit Zureden durch das hindurchbrachte, was deren Körper zunächst nur widerwillig zu tun bereit waren. «Gut gemacht! Beim nächsten geht's leichter. Glaub mir.»

Ohne sich umzusehen, geht Miß Toklas aus der Küche und läßt mich mit fünf weiteren Todeskandidaten zurück. Am Anfang meiner Lektion hatte sie ebenfalls «Glauben Sie mir» gesagt. «Wenn Sie ihnen den Hals abschneiden, verlieren Sie das ganze Blut. Wenn Sie es *so* machen, kommen die Vögel fleischiger und wohlschmeckender aus dem Ofen, als Sie es sich überhaupt vorstellen können. Köstlich!» Der Zweifel muß nie aus meinem Gesicht gewichen sein, denn Miß Toklas wiederholte: «Glauben Sie mir», bevor sie fortfuhr: «Wenn Sie es mit einem größeren Vogel zu tun haben, müssen Sie ihm ein paar Löffel Weinbrand oder Cognac einflößen oder ein wenig Sherry. Nach meiner Erfahrung mögen Enten den Geschmack von Weinbrand am liebsten. Ihr eigener Geschmack wird dadurch unglaublich verbessert, außerdem stärkt sie der Alkohol für das Kommende. Das macht Ihnen Ihre Aufgabe in jeder Hinsicht leichter, Bin.»

Mit den Worten «Dazu müssen Sie …» beginnt Miß Toklas alle ihre Rezepte, eine Prophezeiung, die immer in Erfüllung geht. Und mit «Köstlich!» enden sie. Obwohl das vielleicht eher wie eine Behauptung als wie eine Unterweisung klingt, versteht es Miß Toklas genau so, nämlich als Unterweisung: Passen Sie auf, so! schmeckt es, wenn es «köstlich» ist. Und das soll ich lernen. Miß Toklas glaubt nicht, daß jedes Geschöpf Gottes die angeborene Fähigkeit besitzt, Perfektion zu erkennen. Manchmal ist Hilfe vonnöten. Sie meint, daß dies besonders auf die Köche zutraf, die mir in der Rue de Fleurus 27 vorangegangen sind. Nach Aussage des Pförtners waren das viele. Miß Toklas hat wahrscheinlich gefunden, daß diese inzwischen nicht mehr anwesenden Köche zuviel Hilfe brauchten. Ich kann mir allerdings vorstellen, daß viele von ihnen freiwillig gingen, nachdem ihnen Miß Toklas ihr Rezept für erstickte Tauben gezeigt hatte. Auch bei der Zubereitung all der anderen Arten von Vögeln, die man lebend auf den Pariser Märkten kaufen kann, besteht sie auf diesem Verfahren. Der Unterschied im Endresultat ist sensationell, das muß ich zugeben, aber der erforderliche Akt ist unverzeihlich.

Ich habe viele Hälse durchgeschnitten. Das ist nicht das Problem. Sogar schon bevor ich den ersten zurückbog und nach der leichten Wölbung zielte, welche die Flaumfedern zwang, sich zu teilen und die Haut durchscheinen zu lassen, hatte ich meiner Mutter dabei zugesehen, wie sie so manchem Huhn das Messer an die Kehle setzte. Sie hätte ihnen niemals einfach den Hals abgeschnitten. Ihre Gründe waren – anders als die von Miß Toklas – ökonomischer Natur. Zuerst pflegte meine Mutter einen Schnitt in die Haut zu machen, bis Blut floß. War er tief genug, so sprang es in einem roten Bogen säuberlich in die wartende Schüssel. Ein zögerndes Paar Hände würde nur ein Tröpfeln und Klecksen bewirken, eine Schweinerei, die einem bereits geopferten Körper eine letzte Beleidigung zufügte. Außerdem hieße das auch weniger geronnenes Blut für die abendliche Suppe. Tod oder Hunger und Zögern gehen nicht zusammen. Miß Toklas stimmt mir völlig darin zu, daß Schnelligkeit und Entschlossenheit nötig sind. Sie glaubt, es ist möglich, human zu sein, selbst wenn man sich brutal verhält. Auch bei anderen Bemühungen ist das ihr Motto, wie ich weiß. Mir geht es gut, wenn ich ein Messer in der Hand habe, wenn es die Klinge ist, die den *coup de grâce* versetzt. Einer meiner französischen Lieblingsausdrücke, muß ich zugeben. «Todesstoß», so hatte man es mir beigebracht, aber ich ziehe den *coup de grâce* vor. Obwohl ich die französische Sprache vermutlich niemals richtig beherrschen werde, habe ich herausgefunden, das sich das wahre Gesicht ihrer gehobenen Ausdrücke oftmals in ihrer wörtlichsten Bedeutung zeigt. Es ist eine perverse Methode, etwas vor aller Augen zu verstecken, und sehr französisch in ihrer Verachtung und Grausamkeit gegenüber denen, die es nicht sind. *Grâce*, «Anmut», ist zweifellos notwendig, wenn man mit einem Messer hantiert, glauben Sie mir. Ich kann immer erkennen, ob jemand von Beruf Koch ist oder nur zu Hause kocht. Ihre Art, mit dem Messer umzugehen, verrät sie. Es ist die Sparsamkeit der Bewegung, verbunden mit der Aggressivität des Kriegers, welche den Küchenchef augenblicklich als solchen ausweist. Für die Zubereitung alltäglicher Gerichte braucht man derartige Gewandtheit nicht. Als ich anfing, im Haus des Generalgouverneurs zu arbeiten, sagte Anh Minh, daß ich alles neu lernen müsse. «In einer professionell geführten Küche ist das Messer ein hochgeschätzter Gegenstand», sagte er. Die besten werden in ihren eigenen Leinwandfutteralen aufbewahrt und weggeschlossen. Den Schlüssel hat einzig und allein der *chef de cuisine*. Für jeden Zweck gibt es ein eigenes Messer, fürs Entbeinen, Häuten, Zerlegen, Zerteilen – die Liste kann man fortsetzen. Laut Anh Minh ist es der Zweck, der die Form und die Breite der Klinge bestimmt. «Ein chef de cuisine weiß immer, welches zu benutzen ist», sagte er. «Du wirst es auch wissen», versprach er mir. Ich war beeindruckt. Wie auch nicht? Meine Mutter hatte mir das In-Scheiben-Schneiden und das Kleinschneiden und -hacken beigebracht, und ich dachte, es sei bereits eine Leistung, wenn ich dem Gericht nicht meine Fingerspitzen hinzufügte. Ihr Messer gehörte zu der Sorte, die rostete, nur daß das ihre ständig in Benutzung war. Es war aus einem nicht besonders guten Material und wurde mit jedem Schnitt stumpfer. Meine Mutter hatte immer ihren Schleifstein zur Hand. Eine Wiedergeburt für die Klinge, erklärte sie. Der Unterschied ist folgender, glauben Sie mir: Tötet man mit einem Messer, dann ist die Klinge der Ersatzhenker. Das Messer hat keine Gefühle und kann daher nicht mitempfinden, wie es ist, wenn sich das Leben davonstiehlt. Aber die Finger fühlen das alles, das Schnellerfließen des Blutes durch die Venen und Arterien zu Beginn, das schwache Flattern am Ende. Schlimmer noch, sie registrieren das leichte Sinken der Temperatur, das die letztendliche Ruhe begleitet. Miß Toklas hat recht. Ich kann mit den Fingerspitzen genausogut sehen wie mit den Augen, und das ist in der Tat ein Unglück.

Vorhin habe ich von meiner Angewohnheit gesprochen. Ich habe gesagt, sie liefere mir den Beweis, daß ich lebe, aber ich habe nur von den Einzelheiten der vielen kleinen Tode, die ich herbeigeführt habe, berichtet und davon, wie viele von ihnen für eine wirklich gute Mahlzeit benötigt werden. Ich habe nicht vor, mich zu zieren. Wer bin ich, daß ich Versteck spielen müßte? Es gibt kaum jemanden, der bemerken würde, was ich verborgen halte oder was ich offen zeige. Obwohl mich Miß Toklas zugegebenermaßen schon vor langer Zeit beiseite genommen hatte. Da war ich erst seit ungefähr einem Monat in der Rue de Fleurus. Ich war natürlich überrascht.

«Bin, haben Sie getrunken?» wollte meine neue Madame wissen.

«Nein.»

«Sind Sie sicher?»

«Ja.»

«Lassen wir Ihnen nicht genug Zeit? GertrudeStein und ich haben nichts dagegen, noch eine Viertelstunde länger auf unsere Mahlzeiten zu warten.»

Ich nickte. Es schien angemessen zu sein, daß ich die Frage bejahte, obwohl Miß Toklas und ich wußten, daß ihre Behauptung nicht stimmte.

Ohne mich aus den Augen zu lassen, packte Miß Toklas meine Hände. Meine Finger, naß vom Abwaschen des Frühstücksgeschirrs, womit ich beim Klang ihrer Schritte sofort begonnen hatte, versprühten Wasser über den ganzen Küchenfußboden. Der Seifenschaum, mit dem sie bedeckt waren, löste sich in den warmen Händen meiner Madame auf.

«GertrudeStein und ich haben da etwas geschmeckt ...»

«Nein ...», entfuhr es mir.

«Bin, ich weiß doch, wie was schmeckt», unterbrach mich Miß Toklas und verhinderte so meine schon zigmal vorgebrachte Ausrede von einem zerbrochenen Glas, einem rohen Steak oder einem nicht abgewaschenen Rührlöffel. Ich weiß nie vorher, welche Ausrede ich benutzen werde, bis sie mir, langsam und wenig überzeugend, über die Lippen kommt. «Das nächste Mal müssen Sie einen Verband anlegen, Bin. Verstehen Sie?»

«Ja», antwortete ich.

Meine Hände lagen noch in den ihren, und ich spürte das Pulsieren ihres Blutes. Miß Toklas gab sie, zufriedengestellt, frei. Ich versteckte sie auf dem Rücken. Miß Toklas trocknete sich die ihren an einem Geschirrtuch ab, das dicht neben ihr an einem Haken hing. Dann faßte sie mit der Rechten in ihre Rocktasche und zog ein Verbandspäckchen heraus. «Das reicht», sagte sie.

«Reicht», wiederholte ich.

Miß Toklas' Worte mochten wieder wie ein Vorschlag geklungen haben, aber sie waren ihre Art von Anweisung, ja sogar eine Warnung. Ich wußte, was sie und GertrudeStein dachten. Sie dachten, ich tränke, könne keinen Alkohol vertragen und sei aus diesem Grunde schludrig. Sie stellten sich vor, daß es, wenn ich berauscht und in der Küche bin, zu so etwas wie einer Messerstecherei mit mir selbst kommt und daß sie die Folgen zu schmecken bekamen.

In den Jahren, die wir seitdem zusammen sind, habe ich festgestellt, daß meine Mesdames oft recht und unrecht haben. Das tröstet mich, und dann wieder trösten sie mich. So ging es mir von Anfang an. Ich habe nicht ein einziges Mal mit der Wimper gezuckt, noch nicht einmal, als ich sah, daß es in der Rue de Fleurus 27 eine Madame und eine Madame gab und weit und breit keinen Monsieur. Obwohl ich weiß, daß nach Ansicht des Concierge GertrudeStein für diese Rolle in Frage kommt. So oder so, meine Mesdames leben zusammen im Zustand der Gnade. Beide lieben GertrudeStein. Besser gesagt, sie sind beide verliebt in GertrudeStein. Miß Toklas bemuttert ihre Lovey, und ihre Lovey läßt sie. GertrudeStein lebt von Zuneigung, und Miß Toklas sorgt dafür, daß sie niemals hungern muß. Dafür hat Miß Toklas in diesem fairsten aller Handel das befriedigende Gefühl, GertrudeSteins Einzige zu sein. Niemandes Gott kann mir erzählen, daß daran etwas falsch ist. Ein freudig gegebener Kuß ist ein wundervoller Anblick, selbst durch den Spalt einer fast geschlossenen Tür. Ich muß zugeben, daß ich am Anfang neugierig war. Ich habe nicht ein einziges Mal ihre Liebe an sich in Frage gestellt, aber ich wollte zu gerne wissen, ob sie sich, nun ja, auf die gleiche Weise liebten. Ja und nein. GertrudeStein ist ein Knabe – von fünfzehn Jahren, um genau zu sein – in ihrer Gier. Miß Toklas liefert ihr eine aufregende Verfolgungsjagd, natürlich nicht im wörtlichen Sinn. Man muß bedenken, daß meine Mesdames beide in den Fünfzigern waren, als ich zu ihnen stieß. Miß Toklas spielt einzig und allein mit den Augen Versteck. Sie weichen zurück und geben sich spröde, greifen an und willigen ein, nähern sich und geben nach. Was als nächstes kommt, brauche ich nicht zu beobachten, denn ich höre es. Ich höre es jede Nacht. Glauben Sie mir, Hitze hat ihren unverwechselbaren Klang. Meine Mesdames sind, was ihr häusliches Leben betrifft, in jeder Hinsicht sehr regelmäßig. Seit ich in der Rue de Fleurus 27 bin, ist mir fast nie mehr kalt, wenn ich ins Bett gehe, obwohl das vielleicht weniger mit den Taten meiner Mesdames zu tun hat als mit den elektrischen Heizkörpern, die sie haben installieren lassen. Die Heizkörper stinken, aber sie sind warm – wie allzu viele der Männer, mit denen ich zusammengewesen bin. Komisch und wahr, aber trotzdem traurig. Was das Gefühl der Einsamkeit angeht, so braucht es mehr als Elektrizität oder meine Mesdames, um mir das zu nehmen. Es braucht ein Feuer, das in meinem Innern brennt. Extreme Kälte oder die üblichen Anfälle von Einsamkeit sind Auslöser für meine Angewohnheit. Ich kann mich nicht erinnern, was als nächstes passiert. Ich erinnere mich nur an das erste Mal.

Ich bin neun Jahre alt und schneide Lauchzwiebeln in kleine 0s. Grüne Spitzen empfangen die Schneide und schicken sie schnell zu den bleichen, bewurzelten Enden. Es warten noch fünf weitere Bunde auf mich. Meine Finger, mein Gesicht, mein Haar, alles stinkt nach rohem Lauch – und alles im Tausch dafür, daß meine Mutter eine Melodie summt, die kein Ende hat. Ich finde, das ist ein fairer Handel. Ich mache das nicht zum erstenmal und habe oft gespürt, wie das Messer wegrutscht, wenn es von dem stechend riechenden Schleim im Innern der 0s von seinem Kurs abgebracht wird. Ich fasse den Bund fester. Den Messergriff sichere ich mit dem Daumen. Meine Mutter summt über einem kleinen Stück Schweinefleisch, das die Schale mit Lauchzwiebeln zu einem Festessen machen wird. Sie summt, und ich denke, daß ich Vögel höre. Ich blicke auf, nur um mich zu versichern, und zum ersten Mal ziehe ich Silber durch meine Fingerspitzen. Silber durchzieht meine Haut. Für Augenblicke überkommt mich Schwerelosigkeit, dann kann ich wieder klar sehen, meine Kehle wird wieder frei, und mein Körper fängt an zu begreifen, daß Silber meine Haut durchzieht. Ich treibe davon, und eine rote Woge spült mich zurück. Ich stecke die Finger ins Hemd. Ich sehe nach, ob das Blut in die Schale mit den 0s getropft ist und diese verdorben hat. Nein, aber unerwartet setzen mein Instinkt und mein Hunger aus, werden von etwas Neuem, Stärkerem verdrängt. Aus dem roten Schlammeer erhebt sich eine Spirale und treibt davon, verbreitet sich und wird heißer, und ich kann sie nicht aufhalten. Ich kann sie nicht aufhalten.

Meine Mutter blickt auf und sieht die Farbe meines Hemdes, eine Farbe, die tiefer und reiner wird, während ich dastehe und auf meine umwickelte Hand hinuntersehe. Meine Mutter zieht ihre Bluse aus und schlingt sie fest um meine Hand. Ihr Blick geht hinauf zu einer flachen Schale, die oben auf dem Familienaltar steht, den der Alte Mann ihr gestattet, eine Schale, in der sich tote Fliegen und Staub ansammeln und von Fett zusammengehalten werden. Sie befiehlt mir, mich auf den Boden zu setzen. Mit meinem ganzen Gewicht auf die Hand. Sie geht zum Altar hinüber, faßt in die Schale und nimmt eine kleine Limone heraus, das Opfer einer Tochter, dargebracht zum Gedenken an einen Vater und eine Mutter, die sie nicht mehr gesehen hat, seit sie vierzehn war. «Niemand möchte eine Limone, wenn er tot ist», entschuldigt sie sich täglich bei ihnen. «Apfelsinen mögen sie viel lieber», sagt sie. «Die kann man ohne was essen. Süßes für sich allein ist durchaus gut. Saures braucht Salz und Chili, und davon habe ich nichts übrig.» Sie rollt die Limone auf dem Tisch hin und her. Jede Drehung zerdrückt das Fruchtfleisch im Inneren. Sie tut das so lange, bis sie spürt, wie die Frucht nachgibt, in sich zusammensinkt, in ihrem eigenen Saft ertrinkt. Ein schneller Schnitt mitten durch ihren weichen Bauch, und dann kommt meine Mutter mit den beiden sich immer noch gegenüberliegenden Limonenhälften in der offenen Hand zu mir herüber. Sie wickelt die Bluse ab und sieht, daß sie nie mehr dieselbe sein wird. Blut verändert alles, das weiß sie. Ich sehe dort an meinen Fingerspitzen eine Landschaft, die mir so vertraut werden würde wie der Weg nach Hause. Meine Mutter setzt sich hin und wickelt sich um mich, wobei sie meinen gebeugten Rücken gegen sich preßt. Mit einer Hand hält sie meine Finger zusammen. Mit der anderen drückt sie den Saft der Limone aus und läßt ihn auf meine Fingerspitzen laufen. «Es brennt, es brennt!» schreie ich. Sie pustet und bläst es aus. Dann beginnt sie, eine Melodie zu summen. Meine Fingerspitzen heilen, trotz des drohenden Rosts an ihrem Messer.

Wieder hat Limonensaft die Ränder gebleicht. Das Blut hat aufgehört zu laufen und hat Reihen weißer Kliffe zurückgelassen, welche die Seiten schlammroter Meere flankieren. Ich sehe hinunter und bin erstaunt, daß sogar diese Landschaft trübe ist im Vergleich zu dem Ort, an dem ich gerade gewesen bin. Ich erinnere mich, ja an eine Liebkosung, eine leichte Sinneswahrnehmung, und wenn meine Hände zittern, fühlt es sich an wie ein Kitzeln. Am Anfang bevorzugte ich ein frischgeschliffenes Messer, leicht gegen einen Stein gehalten, bis weiße und blaue Funken stoben. Jetzt weiß ich, daß soviel Delikatesse mir nur jenen Teil vorenthalten würde, den ich am meisten genieße, das Pochen verletzten Fleisches, das aufeinanderstößt und heilt. Und manchmal, wenn der Schnitt tief genug ist, gibt es einen

Schmerz, der mein Herz zum Narren hält. Der es mit der falschen Erinnerung an eine Liebe betrügt, die es an ein weites, offenes Meer verloren hat. Dann sage ich in Gedanken: «Ah, das erinnert mich an dich.»

8 * * * * * * * *

Vierundzwanzig Feigen, so reif, daß ihre Haut geplatzt ist.

Eine Flasche trockenen Portwein.

Eine Ente.

Zwölf Stunden.

Ich mache mir im Kopf eine Liste der Zutaten für das Essen, das ich zubereiten werde und das du mit jemand anderem verzehren wirst. Ich hatte mit viel mehr Gästen gerechnet. Dein Französisch war jedoch eindeutig, und selbst ich konnte sehen, daß deine Mansarde nicht mehr als zwei oder drei Personen Platz bieten würde, wenn man, ohne sich beengt zu fühlen, dinieren wollte. Ich hatte im Geist mindestens sechs oder acht vor mir gesehen, alle jung, alle männlichen Geschlechts, ein kleinerer Querschnitt jener vielleicht, die sich bei den Sonnabendtees um GertrudeStein versammeln. Hochgeschossene junge Bäume, die sich um einen Fleck Erde drängen, so kommen sie mir immer vor. Natürlich bemerke ich sie. Schließlich sind sie mein wöchentlicher Bonus. Hätte ich das gewußt, hätte ich mich bereit erklärt, für diese Mesdames umsonst zu arbeiten. Geld ist nicht alles, wie ich weiß. Wollust ist eine ganz andere Sache. Zum Glück sorgen meine Mesdames für einen ständigen Nachschub. GertrudeStein und Miß Toklas mögen einander am liebsten, dann kommt eine Weile nichts, und danach mögen sie am liebsten ihre jungen, amerikanischen Messieurs.

Ich hätte nie geglaubt, daß sich diese beiden Frauen, die so eindeutig ihre besten Jahre hinter sich hatten, mit soviel Prächtigkeit umgeben konnten. Einige sind breitschultrig, und ihr gutgeschnittener Anzug kann die Eckigkeit der Jugend kaum fassen. Ihre Hände scheinen alles zu zermalmen, was sie anfassen, aber anstelle der erwarteten Derbheit erscheint eine geriffelte Schale von zerbrechlichem Eierschalenweiß voller entzückender Süßigkeiten. Einige haben Münder, die ihr kindliches Schmollen erst noch verlieren müssen und mit deren rosa fordernden üppigen Lippen sie den Rand durchscheinender Teetassen küssen.

Die Feigen und den Portwein werde ich in den Tonkrug tun, «damit sie sich kennenlernen», wie mein ältester Bruder sagen würde. Obwohl ich dieses Rezept nicht von Anh Minh habe. Frische Feigen hat er noch nicht einmal gesehen. Er ist niemals über die Märkte von Marseille gegangen und hat dabei die letzten Centimes in seinen Taschen gezählt. Er hat niemals lernen müssen, daß in dieser Stadt Feigen, Orangen und Datteln billiger sind als Brot. Daß der Hunger größer wird, wenn man sich immer nur von Saurem und Süßem ernährt. Daß man sich nach ein wenig Fleisch, nach einer dicken, magenberuhigenden Scheibe von etwas Pikantem sehnen kann. Er hat niemals eine Handvoll Orangenschalen ins Meer getaucht und den besänftigenden Salzfilm abgeleckt. Er hat niemals den Blick eines Fremden direkt erwidert, ist ihm in sein Hotelzimmer gefolgt und hat dort im Dunkeln gearbeitet. Anh Minh hat aber auch niemals für volle zwanzig Francs auswärts gegessen, ein unverschämt hoher Preis, auch wenn sich das Menü eines üppigen Stücks gebratener Ente mit Feigen und Portwein rühmen konnte, unverschämt hoch und töricht, auch wenn ich kiloweise Brot aß und damit Geschmacksnuancen vom Teller aufnahm, von denen die Gerichte vorher gar nichts gewußt hatten. Die mir gebliebenen fünf Francs, alles, was von meiner nächtlichen Arbeit übrig war, lagen in meiner Hand und beklagten den Verlust. Ich hatte meine Taschen geleert, um meinen Magen zu füllen, hatte meinen Körper preisgegeben, um ihn am Leben zu erhalten, hatte meinen Hunger gestillt und meine Seele verhungern lassen.

«Peter berauben, um Paul zu bezahlen», gluckt der Alte Mann wie eine alte Henne, zudem noch eine katholische. Mit den Jahren wurde der Alte Mann immer weibischer – oder besser, er glich immer weniger einem Mann. Seine Haut wurde schlaff. Sie hing ihm um die Knochen, was ihm etwas Weichliches gab, so als hätte man die Luft abgelassen. Seine dünner werdenden weißen Haare trug er zu einem kleinen Knoten geschlungen im Nacken. Er neigte zu plötzlichen Anfällen, bei denen er sich an die Brust griff, als wäre er ein außer Atem geratenes junges Mädchen. Er trug dort seinen Rosenkranz wie frischgepflückte Blüten an einer seidenen Schnur. «Du bist immer noch derselbe Idiot, den deine Mutter geboren hat! Dein ältester Bruder hätte jene fünfundzwanzig Francs genommen und sich einen anständigen Anzug gekauft, sich einen Platz zum Schlafen besorgt, und er hätte inzwischen eine richtige Arbeit gefunden», reibt mir der Alte Mann unter die Nase. Das Alter und jetzt sein Leben nach dem Tode haben bedauerlicherweise keinerlei Veränderung in seinen Gefühlen mir gegenüber bewirkt.

«Berauben?» Das Wort würde ich nun nicht gebrauchen, um zu beschreiben, was ich in jener Nacht mit Peter oder Paul oder wie immer er sonst hieß getan habe. Soll ich es dir in allen Einzelheiten schildern, angefangen bei dem Café, wo wir uns gesehen haben, bis hin zu dem Geld, das er mir in die Hosentasche gestopft hat, bevor er mich aus seinem Hotelzimmer schob? Das, Alter Mann, sollte dich wieder in dein Grab befördern, inzwischen der einzige sichere Ort für dich, der einzige Ort, wo meine Scham dich nicht finden kann.

Zwölf Stunden werden für ein langes, fruchtbares Treffen ausreichen. Die Feigen werden sich dann mit Wein vollgesogen haben, und der Wein wird von dem süßen Saft glänzen, den die Früchte abgeben. Dann ist der Portwein soweit, daß man ihn über die Ente gießen kann, die in einem Tontopf liegen sollte, dessen Inneres nach Jahren fortgesetzten Gebrauchs – am besten nur für Ente in Portwein – dunkel geworden ist. Solch ein Gefäß erfordert beim Abwaschen keine Seife. Man braucht nur Wasser. Die Rückstände müssen entfernt werden, aber nicht die Aromen, die Hitze und Gewohnheit geschaffen haben. Dann wird die Ente für eine Stunde in den heißen Ofen geschoben und etwa alle zehn Minuten löffelweise mit Portwein begossen, der schwer von ausgetretenem Fett und konzentriertem Zucker ist. Ehe der Wein zu einem Nichts reduziert ist, fügt man die Feigen hinzu und gerade so viel Brühe, daß sie verdunstet und während der letzten Minuten für feuchte Hitze sorgt.

Mit Butter überzogener Reis, durchwirkt mit silbergrünem Salbei, wird eine großartige Begleitung abgeben. «Wirklich, eine großartige Begleitung», würde Anh Minh zweifellos beipflichten, entsprechend seiner Art, mit Bestätigung und Gratulation auf eine gut gelernte Lektion zu reagieren. Anh Minh hatte mir beigebracht, daß Reis für die Franzosen niemals einen Soloauftritt verdient. «Denk dran, er wird nie für sich allein aufgetragen und selten so, wie er ist», hatte er mich gewarnt. Buttersaucen, Safran, Erbsen, Zwiebeln, Trüffeln und diverse Sorten von Sahne, all das erachten die Franzosen für würdig, das gelegentliche Reisbett zu teilen. Das alles sind Störenfriede und Aggressoren, und doch sind die Franzosen überrascht von dem Verderb, der so schnell einsetzt. Nur mit Wasser zubereitet, zuerst als Flüssigkeit, dann in Form von Dampf, hält sich Reis tagelang, eine Lektion, die ich niemals zu lernen brauchte. Vom Abendessen übriggebliebener Reis wird zum Frühstück. Vom Frühstück übriggebliebener Reis – der allerdings selten vorkommt, da die aufgehende Sonne Hunger auslöst – wird zum Mittagessen. Wie Anh Minh sagen würde: «Du brauchst es mir nicht nachzusprechen. Mach einfach den Mund auf und lerne es.» Reis bleibt niemals derselbe. Wenn man den Topf offen läßt, verändert sich die Beschaffenheit, erst eine festere, knirschende Schicht, die Weiches einschließt, das darin versteckt liegt wie ein liebenswerter kleiner Charakterfehler oder ein sentimentales Herz. Aber wenn ich den Reis gleich nach dem Abkühlen mit einem Teller zudecke, wenn die Nachtluft voller Feuchtigkeit und Regen herabsinkt, wenn nicht genug übriggeblieben ist, um eine Mahlzeit zu ergeben, dann ist sein Schicksal besiegelt. Am nächsten Tag wird ein Topf Wasser hinzugefügt und der Reis in seiner eigenen stärkehaltigen Suppe noch einmal gekocht, bis sich jedes Korn ausdehnt und großzügig an Umfang zunimmt und schließlich in zwei Hälften aufplatzt. Was als kleine Schale voll angefangen hat, füllt jetzt mit Leichtigkeit mindestens vier. Das Schauspiel hält das Auge zum Narren, den Magen allerdings selten, da letzterer immer der aufmerksamere von beiden ist.

Ich habe meine Lektion gut gelernt. Eine klare Consommé, mit Lorbeerblatt und Zitrone gewürzt, wird das Mahl einleiten, und ein Mandelsoufflé mit einem Schuß Orangenblütenwasser wird es beenden. Nein, eine Tarte ist besser. Aprikosen vielleicht, obwohl es um diese Jahreszeit getrocknete sein müßten. Vielleicht wären Birnen am besten. Schließlich hast du gesagt, ich solle das Menü «einfach» halten, besonders das Dessert. Eigentlich war das so ungefähr alles, was du gesagt hast, bevor du mich eingestellt hast. Du hast mir einen Umschlag mit – wie ich vermute – Geld gegeben und zwei Schlüssel aus deiner Schreibtischschublade. Du hast mir gesagt, daß du Sonntagmorgen nicht da sein würdest, um mich einzulassen, und daß das Abendessen nicht später als acht Uhr beginnen sollte. «Bitte planen Sie dementsprechend.» Dann brachtest du mich wieder hinaus. Wenn ich deine Stimme hätte, wäre ich niemals so kurz angebunden. Ich würde niemals aufhören zu reden. Warum auch, wenn ich eine Stimme wie ein wärmendes Feuer hätte, nicht eins in seinem frühen knackenden, knallenden Stadium, sondern dann, wenn alles ruhig wird, das Holz still glüht und in der Hitze zu schmelzen scheint. Wenn ich deine Stimme hätte, würde ich von der Straße aus deinen Namen rufen, würde ihn wie einen Herzschlag an deine Tür hämmern lassen, würde ihn dir darbieten als ein Lied. Ich würde niemals aufhören.

«Einfach»? Welch ein seltsamer Wunsch, besonders in bezug auf ein Dessert. Was für ein Mann ist das, der sich nicht nach etwas Köstlichem und Süßem am Ende eines Mahles sehnt? Ein Dessert sollte niemals nur ein einfaches Lebewohl sein, ganz egal, wie schlicht die Verabschiedung ist. Ein Dessert sollte, wenn ich einmal Bão zitieren darf, das gleiche Signal aussenden wie Serena die Solistin am Ende ihrer jeweiligen Vorstellung.

Während sich der Vorhang langsam senkt, geht es auf der Bühne ohne Unterbrechung weiter. Serena versetzt nach wie vor in Erstaunen und hört nicht auf zu befriedigen.

Langsam senkt sich der Vorhang.

Die Anwesenden sind wie gebannt und wollen unbedingt mehr.

Langsam senkt sich der Vorhang.

Plötzlich ist Serena nicht mehr da. Aber gleich einer Versuchung hat sie dem Publikum nicht Lebewohl gesagt. Vielmehr hat sie angedeutet, was im Falle eines Dakapo die Zuschauer erwartet.

Diese antworten mit dem lauten Wunsch nach mehr.

«Einfach»? Vielleicht hast du etwas gemeint, was unbeaufsichtigt bleiben kann. Etwas, was zu servieren ich dir überlassen kann, was du genau im richtigen Augenblick angemessen verteilen kannst. Ein Soufflé kommt eindeutig nicht in Frage. Zu temperamentvoll, ein Geliebter, der seine eigenen Bedingungen stellt. Eine Tarte ist besser, unkompliziert, in den falschen Händen sogar ein wenig simpel. Wie ein junger Amerikaner, könnte ich mir denken. Ich werde sie in der Küche zum Abkühlen hinstellen und dazu eine kleine Schale Crème fraîche. Sobald dann die Ente aufgetragen ist, werde ich fortgehen, deine Mansarde mit der Nacht vertauschen, mit einem Café, auf ein oder zwei Glas von etwas Starkem, etwas sehr Starkem, und du und dein Jemand anders werdet endlich allein sein. Mein Weggang wird das Zeichen sein, daß jetzt die Intimität mit am Tisch sitzt. Die Höflichkeit hat sich verabschiedet. Jetzt könnt ihr auf Gabeln, Messer und Löffel verzichten. Eure Hände werden an einem Tier zerren, dessen Gelenke keinen Widerstand kennen. Der Anblick von sich ergebendem Fleisch, das sich so willig seinem Vergehen hingibt, berauscht euch. Winzige Samenkörner von mit Hitze geladenen Feigen werden sich unter eure Fingernägel schieben. Ganz sicher bemerkt ihr das, und ihr werdet versuchen, sie herauszusaugen. Ihr werdet mit den Fingern des jeweils anderen beginnen. Am Ende werdet ihr auf den Knien liegen.

Ich belüge mich, wie niemand sonst das kann. Ich weiß immer, was ich hören muß. Was soll ich sonst tun? Zur Wahrheit zurückkehren und mir eingestehen, daß ich ein sechsundzwanzig Jahre alter Mann bin, der sich immer noch an die Hoffnung klammert, daß eines Tages sein Prinz kommt? Mein Lied hört, das über einen nebelverhangenen See zieht, sich in mich verliebt, noch bevor er mich zu Gesicht bekommen hat? Mich von diesem Leben der Plackerei erlöst und im Schatten seines Teakpavillons umarmt? Ich bin voll von diesen Geschichten. Meine Mutter fütterte mich damit, als wir Seite an Seite arbeiteten. Von meinem sechsten Lebensjahr an und noch über meinen zwölften Geburtstag hinaus drehte sich mein tagtägliches Leben um Bananenblätter, rohen, klebrigen Reis, überreife Bananen, die sonst niemand kaufen wollte, und die Geschichten meiner Mutter. Má brachte mir bei, die Blätter quer in drei Stücke zu schneiden. Dann weichten wir sie in Wasser ein, damit sie geschmeidig blieben. Sie mußten so viel Wasser in sich aufnehmen, wie ihre Adern halten konnten. Das würden sie später brauchen, wenn die Hitze gnadenlos und voller Wut sein würde. Unseren Bewegungen wohnte ein stetiger Rhythmus inne, den ich immer noch in mir trage, ein Traum, der mich in den Schlaf lullt:

Ihre rechte Hand taucht in ein wassergefülltes Becken und schüttelt ein duftendes Blatt Grün heraus. Ihre linke Hand streicht über eine große Schüssel, in welcher der ungekochte Reis kühl unter einer Wasserdecke die Nacht verbracht hat. Sie ergreift eine Handvoll Körner und läßt das milchige Wasser abtropfen, indem sie langsam die Finger spreizt. Was in ihrer Hand zurückbleibt, tut sie in die Mitte des Blattes. Ich greife hinüber und füge dicke Bananenscheiben hinzu, der Länge nach geschnitten, um die offene Schnittfläche zu vergrößern, aus welcher dann der süße Saft fließen wird. Jedes Stück protzt mit zwei Reihen schwarzer Flecken, den unübersehbaren Kennzeichen ihrer Gattung. «Je dunkler die Samen sind», sagt meine Mutter, «desto reifer ist die Frucht.» Ihre linke Hand greift erneut in die Schüssel, und jetzt sind die Bananen vollständig mit Reis bedeckt. Einen Augenblick lang vereinen sich ihre Hände und hinterlassen ein grünes Päckchen. Sie schiebt es zu mir herüber, und ich umwickle es mit faserigen Grashalmen. Der Dämpfapparat wird das Ganze vollenden.

Während die Handbewegungen meiner Mutter immer die gleichen blieben, war das bei ihren Geschichten nicht der Fall. Diese konnten frei umherstreifen, alternative Routen in Betracht ziehen und ihren eigenen Nachhauseweg erfinden. Manchmal war «sie» ein armes Bauernmädchen, das sich über ein Beet mit Reissämlingen beugt, die erst noch Wurzeln schlagen mußten. Gelegentlich war «sie» eine Dienstmagd im kaiserlichen Palast, ein edles Gesicht, das in seiner niedrigen Umgebung ganz fehl am Platz war. Auch war «sie» ein Mädchen aus einem Fischerdorf, das am Ufer saß und die Netze flickte, das dieselben Lieder sang wie seine Brüder, aber niemals hinaus aufs Meer durfte. «Zuhause» blieb jedoch immer dasselbe, der Teakpavillon und der Prinz, ein Mann, der vor allem klug, weise und gütig war. Sein gutes Aussehen erwähnte meine Mutter immer nur wie etwas, das nicht eigentlich zum Thema gehörte. Als ich älter wurde, fand ich ihre kurze Beschreibung unbefriedigend und drängte sie, mir Genaueres von dem weisen Prinzen zu erzählen. Als ich sie das erste Mal nach ihm fragte, da war ich elf. Daraufhin lächelte meine Mutter und nannte mich ihren «kleinen Prinzen». Ich hielt im Zubinden des Päckchens in meiner Hand inne.

«Was? Ich bin der weise Prinz?» fragte ich und versuchte mühsam, Ordnung in eine auf den Kopf gestellte Traumvorstellung zu bringen. Während ich gesessen und meine Päckchen umwickelt und zugebunden hatte, war alles ganz klar gewesen. Mir hatte die Stimme gehört, die über einen nebelverhangenen See zog, und ich war es auch immer gewesen, der am Ende den Prinzen bekam, den Teakpavillon, die schattengeschmückten Umarmungen. Ich war natürlich der Bauer, der Diener, der fischende Dörfler gewesen, nur daß in meiner Version die «sie» zweifellos ein «er» war. Den Prinzen hatte ich so gelassen, wie er war – ein weiser, kluger und gütiger Mann. Obwohl er, um die Wahrheit zu sagen, in meiner Version viel besser ausgesehen hatte, als meine Mutter sich je hätte vorstellen können. Meine geliebte Mutter hätte mit den Geschichten aufgehört, hätte sie gewußt, bei wem ich Trost und bei wem ich Liebe fand. Um also ihre Geschichten zu hören, um ihre Stimme im Raum nicht zu verlieren, behielt ich für mich, daß ich in meiner Version der Küchenjunge war, der glatte, flache Steine über einen stillen See springen ließ, und daß diese, wenn sie die Wasseroberfläche berührten, sangen. Jeden Tag landeten die Steine zu Füßen des weisen Prinzen, der am Ufer spazierenging und Betrachtungen über das Wasser und seine Beziehung zum Himmel anstellte. Anfänglich war er zu sehr in seine Gedanken vertieft, um etwas zu bemerken, aber es wurden immer mehr Steine, die seinen friedlichen Weg störten und merklich veränderten. Er unterbrach seine Meditation und hob einen der Steine auf. Und als er ihn gerade zurück in den See werfen wollte, bemerkte er ein einzelnes Wort, das in seine Oberfläche geritzt war. Neugierig geworden, untersuchte er die anderen und stellte fest, daß jeder von ihnen ein anderes Wort eingeritzt trug. Als ebenso kluger wie weiser Prinz erkannte er natürlich, daß es sich um die Bruchstücke eines Gedichts handelte. Sein Thema war die Liebe. Er als Mann dachte, es sei eine Herausforderung und ein Spiel. Er brachte die Steine in eine andere Reihenfolge und verfaßte eine Antwort, die er über den See springen ließ. Natürlich war der See «nebelverhangen». Manche Dinge sind klassisch und sollten nicht verändert werden. Nebel, so hatte ich aus den Geschichten meiner Mutter gelernt, erlaubte es unglücklich Liebenden, sich zu treffen, und Verfehmten, durchs Land zu streifen. In meinen Geschichten liegen die Seen ständig im Dunst oder unter einer schweren Nebeldecke vom Meer her. Die Steine gingen hin und her über den See, jeder ein Teil eines leuchtenden, pulsierenden Gedichts, und der Prinz verliebte sich glühend in den Küchenjungen, der jetzt ein Mann war, und am Ende, nun ja, das Ende ist für mich immer dasselbe.

Selbst mit geschlossenen Augen weiß ich Bescheid. Die Leere läßt die Temperatur eines jeden Raumes absinken. Ich atme tief ein, forsche nach dem scharfen Geruch von Kaffee in einer noch warmen Kanne, nach dem Duft von Seife und verdunstendem Rasierwasser, dem duftenden Dampf, der von nackter Haut aufsteigt. Ich drehe mich auf den Rücken und horche auf Wasser, das aus einem Hahn fließt – heißes und kaltes, jedes hat seinen eigenen Rhythmus –, auf die raschelnden Seiten einer Zeitung, auf das Geräusch regelmäßiger Atemzüge in einem ansonsten stillen Raum. Nein, nichts als Abwesenheit, die unhörbar ihre wortlose Melodie singt. Ich schlage die Augen auf und blicke mich um. Vor den Fenstern hängt das Licht der Dezembersonne, ein ausgeblichener grauer Vorhang. Auf dem Tisch liegen Weinflaschen, von ihrem eigenen Dunst beschwipst. Halbgegessene rotgelbe Birnen tragen die Bißspuren abgelenkter Esser. Kerzenstümpfe stehen in Pfützen aus geschmolzenem Wachs.

Ich will vergessen, daß gestern abend niemand zum Essen erschien. Ich will vergessen, daß wir den Sonntag feierten, indem wir den Wein von den Lippen des andern tranken. Ich will die Taufe vergessen und das Abendmahl. Die letzte Nacht war gern gegeben, sage ich mir. Freude gegen Freude, damit sind wir quitt. Lust gegen Lust, das hält einander die Waage.

Du brauchst dich hier gar nicht erst einzumischen, Alter Mann. Auf deinen Gott muß ich jetzt nicht mehr hören. Aber leider weiß ich schon immer vorher, wie ihr beide mich verdammen werdet, und euer Schuldspruch ist mir zur zweiten Natur geworden.

Schließlich kleide ich mich an, spüre dabei, wie meine Zehen in den Bettvorleger einsinken. Ich ziehe mir die Socken an und binde mir die Schuhe zu. Ich fahre mir mit den Fingern durch die Haare und nehme mir eine Birne für den Rückweg zu meinen Mesdames. Ich ziehe den Mantel an und spüre etwas Fremdes. Die Brusttasche, das, was meinem Herzen am nächsten ist, fühlt sich dick geschwollen an.

«Na bitte! Da habe ich also doch die ganze Zeit recht gehabt. Huren werden wirklich Schiffsköche. Du armseliges Stück Scheiße! Ich wußte, daß aus dir nichts werden würde, aber auf den Gedanken, daß aus dir sogar noch weniger werden würde, auf den wäre ich nie gekommen. Ausnahmsweise hast du diesmal meine Erwartung übertroffen. Mein ältester Sohn, der

Souschef, und jetzt du, die Hure.» Der Alte Mann, der, weil tot, hellsichtig ist, bestätigt meinen schlimmsten Verdacht.

Das Treppenhaus ist ein Schacht voller Staub und verhallender Echos. Der bereits halb verstrichene Montag hat darin geschlafen, darin seine Erinnerungen verloren. Die Rue de l'Odéon ist ein verwischter Fleck von Geschäftsfassaden und Kopfsteinpflaster, den ich gleich nicht mehr sehen werde. Ich gehe so schnell, daß mich die Leute anstarren. Soviel Geschwindigkeit aus heiterem Himmel finden sie erstaunlich, soviel übertriebene Zurschaustellung von Energie ärgerlich. Tut mir leid, aber ich bin spät dran. Ich habe keinen Grund, mich hier noch länger aufzuhalten, denke ich. Diese Straße wird sich niemals für mich erklären, und ich werde mich genauso verhalten. Die übereifrigen Dezemberschatten haben vielleicht schon die Häuser auf der einen Straßenseite für sich beansprucht. Deshalb mag es so scheinen, als leuchteten die auf der anderen Seite um so mehr. Aber sich solchen Einzelheiten zuzuwenden wäre verschwendete Zeit. Das hier ist nur ein Ort für Geschäfte, kommerziell und gewinnsüchtig. Hier gibt es nichts Ungewöhnliches zu sehen. Also gehen Sie weiter, denke ich, hier gibt es nichts zu sehen. Ich gehe in Richtung des Jardin du Luxembourg und meiner Mesdames, die ganz bestimmt wütend sind. Wer hat ihnen heute morgen ihr Frühstück gemacht? Eine Kanne Kaffee, einen Teller mit Maismehlkuchen, ein goldener Turm krümelnder Vierecke. Ein amerikanisches Rezept, das mir Miß Toklas beigebracht hat und das sie und GertrudeStein heiß lieben. Wer hat ihnen den Korb für ihre montägliche Ausfahrt gepackt? Hühnchensandwiches in Wachspapier eingewickelt, das augenblicklich vor Fett leuchtet? Und Blätterteigtaschen, zerbrechliche Hüllen für die zergangenen Äpfel in ihrem Inneren? Als ich in den Boulevard Raspail einbiege, verlangsame ich meine Schritte, warte, bis sich mein Puls beruhigt hat, und mache mich wieder mit den Dingen vertraut, von denen ich am meisten Ahnung habe.

9 * * * * * * * * *

Bevor ich in die Rue de Fleurus 27 kam, habe ich viele meiner Montage hier verbracht, besonders dann, wenn keine «Koch ge-sucht»-Anzeigen zu beantworten waren, keine ergebnislosen Vorstellungsgespräche stattfanden und es in den nach Sonne lechzenden Parks dieser Stadt keine freien Bänke mehr gab. Auch fand ich mich häufig hier wieder, wenn der Mond aufgegangen und ich nicht mehr ganz nüchtern war. Ich schätzte die Entfernung ab und untersuchte die Wasseroberfläche nach Felsformationen, Sandbänken und anderen lästigen Hindernissen. Nein, nichts, nur der sich spiegelnde Mond. «Was hält dich hier?» hörte ich stets einen Mann fragen. «Deine Frage, dein Wunsch, meine Antwort zu hören, genau das hält mich hier», erwiderte ich immer. Dann sah ich ihn jedesmal lächeln. Ich machte die Augen auf und verließ für diese Nacht die Brücke.

Ich hatte ihn, den Mann auf der Brücke, im Jahr 1927 kennengelernt. An den Monat erinnere ich mich nicht mehr. Es könnte irgendwann im späten Frühjahr gewesen sein oder vielleicht auch in den ersten Herbsttagen. Aber ich bin mir absolut sicher, daß wir uns an einem Tag begegneten, an dem diese Stadt wie eine Erinnerung aussah, als hätte sich die Gegenwart geweigert, an dem Tag zur Arbeit zu gehen, und gesagt, daß die Vergangenheit genügen müsse. Von der Seine stieg Nebel auf und ließ, wie es Wasser in all seinen Erscheinungsformen gerne tut, das Eckige und Gerade der Stadt weicher und geschwungener erscheinen. Der tiefhängende wollene Himmel dämpfte alle Farben, welche die Pariser zu bieten hatten, und beraubte sie so ihrer sorgfältig koordinierten Abwehrmaßnahmen gegen die Düsterheit. Ein leuchtendroter Schal um einen Männerhals wurde zu etwas Rostigem. Ein rosa Schleier am Hut eines jungen Mädchens verschwand in einem Dunst aus Abgasen und Rauch. An einem solchen Tag hätten meine Madame und Madame einen Eintopf gewünscht, das weiß ich. Oder nein, irgend etwas mit Innereien. Gebratene Kalbsnieren, geschmortes Bries, kurzgebratene Hammelleber, etwas von tief innen, um ihr Inneres zu erwärmen, wie sie es begründet hätten. An dem Tag, an dem ich den Mann auf der Brücke kennenlernte, war ich allerdings noch viele Tage und zwei Jahre davon entfernt, meine Madame und Madame zu finden. Seit ich in der Rue de Fleurus lebe, ist dies heute der erste Montag, an dem ich wieder hier bin, die Hände auf dem Geländer, das Gesicht dem Fluß zugewandt. Schließlich gehören meine Tage jetzt zwei amerikanischen Damen, und die halten mich mit den kulinarischen Aktivitäten, die das Fundament eines gastfreundlichen Hauses bilden, in Trab. Gefaltete Rechtecke aus Blätterteig, Kreise aus pâte brisée, Schüsseln voll fetter Sahne, mit oder ohne Zucker geschlagen, frische Fruchtpürees, Fondantblumen und Schokoladenblätter, das sind die wesentlichen Bestandteile der Süßigkeit, die meine Tage füllt und den Mund anderer. Glauben Sie mir, ich hatte die feste Absicht, heute zu ihnen zurückzukehren, meinen Anfang-der-Arbeitswoche-Pflichten nachzukommen. Aber statt dessen führte mich der Boulevard Raspail an diesem halbvergeudeten Montag hierher. Die Straßen dieser Stadt sind lebendig, das habe ich immer gedacht. Sie wissen besser als ich, wo ich sein muß, oder in diesem Fall, wen ich sehen muß.

«Kennen wir uns, Monsieur?»

«Sagen wir einfach ja. Auf diese Weise können wir uns sofort mit bon anreden», erwiderte der Mann und wandte seinen Blick von der Seine ab, um dem meinen zu begegnen. Er trug einen schwarzen Anzug aus grobem Stoff, der viel zu groß für ihn war und seit vielen Jahren aus der Mode, wenn es denn jemals eine Zeit gegeben hatte, zu der man in dieser Stadt hier einen solchen Anzug für à la mode gehalten hätte. Auch wenn es mir seine letzten Worte nicht bestätigt hätten, sein Anzug hätte es. Er war unbestreitbar Vietnamese.

«Bạn? Ja, warum nicht», sagte ich, in die Sprache fallend, die wir, wie ich jetzt wußte, gemeinsam hatten. «Nun, Freund, hast du dich verirrt, oder denkst du nach? Wenn jemand auf einer Brücke steht, bedeutet das nach meiner Erfahrung nur das eine oder das andere.»

«Habe ich mich verirrt, oder denke ich nach? Das, Freund, ist eine Frage, die eines Philosophen würdig ist», erwiderte der Mann auf der Brücke. «Ich glaube, die Antwort ist … ich denke über das Verirrtsein nach.»

«Ebenfalls eine Antwort, die eines Philosophen würdig ist», sagte ich.

Bei manchen Männern spannt sich die Haut ihres Gesichts, wenn sie lächeln, dehnt sich über ihren Backenknochen. Sein Lächeln gab ihm den Anschein von Fleisch unter der Haut. Es füllte seine eingefallenen Wangen aus und brachte ein Gesicht aus einer anderen Zeit hervor. Nicht, daß er sonst alt gewirkt hätte. Eher im Gegenteil. Er hatte, als ich zunächst an ihm vorbeigegangen war, alterslos gewirkt. Und er war gutaussehend. Aber das bemerkte ich erst, als ich mich umgedreht hatte und zurückging.

«Bist du Student?» fragte ich.

«Nein.»

«Oh.»

«Versuch's noch mal», sagte er.

Ah, ein Spiel. Warum fühle ich mich immer zu Männern hingezogen, dachte ich, die gern spielen?

«Da wüßte ich gar nicht, wo ich anfangen sollte, Freund», sagte ich. «Um reich zu sein, hast du nicht genug Körperfülle, soviel weiß ich.»

«Ein guter Anfang. Bitte sprich weiter.»

«Ich nehme an, daß du seit vielen Jahren keine Sahne und keinen Käse mehr gegessen hast. Vielleicht ein wenig Fleisch, aber kein fettes. Nein, ganz bestimmt nur zähes Muskelfleisch. Ein Tier, das um sein Leben gearbeitet hat, wenn du verstehst, was ich meine.»

«Ein sehr, sehr guter Anfang, Freund. Und wenn ich raten sollte, würde ich sagen, du bist Koch.»

Ich lächelte.

«Köche haben ein ganz eigenes Vokabular», fuhr er fort, «und ich weiß, daß es immer direkt von hier kommt.» Er zeigte dorthin, wo sein Bauch gewesen wäre, wenn er einen gehabt hätte.

«Dann mußt du auch Koch sein.»

«Ja, früher einmal.»

«Laß mich raten … Gebäck. Dünne Leute stellen immer gutes Gebäck her.»

«Bemerkenswert», sagte er und sah mich voll Bewunderung an. «Ja, ich habe *pies* gemacht.»

«Was?»

«*Pies.* Das ist das englische Wort für *tartes.*»

«Oh.»

«Zweiter Koch in der *pie*-Bäckerei eines Fünf-Sterne-Hotels unter dem Kommando eines Fünf-Sterne-Küchenchefs», setzte er hinzu und grüßte militärisch.

«Hier in der Stadt?»

«Nein, in einer anderen Stadt.»

«Ach, natürlich! Verzeih, Freund, ich bin schwer von Begriff, wenn es um solche Details geht. Eine Stadt, die *pies* ißt, muß eine sein, die Englisch spricht. Du mußt gut verdient haben», sagte ich und betrachtete ihn in einem irgendwie anderen Licht. Ein Mann mit Ersparnissen, dachte ich.

«Gut verdient? Ich habe sehr gut verdient, wenn du glaubst,

daß Papier ein fairer Tausch für das Salz deiner Arbeit ist oder daß —»

«Freund», unterbrach ich ihn, «ich fürchte, ich komme nicht mit.» Ich weiß, daß die Wahrheit Zeit spart, und da ich keine Ahnung hatte, wieviel davon ich mit dem Mann auf der Brücke haben würde, hielt ich es für das beste, offen zu sprechen.

«Bitte entschuldige», sagte er, «der Philosoph in mir ist heute redselig. Ich wollte damit nur sagen, daß die Bäckerei unglaublich heiß war, und das vierundzwanzig Stunden am Tag. Wir mußten alle ein Tuch um die Stirn binden, damit unser Schweiß die süßen Kuchen nicht in salzige verwandelte. Ich verlor dort so viel Gewicht, daß ich dachte, ich würde eines Tages einfach verschwinden. Ich hatte mir den Augenblick in Gedanken ausgemalt wie die Schlußszene eines Dramas. ‹Wo ist Ba?› würde Chef Escoffier fragen. ‹Dort!› würden die andern Köche antworten und wie ein Mann auf den nassen Fleck auf dem Fußboden deuten, während es auf der Bühne dunkel wird.»

«Also, Ba, das ist —»

«‹Ba› ist nicht mein Name, Freund», korrigierte er mich. «So haben die mich dort nur genannt.»

«Oh.»

«Und du, Freund, wo arbeitest du?»

«Überall», erwiderte ich. Warum klingt es so oft wie eine Lüge, wenn ich die Wahrheit sage?

«Ja, da habe ich auch gearbeitet», sagte er.

«Wo?»

«Überall.»

«Ja, natürlich. Ich habe dir ja gesagt, daß ich schwer von Begriff bin.»

Er lachte, und ich lachte mit.

«Überall, hmm … Ich glaube langsam, daß deine Frage eine

Scherzfrage war», neckte ich ihn. «Du bist nicht nur Koch, nicht wahr? Du hättest mir sagen sollen, daß es mehr als eine richtige Antwort geben würde. Das war nicht nett!»

«Das ist eine Möglichkeit, die Sache zu betrachten. Eine andere wäre: Wenn es zu meiner Frage viele denkbare Antworten gibt, dann hast du, Freund, eine viel größere Chance, die richtige zu finden. Wenn auch nicht die höchste Punktzahl ...»

«Aha! Lehrer.»

«Ja, auch einmal.»

«Komm, Freund, wir spielen jetzt einfach Katholik, und du darfst als erster beichten.»

Wieder lachte er.

Ein gutes Zeichen, dachte ich.

«Die Liste ist lang», begann er. «Mein Tag gehört dieser Brücke und dem Fluß. Und dein Tag, gehört der nicht auch jemandem?»

«Nein, im Augenblick nicht. Für gewöhnlich einer Parkbank im Jardin du Luxembourg, aber die ist nicht eifersüchtig und immer bereit zu teilen.»

«Küchenjunge, Matrose, Tellerwäscher, Schneeschipper, Heizer, Gärtner, Kuchenbäcker, Foto-Retuscheur, Maler von nachgemachten chinesischen Souvenirs, Hilfsarbeiter bei allem, was gerade so anfällt, und, bei weitem meine Lieblingsbeschäftigung, Briefschreiber.»

«Wo wird man denn fürs Briefeschreiben bezahlt?»

«Auf einem Frachter. Es ist schon lange her, und ich habe es nicht für Geld getan. Ich denke also, du kannst auch noch ‹Wohltäter› auf die Liste setzen.»

«Oh», sagte ich.

Ich habe diese Geschichte schon einmal gehört, dachte ich.

«Ich hatte einem der Matrosen dabei geholfen, Worte zu finden, um die Farbe des Indischen Ozeans zu beschreiben, und er hielt sie für poetisch. Seine günstige Beurteilung sprach sich bei der übrigen Besatzung herum, und bald war ich der offizielle Briefschreiber für die *Latouche Tréville*», sagte der Mann auf der Brücke.

«Was?»

«Ich habe gesagt, daß ich bald der offizielle –»

«Nein, nein, was hast du gesagt, wie der Frachter hieß?»

«Die *Latouche Grandville*. Aber es ist so viele Jahre her, daß ich nicht mehr ganz sicher bin.»

Warum schon so früh in unserem Spiel eine Lüge? fragte ich mich. «Wie viele Jahre können das wohl sein, Freund? Nach deinem Aussehen bist du höchstens fünfundzwanzig», sagte ich.

«Und du lebst schon viel zu lange unter Franzosen», erwiderte er mit einem Kopfschütteln. «Deine Fähigkeit, das Alter eines Vietnamesen abzuschätzen, ist eingerostet.»

«Laß es mich noch mal versuchen», sagte ich. «Ein Matrose namens Bão hat mir eine Formel beigebracht. Bão hat gesagt, bei einem Franzosen muß man abziehen. Wenn der wie fünfundzwanzig aussieht, ist er in Wahrheit fünfzehn. Bei uns dagegen muß man dazuzählen. Dann wärst du nicht älter als fünfunddreißig.»

«Ich bin siebenunddreißig», sagte er, «und wenn ich raten sollte, dann bist du vierundzwanzig.»

Wenn Bão keine Geschichten von Serena der Solistin erzählte, erzählte er Geschichten von einem jungen Vietnamesen, der an Bord der *Latouche Tréville* gearbeitet hatte, einem Passagierschiff, auf dem Bão gefahren war, bevor er auf die *Niobe* kam. Der Küchenjunge war laut Bão bei der Crew allgemein bekannt und beliebt, und zwar aus drei Gründen. Erstens schrieb er für die anderen vietnamesischen Matrosen an Bord Briefe nach Hause, weil er, im Gegensatz zu diesen, mehr lesen und schreiben konnte als bloß seinen Namen. «Und sogar umsonst!» betonte

Bão. Er wollte damit sagen: Stell dir vor, wieviel Profit aufgrund von Jugend und fehlendem Geschäftssinn verlorengeht! Zweitens war der Küchenjunge zwar im allgemeinen sehr vage, aber nicht in bezug auf sein Alter und das anderer Leute. Laut Bão konnte er das genaue Alter eines Mannes erraten und versuchte, wenn er herausgefordert wurde, sogar den Monat seiner Geburt anzugeben. Und drittens war da die Spargelgeschichte. Eines Abends, als der Küchenjunge nicht zum üblichen Briefeschreiben erschien, ging Bão in die Kombüse und entdeckte ihn dort auf dem Fußboden sitzend. Zu seiner einen Seite lag ein Haufen grüner Schalen, und zu seiner andern stand eine Kiste Spargel, den er geschält hatte. «Er hatte sogar die Köpfe abgeschnitten», sagte Bão. «Ich habe ihm geraten, alles über Bord zu werfen, bevor der Koch die Bescherung sah, oder der würde ihm das Fell über die Ohren ziehen. Du weißt ja, wie sich die Franzosen mit ihrem Spargel haben.»

Der Küchenjunge schüttelte verneinend den Kopf.

«Ja, das sieht man, daß du nicht weißt, wie sich die Franzosen mit ihrem Spargel haben!» lachte Bão.

Der Küchenjunge sah mit Tränen in den Augen zu Bão auf.

Bãos Geschichten verfolgen meistens einen leicht erkennbaren Zweck. Weniger freundlich ausgedrückt, kann man ihn auch offensichtlich und direkt nennen. Seine Geschichten über den jungen Vietnamesen, der als Küchenjunge an Bord der *La-touche Tréville* arbeitete, sollten ausgesprochen komisch sein. Häufig waren sie das nicht. Manchmal lachte selbst Bão nicht, nachdem er sie erzählt hatte. Der junge Mann hieß laut Bão «Ba». Ich weiß, daß der Mann auf der Brücke gesagt hatte, *dies* sei nicht sein richtiger Name. Natürlich nicht, richtige Namen werden bei solchen Begegnungen niemals genannt, das ist mir klar, aber ich hatte trotzdem auf einen gehofft. Ich erinnere mich, daß ich seine Augen beobachtete, als ich Bão erwähnte. Kein Blinzeln, kein schneller Blick, kein Senken der Lider, nichts, nur die Ruhe, die vorwiegend in den Augen alter buddhistischer Mönche oder von Babys zu finden ist, nachdem sie ausreichend gefüttert worden sind. Letzteres bezieht sich nur auf die Babys, nicht auf die Mönche. Aufgrund ihres lebenslangen Armutsgelübdes und ihrer Bettelschalen sind alte buddhistische Mönche schon seit langem gegen die Wirkung eines guten Mahles immun. Babys dagegen stehen gerade erst am Anfang ihrer lebenslangen Sucht. Wenn ich jetzt über den Mann auf der Brücke nachdenke, dann schwanke ich. Meistens bin ich sicher, aber dann gibt es wieder Augenblicke, in denen ich denke: Nein, er war bloß ein Mann wie alle andern.

«Ich habe mit zweiundzwanzig Vietnam verlassen», sagte der Mann, dessen Blick wieder auf der Seine ruhte. «Seitdem war ich nicht mehr dort.» Seine Stimme wurde leiser, seine Worte fielen still ins Wasser unter uns.

Ich wußte, daß in einem solchen Augenblick Schweigen die einzig angemessene Antwort war. Die Zeit war aus Achtung vor dem Nachdenken über sie, vor der sich emporschraubenden Traurigkeit, die es begleitet, stehengeblieben, hatte Atem geschöpft und setzte sich nun langsam wieder in Bewegung, während wir beide nebeneinanderstanden, zwei Männer auf einer Brücke, die uns weder mit dem Hier noch mit dem Dort verband. Unsere Hände lagen auf dem Geländer. Unsere Gesichter waren einem Fluß zugewandt, der zu kalt war, um in ihm zu schwimmen. Was für ein Jammer, habe ich immer gedacht. Wasser, in das man seinen Körper nicht eintauchen kann, ist schlimmer als eine Frucht, die man nicht essen kann.

«Ich habe Brücken immer gemocht», fuhr er plötzlich fort, so als hätte er meine Klage über die Seine gehört und böte mir die Brücke als Trost an. «Und du, Freund, wie steht es mit dir?»

Diesmal sagte ihm das Schweigen meinerseits, daß dies selbst in einer solchen Umgebung eine merkwürdige Frage war.

«Brücken gehören niemandem», fuhr er trotzdem fort. «Eine Brücke gehört keinem allein, denn sie muß zwei Parteien gehören, einer auf jeder Seite. Es muß eine Übereinkunft geben, eine beiderseitige Zustimmung, sonst ist sie ein nutzloses Stück Holz, eine Verschwendung von Beton. In diesem Sinn ist jede Brücke ein Denkmal für eine Übereinstimmung», erklärte er.

«Du solltest wirklich deiner Liste von Berufen noch ‹Philosoph› hinzufügen, Freund», sagte ich.

«Ich bitte um Entschuldigung. Es ist schon eine Reihe von Jahren her, seit ich zum letztenmal hier war. Ich habe vergessen, wie diese Stadt auf mich wirkt und ich dann –»

«Wie ein weiser Fürst klinge», sagte ich, den Satz für ihn zu Ende führend.

«Was? Ein weiser Fürst? Ja, in deinen Ohren muß ich wohl wie ein alter Mandarin klingen.» Er lachte.

«Etwas in der Art», erwiderte ich nickend.

«Ich möchte mehr über dich erfahren, Freund. Was hat dich hierhergebracht?» fragte der Mann auf der Brücke.

«Dasselbe wie dich.»

«Wirklich?» fragte er, und seine Augen leuchteten auf.

Wie das Funkeln zweier Sterne, dachte ich.

«Ja, ein Schiff», sagte ich.

Er lachte wieder.

Das ist ein sehr gutes Zeichen, dachte ich.

«Uns alle hat ein Schiff hierhergebracht. Wie wahr. Ich nehme an, ich sollte besser fragen, was dich hier hält.»

«Ich habe niemanden mehr in Vietnam», log ich.

«Ich verstehe», sagte er kopfschüttelnd, sichtbar bewegt von der Vorstellung, daß ich allein war.

«Und was ist mit dir, was hält dich hier?» fragte ich.

«Du meinst, was mich hier gehalten hat. Jetzt bin ich bloß ein Besucher, ein Tourist. Und du weißt, wie man sich als Tourist in dieser Stadt fühlen kann – wie ein armer Verwandter, geduldet, aber nicht notwendigerweise willkommen.»

«Dieses Gefühl habe ich hier auch», sagte ich, «und ich bin jetzt seit einem Jahr hier.»

Warum, dachte ich, sind sie immer nur zu Besuch da? Nur ein einziges Mal jemand mit einer Pariser Adresse, vielmehr jemand mit einer Pariser Adresse, der mich hinterher dorthin einlädt.

«Ein Jahr ist nicht so lang, Freund, ich habe fast vier Jahre hier gelebt», sagte der Mann auf der Brücke.

Wünsche sind raffiniert, ja verschlagen. Hier muß man präzise formulieren. Eine bildliche Sprache ist zu vermeiden. Genauigkeit hinsichtlich des Tages, der Zeit und des Ortes ist von allergrößter Wichtigkeit.

«Wo?» fragte ich.

«In einem Zimmer.» Er lächelte.

«Nenne mir den Namen der Straße, und ich sage dir, wo sie liegt, linkes Ufer oder rechtes, sogar in welchem Bezirk.»

«Die zweite Straße, in der ich gewohnt habe, wirst du kennen, aber nicht die erste.»

«Stell mich auf die Probe.»

«Gut. Ich werde mit der leichten anfangen. Rue des Gobelins.»

«Das ist zu leicht. Dreizehntes Arrondissement. Keine allzu schlechte Gegend, Freund.»

«Warte, bis du hörst, wo ich zuerst gewohnt habe.»

«Wollen wir es nicht interessant machen, Freund? Wie wär's mit einem Drink für die richtige Antwort? Es gibt ja nur eine, nicht wahr?»

«Freund, wenn du weißt, wo sie liegt, dann lade ich dich nicht nur zu einem Drink ein, sondern zum Essen», sagte er.

Bitte, wenn es einen Gott gibt, bitte laß mich die Straße kennen, dachte ich.

«Impasse Compoint.»

«Ich weiß genau, wo das ist! Siebzehntes Arrondissement. Eine Gasse mit nur drei oder vier Häusern, die auf sie hinausgehen, richtig? Entschuldige, wenn ich das sage, Freund, aber ich habe nicht gewußt, daß jemand in diesen Häusern wohnt. Meistenteils Lagerraum, dachte ich.»

«Erstaunlich, Freund, erstaunlich. Vielleicht sollte ich von mir nichts weiter erzählen, sondern den Rest dir überlassen.»

«Ich kenne nur Straßen. Je armseliger sie sind, desto einfacher ist es, und die Impasse Compoint ist, das muß ich leider sagen, eine der schäbigsten hier in der Stadt.»

«Dann kennst du sie also wirklich», sagte er.

Der Mann auf der Brücke hielt sein Wort und schlug ein Restaurant in der Rue Descartes vor. «Ich kenne den Koch dort», sagte er.

«Woher?»

«Aus einer Stadt.»

«Einer englischen?»

«Einer amerikanischen.»

Ein amerikanisches Restaurant. Ich stellte mir Rindfleischscheiben so groß wie ein Frachter und sehr große Gläser Kuhmilch vor. Aber als wir dort ankamen, verkündeten die davor hängenden roten Laternen, daß dies kein amerikanisches Restaurant war. «Oh», sagte ich seufzend, «ein chinesisches Restaurant hatte ich nicht erwartet.» Drei Sorten Gemüse, egal, welche drei, solange sie billig sind und in einer Stärkemehlpampe schwimmen, dachte ich.

«Freund, ich habe dir ein Abendessen versprochen, und es wird ein *gutes* sein», sagte er, wobei er die linke Hand leicht auf meine Schulter legte. Mit der rechten öffnete er die Tür, und wir gingen hinein. Die Innenausstattung des Restaurants kam mir sofort, wie soll ich sagen, unchinesisch vor. Keine roten Schriftzeichen, keine vergoldeten Schnörkel, kein glitzernder Drache, kein glänzendbäuchiger Buddha. All die Dinge, die die Franzosen in einem guten chinesischen Restaurant erwarten, gab es hier nicht. Kein Wunder, daß es leer ist, dachte ich. Wie können sie das hier und irgendein Chez Jean, Jacques oder Jules auseinanderhalten? Da sitzt sogar eine hübsche französische Kassiererin, gleich neben der Eingangstür, eine strategisch günstige Position, die es ihr ermöglicht, uns von Anfang an zu ignorieren, dachte ich.

«Mademoiselle, ein Tisch für zwei», sagte der Mann von der Brücke, der seinem Französisch einen angenehmen Unterton von Autorität gegeben hatte.

«Sie können sich hinsetzen, wo Sie wollen», entgegnete sie und wedelte kurz mit der rechten Hand.

«*Cám ơn*», sagte er, unerwartet ins Vietnamesische verfallend, um zu danken.

Die junge Frau blickte von dem Buch auf, in dem sie las, und sah uns zum erstenmal an. Ihre Augen waren braun mit sandfarbenen Riffeln. Wie die von Madames Sekretärin, dachte ich. «Bitte, Monsieur», flüsterte sie, obgleich wir die einzigen im Restaurant waren.

Wir konnten unter zwölf Tischen wählen. Alle waren mit einem weißen Tischtuch und Gabeln, Messern und Suppenlöffeln gedeckt, deren großzügige Schüsselform das einzige in diesem Restaurant war, was auf eine chinesische Küche schließen ließ. Wir setzten uns an einen der Tische und lächelten uns wortlos an. So als ob wir ein Geheimnis miteinander teilten, dachte ich. Aber ich fürchte, unser kindliches Benehmen war nur ein offensichtliches Zeichen dafür, daß wir beide schon seit längerem in keinem Restaurant mehr gewesen waren.

«Der Koch hier ist Amerikaner?» fragte ich. «Wo hat er chinesisch kochen gelernt?»

«Er ist kein Amerikaner. Das habe ich nie behauptet. Er hat das Kochen von seiner Mutter gelernt, du etwa nicht?»

«Oh.»

«Hör zu, Freund. Der Koch hier ist eher schüchtern. Möglicherweise kommt er aus der Küche, aber er kommt bestimmt nicht an den Tisch und redet mit uns. Halte ihn nicht für unhöflich.»

Die Kassiererin, die jetzt als unsere Kellnerin auftrat, reichte uns die Speisekarte. Wenn wir irgend etwas wünschten, das nicht auf der Karte stehe, sollten wir es sie bitte wissen lassen, sagte sie, der Koch sei durchaus bereit, Wünschen zu entsprechen. Während sie das alles sagte, blickte sie mich an, aber ihre Aufmerksamkeit, sie selbst mit ihrem ganzen Körper, war auf ihn konzentriert, das spürte ich. Ich weiß, daß der Märchenprinz gut aussieht, Mademoiselle, aber diese Nacht ist er beschäftigt, dachte ich.

«Bitte sagen Sie dem Koch, daß ich gerne die Salz-und-Pfeffer-Garnelen in der Schale haben möchte, und mein Freund hier nimmt dasselbe», bestellte er in einem Französisch, das nicht aus dem Mund irgendeines Küchenjungen stammte.

Die junge Frau sagte: «Selbstverständlich» und ging zu dem durch einen Vorhang abgetrennten Kücheneingang.

«Freund», flüsterte ich, «das wird ein teures Mahl …»

«Gutes Essen ist das einzige, wofür ich bereit bin, Geld auszugeben», sagte er bestimmt, um mich zu beruhigen, «und außerdem wird uns der Koch hier keinen Centime berechnen.» Er ließ sich zurücksinken. Die Spannung, die sich zwischen meinen Schulterblättern aufzubauen begonnen hatte, eine Reaktion auf drohende Augenblicke einer finanziellen Zwangslage, ließ gleichfalls nach.

Der Vorhang teilte sich. Die junge Frau, die ein Tablett trug, das viel zu groß aussah, um durch den engen Gang zu passen, drehte sich zur Seite, und sie und das Tablett schafften es mit Leichtigkeit in den Raum. Grazie würde ich es nicht nennen, denn solche Bewegungen sind nicht angeboren, mit solcher

Biegsamkeit werden die Glieder am Tag der Geburt nicht gesegnet. Nein, sie müssen täglich geübt und mit Hilfe gelegentlicher Unglücksfälle am Arbeitsplatz perfektioniert werden. Ich wandte mich wieder dem Mann auf der Brücke zu und stellte fest, daß er die junge Frau, nun ja, voller Bewunderung ansah. Sicherlich ist er von dem Tablett beeindruckt und nicht von ihrem Körper, dachte ich. Das Tablett war in der Tat beeindruckend. Den meisten Platz nahm ein rosa Berg von Garnelen ein, alle noch in der Schale und mit Köpfen. Eine rote Schärpe unterhalb des Kopfes, wo ihre Eier hindurchschimmerten, wiesen sie als weibliche Tiere aus, hochgeschätzt und sehr teuer, wenn sie auf den Märkten dieser Stadt erhältlich waren. Rechts und links davon standen zwei Schalen, eine mit zarten grünen Bohnen, sautiert mit Knoblauch und Ingwer, und eine mit ganz kurz erhitzter Brunnenkresse. Überragt wurde das Ganze von einer dampfenden Schüssel Reis. Eine Flasche, deren Korken anzeigte, daß der Wein entschieden eine Klasse besser war als der übliche offene Wein, bildete das Gegengewicht.

Von da an wechselten wir zwischen vollgehäuften Gabeln nur wenige Worte. Eßstäbchen hatte man uns nicht angeboten, und wir baten auch nicht darum. Warum Zeit auf die technischen Einzelheiten wie Besteck verschwenden, wenn vor uns ein Festessen steht? dachte ich.

«Morcheln?»

Er nickte. Eine unerwartete Beigabe, dachte ich. Die vom Modergeruch des Waldes gesättigten Pilze lagen unter den *haricots verts* versteckt, bis ihr Duft sie verriet und wir anfingen, mit unseren Gabeln nach ihnen zu suchen.

«Butter?»

Er nickte.

Salz-und-Pfeffer-Garnelen zum Abschluß mit brauner Butter überzogen! sagte ich voller Bewunderung zu mir selbst. Natürlich nicht laut, da mein Mund absolut zu voll war. Wenn geschmolzene Butter die Farbe kurz nach dem Goldton erreicht hat, nimmt sie, wie Anh Minh mir beigebracht hatte, unerklärlicherweise den Geschmack von über einem Holzfeuer gerösteten Haselnüssen an. Eine Lektion, die ich jetzt mit Freuden aufs neue lernte.

«Brunnenkresse?»

Er hielt im Kauen inne und starrte mich an. Erschrocken, wie mir schien. Meine vorherigen Fragen, die eigentlich mehr eine Bitte um Bestätigung gewesen waren, mochten schlicht formuliert gewesen sein, aber sie zeugten von einem Gaumen, dessen Besitzer sich eine Zeitlang in einer professionellen Küche aufgehalten hat. Diese Frage jedoch hätte jedem einfachen Küchenjungen kommen können. Brunnenkresse ist unverwechselbar, bitter im Mund, kühlend im Körper, ein Gemüse, das jeder Vietnamese mit geschlossenen Augen identifizieren könnte. Ich kenne dieses Gericht sehr gut. Danach hatte ich nicht gefragt. Das Rezept ist täuschend einfach. Man erhitzt Öl, bis es raucht, und würzt nur mit einer reichlichen Prise Salz und einem Wimpernschlag. Ein längerer Kontakt mit der Hitze verwandelt die Stengel in Seile, die sich im Mund verknäulen, so daß ein Hinunterschlucken unmöglich wird.

«Das Salz?» fragte ich, mich dem Kern meiner Frage nähernd.

Er nickte. «Der Koch hier nimmt für dieses Gericht *fleur de sel.*»

Ich schüttelte den Kopf. Ich wollte zu verstehen geben, daß ich mit dem französischen Ausdruck nicht vertraut war, aber ich hatte wieder einen viel zu vollen Mund, um ihn zu öffnen.

«Salzblüten», übersetzte er. «Sieh es eher poetisch. Eine ‹Blüte› wie in ‹von der Sonne zum Blühen erweckt›.»

«Jetzt bist du auch noch ein Dichter? Ich kann damit nicht viel anfangen», sagte ich und schob mir eine weitere Gabel voll Brunnenkresse in den Mund. Die Blütenblätter aus Salz öffneten sich langsam gegen meinen Gaumen.

«Es ist Meersalz …», begann er zu erklären.

Ich warf ihm einen Blick zu, der deutlich sagte: So nicht, mein Freund! Auch wenn ich eine halbe Flasche Wein und mehr Essen in mir habe, als mein Körper in einer Reihe von Monaten bekommen hat, heißt das nicht, daß ich nicht mehr klar denken kann. Ich wußte, daß dieses Salz nicht aus der Erde kommt. Das hätte auf der Zunge viel explosiver und, wenn nur ein Körnchen zuviel davon gewesen wäre, penetrant, ja sogar beleidigend gewirkt.

Mein kluger Prinz ignorierte meine Entrüstung und fuhr geduldig in seiner Erklärung fort, versetzte uns in eine Landschaft aus Salzwasserbecken, die, aus der Ferne gesehen, Reisfeldern ähnelten. «Nur daß in diesem wäßrigen Gitternetz einzig und allein Salzberge wachsen», sagte er. Ich schloß die Augen und sah schneebedeckte Berge in ihrer Kindheit, Gipfel, die aus dem Meer geboren wurden. «Wenn das Meerwasser auf diese Weise durch die Einwirkung der Sonne verdunstet, hinterläßt es sein Salz, genauso wie wir unsere Knochen hinterlassen werden.» Ich öffnete die Augen, und er war endlos weit weg.

Ich begann zu begreifen, wodurch sich *fleur de sel* auszeichnet. Es ist die allmähliche Enthüllung seines wahren Wesens, die es von dem gewöhnlichen Meersalz unterscheidet, das mich in den meisten französischen Küchen erwartet. Eine Entwicklung, ein Anschwellen und Nachlassen, bei dem seine Salzigkeit spürbar wird, sich verstärkt und dann verschwindet. Stellen Sie es sich vor wie einen Kuß im Mund.

Die junge Frau kehrte zu unserem Tisch zurück und räumte das Geschirr ab. Zum erstenmal seit Eintreffen des Essens blickte ich mich im Raum um. Noch immer leer, aber nicht verlassen, dachte ich. Leer wie «für sich sein», ein geeigneter Ort für ein Tête-à-tête. Obwohl ich nie verstanden habe, was der Kopf mit dieser Art von Beisammensein zu tun hat. Hand an Hand, Mund an Mund, das schon eher.

«Das war kein chinesisches Essen», sagte ich.

«Das habe ich auch nicht behauptet.»

«Nein, aber es war auch nicht amerikanisch, und es war nicht –»

«Noch einmal, ich habe nichts dergleichen behauptet», unterbrach er mich.

«Und wie nennst du es dann?»

«Zunächst, Freund: Der Koch hier ist Vietnamese. Er hat einmal, wie ich auch, gedacht, daß er eines Tages Schriftsteller oder Gelehrter sein würde, aber nachdem er die Welt bereist hatte, hat ihm das Leben etwas Praktischeres zu tun gegeben. Jetzt kocht er hier in der Rue Descartes, aber er wird immer ein Reisender sein. Er wird immer Gerichte all der Gegenden kochen, in denen er gewesen ist. Es ist seine Art, sich an die Welt zu erinnern.»

Ein Kuß im Mund kann ein Kuß auf den Mund werden. Eine Hand auf der Schulter kann eine Hand auf der Hüfte werden. Ein Lachen auf seinen Lippen kann ein Stöhnen auf meinen werden. Die Augenblicke dazwischen sind oft schwer zu messen, schwer aufzuteilen und aufzugliedern. Zeit, die sich nicht in etwas Handfestes übersetzen läßt. Zeit ohne eine ihr zugeordnete Ziffer oder Ordinalzahl wird oft als «verloren» betrachtet. In einer Stadt, die in der Erinnerung immer besser aussieht, kann verlorene Zeit eine Nacht ewig und voller Sterne erscheinen lassen. Der Abstecher von der Rue Descartes zum Jardin du Luxembourg wurde durch unsere vollen Mägen verlangsamt. Unsere Füße, an das Gewicht eines gesättigten Leibes nicht gewöhnt, schlurften dahin. In meinen Ohren klang die Erwartung wie eine kräftige Brise, die ein straffes Segel bläht, wie ein Feuer, dessen Flammen trunken von einem Windstoß sind. Es war weniger ein Ton als vielmehr eine Schwingung, welche die Stimme des Märchenprinzen dämpfte, obwohl sein Körper nur eine Spanne von dem meinen entfernt war. Als wir den Mund öffneten, um zu sprechen, begann die Nachtluft nach Zimt zu duften. In diesem Zustand waren wir beide von dem Moment an, als die junge Frau an unseren Tisch kam und sagte: «Bitte warten Sie noch.»

O nein, die Rechnung, dachte ich.

Sie verschwand hinter dem Vorhang und kehrte mit einer gedeckten *tarte* zurück, deren Oberfläche voller kleiner Unebenheiten war. Sogleich umgab uns der Duft von Zimt, der unverwechselbar und durchdringend ist, besonders in Verbindung mit Zucker und Hitze. «Eine *apple pie*», sagte sie und stellte den Nachtisch in die Mitte des Tisches. «Mit einer Empfehlung vom Koch. Er bedauert, daß Sie» – ihr Blick ging zum Märchenprinzen – «Paris heute abend verlassen müssen. *Bon appétit*, Messieurs.»

Ich sah zum Vorhang hinüber. Er hatte sich geschlossen. Ich sah zu der jungen Frau hinüber. Sie war auf ihren Posten als hübsche Kassiererin zurückgekehrt. Ich sah wieder den Mann auf der Brücke an. Er war noch da. Aber nicht einmal mehr die ganze Nacht, dachte ich. «Ich weiß da im Jardin du Luxembourg ein ruhiges Plätzchen», schlug ich ihm vor, und der Märchenprinz lächelte.

Obwohl wir die Zeit um unser Handgelenk binden, sie in die Tasche stecken, an die Wand hängen als ein sich ununterbrochen bewegendes Bild in jedem Zimmer des Hauses, kann sie immer noch davonlaufen, sich entziehen, uns entkommen und sich erst wieder zeigen, wenn nur noch Minuten übrig sind und man nichts mehr tun kann als warten, bis auch sie verstrichen sind.

«Ich bringe dich zum Bahnhof.»

«Nein.» Er schüttelte den Kopf. «Bahnhöfe sind schreckliche Orte, um Lebewohl zu sagen.»

Ich kehrte allein zur Brücke zurück.

Wie immer.

10 **********

«Betrunken und geschlafen», gestehe ich meinen Mesdames. «Er hat mir eine Flasche Rum geschenkt, als Dreingabe. Ich habe sie ausgetrunken und bin im Park eingeschlafen», lüge ich. Wirklich, wie hätte ich sonst meine gestrige Abwesenheit erklären können? Vielleicht, wenn ich mich um zwei oder drei Stunden verspätet hätte, aber daß ich den ganzen Montag, die gesamten vierundzwanzig Stunden, die meiner Madame und Madame gehörten und für die sie bezahlt hatten, verschwunden gewesen war, das war zuviel, darüber konnten selbst sie nicht hinwegsehen. Sie sind wütend, aber nicht über mich. Sie sind entsetzt, daß du mich solcher Verführung ausgesetzt hast. Meine Mesdames trinken beide Wein wie die Apostel, Spirituosen betrachten sie jedoch als Medizin oder Kuchenaroma. Sie anders zu verwenden würde sich nicht gehören. GertrudeStein nennt dich ein «Subjekt», und Miß Toklas ergreift die Gelegenheit, um uns alle daran zu erinnern, daß mit einem Telefon, könnte sich GertrudeStein nur zu einem durchringen, die Sache leicht zu regeln wäre. «Ich würde ihn auf der Stelle anrufen und ihm in unmißverständlicher Form mitteilen, daß er zu unserem nächsten Sonnabendtee nicht zu erscheinen braucht», versichert mir Miß Toklas. «Machen Sie sich keine Gedanken wegen des heutigen Abendessens, Bin. Ein Omelette. Nein, Spiegeleier tun es völlig», setzt sie hinzu und drückt damit ihren Straferlaß, ihre Barmherzigkeit mit Hilfe eines Codes aus, den alle französischen Köche verstehen und anwenden. Ein Soufflé, das weiß sie, würde die meiste Mühe bereiten. Ein perfektes Omelett braucht Übung und ist daher das Zweitbeste. Pochiertes Ei nimmt Platz drei ein. An vierter und letzter Stelle stehen Spiegeleier. Deren Zubereitung kann man kaum Kochen nennen. Ja, sie sind, wenn man Gäste zu Tisch erwartet, eine Beleidigung. Eine Platte mit Spiegeleiern kann einen «Gast» besser als alle Worte darauf hinweisen, daß eine Einladung zum Essen verdient werden muß und nicht erzwungen werden kann. Letzteres ist ein Lieblingsärgernis von Miß Toklas, die im Laufe der Jahre jene Künstler und Schriftsteller hassen gelernt hat, die schlecht genug erzogen sind, um vor der Studiotür zu stehen und «vor Hunger umzukommen». Die «Rue de Fleurus 27 ist keine Kantine!» ließ sie GertrudeStein wissen, nachdem mehrere junge Ungarn mit deutschem Appetit GertrudeStein unbedingt ihre Aufwartung machen wollten, wobei ihre Besuche der Essenszeit auf verdächtige Weise immer näher rückten. «GertrudeStein ist nicht zu Hause. Außerdem hat sie mich gebeten, Ihnen mitzuteilen, daß sie Sie niemals wiederzusehen wünscht», erklärte Miß Toklas – ein schneller und harter Schlag für den ungarischen Stolz und die deutschen Mägen der Besucher. GertrudeStein saß derweil im vorübergehend dunklen Studio, das die Endgültigkeit der Vertreibung zusätzlich unterstreichen sollte, und war ein wenig traurig, die Besucher gehen zu sehen. Heute abend jedoch würden nur meine Mesdames da sein, eine Mahlzeit *en famille*, wie die Franzosen sagen würden. Eine Platte mit Spiegeleiern und ein Laib Brot in der Mitte eines Familientisches sind niemals eine Beleidigung. Es ist ein Ritual der Intimität. Es ist ein Mahl, das mit der Außenwelt nichts zu tun hat, eines, das kein angestellter Koch jemals wagen würde aufzutragen. Ein Mitglied der Familie, vielleicht auch ein Freund, aber niemals ein Bediensteter. Ich verstehe die Geste meiner Madame vollkommen. Mit Miß Toklas an einem Arm und GertrudeStein am andern trete ich in den Kreis, den Miß Toklas in jenem Augenblick gezogen hat. Seine Umrißlinie ist nicht sichtbar, aber ich weiß immer, daß er da ist. In allen Haushalten, in denen ich gewesen bin, habe ich sein Vorhandensein gespürt. Manchmal ist er groß und expansiv. In seiner Mitte drängen sich Monsieur, Madame und ihre gesamte Nachkommenschaft von filles und fils. Oft findet man auch Haustiere, die Baskets und Pépés dieser Welt, darin schlafen. Gelegentlich stößt man sogar auf ein Kindermädchen. Ich habe aber auch verkleinerte Kreise gesehen, die nur für einen Platz hatten. Das Haus des Alten Mannes kommt mir in den Sinn, und es gibt auch noch andere, fürchte ich. Ich möchte weinen, Tränen vergießen und mir diesen Augenblick in ihrem Kreis bewahren, aber mein Gewissen hat andere Pläne. Angesichts solch unerwarteter Güte, solch unverdienter Nachsicht steigen überraschend Schuldgefühle in mir auf, zwingen mich, den Mund zu öffnen und meinen Mesdames zu erklären, daß ich «der Schurke» sei, auch wenn ich nicht ganz genau wußte, was ein Schurke war. «Er hat überhaupt nichts getan», log ich. «Ich habe den Rum gekauft», log ich weiter.

«Du bist doch absolut schwachsinnig!» brüllt mir der Alte Mann in die Ohren. «Die ersten, die töricht genug sind, dir zu vertrauen, und du trittst ihr Vertrauen mit Füßen. Die alten Schachteln werden dir niemals wieder vertrauen. Eine Lüge, um sich selbst zu retten, ist eine Sache. Eine Lüge, um einen andern zu retten, ist ja wohl das Allerblödeste!»

Sei still, Alter Mann! Das hier hat nichts mit dir zu tun. Meine Mesdames gehen dich nichts an. Hierher darfst du nicht!

Ich versuche, das einzige Territorium zu verteidigen, das ich habe. Die Schlacht ist jedoch an beiden Fronten verloren. Der Anblick, wie die Wärme aus Miß Toklas' Augen schwindet, ist wie ein Vorgeschmack des Todes. Plötzlich bin ich nicht mehr da.

«Bin, lügen Sie uns niemals an. GertrudeStein und ich dulden in unseren vier Wänden kein solches Verhalten», warnt Miß Toklas. Der Zorn meiner Madame zeigt sich an ihren Lippen – ein kontrolliertes Zittern, welches mich wissen läßt, daß ich zwar weiterhin in der Rue de Fleurus 27 bleiben darf, aber daß ich wieder einmal aus jenem perfekten Kreis, der sich in der Mitte jedes Heims befindet, ausgestoßen bin.

Ich habe keine Hoffnung, also ist alles, was ich habe, Argwohn. Eine Tasche voll Geld und ein leeres Bett bedeuten überall dasselbe. Du bist entlassen. Deine Dienste werden hier nicht mehr benötigt. Ich ertrage es nicht, meinen Mantel anzufassen, obwohl es beißend kalt ist und so feucht, daß einem die Knochen weh tun und ich mich frage, warum Menschen in der Nähe von Wasser leben. Ich schaffe es vom Schlachter kaum zurück in die Rue de Fleurus. Zwei Gläser Cognac – zum Glück besteht Miß Toklas darauf, daß nur mit dem besten gekocht wird – können nichts gegen mein Frösteln ausrichten. Jetzt verschmiert Schneeregen das bereits düstere Gesicht der Stadt. Ich werfe einen Blick aus dem Küchenfenster und gebe nach. Ich gehe in mein Zimmer und nehme meinen Mantel vom Bügel. Wärme hört nie auf, eine Versuchung für mich zu sein. Sofort fühle ich das Geld. Säuberlich zusammengerollt, nicht als Bündel, nicht gefaltet und auch nicht zusammengeknüllt. Egal, die Wirkung ist dieselbe. Es ist unerbeten, unerwünscht und, schlimmer noch, es ruiniert die ansonsten klaren Linien meines Mantels. Ich behalte ihn trotzdem an, gewillt, den Kampf mit der Kälte aufzunehmen. Meine Eitelkeit zwingt mich jedoch immer wieder, Dinge zu tun, die ich lieber nicht täte. Ich mag ja ein Tor sein, denke ich, aber deshalb ist es nicht nötig, auch wie einer auszusehen. Meine Entscheidung fällt nach wiederholten Versuchen, die peinliche Beule, die da aus der linken Seite meiner Brust hervorwächst, flachzudrücken und glattzustreichen. Tor mit einem vergrößerten, hartnäckigen Herzen, der ich bin, greife ich hinein und hole es heraus, zusammengedreht und mit Hilfe eines Stückchens Bindfaden in Form gehalten. Rot, eine unerwartete Beachtung von Details, denke ich. Ich streife den Bindfaden ab und sehe zu, wie sich die Geldscheine in meiner Hand aufrollen. Ein kleines Stück Papier kommt zum Vorschein und segelt zu Boden. Ich bin entsetzt. Ein Rezept, ein Protest, eine Drohung, eine Beschwerde, was habe ich Stümperhaftes angestellt, um so etwas zu verdienen? Ich bücke mich und spüre, wie meine Knie aus Protest knacken. Ich hebe das Stück Papier auf, und das Französisch ist so simpel gehalten, so sorgfältig gewählt, daß selbst ich es beim ersten Lesen verstehe: «Für das Essen am nächsten Sonntag. Du und ich sind die einzigen Gäste.»

Ich blicke instinktiv auf, so als hätte jemand meinen Namen gerufen.

Ich bin wieder auf See. Ich bin wieder auf See. Nicht die schäumende, aufgewühlte Masse, die einen Schiffsrumpf einschlägt, als wäre es der weiche Schädel eines Neugeborenen. Nein, ein Saphir, über den der Bug eines Schiffes streift und Furchen zieht. Eine beruhigende blaue Weite zwischen jetzt und Sonntag.

Bảo hatte mir bei zwei verschiedenen Gelegenheiten – einmal in unserer ersten Nacht auf See und das andere Mal in unserer letzten – gesagt, ich solle, sobald wir die französische Küste erreicht hätten, meinen Namen ändern. Es sei die ideale Gelegenheit für einen neuen, vielleicht einen mit einem heroischen Klang. Er rühmte sich, mindestens sieben gehabt zu haben, einen für jede seiner Fahrten über das Südchinesische Meer. Aus welchem Grund bist du immer wieder zurückgekommen? Ich hätte es gerne gewußt, habe ihn jedoch nie gefragt. Bảos Antworten, dachte ich, würden mich nur traurig machen, würden mich zwingen, eine Aufzählung all jener Dinge über mich ergehen zu lassen, die ich nicht habe. Unkenntnis, so dachte ich immer, ist für einen Mann wie mich das beste. Also gut, nicht «immer». Ich fürchte, ich fange an, mich in der Erinnerung in einem Meer von Absolutheiten zu sehen, «immer, nichts, niemals, für alle Zeit». Das läßt mich an den Alten Mann denken, und das läßt mich vor seinem Bild schaudern. Ich vergesse, daß ich nicht immer so empfunden habe. Ich vergesse, daß ich diese Wörter zusammentragen mußte wie Glassplitter in meiner Hand, mit getrocknetem Blut unter den Fingernägeln. Es ist schwierig, objektiv zu bleiben, wenn ich in meiner Erinnerung allein bin. Ich schenke meinen Erinnerungen übermäßiges Vertrauen, weil es niemanden gibt, der mir widersprechen möchte, der mir zum Trotz sagt: «Nein, das stimmt nicht.» Für mich ist die Wahrheit eine Mischung aus Erklärungen, Vermutungen und Behauptungen geworden, die sämtlich auf einen überwältigenden Mangel an Widerspruch stoßen. (Mit Ausnahme des Alten Mannes, aber, glauben Sie mir, der ist ein Lügner.) In dieser Leere bilde ich mir ein, daß die Wahrheit lügt. Sich selbst zu widersprechen ist eine Pose, die sich nicht gut ausnimmt, aber in diesem Fall bin ich bereit, einen Rückzieher zu machen und zu sagen, daß ich nicht immer dieser Meinung war. Ich kann mich sogar noch an den Tag erinnern, ja genau an den Augenblick, in dem die Unkenntnis vortrat und sich mir empfahl.

Meine Mutter und ich gingen den langen Weg nach Hause. Als ich alt genug war, meine Mutter zum Markt zu begleiten, machten wir auf dem Rückweg zum Haus des Alten Mannes manchmal einen Umweg, besonders dann, wenn das Geschäft gut gewesen war und sie alle Reispäckchen schnell verkauft hatte. «Sollen wir den Langen-Nachhauseweg nehmen?» fragte sie dann unter Umbenennung der beiden Straßen, die wir unserer Route hinzufügen würden. Diese Straßen waren von kleinen Läden gesäumt, und meine Mutter ging immer mit hoch erhobenem Kopf an ihnen allen vorbei. Ich glaubte, sie sei stolz, daß ihr Geldgürtel gefüllt und schwer von Kleingeld war, daß sie durch jede Tür gehen und kaufen konnte, was sie wollte. Daher nahm auch ich die Schultern zurück und schob das Kinn vor, eine Nachahmung und Zurschaustellung dessen, was ich für Stolz hielt. Jeder Eingang war mit von Tüchern bedeckten Tischen vollgestellt, farbenfrohe Köder, die auf die Freuden im Innern verwiesen. Von all den Dingen, die da vor uns ausgebreitet waren, wollte ich nur selten etwas haben. Schließlich glaubte ich ja bereits, daß dies alles uns gehören könnte, wenn meine Mutter nur wollte. Ich kam zu dem Schluß, daß es sich nicht lohnte, wegen einer der Sachen stehenzubleiben, denn warum gingen meine Mutter und ich sonst immer daran vorüber?

Es mußte einfach passieren. Ich war ein Kind und weit davon entfernt, ein Heiliger zu sein. Eines Tages, als wir an einer Reihe von leuchtendbunten Holzfiguren vorbeikamen, nagelte mich die Versuchung auf der Stelle fest, weigerte sich, mich gehen zu lassen, und bestand darauf, daß es sich lohnte, wegen dieser Sache stehenzubleiben. «Sieh nur, Má! Hoàng, Tùng und ich!» rief ich, auf drei kleine Affenfiguren zeigend, die auf einem Sockel nebeneinanderhockten. Mir gefiel der Ausdruck ihrer Gesichter, speziell der in ihren Augenwinkeln. Anh Minh, mein ältester Bruder, war natürlich von der Affenversammlung ausgenommen oder, mit anderen Worten, von der der Idioten, Blödmänner und Dummköpfe – alles Namen, die der Alte Mann für uns, die drei nachfolgenden, reserviert hatte. «Ich bin der mit den Händen auf dem Mund. Hoàng bedeckt mit den Händen seine Ohren, und Tùng … Tùng ist der, der sich die Augen zuhält.» Ich krümmte mich vor Lachen, schon damals beeindruckt von meinem gewinnenden Esprit. «Welcher bist du, Má?» Meine Mutter ließ meine Hand los und legte die ihre aufs Herz. Ich blickte auf und sah, wie der Kummer ihr Gesicht zeichnete, ihre Augen in Krater verwandelte, die Linien um ihren Mund tiefer grub, ihre Stirn, die ich am Abend küßte, nicht verschonte, ja nicht einmal ihre Ohrläppchen.

Als meine Mutter in sein Haus kam, hatte sie Ohrringe getragen, aber das war lange her. Sie erinnerte sich noch an die über einer offenen Flamme erhitzte goldene Nadel, den Stich, das Brennen, die Kühle des Bluts und dann der Jade, die den Schmerz linderte. Zartes Fleisch. Zartes Fleisch. Sie hatte ein Paar Ohrringe bekommen. Zartheit, hatte man ihr gesagt, bedeute auch etwas anderes, habe etwas mit Herzensdingen zu tun. Aber das war lange her. Nachdem sie in sein Haus gekommen war, bedeutete «Zartheit» nur noch Empfindlichkeit, nämlich wundes, schmerzendes Fleisch. Jade, hatte man ihr gesagt, sei ein lebendiger, atmender Stein. Er würde mit ihr zusammen altern, so daß man das Verstreichen der Zeit an ihm ablesen könne. In einem Kästchen aufbewahrt, würde er sein blasses, wolkiges Grün behalten. Am Körper getragen, würde seine Farbe allmählich immer tiefer werden, und die weißlichen Adern würden verschwinden. Erst im Alter würde die Jade sie mit ihrem wahren Charakter und ihrer wahren Farbe belohnen. Etwas, worauf sie sich freuen könne, sagte man ihr. An dem Tag, an dem ich zur Welt kam, nahm er ihr die Ohrringe fort. «Sie wird am Leben bleiben, aber sie wird nie wieder ein Kind bekommen», teilte ihm die Hebamme mit. Die Jade in seiner Hand kühlte seinen Zorn, verringerte seine Wut über diese minderwertige Ware. Eine kleine Delle in ihren Ohrläppchen ist alles, was ich, ihr Letztgeborener, jemals zu Gesicht bekommen werde.

Der Kummer sucht sich die ungeschützten Öffnungen, die Augen, Ohren, den Mund und das Herz. Nichts reden, nichts sehen, nichts hören und nichts fühlen. Der Schmerz klingt ab, und die Traurigkeit läßt nach. Nichts zu wissen ist für jemanden wie mich das beste, das lernte ich allmählich.

«Was mich betrifft, ich ziehe Humor vor», sagte Bāo an unserem ersten gemeinsamen Abend auf See.

«Aber mir gefällt der Name, den ich habe.»

«Ich sage ja auch nicht, daß du deinen Namen wegwerfen

sollst, du blöder Esel. Der neue Name ist doch nicht für dich. Er ist für sie. TôiNgườiÐiên, AnÐẹpTrai, TôiYêuEm …», begann er seine für sich gewählten Namen aufzuzählen. Nach dem dritten lachten wir so sehr, daß er nicht weiterkonnte. Wir kugelten uns in unseren Kojen, er oben und ich unten. Während wir noch nach Atem rangen, erzählte er mir, daß sie nie wüßten, welches der Vor- und welches der Familienname sei, und deshalb käme für gewöhnlich alles auf einmal raus. Es mache das Leben lebenswert, meinte er, wenn er Sätze hören könne wie: «He, IchBinVerrückt, wenn du wieder zu spät kommst, schmeiße ich deinen faulen Arsch von diesem Schiff, und zwar nicht erst, wenn wir Land erreichen! Ist das klar, IchBinVerrückt?» Oder: «Komm mal hierher, GutAussehenderBruder, nennst du das Deck hier sauber?» Oder sein Lieblingsname: «IchLiebeDich! Jetzt mach mal zu mit den Kisten da! IchLiebeDich, ein abgerichteter Affe kann das besser als du!»

Inzwischen hatte das Lachen ein Wunder vollbracht, hatte mich von meinem Körper getrennt und mir erlaubt, wenigstens eine Zeitlang zu vergessen, daß drinnen und draußen ein Sturm wütete. Himmel und Wasser hatten dieselbe pechschwarze Farbe angenommen, und die Seekrankheit hatte mich bei den Knöcheln gepackt und mit dem Kopf voran in die Wellen gestoßen. Bão mußte mein Stöhnen und meinen schwachen Protest gehört haben, die, wie er wußte, sinnlos waren. Bevor mein Körper auf See überleben konnte, mußte er erst das Land loslassen. Schuld waren allein sein störrischer Widerstand und seine heftige Weigerung. Er täuschte falsche Symptome vor und brachte einen dazu zu glauben, daß der Ozean schuld sei. Es war ungewöhnlich für Bão, ja es war, wie ich dann später herausfand, noch nie vorgekommen, aber in jener Nacht hörte er nicht auf zu reden. Er wußte, daß die Seekrankheit von allein vorübergehen mußte, aber daß der Klang einer menschlichen Stimme manchmal ein ruhiges Floß auf schwankender See war.

Normalerweise arbeitete er auf großen Linienschiffen, die über siebenhundert Passagiere plus Besatzung beförderten. Als letztes hatte er auf einem Linienschiff mit dem Namen *Latouche Tréville* angeheuert, das, wie die *Niobe*, hauptsächlich die Strecke zwischen Saigon und Marseille fuhr. Er hätte nie einen so primitiven Frachter wie die *Niobe* in Erwägung gezogen, sagte er, aber er sei pleite, und er habe gelernt, daß kein Geld auf See zu haben besser sei als kein Geld auf dem Festland. Für die Mahlzeiten sei gesorgt, und es gebe an Bord nichts zu kaufen außer vielleicht Zigaretten oder eine Flasche Gin. Frauen seien auch nicht an Bord, jedenfalls keine, die man kaufen könne. «Man spart enorm viel Geld», versicherte mir Bão. Es war meine erste Nacht auf See, und die *Niobe* kam mir trotz allem nicht so schäbig vor. Deshalb fragte ich ihn, warum die *Latouche Tréville* so viel besser sei. «Sogar die Schiffsköche hatten Köche!» erwiderte Bão, sprang von seiner Koje und beugte sich über mich.

Sogar die Schiffsköche hatten Köche? Was zum Teufel hat das mit dir zu tun? Ich hätte es gern gewußt, fragte aber nicht. Die leichte Änderung der Lufttemperatur, die plötzliche Erwärmung, als sich sein Körper dem meinen näherte, machte es mir schwer zu sprechen. AnhĐepTrai ist zweifellos ein passender Name für dich, dachte ich. GutaussehenderBruder, o ja, allerdings.

Als wir schließlich die *Niobe* verließen, gab es eine lange Liste von Fragen, die ich Bão nie gestellt hatte. Ich hatte frühzeitig gelernt, daß seine Antworten im besten Fall wenig hilfreich waren und im schlimmsten völlig nichtssagend. Eine List, um mir den Zugang zu der ganzen Tiefe seiner Gefühle zu verwehren, sagte ich mir. Wenn ich Fragen hatte, die mir nicht aus dem Kopf gehen wollten, war es besser, wenn ich sie selbst beantwortete. Zum Beispiel: Die *Latouche Tréville* war besser, weil Bão gern dem Luxus so nahe, gern so vertraut war mit den Gerüchen der zerknitterten Wäsche, aufgehäuft in seinen Armen, die nach Lavendel duftete von den frischgebadeten Körpern der Frauen, die er nie kennenlernen würde, den Gerüchen des Parfüms und des Zigarrenrauchs, die noch in der Luft tanzten, während er um drei Uhr morgens die Decks säuberte. Er ging übers Wasser, aber er gehörte schließlich zum Personal. Und wie alle, die dienen, mußte er Trost in Reichtum und Genuß suchen, auch wenn es nicht die seinen waren.

11 * * * * * * * * * *

Die Mansarde ist kalt heute morgen. Du mußt letzte Nacht
ausgewesen und Schulter an Schulter mit der aufgehenden
Sonne nach Hause gekommen sein. Ich werfe noch ein Stück
Holz in den Ofen, einen ulkigen eisernen Buddha, der in der
Mitte des Zimmers präsidiert. Du ziehst die Dampfheizung vor,
die durch die gewundenen Rohre rumpelt, eine Neuerung, für
die du extra zahlen mußt, zusammen mit der Monatsmiete.
Seltsam, daß dieser neumodische Apparat so altmodische Geräusche von sich gibt. Wie ein gefangenes Tier, so klingt es für
mich. Ich ziehe den Ofen, der Holz brennen kann, vor. Wenn
ich die Wärme spüren soll, dann muß ich auch die Flammen
sehen. Ich küsse dich zur Begrüßung, deine Wangen, deine
Augen, deine Schläfen, hebe mir deine Lippen bis zum Schluß
auf. Ich presse meinen Körper gegen den deinen, um dir zu sagen, daß sich meine Lippen nach dir gesehnt haben, gebettelt
haben, deine Haut berühren zu dürfen. Ich sage deinen Namen:
«Maa – cus Laat – ti – mou», eine Begrüßung, die dich zum Lachen bringt. Ich versuche es noch einmal: «MARcus Lat – ti-
more.» Du belohnst meine Anstrengung mit einem Kuß, der
nicht endet, bis wir auf dem Boden liegen, nach Knöpfen tasten, nach Verschlüssen, bis wir Haut auf Haut liegen, ein Gebet
für den Buddha mit dem Feuer in seinem Herzen. Du erzählst
mir, daß ich am Freitag auf dem Blumenmarkt auf der Île de la
Cité gewesen sei, daß mir eine kleine weiße Blüte welk im
Knopfloch gehangen habe, daß ich verloren ausgesehen hätte.
Als ich anfange zu verstehen, was du zu mir sagst, nehme ich
meine Haut überdeutlich wahr. Ich entdecke ein vergessenes
Terrain. Ich glaube, daß mein Verhältnis zu dieser Stadt jetzt ein

anderes geworden ist. Ich habe einen Zeugen. Du hast mein Aussehen und mein Verhalten bezeugt. Ich bin gesichtet worden. Du hast eine Erinnerung an meinen Körper in dieser Stadt, Tinte auf einem Stück Papier, und du, ein Zauberer und Seher, könntest es wieder tun. Wie kann ich mich also in der gleichen Weise durch die Straßen dieser Stadt bewegen wie vorher?

«Sweet Sunday», sage ich dir ins Ohr, die ersten englischen Wörter, die du mir beigebracht hast. Auf der *Niobe* hatte Bão betont, wie wichtig es sei, ein paar englische Wendungen zu lernen. Das Übliche, was man eben so braucht. Er hatte behauptet, noch andere zu kennen, meinte aber, daß ich mit diesen eigentlich in den meisten Situationen durchkommen müßte: *please, thank you, hello, good-bye, beer, whisky, rum, thatmantookyourmoney, Ididnotsleepwithyourgirl, I quit.* Du, Sweet Sunday Man, mußt mir erst noch ein praktisches Wort beibringen. Deine Lektionen betreffen ihr üppiges Innenleben, die Geheimnisse, die Wörter bewahren können. Ich habe von dir gelernt, daß das englische Wort *please* eine Frage sein kann: «Darf ich?» und eine Antwort: «Du darfst.» *Please* kann auch ein Verb sein, ein müheloses Tun, das einen in jeden Raum begleitet. Sweet Sunday, allerdings. Er ist der einzige Tag in der Woche, an dem ich dich sehe. Zwei Monate sind vergangen, aber wir haben alles in allem nur acht Tage zusammen verbracht. Allerdings haben wir bereits eine Routine entwickelt. Ich bin sonntags spätestens um sieben Uhr morgens in deiner Mansarde. Dort bleibe ich bis zum nächsten Morgen und kehre um drei oder vier Uhr früh in die Rue de Fleurus 27 zurück. Anfänglich war es nur eine Vorsichtsmaßnahme. Ich konnte es nicht riskieren, meine Mesdames noch einmal zu verärgern, indem ich verschlief. Dieses Arrangement scheint dir recht zu sein, da du mich bis jetzt noch nicht aufgefordert hast, die ganze Nacht zu bleiben, zu wählen, auf welcher Seite deines Bettes ich schlafen möchte. Ja, wir haben inzwischen so etwas wie eine Routine, und das ist der Teil unseres

Tages, wenn du und ich wie Kinder im Mutterleib liegen, ineinandergeschmiegt, um uns gegenseitig zu wärmen und die Haut des anderen zu spüren. Du bist immer der erste, der spricht. Ich weiß, du hast das Gefühl, du müßtest die Stille mit deinen Worten verscheuchen. Du redest mit mir in einer Art Kinderenglisch, in kurzen und bei weitem nicht vollständigen Sätzen. Deine Bemühungen sind gut gemeint, edle Taten, die dich an der Gurgel packen und würgen. Du machst den Mund auf, nur um ihn wieder zu schließen, da du weißt, daß deine Worte mich niederdrücken, mich daran hindern würden, das Ufer zu erreichen, daß sie die Entfernung zwischen uns vergrößern würden.

Wir liegen nebeneinander und machen uns unsere eigene Sprache zurecht. Wie an allen vergangenen Sonntagen drücken und zerren wir an der einzigen herum, die wir gemeinsam haben. Dein Französisch ist gedehnt, zeigt noch Spuren deines südlichen Amerikas mit seinem weichen Tonfall, ein Englisch, das so ganz anders klingt als das meiner Mesdames. Mein Französisch ist knapp und abgehackt, ein unbeholfenes, liederliches Sammelsurium, das Zuhause eines Blinden, das Gestolpere eines Betrunkenen. Wir werfen alle unsere Wörter auf den Tisch und suchen die heraus, die voller Bedeutung sind. Entsprechend unseren gemeinsamen Nächten gibt es auch hiervon nur wenige. Wir versuchen, einander mit einem einzigen Wort Geschichten zu erzählen. Schließlich erzählen wir sie auf unseren Körpern. Jedesmal. Wie meine Madame und Madame hast du es bereits aufgegeben, meinen Namen auszusprechen. Statt dessen sagst du etwas, was für mich wie der Buchstabe B klingt. Aber nicht «bé», wie die Franzosen sagen, sondern wie man ihn in Amerika ausspricht, erklärst du mir. Du zeichnest für mich einen Bienenkorb und daneben eine Biene. Du zeigst darauf und dann auf mich und sagst, daß ich dein «Bie» bin. Besser als «Thin Bin», denke ich, aber von meinem Namen noch genausoweit entfernt.

Der Gedanke kommt mir allmählich, schleicht sich langsam ins Zimmer. Sechs Wochentage lang kämpfe ich damit, und am Sweet Sunday gebe ich nach. Ich fordere dich auf, in deiner Muttersprache zu mir zu sprechen. Ich mache mich frei von einer genauen Übersetzung deiner Worte zugunsten verständlicher Gefühle und erkennbarer Handlungen. Ich nehme deine Worte so, wie sie sind, erlaube mir, deine Sprache als ein Ausdrucksmittel für Lieder zu erleben, improvisierend und im Fluß. Ich stelle mir deine Sprache vor als Wasser in meinen Händen, spiegelnd und klar. Du erwiderst, daß du, wenn du an den Ort zurückkehrst, wo das Moos wie wogendes Haar von den Bäumen hängt und Moskitos die Nächte mit Blut beflecken, nicht würdest aufhören wollen. Du würdest stundenlang reden, würdest Wörter ausgraben, deren Ursprung tief im Schatten von Magnolienbäumen liegt, deren Wurzeln stark sind von blutgesättigter Erde. Du würdest mir erzählen, daß du ein Südstaatler bist, aber kein Südstaatler von Familie, daß dein Vater Land besitzt, das du nie erben wirst, daß du nur dem Blute nach sein Sohn bist. Noch bevor du zur Welt gekommen bist, hat deine Mutter im Tausch gegen ein lebenslanges Einkommen auf den Namen deines Vaters verzichtet. Das sei ein Liebhaber, der, so dachte sie, im Gegensatz zu deinem Vater immer treu sein werde. Deine Mutter, so erklärst du mir, ist eine Frau, deren Ehelichkeit vom Augenblick ihrer Empfängnis an ebenfalls in Zweifel gezogen worden war. Was sie dir vermacht hat, ist jener Tropfen Blut, der sie im Land ihrer Geburt wie im Exil leben ließ. Aber du seist nicht wie sie, sagst du und berührst die Spitzen meiner Wimpern. Das Blut sei für dich der Schlüssel, nicht das Schloß. Ein Südstaatler ohne den Namen seines Vaters sei ein befreiter Mann, sagst du mit einer Ironie, die einem harten Pfefferkorn gleicht. Ein Mann mit einem sicheren Einkommen seitens seiner Mutter sei ebenfalls ein befreiter Mann, setzt du mit einem Lachen hinzu, das erschöpft und traurig zu Boden fällt. Das Geld deiner Mutter hat dir den Weg in diese Stadt geebnet. Zuerst hat es dich in den Norden deines Amerikas aufs College geschickt. Es wußte, daß dort die Struktur deines Haars, die Mitternacht unter der Gaze deiner Haut ungeübten Augen leichter entgingen, sagst du und zeichnest dabei die Linie meines Schlüsselbeins nach, als es sich deinen Schultern entgegenhebt. Du seist versucht, es *sein* Geld zu nennen, aber bei genauerer Überlegung gehöre es jetzt ihr. Sie habe es sich redlich verdient. Das heißt redlich auf dem Rücken, sagst du und verschließt meine Augen mit einer deiner Locken. Rede weiter, Sweet Sunday Man. Ich stehe derweil auf und bereite uns unser Abendessen. Um deinetwillen ebensosehr wie um meinetwillen kannst du gelegentlich innehalten und «Bie» sagen, deinen Namen für mich, ihn dort einfügen, wo du sonst Luft holen würdest, und ich sehe dann zu dir hinüber, damit du weißt, daß ich dir zuhöre.

Als du nach Paris kamst, befanden sich sowohl der Kaiser von Vietnam als auch der Kronprinz von Kambodscha in der Stadt, erzählst du mir, voller Staunen über dein Glück, über das große Los, das du gezogen hast. Du hast sie beide gesprochen, prahlst du.

«Bie, die beiden sprechen ausgezeichnet Französisch.»

Wie der Chauffeur des Generalgouverneurs, denke ich.

Der Kaiser von Vietnam und Prinz Norodom von Kambodscha liegen immer im Wettstreit miteinander. Jeder Ladenbesitzer, der einem der beiden Burschen irgendeine Kleinigkeit verkauft hat, weiß, daß der andere noch am gleichen Tag angerannt kommen wird, um von derselben Sache zwei oder drei Stück zu kaufen. Prinz Norodom nahm als erster mit dir Verbindung auf. Der Kaiser von Vietnam ist nur dann der erste, wenn es um Frauen oder Glücksspiel geht. Erst neunzehn, und doch führt er ein Notizbuch mit den Namen aller Frauen, die er beschlafen hat. Auch nennt er gerne seine Rennpferde nach ihnen.

Er macht sich einen Spaß daraus, schnelle Pferde nach lockeren Frauen zu benennen.

«Kein sehr feinsinniger Mann, euer Kaiser, Bie.»

Kein weiser Prinz, denke ich.

Prinz Norodom ist dagegen ein Waisenknabe. Sein erstes Jahr in Paris verbrachte er damit, Klaviermusik zu komponieren und damit zu experimentieren, was geschieht, wenn man alle erhöhten Halbtöne aus seinem musikalischen «Vokabular» streicht. Von deiner Arbeit hatte er durch einen Cousin gehört, der Medizin studierte. Er sei neugierig, aber skeptisch gewesen, sagte der Prinz. Er habe jedoch gedacht, es sei ein glücklicher Zufall, ja sogar ein gutes Zeichen, daß ihr beide praktisch Nachbarn wart. «Die Rue de l'Odéon ist keine Straße für einen Kronprinzen und auch keine für einen Wissenschaftler, aber hier sind wir», sagte Prinz Norodom, «und das heißt, daß wir uns kennenlernen sollten.»

«Seine Logik, nicht meine. Nichtsdestoweniger einwandfrei, Bie.»

Ein weiser Prinz, denke ich.

Als erstes wollte Prinz Norodom deine Schautafeln sehen. Er schloß den Deckel seines Flügels, und du breitetest sie auf seiner mit Intarsien versehenen Oberfläche aus. «Das hier sind genaue Kopien der Tafeln, die Dr. J. Haskel Kritzer benutzt hat», erklärtest du ihm. «Dessen wegweisendes Buch zu diesem Thema kam im Jahr 1924 heraus.» Du hattest großes Glück, daß du bei ihm studieren konntest, denn so viele waren bereits abgewiesen worden. Bei deinem allerersten Gespräch mit Dr. Kritzer forderte dieser dich auf, dich auf einen Stuhl an einem sonnigen Fenster zu setzen. Der Arzt sah in deine Augen und fragte nach kurzer Zeit: «Lattimore, glauben Sie, daß Haut und Knochen lügen können?»

«Und das», sagtest du zum Prinzen, «ist der erste Satz dieser Wissenschaft.» Der zweite ist, daß jeder Quacksalber einen

Bruch diagnostizieren, aber nur ein echter Arzt die Möglichkeit eines Bruchs erkennen kann, die unsichtbaren Schwachstellen, die jeweilige Anfälligkeit. Prinz Norodom berührte seinen äußeren rechten Augenwinkel, eine instinktive Reaktion, die du bei vielen deiner neuen Patienten beobachtet hast. Während der ersten Konsultation gibt es immer den Moment, in dem ihnen klar wird, daß du vielleicht schon mit der Untersuchung begonnen hast, vielleicht schon all die Krankheiten erkannt hast, die ihren Körper in den kommenden Jahren heimsuchen werden, ihre Schmerzen vielleicht schon vorhersiehst. Du kannst sie nur beruhigen, indem du das Vergrößerungsglas hervorholst. Das Instrument zerstreut ihre Befürchtungen. Es sagt ihnen: «Nein, der Doktor hat noch nicht angefangen.»

«Prinz Norodom ging es genauso, Bie.»

Ein Mensch wie alle andern, denke ich.

Der Prinz sah, wie das runde Glas das Muster seines Perserteppichs verzerrte, und er entspannte sich und ließ die Hand sinken. Dann beugte er sich über den Flügel, und du führtest ihn Schritt für Schritt durch die dreieckigen Abschnitte deiner Schautafeln, bis ihr um die beiden Kreise herum wart. Hier ist jedes Organ, jede Drüse und jedes Gewebe des menschlichen Körpers, sagtest du, mit dem Zeigefinger abwechselnd auf die rechte und die linke Karte tippend. Einige Organe tauchen in beiden auf. Die Schilddrüse zum Beispiel ist hier rechts um ungefähr zwei Uhr aufgeführt und links um ungefähr neun Uhr. Die Theorie ist einfach. Sprenkel, Streifen, Flecken oder Verfärbungen innerhalb eines bestimmten Abschnitts der Iris weisen darauf hin, daß in der entsprechenden Körperregion etwas nicht stimmt, daß dort eine Schwäche vorhanden ist. Als diagnostisches Werkzeug ist diese Methode denen der konventionellen Medizin weit überlegen.

«Die Irisdiagnostik ist eine Wissenschaft, die in die Zukunft sehen kann, Bie.»

Ein Wahrsager, denke ich.

Außerdem sei es eine sparsame Wissenschaft, versichertest du dem Prinzen. Die Ausstattung sei nicht der Rede wert, man brauche nur die Tafeln und ein Vergrößerungsglas. «Stellen Sie sich vor, Ihre Landsleute wären in dieser Wissenschaft ausgebildet», sagtest du. Ausgestattet mit ihren Instrumenten, könnten die Männer mit Leichtigkeit das Land bereisen. «Denken Sie nur, wie die Gesundheit und das Wohlbefinden Ihres Volkes mit Hilfe dieser westlichen Wissenschaft verbessert und gesteigert werden könnte», schwärmtest du.

«Der Prinz blickte auf und sagte etwas höchst Merkwürdiges, Bie.»

Prinz Norodom sagte: «Dr. Lattimore, wenn sogar ein Quacksalber einen Bruch erkennen kann, dann sind Quacksalber alles, was Kambodscha im Augenblick braucht.»

Er klingt wie der Mann auf der Brücke, denke ich.

Trotzdem stimmte der Prinz einer Untersuchung zu. Du ließest ihn sich bei einer hellen Lampe hinsetzen und fordertest ihn auf, geradeaus und an deinem Gesicht vorbei zu schauen. Du sagtest ihm, daß jede Iris einzigartig sei, was ihn zum Lächeln brachte. Du hattest vorher noch nie eine königliche Iris gesehen, erzählst du mir. Jetzt hast du vier gesehen.

«Wettbewerb ist etwas Fabelhaftes, Bie!»

Sweet Sunday Man ist eben doch Amerikaner, denke ich.

Du hast es sofort entdeckt. In der rechten Iris ungefähr an der Fünf-Uhr-Stelle befand sich eine Anhäufung winziger Punkte. Unverkennbar, aber du fuhrst in deiner Untersuchung fort, ohne deine Erregung zu zeigen. Du brauchtest Zeit. Du mußtest die richtigen Worte finden. Du dachtest daran, mit Hilfe einer Reihe von Fragen auf das Thema hinzusteuern, aber dann dachtest du, wenn du in der Situation wärst, dann würdest du kein Drumherumgerede wollen.

«Impotenz, Prinz Norodom.»

Gleich am nächsten Tag rief dich der Kaiser von Vietnam an. Er wollte einen Termin noch für den Nachmittag. Er sagte, er werde seinen Wagen schicken. Der Kaiser wußte, daß Prinz Norodom das Auto mit seinen verräterischen Vorhängen die Rue de l'Odéon entlangfahren sehen würde. Der Chauffeur des Kaisers öffnete den Schlag, wartete, bis du eingestiegen warst, und schloß ihn mit genau dem richtigen Aufwand an Kraft, was ein gutes Zeichen für einen Fahrer ist. Es sagt dir, daß er höchstwahrscheinlich nicht von der Straße abkommen und ins Meer stürzen wird, während du schlafend im Fond sitzt. Sobald du eingestiegen warst, schautest du dich um, berührtest die Kissen, öffnetest die Samtvorhänge und fragtest dich, wie viele Frauen der Kaiser mit ebendiesem Auto hatte abholen lassen. Jede *bonne vivante* in dieser Stadt weiß mindestens eine Geschichte über den jungen Kaiser zu erzählen. Die Handlung ist entsetzlich simpel. Der Kaiser von Vietnam erblickt eine schöne Mademoiselle oder Madame. Der Kaiser hat keine bestimmten Vorlieben, was Alter oder Familienstand angeht, nur blond muß sie sein, sehr, sehr blond. Selbst die Farbe des Weizens ist noch zu dunkel für ihn. Seine Majestät schickt ihr seinen Wagen. Sie trifft ein und wird herumgeführt. Die Führung endet in seinem Schlafzimmer. Er lenkt die Aufmerksamkeit der Dame auf einen reichverzierten Schrank und öffnet die Tür. Je nachdem, wer die Geschichte erzählt, ist dieser angefüllt mit Stößen französischer Francs, geschnitzten Jadearmreifen, losen Diamanten auf roten Samtbeuteln, übereinandergestapelten Goldbarren, die aussehen wie in Goldpapier gewickelte Pralinen. Der angebliche Inhalt ist unerschöpflich. Und bei jedem Erzählen wird er phantastischer. Wenn die Mademoiselle oder Madame nach Luft schnappt und das Zittern ihrer Knie zu unterdrücken versucht, sagt der Kaiser: «Bitte, *ma chérie*, suchen Sie sich eine Kleinigkeit aus.» Das Aussuchen hat natürlich seine Folgen. Viele blonde, blonde Mademoiselles und Mesdames haben die vornehmen

Cafés von Paris betreten, nicht zu vergessen die in Nizza und Monte Carlo, und haben folgerichtig ihre Armbänder und Diamantringe zur Schau gestellt.

«Kein feinfühliger Mann, Bie.»

Kein Herr, denke ich.

«Sind Sie ein Neger, Lattimore?» fragt der Kaiser von Vietnam, kaum daß du den Raum betreten hast.

«Nein, Eure Kaiserliche Majestät, ich bin Iridologe.»

Er zwinkerte dir zu und sagte: «Doktor, bitte lassen Sie die ‹Kaiserliche Majestät›. Ich weiß ja, wer ich bin. Ich dachte, ich dürfte vielleicht auch wissen, wer Sie sind.»

Ein erneutes Zwinkern. Ein nervöses Zucken? fragtest du dich.

«Doktor, ich habe Ihr Gesicht schon öfter gesehen. Ich kann das Bleichmittel in Ihrem Haar riechen, den Anflug von Lauge. Ich bin nicht intolerant, Doktor Lattimore, aber ich bin auch kein Dummkopf. Sie und ich, wir verstehen uns jetzt, und das ist der Beginn eines vertrauensvollen Verhältnisses. *Vous comprenez?*»

«Kein feinfühliger Mann, Bie.»

Ein Alter Mann, denke ich.

Du holtest deine Tafeln hervor und sahst dich im Zimmer nach einer freien Fläche um.

«Überspringen Sie den theoretischen Teil, Doktor, ich begreife solche Sachen sowieso nicht. Kommen wir doch gleich zu dem Teil, wo Sie mir meine Zukunft prophezeien.»

«Ich bin Wissenschaftler, Majestät, ich ‹prophezeie› nicht, ich stelle eine Diagnose.»

«*Mais oui*, Lattimore, ich nehme Ihren Beruf nicht ernst genug, Ihre Wissenschaft. Ich nehme nichts besonders ernst, Doktor. Ich wollte Sie nicht beleidigen. Ich mache es wieder gut. Bevor Sie gehen, statten wir dem Schrank, von dem Sie bestimmt schon so viel gehört haben, einen kleinen Besuch ab.»

Der Kaiser lächelte. «Dort dürfen Sie sich etwas aussuchen, etwas Kleines, da Sie mir nicht die üblichen Dienste leisten.»

Und noch ein Zwinkern, erzählst du mir.

Kein feinfühliger Mann, da gebe ich dir recht.

Du ließest den Kaiser von Vietnam auf einem Stuhl Platz nehmen. Als du das Vergrößerungsglas zu seinen Augen hobst, überkam dich eine Intuition. Du schautest sofort in seine rechte Iris, und da war sie – eine Anhäufung von winzigen Pünktchen ungefähr an der Fünf-Uhr-Stelle, ein Pendant zu der bei Prinz Norodom. Diesmal gab es für dich kein Zögern.

«Impotenz, Majestät.»

Der junge Mann dir gegenüber brach zusammen, wie du sagst, genauso wie der, der deine Dienste am Vortag in Anspruch genommen hatte.

Du bittest mich, dasselbe für dich zu tun, dir die Geschichte meines Lebens zu erzählen, und zwar in der Sprache, die mich gedrängt hat, auf die Welt zu kommen, eine Sprache, deren Wörter jetzt meinen Kopf verstopfen und mein Herz überschwemmen, weil sie nicht wissen, wohin. Mein Vietnamesisch hat, in meinem Mund gefangen, die Blässe der Sterbenden angenommen, die verblichenen Farben der Aufgegebenen. Ich komme deiner Bitte nach, aber innerhalb weniger Minuten merke ich, daß das Experiment katastrophal verläuft, daß es eine Qual ist, unter der sich dein Körper windet, du mit schwerem Kopf um Gnade bittest. Das Vergnügen, das mir deine Worte bereiten, empfindest du bei meinen nicht. Du bist an die Dunkelheit, die dich umgibt, dir die Ohren verstopft und sich auf deine Zunge legt, nicht gewöhnt. Du kämpfst dagegen an, statt deinen Körper treiben zu lassen. Zum ersten Mal sehe ich dich weinen. Ich schwöre, ich werde es nie wieder tun. Ich versuche dir zu sagen, daß ich in solchen Dingen inzwischen meisterhaft geschult bin. Deine Ausbildung ist eine andere.

Mein Verständnis, Sweet Sunday Man, beruht hauptsächlich auf meiner Fähigkeit, auf Signale zu achten und die Zeichen zu interpretieren. Wörter, das will ich gerne zugeben, sind zweckmäßig, eine praktische Abkürzung zu dem, was gemeint ist. Aber nur zu oft hemmen sie und verwehren den Zugang. Wir, die wir besser geschult sind, brauchen nur eins und können uns das übrige zusammenreimen. Wir halten Ausschau nach dem Blut im Weißen des Auges. Zorn, Trauer, alle Extreme des Gefühls zeigen sich dort zuerst als rote Spinnweben, als ein Gewirr roter Wasseradern. Dort fangen sie alle an und überspülen dann dein Gesicht, färben deine Wangen, deinen Hals, die Einbuchtung oberhalb deines Schlüsselbeins. Wegen der feineren Details ziehen wir die dunklen runden Teiche zu Rate, die an den flachen Rändern heller sind und dunkler in der tiefen Mitte, wo sich das Licht sammelt und in dein Inneres fällt. Lügen, das solltest du wissen, schwimmen immer oben, sind Fremdkörper, die den meisten Menschen Unbehagen, ja beträchtliche Schmerzen bereiten. Es gibt einige, denen es gelingt, das Hin und Her des Blicks, das Zucken der irritierten Lider zu unterdrücken. Eine angeborene Fähigkeit, die man besitzt oder nicht besitzt. Der Lügner und die Lüge haben die gleiche Herkunft: Eins entsteht aus dem andern. Scham wird oft für dasselbe gehalten, aber ich weiß, daß es etwas anderes ist. Scham hat ein schweres Herz und treibt nicht an der Oberfläche. Sie zieht die Tiefe vor, von wo aus sie das Gleichgewicht stört und den Blick nach vorn und nach unten senkt. Die Lider verhalten sich auch anders. Sie heben sich nur zögernd, lassen nur zögernd etwas ein. Scham wird oft für einen plötzlichen Anfall von Erschöpfung gehalten, für ein überwältigendes Schlafbedürfnis. Sie zieht den ganzen Körper in Mitleidenschaft, verlangsamt das Reden, läßt die Glieder anschwellen, bis man schließlich ständig von Lähmung bedroht ist. Die Scham, Sweet Sunday Man, ist von beiden das stärkere Gift, das kann ich dir versichern.

12 ★ ★ ★ ★ ★ ★ ★ ★ ★ ★ ★ ★

Der erste, der es bemerkte, war der Gehilfe des Gärtners. Angesichts seines fortgeschrittenen Alters und seiner ansonsten schildkrötenartigen Existenz war das an sich schon merkwürdig. Er trug – vermutlich ein Erfordernis seines Berufs – immer Grün, ein Baumwollhemd, das in eine etwas dickere Segeltuchhose gestopft war, beide ausgeblichen wie vertrocknetes Gras. Er gehörte länger als irgendeiner von uns zum Hauspersonal, und während der ganzen Zeit, all das Geklatsche und Getratsche hindurch, hatte seine Garderobe nie irgendwelches Aufsehen erregt. Wir dachten an ihn nur im Zusammenhang mit dem Garten, den er wässerte und von Unkraut freihielt. In dieser Umgebung, der einzigen, in der wir ihn uns vorstellen konnten, kam uns Grün völlig natürlich vor. Ironischerweise war es Blériot, der als erster auf die Tarnung des Mannes hinwies.

«Wieso Grün?» wollte Blériot wissen.

«Was?»

«Ich habe gesagt ‹Wieso Grün?›», wiederholte er.

«Ich weiß, was Sie gesagt haben, aber was meinen Sie damit?» fragte ich.

«Warum trägt der Gärtnergehilfe immer Grün?»

«Tut er das?»

«‹Tut er das?› Du klingst, als wäre dir das neu.»

«Es ist mir neu.»

«Es freut mich zu hören, daß es noch einige Dinge gibt, die dir neu sind», sagte Blériot, indem er sich umdrehte, um mich anzusehen, vielmehr um mir zu erlauben, ihn anzusehen. Blériot, in sein eigenes Gesicht verliebt, war in großzügiger Laune und wollte mit mir teilen. Allein schon seine gesenkte, veränderte Stimme sagte mir, daß er nicht mehr von der Vorliebe des Gehilfen für die Farbe Grün redete. Nein, er sprach von mir, einem *garde-manger*, der ihm, einem *chef de cuisine*, das eine oder andere über Hitze, über Zucker und über den Punkt, an dem alles im Mund schmilzt, beigebracht hatte. Kochen hatte nichts damit zu tun. Wir waren in dem Augenblick gerade auf dem Rückweg zum Haus des Generalgouverneurs, und ich ging, wie gewöhnlich, hinter Blériot. Nach mir kamen drei Jungen, die das Gemüse und das Obst trugen, das Blériot früher am Morgen auf dem Hauptmarkt gekauft hatte. Blériot stellte immer dieselben drei Jungen an. Sie traten grundsätzlich zu dritt auf. Selbst wenn nur für einen genug zu tragen da war, kamen die andern beiden ebenfalls mit. Gemeinschaftssinn, Einsamkeit oder Angst? Es war schwer zu sagen, was die drei trieb.

Die Jungen verdienten sich ihren Lebensunterhalt auf dem Marktplatz. Zuerst hatten sie es mit Schuheputzen versucht, aber die richtigen Schuhputzer, diejenigen, die in Schuhputzkästen investiert hatten mit Schuhcreme und zwei Sorten von Putzlappen – grobe, um den Schmutz abzureiben, und weiche, um das, was vom Leder übrig war, zu wienern –, rotteten sich zusammen und verjagten sie. Nach einigen Wochen waren die drei Jungen zurückgekehrt. Diesmal bewachten sie die Stände der Verkäufer, die sich in einem Durchgang erleichtern mußten oder die die neu ausgelegte Ware eines Konkurrenten in Augenschein nehmen wollten. Was die drei an Bezahlung für ihre Dienste erhielten, war normalerweise der letzte Schluck Suppe aus der mittäglichen Schale *pho* des Händlers. Lauwarm, nach Fleisch schmeckend, ohne daß noch Fleisch darin gewesen wäre, statt dessen nur eine Flotille von Nudelstückchen und, wenn sie Glück hatten, auf dem Grund der Schale ein Stück Knorpel, das der Esser abgebissen und in die Suppe zurückgespuckt hatte. Es war nicht das erste Mal, daß ich Kinder für diese Art der Bezahlung hatte arbeiten sehen. Wie viele Schlucke sind nötig, um den Magen eines Heranwachsenden zu füllen? Die Frage führt in die Irre. Sie tut so, als gebe es eine endliche Zahl, einen Punkt, von dem an man kein Bedürfnis mehr hat, kein nagendes Gefühl mehr, das immer ein Kennzeichen der Armut ist, besonders aber in der Jugend. Ich habe vorher schon andere Kinder gesehen, die versucht haben, diese Frage zu beantworten, aber es war der Anblick dieser drei, wie sie sich die übriggebliebene Suppe teilten, wie sie die Schale vorsichtig von einem Paar Hände zum nächsten weiterreichten und wie erleichtert sie aussahen, als sie ihre Gesichter von diesem Festmahl erhoben, das mehr vorgestellt als genossen war, der in meinen Augen diesen Marktplatz auf immer heiligte. Kein Weihrauch, kein Marmor, kein Gold, aber hier lebt der Glaube, daß auf dem Grund der Schale immer etwas übrigbleiben wird, daß keiner von ihnen mehr als seinen Anteil nehmen wird, der Glaube, daß sie immer zu dritt sein werden.

Als Blériot diese Jungen zum erstenmal anstellte, übersetzte ich für ihn den Lohn, den sie forderten, der zugegebenermaßen lächerlich oder räuberisch war, je nachdem, wie dein Monsieur gelaunt war. Zum Glück war Blériot noch nicht lange genug an Land, um schon zu wissen, daß die genannte Summe dem Preis von drei Schalen *phở* entsprach – ohne Knorpel, danke. Es war Blériots erster Gang auf einen Saigoner Markt. Die Verkäufer hatten einen zu hohen Preis verlangt, und er hatte zu teuer eingekauft. Er lebte in einem monetären System, das nur für ihn geschaffen worden war. Wert ist ja schließlich etwas Relatives. Blériot blickte auf meine Arme, die von seinen Einkäufen nach unten gezogen wurden, dann blickte er wieder mich an und akzeptierte die drei. Die Jungen folgten uns zum Haus des Generalgouverneurs mit Säcken voll Zwiebeln, Möhren und Sellerie, den unzertrennlichen drei der französischen Küche. Als wir später in der Woche erneut auf den Markt gingen, liefen die drei Jungen Blériot entgegen und streckten ihm ihre Arme hin. Immer noch Haut und Knochen, wollten sie damit sagen. Drei Schalen *phở* können mehr nicht tun. Blériot hielt eine einzige Münze hoch, genau ein Drittel von dem, was er beim ersten Mal zu zahlen bereit gewesen war. Wie schnell sie doch lernen. Madames Sekretärin ist eine gute Lehrerin, dachte ich. Die Jungen nickten alle gleichzeitig, denn sie wußten, daß Blériots Angebot, obwohl stark im Wert reduziert, immer noch mehr war, als sie auf diesem Marktplatz zu erwarten hatten. Zu Blériots Ehre sei gesagt, daß er ihren Lohn nicht noch einmal verringerte, selbst dann nicht, als er sah, was sie normalerweise erhielten. Als er es das erste Mal mitbekam, fragte er mich, ob die Frau, die Bittermelonen verkaufte, ihre Mutter sei. «Nein», antwortete ich, «die drei dort sind noch nicht einmal miteinander verwandt.»

Blériots Irrtum war verständlich. Madame verfiel ihm dauernd. Anfänglich hatte sie sogar angenommen, daß die gesamte Küchenbelegschaft aus demselben Mutterschoß gekrochen war, weil alle den Souschef «Bruder» Minh nannten. Madames Sekretärin hatte ihr erklären müssen, daß «Anh» hier als Ehrentitel benutzt wurde und daß nur der *garde-manger* ein leiblicher Bruder des Souschefs war. Madame nahm diese Erklärung mit Mißtrauen auf und argwöhnte, daß sie nur einen ungezügelten Nepotismus verschleiern sollte. Was Blériot anbetraf, so war sein Irrtum durchaus verständlich. Mußte er nicht annehmen, daß die drei derselben Familie angehörten, nachdem er sie aus derselben Schale hatte essen sehen? Er hatte noch nicht lange genug in Saigon gelebt, um zu begreifen, daß Armut ein Verhalten, das sonst von Intimität zeugt, zu etwas Erniedrigendem macht. Daß auf diesem Marktplatz das Essen aus derselben Schale dem Pissen in denselben Nachttopf entsprach. Es war in Ordnung, besonders wenn man selbst der erste war.

Nachdem wir das rückwärtige Tor, das zum Haus des Generalgouverneurs führte, durchschritten hatten, fiel es hinter uns mit einem solchen Krachen zu, daß die Spatzen aus den Bäumen flohen und sich wie ein Fetzen schwarzer Spitze in den Himmel erhoben, die Schmetterlinge von den Gladiolen aufflogen und ihre Flügel einen Augenblick lang das grelle Licht der Sonne Saigons filterten. Aber ich fürchte, daß es letztendlich die drei Jungen waren, die uns verrieten. Blériot war zugegebenermaßen auch keine Hilfe. Er benahm sich wie ein typischer Kolonialbeamter. Er ging mehrere Schritte vor uns und hielt Abstand, um auszudrücken, daß er nicht zu uns gehörte. Trotzdem war er noch nahe genug, um deutlich zu machen, daß er über die vier Indochinesen, die ihm folgten, die ausschließliche Kontrolle ausübte. Anfänglich glaubte Blériot, die Straßen der Stadt wären wie die Wege im Garten des Generalgouverneurs. Wo er auch ging, hielt er den Kopf hoch erhoben, was bedeutete, daß er nichts von dem wahrnahm, was unterhalb seiner Brust vor sich ging. Franzosen wie er sind ein Segen für die Taschendiebe Saigons. Während Blériots erster Woche konnten wir vom Hauspersonal hören, wie Madames Sekretärin ihn in mütterlichem Ton tröstete, unterbrochen von heftigen Ausfällen gegen diese Stadt der Diebe, wie sie sie nannte. In der Tat mußte es ihm erst mehrere Male passieren, bis er es schließlich vorzog zu lernen. Für Männer wie Blériot ist Stolz offensichtlich mehr wert als Geld, eine Extravaganz, die die Diebe in aller Welt heiß lieben. Von da an widmete Blériot seiner Körperhaltung sowie den Körpern um sich herum übermäßige Aufmerksamkeit, besonders wenn letztere Indochinesen gehörten. Die Regeln, die er für mich aufstellte, waren einfach. Keine Berührung, kein Lächeln. Das erste konnte ich verstehen, aber das andere fand ich absurd. Ein Lächeln ist wie ein Niesen, notwendig und meiner Kontrolle entzogen. Der angestrengte Versuch, es zu unterdrücken, würde nur noch mehr Aufmerksamkeit auf sich ziehen – also widersetzte ich mich seinem Befehl und lächelte trotzdem, und so, wie Blériot uns durch die Straßen jener Stadt ziehen, die Wege jenes

Gartens entlanggehen ließ, sah er es nie. Ich lächelte seinen Hinterkopf an, sein Haar, das im Morgenlicht rote Streifen bekam. Wie Safranfäden, dachte ich. Ich lächelte sein weißes Hemd an, das lockere Baumwollgewebe, die Muskeln, die nur durch ständige Arbeit in einer Küche entstehen.

So sorgfältig Blériot inzwischen auf seinen Körper achtete, so wenig Kontrolle hatte er über seine Zunge. Er vertraute voll darauf, daß seine Sprache ihn über das Getümmel dort unten erheben, daß er sauber bleiben würde, selbst wenn er in fremdem Boden herumwühlte. Er war so gewohnt an ihre Macht, andere auszuschließen, an ihre endgültigen Erklärungen, die wie das Zufallen des Tores waren, daß er leichtsinnig wurde, besonders wenn wir uns in der Gesellschaft dieser drei Jungen befanden. Er nahm an, und das mit Recht, daß sie kein Wort von seinem Französisch verstanden. Er begriff nicht, daß man die Tonarten des Sex wie die der Verzweiflung leicht erkennen kann und sofort versteht, egal, in welcher Sprache und unabhängig vom Alter. Und in dem Augenblick, als Blériot sagte: «… daß es noch *einige* Dinge gibt, die dir *neu* sind», erkannten die drei Jungen, worum es ging, und lachten – frivol und freudlos, so als hätten wir uns vor ihren Augen umarmt und hungrig mit offenen Mündern geküßt.

Der Gärtnergehilfe in seinem Beet mit Tagetes hörte das Lachen und das Zufallen des Tors. Schnell hob er den weißhaarigen Kopf und erblickte Blériots Gesicht, als es sich von meinem ab- und dem Haus wieder zuwandte. Der Gärtnergehilfe sah diesen Ausdruck nicht zum erstenmal. Feuer sind schon von weniger entfacht worden, dachte er. Das Lachen der drei Jungen war ihm auch nichts Neues. Erinnerungen erblühten in seinem Magen. Der Gärtnergehilfe senkte den Kopf. In seiner Haltung ähnelte er bereits einem Betenden. Die Erde unter ihm war warm. Er grub die Finger hinein und sehnte den Tag herbei, an dem seine Glieder Wurzeln schlagen würden.

Als ich das Haus des Generalgouverneurs verließ, versicherte mir der Gärtnergehilfe, daß er es nicht gewesen sei. «Ich würde nie etwas sagen. Gerade ich würde das nie tun», wiederholte er mit Nachdruck. Ich sah ihn an, sein Gesicht, eine von der Dürre zerfurchte Ebene. Ich blickte durch seine sich öffnenden Lippen, die mangels Berührung gesprungen waren, und sah die Knubbel und Triebe all dessen, was er hinuntergeschluckt hatte aus Angst, das, was in ihm natürlich war, könnte eines Tages wachsen. Nein, dachte ich, von allen hätte gerade er nie etwas gesagt.

Mit dem Chauffeur lag die Sache anders. Er hörte sich einfach gern reden, besonders wenn er Französisch sprach – und er und Madames Sekretärin unterhielten sich immer auf französisch. Er war wie all die andern aus Frankreich zurückgekehrt, hatte eine Leidenschaft für das gemächliche Tennisspiel entwickelt und gelernt, die übelriechenden Käse zu schätzen. Letzteres, so vermuteten wir vom Hauspersonal, erklärte auch, warum er von Madames Sekretärin so fasziniert war. Wir fanden, daß Madames Sekretärin in Anbetracht ihres französischen Vaters schöner hätte sein sollen, was sie aber nicht war. Vielleicht massiver als die meisten, aber ansonsten hatte sie nicht gewonnen. Hätte man ein durchschnittlich aussehendes Saigoner Mädchen genommen und aufgepumpt, dann wäre das Ergebnis entsprechend gewesen, glaube ich. Ich vermute, daß ihre Schönheit oder was dafür galt, zumindest in den Augen des Chauffeurs, das Französisch ihres Vaters war. Sie sprach es von klein auf, und das merkte man. Es hieß, daß sie auch ein wunderbares Französisch schrieb und daß sie es war, die Madames delikatere Ablehnungen und rührendere Entschuldigungen aufsetzte. Laut Chauffeur verfaßte sie sogar gelegentlich Reden für den Generalgouverneur. Wir vom Hauspersonal wußten nicht, was wir von dieser Prahlerei halten sollten, weil wir uns nicht sicher waren, ob wir es hier mit einem französischen Ausdruck zu tun hatten, der durch die Übersetzung entstellt worden war. Wir dachten, daß «Reden schreiben» für den Generalgouverneur vielleicht soviel heißen sollte, wie daß ihm Madames Sekretärin ihre Dienste freundlicherweise ebenfalls anbot. Welcher Art diese Dienste waren, hing davon ab, was für eine Art von Frau Madames Sekretärin sein wollte. Die Antwort wußte keiner von uns so richtig, weil Madames Sekretärin uns alle mit Ausnahme des Chauffeurs ignorierte, sogar Minh-immer-noch-der-Souschef. Das funktionale Französisch meines Bruders und seine lange weiße Schürze reichten offensichtlich nicht aus, um ihn in ihr Gesichtsfeld emporzuheben. Madames Sekretärin war so groß wie der Chauffeur und größer als er, wenn sie ihre hochhackigen Schuhe trug. Die mußten ihm das Herz gebrochen haben. Glauben Sie mir, Männer sind oft unerwartet leicht aus der Bahn zu werfen. Man kann auch sagen, schwach. Madames Sekretärin wurde im Gegensatz zum Chauffeur oft zu den größeren Empfängen und Abendgesellschaften im Haus des Generalgouverneurs eingeladen. Nichts Vertrauliches, aber als Anlaß aufwendig genug, um ein seidenes Kleid und farblich dazu passende hochhackige Schuhe erforderlich zu machen. Während dieser Anlässe saß der Chauffeur draußen auf den Stufen, die zur Küchentür hinaufführten, und rauchte eine Zigarette nach der anderen. Wenn er die Stummel austrat, wußten wir alle, daß er an sie dachte, sich vorstellte, wessen Hände auf der Seide ihres Kleides, auf ihrem Rücken ruhten. Wenigstens ist es nicht Blériot, dachte er, wenn er durch die Tür spähte, um sich zu vergewissern, daß die Mütze des Chefkochs immer noch über den heißen Herd geneigt war.

An jenem Morgen konnte der Chauffeur von dort, wo er stand, nur Chef Blériot sehen, der mit vier Lakaien im Schlepptau vom Markt zurückkehrte. Ein Prinz und sein Gefolge, dachte er. Wahrscheinlicher ist, daß er dachte: ein Arschloch und sein Gefolge. Wie auch immer, seine Abneigung gegen Blériot war zu diesem Zeitpunkt nicht größer oder geringer als die der anderen Hausangestellten. An jenem Morgen wurde die Aufmerksamkeit des Chauffeurs eigentlich mehr von dem Gärtnergehilfen gefesselt und davon, wie dieser ruckartig zum Leben erwachte. Der Chauffeur sah den hellen Fleck im Tagetesbeet. Sah, wie dieser sich mit einer Wachsamkeit bewegte, mit einer untypischen Entschlossenheit, den Augenblick nicht zu verpassen, weshalb er ihm und dem Blick des alten Gehilfen folgte wie den Spuren eines Tieres. Was der Chauffeur sah, bewahrte er auf. Er zog keine übereilten Schlüsse. Er zog es vor, noch mehr Fakten zu sammeln. Aber ehrlich gesagt, wußte der Chauffeur noch nicht einmal, was er da gesehen hatte und wonach er suchte. Was Blériot und mich anbetraf, so waren wir an jenem Morgen einfach nur zwei Gestalten in seiner Blickrichtung. Während der folgenden Monate machte es sich der Chauffeur zur Aufgabe, das zu sehen, was der Gärtnergehilfe sah. Er beobachtete, wie der Gärtnergehilfe nach dem schiefen Lächeln auf meinem Gesicht Ausschau hielt. Er beobachtete, wie der Gärtnergehilfe dieses Lächeln zu Blériots Lächeln in Beziehung setzte. Er beobachtete, wie der Gärtnergehilfe um Mitternacht den Jasmin wässerte, dessen Ranken zum Küchenfenster emporkletterten. Er beobachtete, wie der Gärtnergehilfe an den nacheinander erlöschenden Lichtern in der Küche, an den Gestalten, die gingen, und an denen, die immer blieben, erkannte, daß der Arbeitstag vorüber war.

Als ich den Haushalt des Generalgouverneurs verließ, kam der Chauffeur in Madames Wagen hinter mir hergefahren. Seine sich nähernden Scheinwerfer bohrten zwei staubgefüllte Löcher in die Nacht Saigons.

«He da, wohin gehst du?»

«Nach Hause», sagte ich. Hätte ich mir die Mühe gemacht

aufzublicken, hätte ich den Kopf des Chauffeurs nur knapp über dem Lenkrad auf und ab hüpfen sehen, das wußte ich. Als ob er nach Luft schnappte, so war er mir immer vorgekommen.

«Nein, nein, ich meine, wo wirst du jetzt arbeiten?»

«Warum interessiert dich das?»

«Hör mal, es tut mir leid. Sie hat mich dazu gebracht ... Du weißt nicht, wie das ist, wenn man zuhören muß, wenn sie stundenlang von diesem widerlichen Kerl redet. Es war, als hielte sie mir eine Pistole an den Kopf und drücke jedesmal ab, wenn sie ‹Chef Blériot› sagte.»

«Eine Pistole an *deinen* Kopf?»

«Ich kann es nicht zurücknehmen. Ich würde es gerne tun, aber ich kann es nicht. Du hättest sie sehen sollen, so gepudert und geschminkt. Und herrlich gerochen hat sie. Neu hat sie gerochen. Wann hast du zum letztenmal etwas Neues gerochen? Wann hast du –?»

«Wär's das?»

«Nein. Hör zu, ich will zur Sache kommen. Während meines Medizinstudiums –»

«Was? Wann hast du denn Medizin studiert?»

«In Paris.»

«Hör auf zu lügen!»

«Ich lüge nicht. Während meines Medizinstudiums habe ich gehört, wie man deine Krankheit behandeln kann.»

«Krankheit?»

«Ja, deine Krankheit. Es gibt Ärzte ... in England und Amerika hat man umfangreiche Forschungen betrieben. Ich ... ich kann dir helfen.»

«Jetzt vergiß mal meine Krankheit. Was ist mit dir los?» wollte ich wissen. Keiner von uns Hausangestellten, ja noch nicht einmal mein Bruder wußte, was der Chauffeur während seines Frankreichaufenthalts studiert hatte. Wir hatten angenommen, es sei Dichten gewesen, weil es das einzige war, was er außer Autofahren konnte, das heißt das einzige, was man eine Fertigkeit hätte nennen können.

«Was soll das heißen, ‹mit mir los›?» fragte der Chauffeur.

«Na, irgendwas muß doch sein. Warum würde sonst ein Arzt seinen Lebensunterhalt als Chauffeur verdienen?»

«Wenigstens habe ich es mit Menschen zu tun.»

«Wie bitte?»

«Paß auf, wie ich schon gesagt habe, hat man deine Krankheit erforscht und versteht sie jetzt viel besser. Eine Heilung ist wahrscheinlich –»

«Jetzt vergiß mal die Heilung. Was ist mit dir los?» unterbrach ich ihn.

«Nichts, gar nichts. Hör zu, wenn ich es dir erzähle, läßt du mich dann ausreden?»

Ich nickte.

«Ganz einfach. Als ich wieder in Saigon war, habe ich mich um die Stelle eines Arztes im Amt für Vietnamesische Angelegenheiten beworben. Ganz normale Sachen. Hauptsächlich die ärztlichen Untersuchungen, die am Anfang und am Ende ihrer Auslandseinsätze vorgeschrieben sind, und die Routinebesuche zwischendurch. Geschlechtskrankheiten, Bandwürmer, Durchfall. Ganz normale Sachen. Und ich wurde auch eingestellt.»

«Und?»

«Und diese großen Kindsköpfe von Franzosen haben mich als Tierarzt eingestellt. Ich sollte von Plantage zu Plantage reisen und Hufe und Mäuler und was sonst noch weh tat untersuchen. Als sie mir sagten, ich hätte die Stelle, haben sie das mit keinem Wort erwähnt. Keine Erklärung, rein gar nichts.»

«Oh.»

«Wie ich schon sagte, man hat deine Krankheit erforscht und versteht sie jetzt viel besser. Eine Heilung ist ...»

Diesmal mußte ich ihn ausreden lassen. Damit diese ganze Ausbildung nicht umsonst gewesen ist, dachte ich.

Der Chauffeur rühmte sich, ein Kosmopolit zu sein, ein Mann von Welt via Saigon und Paris. Er fing also damit an, daß er mir von all den Cafés und Tanzsälen in Paris erzählte, die, wie er sagte, voll von Männern wie ich seien. Er selbst sei nie in einem von ihnen gewesen, sagte er. Er habe nur in den Veröffentlichungen jener Ärzte, die nach einem Heilverfahren suchten, davon gelesen. «Männer mit Männern. Männer mit Männern, die sich wie Frauen benahmen. Frauen, die sich wie Männer benahmen, mit Frauen, die sich wie Frauen benahmen, und so weiter. Es gibt unendlich viele Varianten von deiner Krankheit», erklärte mir der Chauffeur. Unendlich faszinierend, dachte ich. Nach dieser informativen und eingehenden Vorlesung über die Variationsbreite menschlicher Attraktion verschrieb mir der Chauffeur – oder Dr. Chauffeur, wie er fairerweise genannt werden sollte – eine gesunde Lebensweise, zu der strenge körperliche Ertüchtigung sowie der eingeschränkte Verzehr von Knoblauch, Ingwer und anderen scharfen Gewürzen gehörte. Kein Knoblauch? Kein Ingwer? Was für ein Quacksalber! dachte ich. Aber vermutlich erwies sich der Chauffeur ganz einfach nur als Poet. Seine Empfehlungen hatten mit Naturwissenschaft wenig zu tun. Sie beruhten eher auf Intuition als auf Gelerntem. Sie wiesen ihn als einen Gläubigen aus, als einen Heiler, der an die Fähigkeit des Körpers glaubt, sich durch Verweigerung dessen, wonach er von Natur aus verlangt, von Grund auf zu verwandeln. Das würde ich nun kaum fachliches Wissen nennen, dachte ich.

Aber daß er sowohl Dichter als auch Arzt war, half dem Chauffeur zu erkennen, daß der Gärtnergehilfe von dem, woran er litt, schon vor zu langer Zeit heimgesucht worden war, so daß es jetzt nur noch ein dumpfer Schmerz war, eine Erinnerung in den Kniegelenken, wenn es regnete. Schmerzhaft, ja, doch kaum wert, genauer untersucht zu werden, hatte der Chauffeur gedacht. Was jedoch Blériot und mich anging, sah der Chauffeur, wie Blut durch eine verletzte Arterie gepumpt wurde. Er kam zu dem Schluß, daß augenblicklich etwas unternommen werden mußte. Wenn ich ihm glauben soll, so war es allerdings Madames Sekretärin, die petzte. «Immer ist eine Frau schuld», wie der Alte Mann sagen würde.

Madames Sekretärin hatte sich, so der Chauffeur, einen raffinierten Plan ausgedacht, wie sie Blériot verführen könnte. Als Ort und Zeit war Madames Geburtstagsdiner vorgesehen. Ein neues Kleid, eine Kette aus Süßwasserperlen, um das Rosa ihrer Haut zu unterstreichen, und ihr Erkennungszeichen, die hohen Absätze für besondere Gelegenheiten. Das Ganze war widerwärtig, aber das Schlimmste war, so der Chauffeur, daß Madames Sekretärin auch noch kommen und ihm alles erzählen mußte. «Als ob ich ihre Schwester wäre!» sagte er und schüttelte den Kopf – ein Pendel, das zwischen Verlegenheit und Ungläubigkeit hin- und herschwang. «Als ob ich ihre Schwester wäre», wiederholte er. Als der Jahrestag von Madames Geburt näher rückte, wurden die Einzelheiten immer üppiger, erzählte der Chauffeur. Spitzen für das Kleid, Parfüm für die Haut, Spangen fürs Haar, aber alles, woran er denken konnte, waren ihre hohen Absätze. Wie ihr davon die Füße schmerzen würden, wund, ja sogar rot würden sie werden, dachte er. Wie empfindlich sie am Ende des Abends sein würden. Wie er sie mit Salz und Wasser würde abreiben können. Wie geschwollen sie in seinen Händen ruhen würden. Das Verlangen überkommt uns in vielerlei Gestalt, und das des Chauffeurs kam offensichtlich in einem strafenden Paar hochhackiger Schuhe. Und er glaubt, ich sei der einzige, der krank ist, dachte ich.

«Ich ertrug es, solange ich konnte», betonte der Chauffeur. «Sie redet bloß Unsinn, sagte ich mir, aber –»

«Aber was?» fragte ich.

«Aber dann … heute morgen, da kam sie, um sie mir zu zeigen. Ausgerechnet mir! Sie hatte sie, passend zu ihrem Kleid, einfärben lassen wollen und gesprenkelt wie das Ei eines Rotkehlchens zurückerhalten. ‹Sie sind ruiniert›, sagte sie, in mein Taschentuch schluchzend.»

«Rotkehlchen? Was ist das?»

«Ein Vogel. Ist nicht wichtig. Ich habe nicht dran gedacht, daß es hier keine gibt. Vergiß es. Ich wollte bloß sagen, daß ihre Schuhe blau hatten sein sollen.»

«Oh.»

«Sie waren auch blau, aber nicht gleichmäßig, wie sie es gewünscht hatte. Sie sahen aus, als hätte jemand einen in blaue Farbe getauchten Pinsel darüber ausgeschüttelt. Ich wollte, daß sie aufhört zu weinen, und so ... und so sagte ich, wenn sie mir noch was von der Farbe besorgen könnte, würde ich ihr helfen, die hellen Stellen auszufüllen. Sie weinte bloß noch heftiger. Ich dachte ... also, ich dachte, wenn ich ihr das von Blériot erzählte, könnte ich sie aufheitern. Ich dachte, wenn sie wüßte, daß am Ende des Rennens kein Preis winkt, wäre sie vielleicht nicht mehr so scharf darauf, daran teilzunehmen.»

«Das reicht», sagte ich. «Das übrige ist mir bekannt.»

Ich mußte dem Chauffeur schließlich noch versprechen, mich mit ihm in einer Woche zu treffen, um mit ihm über «meine Krankheit» zu reden, dann fuhr er davon. Was für ein Quacksalber, dachte ich. Kein Knoblauch? Kein Ingwer?

Wenn ich jetzt an den Chauffeur denke, besonders in den frühen Morgenstunden, wenn der von der Seine aufsteigende Nebel das Licht der Straßenlaternen über mir dämpft, dann denke ich an die beiden stauberfüllten Löcher, die in der Nacht Saigons verschwanden. Ich denke an seinen auf und ab hüpfenden Kopf. Ich denke an die Traurigkeit dieses Mannes, der Ozeane überquert hatte, Tiefen, blau von den zerbrochenen Eierschalen der Vögel, die so weit von zu Hause fortgeflogen waren, nur um mit rein gar nichts zurückzukehren.

Wenn es in Saigon regnet, bleibt die Sonne weiß glühend, und die Erde darunter dampft. Die Hitze dort heftet sich an meinen Rücken, und ich trage sie mit mir herum, egal, wo ich bin, draußen oder drinnen. Dort heißen die Jahreszeiten «Drückende Schwüle» und «Feuchte Hitze», eine ununterbrochene Abfolge von Monaten, die einem wie Jahre vorkommen. Dort lernen die Blumen, nachts zu blühen. Dort feiern Feste den Mond in seinem versöhnlichen blauen Licht. Dort hatte ich mich daran gewöhnt, daß sich das Leben langsam bewegt. Ich hatte es selbstverständlich gefunden, daß das Sprechen immer langsam und zögernd vonstatten ging, weil die Wörter so ungern den kühlen Schacht der Kehle verließen. Ich nahm an, daß plötzliche Zornesaufwallungen zu vermeiden waren, da sie nur die Produktion sauren Schweißes begünstigen und verstärken würden. Madames Sekretärin vertrat jedoch eine andere Ansicht. Hitze war für sie eine Madame, die Aktivität forderte. Wenn die Sonne herabbrannte, suchte sie nicht Schutz wie wir übrigen. Keine Nachmittagsschläfchen, kein Sichausziehen, kein Sich-einer-bekannten-Brise-in-den-Weg-Legen. Madames Sekretärin betrachtete die Hitze als eine Konkurrentin, bereit, sie schonungslos zu kompromittieren. Als besonders frustrierend empfand sie, wie schnell ihr Körper der Hitze nachgab. Die Nässe, die sich in der Falte unter ihren Brüsten ansammelte, entmutigte sie jeden Tag aufs neue. Jeden Tag erinnerten sie die geschwungenen Flecke, die dort zurückgeblieben waren, wo der Schweiß den Stoff ihres Kleides durchnäßt hatte, daran, daß diese Falten tiefer wurden. Jeden Abend, wenn sie ihre Brüste anhob, um das Salz ihres Körpers fortzuwischen, dachte sie an die Hände Chef Blériots. Ihr Körper reagierte mit Blasen, kehrte das Innere nach außen. Für sie war die Hitze eine Diebin und eine Hure. Für sie war die Hitze die Frau, die sie selbst sein wollte.

Das soll nur heißen, daß die Sonne, die an jenem Tag, am

Tag vor dem Jahrestag von Madames Geburt, vom Himmel brannte, Madames Sekretärin als Erinnerung diente an all die Dinge, die zu tun waren, bevor die Sonne unterging und – wie sie selbst – dahinschwand. Madames Sekretärin begann mit einer Liste, da ihr die richtige Reihenfolge sehr wichtig war. Als erstes bestellte sie Blériot zu sich, dessen Hände an jenem Nachmittag nach Bauchfellfett und Thymian rochen. Er hatte seit dem frühen Morgen junge, noch nicht flügge Täubchen vorbereitet, indem er jeden Vogel in ein Netz aus Fett gewickelt hatte, das mit einem Thymianspießchen zusammengehalten wurde. Die Vögel sahen aus wie in gehäkelte Schals gewickelte Babys. Sie sahen aus wie Babys, denen man ein Zweiglein mit winzigen Blättern ins Herz gestoßen hatte. Während sie brieten, würde das klebrige Netz mit ihrer Haut verschmelzen und verschwinden. Zurückbleiben würde eine glänzende Fettschicht, bei deren Anblick einem das Wasser im Mund zusammenlief. Wenn ihm die reinigende Hitze des Ofens nicht zu Hilfe kam, stanken Blériots Hände. «Auch ich bin schockiert. So etwas ist nie vorgefallen, das müssen Sie mir glauben, absolut nichts dergleichen!» flüsterte Blériot, während er sich im Büro nach einem Platz zum Sitzen umsah.

Von ihrem Platz hinter dem Schreibtisch nickte Madames Sekretärin mitfühlend, streckte verständnisvoll die Hände aus und sagte: «Überlassen Sie das mir, Chef Blériot. Aber wenn ich Ihnen helfen soll, müssen Sie mir alles überlassen. *Alles*, verstehen Sie?»

«Ja.»

Ich habe mich oft gefragt, ob Blériot vor dem «ja» auch nur eine Sekunde lang gezögert hatte, oder ob es sofort gekommen war, wie ein Obstkern auf der Zunge, den man instinktiv ausspuckt.

Als zweites verstellte Madames Sekretärin Madame den Weg, die gerade vom Club zurückkehrte und noch im Tennisdreß war. «Schmeißen Sie ihn raus! Auf der Stelle! Ich will nicht, daß in meinem Haus solche schmutzigen Lügen verbreitet werden!» verkündete Madame in noch schrilleren Tönen als sonst. «Für das, was ich für den einen da bezahle, kann ich zwei kriegen. Mehrere aus einer Familie, das bringt immer Ärger. Unglücklicherweise sind diese Leute ja alle miteinander verwandt. Diese Leute! Wenn sie nicht stehlen, dann lügen sie. Der arme Chef Blériot, wie demütigend!» sagte Madame, indem sie ihre angemessene Empörung auf die angebliche Unwahrheit und nicht auf die angeblichen Handlungen richtete. Schließlich ist sie Französin. Madame ist ein Snob, aber sie ist nicht prüde. Das Verhältnis der beiden Männer zueinander war ihr egal, solange sie sozial auf derselben Stufe standen und natürlich solange sie derselben Rasse angehörten.

Als drittes ließ Madames Sekretärin meinen Bruder kommen. «Das glaube ich nicht», log Minh der Souschef. «Ich möchte nicht den Chauffeur einen Lügner nennen, aber ich glaube es einfach nicht. Ich glaube nicht —»

«Natürlich nicht», unterbrach ihn Madames Sekretärin. «Sie werden nicht dafür bezahlt, daß Sie glauben, sondern dafür, daß Sie kochen. Ich sage, es besteht kein Zweifel. Er hat über Chef Blériot Lügen ganz eindeutiger Art verbreitet. Madame will ihn nicht im Haus haben. Wer weiß, wozu er als nächstes imstande ist. Er hat auf der Stelle zu gehen.»

All das beanspruchte vom Anfang bis zum Ende weniger als eine Stunde. Aber Madames Sekretärin war noch nicht fertig. «Eine Frau mit einem Messer schneidet nicht, sondern sie stößt zu und wühlt» ist ebenfalls ein Ausspruch des Alten Mannes. An jenem Nachmittag wurde mir klar, daß sich das nicht auf eine Küchentechnik bezog. Für den Schlußakt setzte sich Madames Sekretärin an ihren Schreibtisch. Sie holte einen Taschenspiegel hervor und lächelte hinein. Mit einem Fingernagel korrigierte sie die Ränder ihres korallenroten Lippenstifts, der in der Hitze des vielen schnellen Redens verwischt war. Sie untersuchte die Haut um ihren Mund herum. Das war ein nervöser Tick. Wir vom Hauspersonal haben beobachtet, wie sie im Laufe der Jahre immer «nervöser» wurde. Sie konnte an keinem Spiegel und keiner glänzenden Oberfläche vorübergehen, ohne prüfend hineinzusehen. Es war die Tatsache, daß es unvermeidlich war, die sie so nervös machte, glaubten wir. Sie wußte, eines Tages würde sie es finden. Anfänglich würde es den zarten Rissen in der Oberfläche alten Porzellans ähneln. Dann würde es tiefer werden und sich festsetzen, bis schließlich der Rand ihres Mundes zu einem gerissenen Flußbett wurde, aus dem das farbige Wachs, das sie auf ihre Lippen auftrug, herablief.

Schließlich schickte Madames Sekretärin auch nach mir. Böswilligkeit rann ihr an jenem Tag nicht durch die Adern, nur Wißbegier. Sie wollte etwas über das Begehren erfahren, über Chef Blériots Begehren. Eine genauere Untersuchung, so dachte sie, würde an den Tag bringen, was meinen Körper für Blériots Körper anziehend machte. Sie wollte es selbst sehen, wollte diesen *garde-manger* erneut unter die Lupe nehmen, diesen Weidenzweig von einem Mann, wie sie fand. Eine Bewegung, eine Wesensart, eine Neigung des Kopfes, ein Hüftschwung, eine Farbe der Lippen, etwas, was sie übernehmen konnte, um Blériot ihr eigen zu nennen. Schließlich weiß Madames Sekretärin, daß die Vietnamesen Männer wie mich *lai cái* nennen. Sie meinen damit, daß ich eine Mischung bin, zum Teil ein Mann und zum Teil eine Frau. Wenn es eine Frau ist, was Chef Blériot will, warum dann nicht das Echte? dachte sie. Es war eine rhetorische Frage, denn selbst sie wußte, daß Lust und Sehnsucht nie so einfach sind, nie in zwei gleiche Hälften zerfallen, wenn man sie teilt. Die Neugier ist jedoch ein willensschwaches Ding, das leicht von stärkeren Impulsen und Emotionen unterdrückt wird. An jenem Nachmittag war es der Selbsterhaltungstrieb, der einschritt und Madames Sekretärin nahelegte, gründlicher und absoluter vorzugehen. «Ich habe deinen Vater benachrichtigt», sagte sie zu mir auf vietnamesisch und dann noch einmal auf französisch, um der Sache Nachdruck zu verleihen. Ich stand da und hielt den Türknauf noch in der Hand. Einige Zeilen an den Alten Mann sei ihr vierter und dieses Treffen ihr fünfter und letzter Schritt gewesen, behauptete sie.

13 * * * * * * * * * * * *

Als ich mich um die Stelle eines im Hause wohnenden Kochs bewarb, wußte ich nichts von dem Haus in Bilignin. Ich nahm an, daß sich das Leben dieser beiden amerikanischen Damen und folglich auch meins auf Paris und die Rue de Fleurus konzentrieren würde. Während des Einstellungsgesprächs war von ihrer jahreszeitlich bedingten Migration keine Rede gewesen. Nicht, daß es damals für mich von Bedeutung gewesen wäre. Bevor ich ein Mitglied ihres Haushalts wurde, hatte ich gedacht, ein Zuhause sei ein Zuhause, eine Madame sei eine Madame, und eine Stadt sei … nun ja, selbst damals wußte ich, daß Paris eine Stadt war und viele andere Orte nicht. Also wäre es vielleicht doch von Bedeutung gewesen, wenn ich es gewußt hätte. Ich hätte mehr Geld fordern können, Gefahrenzulage, Monate-am-Ende-der-Welt-Zulage, So-viel-können-Sie-mir-gar-nicht-zahlen-daß-ich-hier-lebe-Zulage. Es ist erst Februar und früh, jetzt schon an den Sommer in Bilignin zu denken, ich weiß, aber Sweet Sunday Man hat mich danach gefragt. Er möchte wissen, ob meine Mesdames dieses Jahr dorthin fahren werden, und wenn ja, wann. Natürlich fahren sie hin. Meine Mesdames führen ein sehr geregeltes Leben, Sweet Sunday Man. Sie schätzen feste Gewohnheiten und Zeitpläne. Sie weichen nicht gern vom einmal gewählten Pfad ab. Schließlich brannten in diesem Monat auf GertrudeSteins Geburtstagskuchen sechzig Kerzen, und Miß Toklas wird im April siebenundfünfzig anzünden. Sie besitzt allerdings eine französische Urkunde, nach der sie im Juni geboren ist. Es hat Jahre gegeben, in denen meine Madame mit dem Älterwerden bis dahin gewartet hat. Was sie für 1934 plant, weiß ich nicht. Ich nehme an, es hängt davon ab, wie sie zu ihrem voranschreitenden Alter steht. Ich möchte allerdings wetten, daß Miß Toklas dieses Jahr wieder im Juni feiern wird, denn Juni bedeutet, daß meine Mesdames in Bilignin sein werden. Als ich im Herbst 1929 anfing, bei ihnen zu arbeiten, hatten sie gerade den ersten Sommer in ihrem Landhaus verbracht. Von da an wurde es eine Gewohnheit.

Wenn es in Paris Sommer wird, packen meine Madame und meine Madame ihre Kleider und ihre Hunde in ihr Automobil und fahren sich und ihre Ladung hinunter ins Rhonetal zu dem winzigen Bauerndorf Bilignin. Ich werde zurückgelassen, um die Wohnung abzuschließen und die Schlüssel dem Concierge zu übergeben, den ich schon immer im Verdacht gehabt habe, über die Abreise dieser beiden Amerikanerinnen äußerst froh zu sein. Ich habe ihn an seinem Fenster im ersten Stock stehen sehen, wie er die jungen Männer beobachtete, die kamen, um GertrudeStein den Hof zu machen, und auch gesehen, wie er verständnislos den Kopf schüttelte, weil er nicht begreifen konnte, worin deren Anziehungskraft lag. Während meine Mesdames schon über einen Tag unterwegs sind, packe ich ein, was immer ich in dem Jahr an Warmwetterkleidung besitze, und gehe dann, um mir einen Hut gegen die heiße Sommersonne zu leisten. Wenn er günstig war, gönne ich mir ein Mittagessen in einem Restaurant mit Tischdecken und einem aufmerksamen Kellner, der mich «Monsieur» nennen muß. Dann kaufe ich mir mit dem Rest des Geldes, das mir meine Mesdames für eine Fahrkarte zweiter Klasse gegeben haben, eine für die dritte Klasse. Während der ganzen Fahrt bis Bilignin schlafe ich. Dort schließe ich das Haus auf und warte noch mehrere Tage, da sich meine Mesdames mit einer Geschwindigkeit fortbewegen, die zwischen gemächlich und langsam schwankt, bis ich das Hupen ihres Automobils höre und das Bellen zweier lustloser Hunde. Ich erwarte sie auf der Terrasse. Ich halte Teller mit kurzgebratener Leber für Basket und Pépé bereit und für ihre Mesdames Schalen mit dicker Sahne und eingemachten Erdbeeren vom letzten Sommer. Allseitiges Lächeln, bis auf Basket und Pépé, die mich mit der üblichen Verachtung begrüßen. Meine Mesdames bewundern meinen neuen Hut, der anzeigt, daß der Sommer in Bilignin offiziell begonnen hat.

Ich habe den Hut, weil das Haus dort – obwohl geräumig genug, um ein *petit château* genannt zu werden – kein fließendes Wasser hat und ich oft draußen im Garten bin, wo es eine Pumpe gibt. Außerdem habe ich den Hut, weil ich in Bilignin, wie in Paris, sonntags freihabe. Die Bauern im Dorf sind so freundlich, und am Anfang waren sie einfach auch so neugierig, mich, den ersten *Asiatique*, den sie je zu Gesicht bekommen haben, zu sich nach Hause einzuladen. Und ihre Söhne sind, wie ich zugeben muß, so gutaussehend, daß ich die Einladungen immer annehme. Alle Familien in dieser Gegend machen ihren eigenen Wein, so daß Trinken nie ein Problem ist, und ihre Großzügigkeit füllt mein Glas, bis ich nach einem Schluck Wasser dürste. Ich habe herausgefunden, daß mir Wasser am Ende dieser Abende die Rückkehr in den Montag erleichtert. Obwohl manchmal das Wasser im Meer für mich nicht ausreicht. Am nächsten Morgen erwache ich von dem Geklapper der Töpfe und Pfannen, mit denen Miß Toklas in der Küche herumfuhrwerkt – Töpfe und Pfannen, die außer ihr niemand für die Zubereitung eines einfachen Frühstücks aus Obst und frischem Schafmilchkäse brauchen würde, das sie und Gertrude Stein in Bilignin bevorzugen. Ich steige die schmale Treppe hinab, die von meinem Zimmer zur Küche führt, und tue das einzige, was mir einfällt, wenn ich einer ärgerlichen Madame gegenüberstehe.

«Es ist meine Gesundheit –», lüge ich.

«Aber jetzt in diesem Augenblick geht es mir schon besser», beendet Miß Toklas meinen üblichen Spruch.

Ich hatte gehört, wie eine *femme de ménage* aus der Bretagne einem früheren Arbeitgeber gegenüber genau diese Worte benutzt hatte, und ließ sie mir von ihr beibringen. Sie sind unbestimmt genug, um die meisten Mißgeschicke und Versehen im Haushalt abzudecken, und beruhigen gleichzeitig mit der am Ende angehängten Versicherung einer bereits im Gange befindlichen Besserung. Als mich die Aufwartefrau fragte, warum sie mir diese Worte vorsagen sollte, sagte ich, daß ich diesen Satz für klug und nützlich hielte. Sie stimmte mir zu, meinte aber, er sei nicht auf ihrem Mist gewachsen, sondern sie habe ihn vor einigen Jahren in einem anderen Haushalt von einer italienischen Kinderfrau gehört. Auf diese Weise sprechen wir Hausangestellten dieselbe Sprache, die wir in Hinterzimmern gelernt und in Vorderzimmern bei Gelegenheiten wie diesen angewendet haben. Miß Toklas und GertrudeStein haben diesen Satz offensichtlich gleichfalls schätzengelernt. An den Montagen, an denen ich wieder einen zu schweren Kopf habe, schwebt die Frühstücksunterhaltung unten auf der Terrasse herauf zu meinem Schlafzimmerfenster wie Fetzen verkohlten Papiers. Zwischen ansonsten unverständlichen englischen Wörtern erkenne ich die Wendung «Es ist meine Gesundheit», ausgesprochen mit einem ziemlich gelungenen dicken Arbeiterakzent. Dann folgt für gewöhnlich Gelächter. Macht nichts, denke ich und drehe mich auf die andere Seite. In diesem Fall ist Gelächter ein gutes oder zumindest kein bedrohliches Zeichen. Natürlich versuche ich, mich nicht allzuoft dermaßen gehenzulassen, höchstens zwei- oder dreimal im Sommer. Aber Trinken ist einfach billiger in Bilignin. Genaugenommen ist es umsonst. Die Bauern dort verlangen sehr wenig von mir, und wenn doch einmal, dann scheinen ihnen im Unterschied zu ihren Pariser Cousins die Laute der französischen Sprache, die stockend über meine Lippen kommen, zu gefallen. Manchmal möchten sie sogar ein wenig Vietnamesisch hören. Sie schließen, vertrauensvoll und aufrichtig, die Augen und stellen sich vor, daß tropische Vögel singen. Wenn sie so sind, dann muß ich daran denken, was der Mann auf der Brücke zu mir gesagt hatte: «In Frankreich sind die Franzosen in Ordnung.» Er meine damit, erklärte er, daß die Franzosen in ihren Kolonien ihre natürliche Neigung zu Brüderlichkeit, Gleichheit und Freiheit verloren hätten. Sie hätten diese Ideale in Mutter Frankreich zurückgelassen, so daß sie uns mit ruhigem Gewissen im Lande unserer Geburt wie Dreck behandeln könnten. Dem Mann auf der Brücke hätten diese Bauern, deren Söhne Bilignin nie verlassen, gefallen, das weiß ich.

Im Sommer übersehen meine Mesdames freundlicherweise meine Abwesenheit am Montagmorgen. Nach der ersten Hälfte unseres Aufenthalts schlägt Miß Toklas sogar vor, daß ich mir wegen «meiner Gesundheit» den Montag freinehme. Natürlich zieht sie mir dann den Tag von meinem Lohn ab. Aber das Leben in Bilignin erfordert keine volle Brieftasche, und so akzeptiere ich mit Freuden die Änderung in meinen Arbeitsbedingungen. Ebenso akzeptiere ich mit Freuden die zusätzlichen Gläser Wein und was immer sich sonst noch jeden Sonntag- und Montagabend für mich ergibt. Die Bauern in Bilignin arbeiten und trinken wie die Pferde. Diese beiden Tätigkeiten scheinen einander nicht wesentlich zu beeinträchtigen. Ich dagegen verliere immer mehr den Appetit und im gleichen Maße an Gewicht. Am Ende des Sommers hält es GertrudeStein für nötig, sich zu wiederholen, wenn sie mich begrüßt: «Guten Tag, Thin Thin Bin.»

Ein Koch, der nicht essen mag, ist eine verlorene Seele. Schlimmer noch, er ist ein fragwürdiger Koch. Selbst wenn ich keinen Schluck, keinen Bissen, kein Stückchen von den Gerichten, die ich für meine Mesdames bereite, mehr zu mir nehmen kann, vergesse ich doch niemals, daß Abschmecken ein unerläßlicher Teil des Kochens ist. Das Kerzenflackern der Geschmacksnuancen, die Vereinigung von lebhafter Säure mit intensivem Wohlgeschmack, freigesetzt durch einen Hauch von

Gewürz, all das kann sich innerhalb von Sekunden verändern, und nur eine wachsame Zunge vermag jenen Moment genau zu bestimmen, wo nichts anderes mehr zu tun bleibt, als zu essen. Für einen weniger erfahrenen Koch wäre ein solcher Zustand der absoluten Appetitlosigkeit eine Katastrophe gewesen. Stellen Sie sich einen Porträtmaler vor, der versucht, seine Kunst mit verbundenen Augen auszuüben. Ich bin zum Glück imstande, die Qualität meiner Arbeit mit Hilfe meines vorzüglichen Gedächtnisses beizubehalten. Meine Hände können sich an die Bewegungen früherer Male erinnern. Meinen Gewichtsverlust kann ich jedoch nicht verbergen. Er zeigt sich als trostloser Ausdruck auf meinem Gesicht, den meine Madame und Madame erst noch bemerken müssen.

Wenn wir in Bilignin sind, verliert Miß Toklas jedes Interesse an Dingen der Küche. Die überläßt sie alle mir. Von Mai bis Ende September gehört Miß Toklas' Herz dem Garten, wo man sie von morgens früh bis kurz vor Sonnenuntergang finden kann. Ich habe sie bei den Gemüsebeeten gurren hören. Sie weiß nicht, daß sie Laute der Leidenschaft ausstößt, wenn sie sich zwischen den Tomaten aufhält. Ich habe sie mit dem Saft der ersten Erdbeere im Mund weinen hören. Und ich habe sie beten sehen. Auch GertrudeStein hat sie gesehen, denkt aber, daß meine Madame auf den Knien liegt, um Unkraut auszureißen. Der Gott, zu dem Miß Toklas betet, ist der katholische. Ich habe den um ihr Handgelenk gewickelten Rosenkranz gesehen und die Perlen, die eine nach der anderen durch ihre Finger liefen. Vom ersten Stock ihres Hauses aus sieht GertrudeStein ihre Geliebte in einem Garten arbeiten. Ranken winden sich um ihre Hände, aus denen in einem stetigen Rhythmus Samenkörner fallen.

Miß Toklas ist in einem Garten, GertrudeStein, aber er ist göttlicher Art. Wenn sie winzige Radieschen, rote und weiße Rüben aus der Erde zieht, ist sie vom Heiligen Geist erfüllt.

Wenn sie deren weiche Körper in ihren Korb legt, glaubt sie, die Freuden und Qualen der Jungfrau Maria zu erleben. Aber sie empfindet nicht nur Entzücken, sie schämt sich auch, Gertrude-Stein. Denn meine Madame hat angefangen, an ein Leben ohne Sie zu denken. Auf eine sie belastende Weise dafür zu planen. Miß Toklas weiß, daß sie niemals als erste sterben wird. Sie kann ihre Lovey nie und nimmer so alleine auf der Welt zurücklassen. Ein Genie, glaubt sie, bedarf fortwährender Fürsorge. Sie hat sich mit der Tatsache abgefunden, daß Sie, GertrudeStein, die erste sein werden, und was wird dann sie tun, so alleine auf der Welt, ohne Sie? Und das, GertrudeStein, sind die Worte, mit denen sie alle ihre Gebete beschließt.

Letztes Jahr verbrachten meine Mesdames ihren fünften und ich meinen vierten Sommer in Bilignin. Ungefähr eine Woche bevor wir unseren Aufenthalt für jenen Sommer beenden wollten, kam Miß Toklas in die Küche, beladen mit Körben voller Kürbisse, neuen Kartoffeln und den letzten Tomaten des Sommers. Während sie den Reichtum sortierte, damit er für die Heimreise eingepackt werden konnte, sah sie zu mir herüber, der ich gerade dabei war, für das Abendessen ein Huhn zu rupfen. Selbst durch die emporwirbelnden Federn hindurch konnte ich sehen, daß sie mich forschend betrachtete. Madame, machen Sie sich keine Sorgen, dachte ich. Ein paar Wochen in Paris, und ich werde wieder ganz der alte sein. Nach einem Weilchen räusperte sich Miß Toklas und schlug mir vor, in diesem Jahr mit GertrudeStein, ihr selbst und den Hunden zusammen nach Paris zurückzufahren. Sie könne die Gemüsekisten genausogut mit der Bahn schicken. Ohne Zögern nahm ich das Angebot an. Ich habe oft neidvoll zugesehen, wie Basket und Pépé davonfuhren, Basket mit im Wind flatternden und Pépé mit zuckenden Ohren, um, wie Má sagen würde, Den-langen-Nachhauseweg zu nehmen. Zusammen mit ihren Mesdames betrachten diese

Hunde die Sehenswürdigkeiten und halten zu improvisierten Mahlzeiten an, stellte ich mir vor, wann immer in Gertrude-Steins Magen die Hungermotten anfangen zu flattern.

Für die Bauern von Bilignin sind für das Ende des Sommers zwei Ereignisse kennzeichnend: die Abreise der beiden Amerikanerinnen und ihres asiatischen Kochs und die Weinlese. Die Zeit der Weinlese ist ein Fest, auf dem die jüngeren Bauern von Bilignin ihre zukünftigen Frauen oder Geliebten kennenlernen. Aber davon wird nicht geredet. Die Weinfässer und die Krüge vom letzten Jahr müssen geleert werden, um Platz für die neue Ernte zu machen. Das ist fast soviel Arbeit wie das Pflücken der Trauben selbst. Aber das ist auch der Grund, warum die Bauern in Bilignin wie die Pferde arbeiten *und* trinken. Ich trinke wie der Alte Mann. Nach der ersten Flasche geht es mir gut, aber dann laufe ich rot an. Nach Aussage der Bauern und auch anderer sehe ich dann aus, als hätte ich einen Sonnenbrand. Meine Backen sind, wie ich peinlicherweise zugeben muß, knallrot. Ich kann es nicht als Erröten ausgeben, denn dazu ist die Farbe viel zu intensiv. Aber abgesehen davon bin ich bemerkenswert wenig beeinträchtigt. Das heißt bis zu dem Augenblick, in dem ich umkippe. Es geschieht sehr leicht, daß ich die Grenze zwischen Wachsein und Nichtwachsein überschreite, da ich sie nie bemerke. Eben sitze ich noch an einem der langen Tische draußen unter dem Herbstmond, und im nächsten Augenblick bekomme ich Klapse und werde mit Wasser übergossen. Das ist mein Aufbruchssignal, und ich mache mich auf den Weg zurück zum Haus meiner Mesdames. Dort werde ich von Basket und Pépé begrüßt, denen diese Aufgabe die größte Freude bereitet. Kaum öffne ich das Gartentor, fangen sie an zu bellen. Sie bellen weiter, während ich die Küchentür aufschließe, hinter der sie sitzen und auf mich warten. In solchen Augenblicken verhalten sich die beiden sehr untypisch für Hunde. Sie springen mich nie an, beschnüffeln mich nicht und schnappen auch nicht nach mir. Ganz offensichtlich freuen sie sich auch nicht, mich zu sehen. Seine Hoheit und der Kronprätendent zeigen mir gegenüber auch keine Spur von Angst oder von Beschützerinstinkt. Sie sitzen beim Herd und bellen, als hätten sie einen Pakt geschlossen, der sie verpflichtet, die Aufmerksamkeit auf die Zeit meiner Rückkehr und auf meinen Zustand zu lenken. Miß Toklas und GertrudeStein müssen in Bilignin wie die Murmeltiere schlafen. Ich sehe nie in ihrem Schlafzimmer das Licht angehen, wenn ich zum Tor hereinkomme, und ich höre sie nie oben herumrascheln, wenn ich unten in der dunklen Küche bin. Es gelingt Basket und Pépé trotz ihrer bösartigen Versuche nie, meine Mesdames aus dem Bett zu holen, damit sie sich ihren rotgesichtigen, nassen und trübäugigen Koch ansehen.

Nun ja, mit Ausnahme des letzten Sommers, als Seine Hoheit und der Prätendent einen großen Sieg errangen. Zugegeben, ich habe ihre Sache unterstützt, indem ich mich übergab und dann ohnmächtig wurde, bevor ich die Treppe zu meinem Zimmer erreichen konnte. Der starke Alkoholgeruch, der von meinem Erbrochenen ausging und bis in die Küche zog, muß ihre Nasen beleidigt haben. Ich kann mir vorstellen, daß ihr Gebell da eine besonders überzeugende Lautstärke erreichte. Pépé neigt in der Tat dazu, wenn er Schmerzen hat oder es zu lange regnet, ein Geheul auszustoßen, das einem Kastraten wohl anstehen würde. Ich weiß noch, daß ich nach der Treppe tastete, und im nächsten Augenblick wurde mir zum zweiten Mal in jener Nacht Wasser über den Kopf gegossen, oder vielleicht war es auch schon Morgen. Ich sah hinüber zu der Pfütze aus Erbrochenem auf dem Fußboden und dann zu einem Paar Sandalen, das ganz in meiner Nähe stand. «Bin, Sie werden morgen mit dem Zug fahren. GertrudeStein und ich werden die Gemüsekisten im Auto mitnehmen», sagte eine Stimme, die, fürchte ich, wie die Sandalen Miß Toklas gehörte. Dann gingen die Sandalen leise klatschend über den gefliesten Boden des dunklen Hauses davon.

Am nächsten Tag ging ich trübsinnig und schweigend im Haus umher, schloß die Fensterläden und deckte die Möbel ab. Das letzte Sommergemüse durfte mit meinen Mesdames im Auto nach Paris mitfahren. Baskets Ohren flatterten, Pépés zuckten. Der übliche Wanderzirkus setzte sich inmitten von Staubwolken in Bewegung, während GertrudeStein mir zuwinkte und «Auf Wiedersehen, Thin Thin Bin!» sagte. Miß Toklas war nicht in der Stimmung für freundliche Gesten und behielt die Hände im Schoß.

Auf Wiedersehen, GertrudeStein.

Wirklich, Madame, was hätte ich in Bilignin tun sollen? Es war nie Teil unserer ursprünglichen Abmachung. Ich verbringe dort Monate und sehe nie, nie ein Gesicht, das wie das meine aussieht, ausgenommen das eine, das im Spiegel immer hagerer wird. In Paris enthält das dauernde Hin und Her von Menschen wenigstens meine Mitasiaten. Und obwohl wir einander wahrscheinlich niemals zunicken, auch nicht auf höfliche Art an den Hut tippen, ja nicht einmal mit einem schnellen Blick Verständnisbereitschaft bekunden, atmen wir doch mit jedem Gesicht, das wir sehen, ein wenig freier. Es ist das Wissen, daß noch in den dunkelsten Straßen dieser Stadt jemand wie ich herumläuft und daß er es nicht böse mit mir meint. Wenn wir einander scheinbar nicht zur Kenntnis nehmen, so geschieht das nicht aus Unfreundlichkeit. Ganz im Gegenteil, GertrudeStein. Wenn wir mit ausdruckslosem Gesicht aneinander vorübergehen, so wollen wir dem andern damit zu verstehen geben, daß wir Menschen sind, etwas Ganzes, Männer oder Frauen wie alle andern. Zwei Lungen voll Luft, ein Herz, das Blut pumpt, ein Magen, hungrig nach häuslicher Küche, ein Körper, dauernd auf der Suche nach Sonnenwärme. Bevor ich in die Rue de Fleurus kam, GertrudeStein, wußte ich nur von einer Möglichkeit, diesen Augenblick der Befreiung festzuhalten, diesen blicklosen Austausch. Der einzige Weg, ihn in meinen Händen warm zu halten, war das Hindurchziehen der silbrigen Schneide. Blut macht einen zum Menschen. Das kann mir keiner nehmen, dachte ich. Aber wie Sie wissen, GertrudeStein, mußte ich, um in der Rue de Fleurus bleiben zu können, diese Angewohnheit, die mir Kraft gegeben hatte, aufgeben. Miß Toklas inspiziert täglich meine Hände. Als erstes kontrolliert sie meine Nägel, um zu sehen, ob sie geschnitten und sauber sind. Vermutlich haben sich alle ihre früheren Köche dieser Prozedur unterwerfen müssen. Dann dreht sie meine Hände um, so daß die Handflächen nach oben zeigen, eine zusätzliche Maßnahme speziell bei mir, ihrem «kleinen Indochinesen». Ich weiß, GertrudeStein, daß mich Miß Toklas so nennt, wenn sie richtig ärgerlich ist. Ihr kleiner Indochinese? Madame, wir Indochinesen gehören den Franzosen. Sie beide mögen ja in Frankreich leben, aber Sie sind immer noch Amerikanerinnen. Kleiner Indochinese, also wirklich!

Was Sie wahrscheinlich nicht wissen, GertrudeStein, ist, daß Sie und Miß Toklas in Bilignin die einzige Zirkusnummer in der Stadt sind. Und ich, ich bin der *Asiatique*, die Monstrosität der Nebenschau. Die Bauern dort sind wie Kinder in ihrer Fasziniertheit und natürlichen Grausamkeit. Wegen Ihrer kurzgeschnittenen Haare und Ihres, nun ja, maskulinen Benehmens nennt man Sie Cäsar. Miß Toklas hat man Kleopatra getauft, ein ironischer Tribut an ihr Aussehen und die Rolle, die sie in Ihrem Leben als Ihre Gefährtin spielt. Und Ihre Gäste, die den ganzen Sommer hindurch nach Bilignin kommen, sind eine zusätzliche Attraktion. Im vergangenen Jahr hatten die Bauern ganz besonderen Spaß an dem Maler, der mit blauen Farbklumpen im ungekämmten Haar durch die Felder wanderte. Auch erregte der junge Schriftsteller ein gewisses Aufsehen, der Lederhosen trug, wenn er Basket die einzige Straße des Dorfes auf und ab spazierenführte. Was mich betrifft, so sind die Bauern inzwischen an mich gewöhnt. Nur wenn sie sehr betrunken sind, vergessen sie sich. Einer von ihnen hat mich dieses Jahr bei der Weinlese gefragt: «Bevor Sie nach Frankreich gekommen sind, haben Sie da gewußt, wie man Messer und Gabel benutzt?» Also wie man ein Messer benutzt, das habe ich ganz bestimmt gewußt, dachte ich. Die nächste Frage war dann: «Werden Sie drei oder vier *Asiatique*-Frauen heiraten?» Keine, wenn's recht ist. Ein für gewöhnlich sehr stiller Bauer, ein Witwer, der allein, nur in Gesellschaft seines Hundes, lebt, von dem er behauptet, er sei sanftmütiger, als es seine verstorbene Frau je gewesen sei, fragte: «Sind Sie beschnitten?» Ich sah der Reihe nach meine Gastgeber an und dann hinauf zum Vollmond. Warum stellten sie bloß immer diese Frage? Ich konnte nur vermuten, daß ihre Neugier hinsichtlich meines Gliedes ihrer bäuerlichen Beschäftigung mit Tieren entsprang. Das Kastrieren zu vieler Schafböcke könnte jemanden schon nüchtern und ein wenig schroff gegenüber diesen Dingen werden lassen, dachte ich. Am darauffolgenden Morgen können sie sich nie daran erinnern, mich das gefragt zu haben. Innerhalb weniger kurzer Stunden verlieren alle im Dorf das Gedächtnis. Alle, nur ich nicht. Wirklich, ich habe es versucht. Aber egal, wieviel ich trinke, ich höre immer noch ihre gelallten Worte und sehe ihre von der Sonne verbrannten Gesichter vor mir.

14 **************

Ruhm, so sagst du, erscheint in der Iris als Flammenring.

«Bie, die beiden werden sich darin sonnen.»

«Wieso?»

Dein Blick huscht zur Tür, reagiert auf ein nicht vorhandenes Klopfen. Ein Aufwallen von Scham, denke ich. Du schämst dich vor dir selbst, Sweet Sunday Man, nicht meinetwegen. Du schämst dich, daß du dir mich ausgesucht hast, einen Mann, der ebensogut auch blind sein könnte, denkst du. In diesem Oktober werde ich fünf Jahre bei meinen Mesdames sein. Wie ist es möglich, daß Bie nicht Bescheid weiß, mußt du denken. Sweet Sunday Man, ich weiß Bescheid. Ich weiß, wann meine Madame und Madame morgens aufwachen. Ich kenne die Geräusche, die aus dem Schlafzimmer dringen, wenn die beiden glauben, daß ich nicht da bin. Ich weiß, welche Zigarren sie rauchen. Ich kenne die Ansichtskarten, die sie sammeln, und die nackten Frauen darauf. Ich kenne die Altfrauengase, die aus ihnen entweichen, und die Nahrungsmittel, die sie verschlimmern. Rosenkohl, wenn du es unbedingt wissen willst. Ich kenne die Gesichter derer, die häufig zum Essen eingeladen werden. Ich kenne die Rücken derer, die aufgefordert werden, niemals wiederzukommen. Ich weiß, welch innige Zuneigung sie füreinander hegen. Ich weiß, welches Vertrauen sie beide zu GertrudeStein haben.

«Wieso?» frage ich noch einmal.

«Steins Bücher.»

«Bücher?»

«Stein schreibt Bücher, aber die sind ... ungewöhnlich, beinahe überhaupt keine Bücher», versuchst du zu erklären.

Ich bin jedenfalls beeindruckt. Miß Toklas hat einen gelehrten Prinzen, denke ich.

«Hier», sagst du und durchquerst das Vorderzimmer deiner Mansarde. Du zeigst auf eine Reihe Bücher, die für sich auf einem Bord stehen, und sagst noch einmal: «Hier.»

Ich sehe einen Buchrücken, der mit Blumen bedeckt ist, einen andern in dem Gelb von Bananenschalen, bevor sie von der Sonne sommersprossig geworden sind, einen im Grau des besten *áo dài* meiner Mutter. Ich nehme ein Buch heraus, das in das Blau eines Sommerhimmels über Bilignin gewickelt ist, und blättere darin. Wie Reispapier, denke ich.

«Das ist Pergamentimitat», sagst du und versuchst, mir das Buch aus der Hand zu nehmen.

«Pergamentimitat?» wiederhole ich. Papier, das der Haut eines Kalbs ähnelt, erklärst du mit Gesten und spielerischen Liebkosungen meiner eigenen Haut. Gern gebe ich dir das Buch zurück. «Davon sind nur fünf Exemplare gedruckt worden», erzählst du mir mit den ausgestreckten Fingern deiner rechten Hand. Auf Haut gedruckte Wörter, denke ich immer noch. Sorgsam stellst du das Buch zurück, nimmst dafür ein anderes heraus. «Hier, das hier, das ist Steins neuestes.» Ich nehme das Buch und halte seinen oberen und seinen unteren Rand vorsichtig zwischen den Fingerspitzen, genauso wie du es gehalten hast. Das letzte Jahr sei ein sehr gutes für GertrudeStein gewesen, erzählst du mir. Nicht nur, daß man GertrudeStein 1933 veröffentlicht habe, man habe sie 1933 auch gelesen. Dies sei ein kleines Wunder, das ich, wie du hofftest, verstehen könne. Dabei sahst du mich durchdringend an. «*The Autobiography of Alice B. Toklas*», liest du mir vom Buchumschlag vor. Obwohl ich den Titel nur auf englisch höre, kann ich ihn trotzdem verstehen. Meine Madame hat ein Buch über meine andere Madame geschrieben. Wie praktisch, denke ich. GertrudeStein würde niemals weit für ihre Geschichten zu reisen haben. Diese stöbern vielmehr sie auf und bitten sie darum, erzählt zu werden. Du seist in Paris geblieben, erzählst du mir, um auf die französische Übersetzung der Autobiographie zu warten. Ein Sammler, denke ich. «Und ich bin auch hiergeblieben», flüsterst du, «weil ich auf dich gewartet habe.»

Und ich, bin ich nur einer in einer langen Reihe von anderen? Sind mir andere verwundete Opfer vorausgegangen? Aber wozu Fragen stellen, sage ich mir, wenn du jetzt hier bei mir bist. Manche Männer nehmen ihre Brille ab, manche senken die Lider. Du senkst die Stimme. Das Begehren demütigt uns auf unterschiedliche Weise. Dein Körper kommt näher, und uns umgibt der Duft von Limone und Lorbeer. Du neigst den Kopf. Du küßt meine Lippen, die von einem Lächeln verzogen sind. Dein Atem ist Wärme, die sich über die Lider meiner geschlossenen Augen ausbreitet. Deine Zunge findet die Spitzen meiner Wimpern und bewegt sie zur Seite. Die Bücher meiner Madame sind für diese Nacht kein Thema mehr.

Daß wir uns verstehen, Sweet Sunday Man. Ich habe von Anfang an gewußt, daß GertrudeStein schreibt. Ich habe bloß nicht gewußt, daß es ihr Beruf ist, ihr métier, wie die Franzosen sagen würden. Von meinem ersten Tag in der Rue de Fleurus 27 an habe ich meine Madame schreiben sehen, aber schließlich habe ich auch schon andere Mesdames gesehen, die sich mit Schreiben beschäftigten. Ich nahm an, es sei alles das gleiche: Briefe, Listen, Einladungen, ob nun ausgesprochene oder zurückgezogene, Dankbriefe oder Ablehnungen. Jeden Nachmittag sehe ich, wie sich GertrudeStein an ihren Schreibtisch setzt, der zu anderen Zeiten des Tages auch als Eßtisch bekannt ist. Nach ungefähr einer Viertelstunde erhebt sie sich wie aufs Stichwort, sucht ihren Spazierstock und macht sich mit Basket auf den Weg zu ihrem täglichen Gang und Schwatz mit den Nachbarn. Wenn die Studiotür ins Schloß fällt, taucht Miß Toklas auf, nicht wie

eine Erscheinung, sondern wie eine Stehlampe oder eine Fußbank, die plötzlich zum Leben erwacht ist. Plötzlich durchaus,
aber die ganze Zeit bereits vorhanden. Miß Toklas mag ja von
praktischer Art und gesetztem Aussehen sein, eine Zauberin ist
sie trotzdem.

Als erstes schiebt meine Madame GertrudeSteins Stuhl an
den Tisch und sammelt die Papiere und Kladden auf, die von
den Händen ihrer Lovey hinuntergestoßen worden sind. Als ich
diese zum erstenmal sah, mußte ich an übergroße Ingwerknol-
len denken oder an prallgestopfte Salbeiwürstchen. So oder so,
energisch und unverwechselbar, fand ich. Als nächstes wischt
Miß Toklas die Tinte vom Füller ab, schraubt die Verschluß-
kappe wieder auf und legt das Gerät zurück in sein rotes Lackkästchen. Dann öffnet sie einen in der Nähe befindlichen
Schrank, stellt das Kästchen hinein und nimmt eine Schreibmaschine heraus. Damit setzt sie sich an den Eßtisch (nicht auf
GertrudeSteins Stuhl, sondern auf den rechts daneben) und
fängt an zu tippen. Der an die Maschine gefesselte Bogen Papier
fährt bei jedem von einer Taste verursachten Schlag oder Stoß
auf und ab und sieht immer so aus, als ob er sich wehrte.

Bevor ich dich kennenlernte, Sweet Sunday Man, habe ich
über Miß Toklas' Tippen nicht weiter nachgedacht. Ich glaube,
es sei ein typischer Akt der Nachsicht, so wie man für ein Kind,
das dem Alter nach keins mehr ist, das Fleisch in mundgerechte
Stücke schneidet. Oder es sei ein einzigartiger Akt der Verwöhnung, wie das Tragen eines neuen Paars Schuhe, um sie für die
zarten Füße einer Geliebten einzulaufen. Miß Toklas ist zu beidem imstande. Aber nachdem ich deine Voraussagen hinsichtlich des Ruhms meiner Mesdames gehört habe, Sweet Sunday
Man, muß ich zugeben, daß der Schrank mit der schweren,
schwarzen Schreibmaschine und dem roten Lackkästchen, die
aussehen wie die skelettartigen Überreste einer einst schweren
Maschine und ihres länglichen Herzens, meine Neugier ge-

weckt hat. Wer weiß, was dieser Schrank sonst noch enthält? Meine Wißbegier – der Ausdruck, den wir in unserer Branche vorziehen – neigt dazu, montags am größten zu sein, und Montag ist praktischerweise auch der Tag, an dem meine Mesdames einen beträchtlichen Teil der Zeit von der Rue de Fleurus abwesend sind.

Am Anfang der Arbeitswoche – zumindest Arbeitswoche für alle andern – unternehmen meine Madame und Madame eine gemächliche Fahrt in die Stadt, oft begleitet von einem Hupkonzert, um ihre Besorgungen zu machen, und gelegentlich, um ihre Freunde zu besuchen. Heute ist es nicht anders. Ich beobachte vom Küchenfenster aus, wie GertrudeStein eine große Schultertasche mit Büchern zum Auto schleppt. Miß Toklas folgt mit zwei *pâtés en croûte*, auf jeder flachen Hand eine. Die Hackbraten, wie Miß Toklas diese in Teig gehüllten Prachtstücke nennt, sind für zwei ihrer Freunde bestimmt. «Einer hat eine schwache Gesundheit, und der andere ist einfach arm», sagte Miß Toklas. «Lassen Sie bei beiden die Trüffeln raus», befahl sie mir. «Was sie brauchen, ist das Fleisch, nicht das Theater.» Miß Toklas' Haltung dem Luxus gegenüber, sei es auf kulinarischem oder sonstigem Gebiet, ist von Umsicht bestimmt. Eine dritte *pâté en croûte* wartet in der Küche auf das heutige Abendessen, und sie enthält dreimal soviel «Theater» wie gewöhnlich. Schließlich ist Miß Toklas eine Zauberin: ein Akt der Nächstenliebe und der eigenen Verwöhnung in einem. Der Empfänger, für den die Trüffeln und anderer zurückgehaltener Luxus gedacht sind, ist immer die glückliche GertrudeStein. Vor dem Haus klingt GertrudeStein wie ein Rennfahrer, und das weiß sie. Miß Toklas weiß es auch und hält sich die Ohren zu. Die wiederholten Umdrehungen des Motors, das Geräusch von Benzin, das in eine unwillige Maschine gepumpt wird, wecken den Concierge, und er lehnt sich aus dem Fenster und schüttelt die Faust. «Verrückte Amerikanerinnen!» schimpft er. GertrudeStein winkt zurück und lächelt in der Annahme, daß der Concierge etwas Freundliches wie «*Bon voyage!*» gesagt hat.

Meine Mesdames sind zu vertrauensvoll. Sie nehmen von den Menschen um sich herum niemals das Schlimmste an. Allerdings glaube ich, daß sie manchmal einfach nur leichtsinnig mit dem umgehen, was ihnen am Herzen liegt. So oder so ist es ein ungewöhnlicher Zug an jemandem, der Hausangestellte beschäftigt. Ich habe einmal für einen Monsieur und Madame gearbeitet, die eine Kette um ihren Kühlschrank legten, bevor sie zu Bett gingen. Zum Teufel mit eurer verdammten Kälte, dachte ich. Eine andere Madame verschloß die Toilettentüren mit Vorhängeschlössern, bevor sie aus dem Haus ging. Das nahegelegene Café forderte, wie ich entdecken mußte, den Preis eines Drinks pro Spülung. Madame, wenn meine Blase zu voll und in meiner Tasche zu sehr Ebbe ist, dann wird Ihre Spüle herhalten müssen, hätte sie mich denken hören sollen. Am schlimmsten war jedoch ein Monsieur, der nachts die Küchenmesser einschloß und sich den Schlüssel um die Taille band. Du liebe Güte, das ist mein Handwerkszeug, Monsieur – Sie trauen mir nicht, was Ihr Leben angeht, aber Sie trauen mir hinsichtlich Ihrer Mahlzeiten? Absurd, *n'est-ce pas?* Mit all dem will ich nur sagen, daß ich auch bei meiner Madame und Madame mit einer oder zwei Sicherheitsmaßnahmen rechnete, aber ihr Schrank läßt sich leise und leicht öffnen.

Ich sehe Tischwäsche, Bündel teefleckigen Tuchs, zusammengehalten von senfgelber Schnur, eine Art Friedhof für ruinierte Tischdecken, Servietten und Tischläufer. Es überrascht mich nicht, daß Miß Toklas so etwas aufhebt. Merkwürdig ist allerdings, daß sie die Sachen in diesem Schrank aufbewahrt, denke ich. Aber was auf den ersten Blick zweifellos Stoff war, verwandelt sich in Riesenstapel von Papier, als sich meine Augen auf den Anblick einstellen, auf den Anblick der zu Elfenbein vergilbten Früchte von GertrudeSteins jahrzehntelang eingehaltener Viertelstunde. Was würdest du darum geben, das zu sehen? denke ich. Günstige Gelegenheiten bieten sich mir so selten. Ich wundere mich, daß ich sie noch erkenne. Ja, denke ich, was würdest du geben? Endlose, von Glockengeläut durchtränkte Sonntage, die linke Seite deines Bettes, einen Gute-Nacht-Kuß statt eines Abschiedskusses, eine Schublade für meinen Rasierapparat und meinen Kamm, deinen Blick, der warm auf meinem Gesicht ruht, wenn ich dir im Studio meiner Mesdames Tee serviere, dein Verlangen nach mir, das du dort wie eine rote Blüte im Knopfloch trägst.

Jeden Sonnabend warte ich. Meine Anwesenheit direkt in der Tür zur Küche meiner Mesdames stellt sicher, daß alle Tassen dampfen und daß der Teetisch voller Marzipan und mit Buttercreme überzogener Kuchen bleibt. Immer diskret, ja fast unsichtbar, wie ich bin, stelle ich mir vor, daß die Gäste, wenn sie in meine Richtung schauen, nun ja, daß sie dann eine Stehlampe oder eine Fußbank sehen. Genau das bin ich geworden.

«Wohl kaum. Du bist nicht annähernd so hell oder so nützlich.»

Danke, Alter Mann, daß du mich auf meine Fehler aufmerksam machst. Ich stehe am Rande eines Raumes voller Menschen, vom Gewicht meiner dickbesohlten Schuhe mit dem von der Kälte gesprungenen Leder festgehalten, und warte. Die Wärme so vieler zusammengedrängter, sich jedoch nicht berührender Körper sorgt für eine angenehme Temperatur im Studio, aber das Empfinden von Kälte ist für mich etwas Relatives. Jeden Sonnabend suche ich in dieser Versammlung nach dem Gesicht von Sweet Sunday Man und bekomme nur hier und da flüchtig seinen Rücken zu sehen. Aber heute rede ich mir zu, keine Angst zu haben. Ich werde nicht wieder hilflos auf See treiben. Das ist nicht nur eine Sache der Zeit. Ich muß nicht in den Spiegel schauen, kein Rot auf der Klinge eines Messers sehen. Ich brauche keine Beweise dafür, daß mein Körper ein Leben enthält. Ich habe meine Madame und Madame. Solange ich bei ihnen bin, bin ich geborgen. Ich befinde mich in der Mitte eines Bienenstocks, und die hartnäckige Biene, das ist Sweet Sunday Man. Der Honig, nach dem er sich verzehrt, ist die Geschichte, die, wie er weiß, nur ich erzählen kann. Als ich ihm letzten Sonntag von dem Schrank berichtete und davon, was meine Mesdames darin aufbewahren, blieb ihm die Luft weg. Sweet Sunday Man wollte die genaue Zahl der Kladden wissen. Er wollte die Reihenfolge der getippten Seiten wissen. Er wollte den genauen Wortlaut dessen wissen, was GertrudeStein geschrieben und Miß Toklas pflichtbewußt getippt hatte. Ich schüttelte den Kopf und zuckte die Achseln. In seiner Aufregung vergaß Sweet Sunday Man, daß für mich die englische Sprache eine verschlossene Tür ist. Ihm blieb wieder die Luft weg. Er setzte sich an seinen Schreibtisch, und ich nahm das als Zeichen, daß ich mit der Zubereitung unseres Abendessens beginnen sollte. Für den Rest des Tages lief alles ab wie sonst. Ich kochte, und er las. Ich ertappte ihn jedoch dabei, wie er mich verstohlen anschaute. Bewundernd, dachte ich. Eine Verwandlung, hoffte ich.

Aber der Teenachmittag heute ist wie immer. In der Rue de Fleurus 27 erregt selbst das Mobiliar mehr Aufmerksamkeit als ich. Jener Schrank zieht von überallher Blicke auf sich. Licht aus einer unbekannten Quelle leckt an seinem dunklen Holz und überzieht ihn wie feuchter Lack. Im Mittelpunkt der Aufmerksamkeit zu stehen kann alles zum Leuchten bringen, denke ich. Ach, ich hätte es wissen sollen. Sweet Sunday Man hat meine Geschichte von dem Schrank gefallen. Sie hat ihm so sehr gefallen, daß er sie weitererzählt hat. Allen hier im Studio, soweit ich sehen kann. Frage: Es brennt in der Rue de Fleurus 27, Sweet Sunday Man. Wenn ihr, du und die andern Gäste, zum Sonnabendtee erscheint und die Flammen seht, stürzt ihr dann hinein, um meine Mesdames zu retten, den Inhalt ihres Schrankes oder ihren Koch? Die richtige Antwort muß heißen: Basket und Pépé. Meine Madame und Madame können, wie jedermann weiß, auf sich selbst aufpassen. Der Schrank braucht ebenfalls keine Hilfe, weil Miß Toklas in die brennende Wohnung zurücklaufen würde, bis jedes von GertrudeStein berührte Blatt Papier sicher in ihren Armen geborgen wäre. Was den Koch betrifft, würden sich die versammelten Gäste am Kopf kratzen und sagen: «Die Steins haben einen Koch?»

Sweet Sunday Man, ich habe meine Geschichten von meinen Mesdames weder früher noch jetzt als Tausch- oder Handelsobjekte betrachtet, sondern als zusätzlichen Reiz, als eine Art Rückversicherung. Ich wußte, daß ich dir mit meiner fortgesetzten «Neugier» etwas bieten konnte, was kein anderer zu bieten hatte. Jetzt, wo mir die Augen geöffnet worden waren und ich feinfühliger auf meine Mesdames reagierte, würde das den Wert, den ich für dich hatte, bestimmt steigern, verdoppeln und erhalten. Mit dem Wert, dem Nutzen, so habe ich gehört, fängt alles an. Der kann sich zu persönlicher Wertschätzung entwickeln, in Zuneigung münden und den Weg zum Herzen finden. Mein Fehler, mein Fehler allein ist es zu glauben, daß jemand wie du sich für mich rot auftun würde in der Farbe einer Offenbarung, einer stetigen Flamme. Ich sehne mich nach dem Rot deiner Lippen, dem Rot deines Lebens, enthüllt in meinem Mund. Aber ich vergesse, daß du, Sweet Sunday Man, fehlerhaft bist wie ich. Du bist eine fragwürdige Konstruktion, zerbrechlich, aber nicht im Sinne von zarten Knochen. Zerbrechlich insofern, als mangelndes handwerkliches Können und die sich daraus ergebende Ungewißheit ein Haus wie auch einen Körper unbewohnbar machen können. In der Tat fragwürdig. Ich habe meinen Körper in den Hinterzimmern aller Häuser versteckt, in denen ich je gewesen bin. Du versteckst dich in deinem Körper. Er ist nahezu eine Kopie von dem deines Vaters, und du bist dankbar für das, was er dir erlaubt, unbehelligt zu tun, für die Orte, die unerkannt zu besuchen er dir gestattet. Das, so sagst du dir, ist die Definition von Freiheit. Was das Blut deiner Mutter angeht, so achtest du peinlich darauf, daß man davon nichts merkt. Du lebst ein Leben, in dem du die Verbindung von Blut und Körper durchtrennt hast. Als Arzt solltest du wissen, daß das Blut einen Körper am Leben erhält.

Ich staune darüber, Sweet Sunday Man, wie du dich von einem Zimmer zum andern verändern kannst. Ich beneide dich um dein Auftreten hier im Studio, wenn du von den Männern umgeben bist, die dich für einen der ihren halten. Die Beweglichkeit deiner Glieder zeugt von körperlicher Anstrengung, wie sie der Sport und nicht die Arbeit mit sich bringt. Deine freien, absichtsvollen Bewegungen weisen auf ein Leben hin, das keine Einschränkung gekannt hat. Du nutzt, Sweet Sunday Man, das weiße Blatt Papier, das deine Haut ist, voll aus. Du führst dich als Schriftsteller ein. Du erzählst Geschichten von einer Familie, die du nicht hast, von einer Stadt, in der du nie gelebt hast, von einem Leben, das du so nie ganz geführt hast. Du hältst dich für klug, für einfallsreich, weil du immer den schnellen Bleistift und niemals den wohlüberlegten Federstrich benutzt. Du scheust vor der Dauerhaftigkeit der Tinte zurück, vor einer Dunkelheit, die auf der Seite und der Haut fortbestehen würde. Letztlich bist du die graue Skizze eines Lebens. Wenn du im Studio bist, sehe ich deine Haltung, ihre gespielte Natürlichkeit und ihren übernommenen Anspruch. Wenn wir in deiner Mansarde zusammen sind, erkenne ich sie als eine Aneignung, die du rückgängig machen und abschütteln möchtest, wo sie an deinem Körper haftet. Dort drin, in den einzigen Räumen in dieser Stadt, die wir wahrhaftig teilen können, wird dein Körper mehr wie meiner. Und meiner, wie du weißt, kennzeichnet mich, verkündet meine Schwäche, offenbart sie als gelbe Haut. Er erzählt Vorübergehenden, die neugierig genug sind, in meine Richtung zu blicken, ungeniert meine Geschichte oder besser eine gedrängte, verzerrte Version derselben. Er behindert die Entfaltung ihrer Kreativität, diktiert ihnen die begrenzte Liste der Möglichkeiten, wer ich sein könnte. Ausländer, *Asiatique* und, da wir hier in Mutter Frankreich sind, unbezweifelbar Indochinese. Genauere Unterscheidungen interessieren sie nicht, also auch nicht die Frage, ob ich aus Vietnam, Kambodscha oder Laos komme. Indochina, in der Tat! Wir alle gehören demselben Besitzer, demselben Monsieur und Madame. Das erklärt wohl die Unfähigkeit zu unterscheiden, den Mangel an Neugier. Schon mein Körper bietet ihnen eine genaue, vorherbestimmte Lebensgeschichte dar. Er lähmt ihre Phantasie, so wie er die meine lähmt. Er sagt ihnen, so glauben sie, alles, was sie über meine Vergangenheit und, was weniger wichtig ist, über das Leben, das ich jetzt unter ihnen führe, wissen müssen. Meine Augen, das bemerken die Vorübergehenden sehr schnell, strahlen nicht wie die eines ausländischen Studenten. Ich besitze noch alle meine Gliedmaßen, folglich gehöre ich nicht zu den Soldaten, die sie aus ihren Kolonien importiert hatten, damit sie in ihrem *Grand Guerre* kämpften. Keine Spieler und Huren, die mir nicht von der Seite weichen, also bin ich nicht der junge Kaiser oder Prinz eines alten und gedemütigten Landes. In den wenigen Sekunden, die ihnen noch bleiben, um über mich nachzudenken, bevor sie an mir vorbei sind, kommen sie zu dem Schluß, daß ich ein Arbeiter bin, die einzige noch offene Möglichkeit. Jeden Tag, wenn ich durch die Straßen dieser Stadt wandere, bin ich genau das. Ich bin ein indochinesischer Arbeiter, verallgemeinert und ununterscheidbar, trotzdem leicht auszumachen und zu identifizieren. Es ist diese seltsame Mischung aus gedankenloser Nichtbeachtung und Auffälligkeit, die mich wünschen läßt, ich könnte meinen Körper auf einen geschäftigen Markt in Saigon bringen und dort im

Gedränge verlieren. Dort war ich einfach ein Mann, anonym und – für den flüchtig Hinschauenden – ein Student, ein Gärtner, ein Dichter, ein Koch, ein Prinz, ein Gepäckträger, ein Arzt, ein Gelehrter. Aber vor allem war ich einfach ein Mensch.

15 ★★★★★★★★★★★★★★★

GertrudeStein ist heute morgen schon früh auf, ein seltenes und für mich unwillkommenes Ereignis. «Sie möchte ein Omelett», sagt Miß Toklas, die sich mit den Tellern, dem Silber und dem Tablett zu schaffen macht.

Sechs Eier, geschlagen mit einer guten Prise Salz, bis die Mischung dick vor Luft ist, bis sich die Farbe zu dem bloßen Gelb im Zentrum von Kamillenblüten aufhellt. Zwei große Suppenlöffel voll Butter, der erste in der Pfanne geschmolzen, bis es zischt, ein Oberton der Vorfreude. Der zweite wird unter die aufgeblähte Haut geschoben, die sich in weniger als einer Minute gebildet hat, wenn die Hitze genau richtig ist. Ein einfaches Gericht, das den Meister zeigt und den Anfänger verrät. Meine Omeletts werden bewundert und von allen, die sie gegessen haben, hochgeschätzt. Leichtgläubig und voller Staunen wie Kinder fragen sie immer: «Worin besteht Ihr Geheimnis?»

Sehe ich denn so blöd aus? Jedesmal frage ich mich das. Bitte, Madame, setzen Sie meine mangelnde Sprechfähigkeit nicht mit mangelndem Denken gleich. Wenn es da ein Geheimnis gäbe, würde ich es mit in mein namenloses Grab nehmen, es in meinem knochigen Kiefer verstecken, dort, wo meine Zunge sein würde, wäre sie nicht vermodert. Wage ich zu sagen, daß es Ihre Unwissenheit ist, Madame, die meine Tasche füllt, die mir Zugang zu den geringeren Räumen in Ihrem Haus verschafft, die es meiner Berührung erlaubt, auf die intimste Weise in Sie einzudringen? Bitte vergessen Sie nicht, Madame, daß jeder Bissen, der durch ihre taufrische weiße Kehle gleitet, vorher in meinen Händen gelegen hat, von der Wärme meiner zehn Finger gehätschelt worden ist. Was an ihnen haftet, haftet auch an Ihnen. Wenn es ein Geheimnis gibt, Madame, dann dieses (ich lege eine wirkungsvolle Pause ein, in dankbarem Gedenken an Bảo): Muskat! Eine Lüge. Eine wichtige Enthüllung, so denken sie immer. Sie alle glauben an eine «geheime» Zutat, einen Balsam für ihren gallischen Stolz, ein Elixier, das jeder anwenden kann, um meinen Erfolg zu wiederholen. Sein Vorhandensein bagatellisiert mein Können, setzt meinen Wert herab. Allein schon seine Existenz bedroht die meine. Madame, wenn Sie Ihren geschlagenen Eiern eine Prise frischgeriebenen Muskat hinzufügen, dann bekommen Sie ein Omelett, das nach Seife schmeckt und nach gewissen Insekten riecht, deren zerquetschte Körper einen warnenden Geruch für die andern von sich geben. Muskat ist scheußlich ohne Zucker und Sahne. Für sich in einem Omelett wird Muskat Sie zwar nicht umbringen, Madame, aber ganz gewiß zu einem Erstickungsanfall führen. Wenn es ein Geheimnis gibt, dann folgendes: Wiederholung und Routine. Knechtschaft und Unterwürfigkeit. Gerufenwerden und Springen.

Während Sie zum Duft frischen Kaffees aufwachen und sich zum gedämpften Rhythmus der Arbeit anderer Leute anziehen, bin ich seit meinem sechsten Lebensjahr in der Küche und in Ihrer Küche seit sechs Uhr morgens. Während meines Daseins als unbedeutender Hausangestellter, der in Ihren täglichen Dramen nur eine kleine Nebenrolle spielt, habe ich Tausende von Omeletts zubereitet. Sie haben drei Versuche unternommen, verlorene Liebesmüh jedesmal, ein weggeworfener Halbmond mit Kratern von verbrannter Butter, ein einfaches Gericht, das auf eine sachliche, wirtschaftliche Weise Sie und mich trennt.

Ich wußte es von Anfang an. Miß Toklas würde niemals fragen, denn sie ist eine Madame, die selbst ihre Geheimnisse hat. Miß Toklas setzt das Omelett, dessen geschwungene Ränder noch vor Hitze summen, vor GertrudeStein hin, ein Lied der Versuchung, das auf ein unmusikalisches Gehör trifft. Gertrude-

Stein rührt das Essen nicht an, bis es auf die Temperatur des Eß-
zimmers abgekühlt ist. Lauwarm, denkt meine Madame, ist am
besten. Heiß und kalt sind zu leicht wahrnehmbar. Was lauwarm ist, ist einer wissenschaftlichen Untersuchung wert, erfordert Kalibrierung und Berechnung. Außerdem ist «lauwarm» für GertrudeStein eine köstliche Rache. Denn Miß
Toklas ist am glücklichsten, wenn man ihre Gerichte ißt, solange sie heiß sind und der Dampf in dicken Ranken zu ihren
Haaren und baumelnden Ohrringen emporsteigt. Das ist das
mindeste, was sie von denen, die an ihrem Tisch sitzen, verlangt. Wenn das, was auf den Tisch gebracht wird, vor Leidenschaft und Stolz kocht, sollte, wie Miß Toklas findet, jede
Unterhaltung verstummen, sollten Hände nach Messer und Gabel greifen und Lippen sich erwartungsvoll öffnen. Miß Toklas
glaubt, daß sie mit jedem Gericht, das sie serviert, einen Teil
von sich selbst aufträgt, eine köstliche Metapher, die jeden Teller schmückt. GertrudeStein weiß, daß jede Minute, der sie
nachgibt und der sie sich wie einem ungeladenen Gast bei Tisch
zuwendet, Miß Toklas einen kleinen Tod sterben läßt. Schlimmer noch, die Zurückweisung betritt das Zimmer und droht,
Miß Toklas' Stuhl zu stehlen. Auf diese Weise zieht Gertrude-
Stein Befriedigung aus jeder Demütigung, die sie durch Miß
Toklas erfahren hat. Die letzte war die Verbannung von Sahne
und Schweineschmalz während sechs trostloser Monate. Miß
Toklas' Entschluß stellte sicher, daß der Anblick von Gertrude-
Stein, wie sie sich unbeholfen abmühte, aus ihrem chintzbezogenen Sessel aufzustehen, ein Geheimnis nur zwischen uns
dreien bleiben würde. Die Verbannung des Salzes, die Ausbür-
gerung des Alkohols, die Vertreibung der Zigaretten waren weitere brutale Therapien, die kamen und gingen und gnadenlos
auf dem Willen meiner Madame herumtrampelten. Die Vergeltung, auf die GertrudeStein schließlich verfällt, ist so passiv, so
wirkungsvoll und so grausam, daß sie nur zwischen zwei Lie-

benden denkbar ist, zwischen GertrudeStein und ihrer «Sweetie», ihrer «Queen», ihrem «Cake», ihrem «Cherub», ihrem «Baby», ihrem «Wifie», ihrer «Pussy».

Ich habe sie alle gehört. Einen Lieblingsnamen habe ich nicht. Allerdings klingt «Cake» für mich wie der englische Name Kate. Eine Kate, die GertrudeStein gern essen würde, ist ein «Cake», sage ich mir und lächle. Bão wäre stolz auf mich. «Schmuggele deine eigene Bedeutung in ihre Wörter», waren seine Worte, ein Ratschlag, der mich gerettet hat. Sprache ist ein Haus mit einer Unmenge von Türen, und ich bin zu oft nicht eingeladen und habe keine Schlüssel. Aber wenn ich in ihre Wörter eindringe und versuche, hinter die Bedeutung zu kommen, schaffe ich mir die Falltüren, durch die ich hineingelange, wenn die Nacht draußen zu dunkel und zu kalt ist. Wenn ich mich unbemerkt durch die Räume in der Rue de Fleurus 27 bewege, wenn ich in einem schnellen, endlosen Strom dahintreibe und höre, wie Miß Toklas GertrudeStein «Noch ein Stück Kuchen?» anbietet, kann ich tief Luft holen und lächeln.

Heute morgen muß ich – wie jeden Tag – für Basket und Pépé einen Teller gebratene Hühnerleber zubereiten, natürlich nachdem ich alles für meine Mesdames getan habe. Wie überall ist es auch in der Rue de Fleurus 27 von großer Wichtigkeit, daß alles seine Ordnung hat. «Innen rosa, aber wenn man mit einer Gabel draufdrückt, sollte kein Blut mehr herauskommen», lautete Miß Toklas' genaue Instruktion. Ein Spritzer Cognac, Madame? war ich versucht zu fragen, tat es aber nicht. Ich bereite für jeden der Hunde einen Teller zu. Die beiden sind absolut nicht willens zu teilen. In diesem Fall muß ich Pépé zustimmen. Basket ist ein chronischer Sabberer, der zu allem und jedem, was ihm vor die Nase kommt, seine eigene Brühe beisteuert. Ein Teller Leber, ein hübsches Mädchen oder der durchdringend riechende After eines anderen Hundes ist Basket einerlei.

Seine Hoheit reagiert auf alles Aufregende mit unkontrollierter, hemmungsloser Nässe, die anzeigt, daß er erfreut ist. Anfänglich reagierte Pépé auf den Anblick seines in den Fluten versinkenden Frühstücks, indem er zurückwich und auf Miß Toklas' Schoß kroch. Eins muß ich ja diesen Hunden zugestehen, sie wissen, wer sie lieber mag. Denn nicht lange nach dieser mitleiderregenden Demonstration erhielt ich die Anweisung, für Pépé einen eigenen Teller zuzubereiten. «Meine mit Leber gemästeten Hunde», so nenne ich Basket und Pépé, wenn ihre Mesdames nicht dabei sind. Ich sage es auf vietnamesisch. Ich rede mit Basket und Pépé immer auf vietnamesisch. «Mit Leber gemästete Hunde» klingt auf vietnamesisch viel hübscher als auf französisch. Und überhaupt, warum sollte ich mich selbst ins Hintertreffen bringen, indem ich eine Sprache spreche, mit der diese Hunde vertrauter sind als ich? «Werdet fett, werdet fett», flüstere ich Basket und Pépé jedesmal zu, wenn ich ihnen ihre Morgenmahlzeit serviere. Hm, schmackhaft, denke ich immer. Kein Wunder, daß mich Basket und Pépé verabscheuen. Sie wissen, daß ich lieber sie servieren als ihnen das Essen servieren würde. Basket und Pépé wissen, was ich meine, und sie wissen auch, wie sie mich am besten bestrafen können. Jeden Morgen besteht Basket darauf, wenn er sein Fasten unter dem Eßtisch bricht, dies genau in der Mitte zu tun und nicht an seinem Lieblingsplatz bei GertrudeSteins Füßen. Er tut das, damit ich mich hinknien und mit der Leber in der einen und meiner Würde in der andern Hand zu ihm hinkriechen muß. Als ich wieder unter dem Tisch hervorkrieche, als ich heute morgen wie jeden Morgen innehalte, um die Größe von GertrudeSteins Füßen zu bestaunen, steckt meine Madame den Kopf unter den Tisch und fragt: «Thin Bin, ist Lattimore ein Neger?»

Nein, GertrudeStein, er ist Iridologe, möchte ich sagen, aber mir fällt das Wort für deine Wissenschaft nicht ein. Du hattest mich gewarnt, hattest gesagt, daß diese Fragen kommen würden. Sie kämen immer. Hatte sie sich nur um ein weniges steifer aufgerichtet? Ihre Hand nach kurzer Berührung der deinen zurückgezogen? Hatte ihr Blick einen Augenblick zu lange auf deinem Gesicht geruht? Aber GertrudeStein ist anders, hast du mir versichert. Ihr Blick ist demokratisch. Jeder wird derselben genauen Prüfung unterzogen. Sie schaut und schaut, bis sie sieht. Sobald ihre Augen mit der Arbeit fertig sind, besitzt sie einen. Meint man jedenfalls. Ihre Schwäche, Sweet Sunday Man, besteht in der Stärke ihrer Vermutungen, die sich schnell zu Stürmen auswachsen. Diese machen sie auf unerwartete Weise verwundbar. Meine Madame brüllt, und alle um sie herum fallen in sich zusammen wie schlaffe Segel. Sie hat Glück, daß sie nicht ertrunken ist. Sie glaubt, daß ihre Ideen als Edikte auf die Welt kommen, ein Ereignis, das vom Läuten der Glocken begleitet wird, jener gußeisernen Schönheiten, die ihre Anwesenheit von dunklen Türmen verkünden. Ein Kennzeichen des Genies, glaubt Miß Toklas. Sie hatte sie gehört, volltönend und feierlich, als sie GertrudeStein zum erstenmal gegenüberstand, ihrem «King», ihrem «Fattuski», ihrem «Mount Fattie», ihrem «Hubbie», ihrer «Lovey».

Durch die Eßzimmerfenster zieht es. Pépé zittert auf Miß Toklas' Schoß. Eine Messerklinge aus Winterluft macht meine Madame einsam, so daß sie sich danach sehnt, GertrudeSteins Hände im Kreuz zu spüren. An diesem Morgen ist selbst die Breite des Tisches eine zu große Entfernung zwischen ihnen. Gab es ein Leben, bevor ich sie getroffen habe? fragt sich Miß Toklas, obwohl sie weiß, daß sie die Antwort nur eifersüchtig und wehmütig machen würde. Warum fragen, ob es in der Rue de Fleurus 27 andere mit Herzflattern und jagendem Puls gab, bevor sie zur Tür hereinkam, bevor sie durch die leuchtendscharlachroten Wände ihres zweiten Geburtskanals glitt? «Was für eine alberne Frage», würde GertrudeStein bestimmt in wegwerfendem Ton sagen. Das ist der Grund, warum es für Miß Toklas einige Dinge gibt, die sie mit niemandem – noch nicht einmal mit GertrudeStein – teilen würde. Das ist Miß Toklas' kompliziertestes und beredtestes Geheimnis. Nach außen hin erscheint sie als die zutiefst Gebende, absolut Selbstlose, sich gütig Erbietende. Nach außen hin erscheint sie als ein leeres Blatt, das zu einer Geschichte einlädt, selbst wenn es nicht die ihre ist. Miß Toklas hält die Welt zum Narren, denn sie wird von Narren bevölkert, die sich nicht die Mühe machen, das Licht in ihren Augen zur Kenntnis zu nehmen, die kreuz und quer verlaufenden Falten aus Stahl.

Es gab ein Leben vor GertrudeStein, aber das hatte Miß Toklas nicht gelebt. Sie war dreißig geworden und hatte noch nie die Glocken des Genies läuten hören, hatte noch nie deren Schwingungen in ihren Adern gespürt. Schlimmer noch, sie begann zu vergessen, daß die Glocken für sie läuten könnten. Sie hatte sich Tausende von Meilen von zu Hause entfernen müssen, um der untergehenden Sonne zu entrinnen. Sie hatte gedacht, sie gäbe ihrem Fluchtinstinkt nach, einer Angst, die so tierhaft war, daß sie ihr willig nachgab. Jetzt erinnerte sie sich daran als an einen Instinkt, der sie nach Hause führte, als an eine Flucht hin zu etwas anstatt fort von etwas. Dreißig Jahre in San Francisco, und sie fing an, sich vor der Abenddämmerung zu fürchten. Jeden Tag blickte sie hinauf zu den purpurfarbenen Wolken und dem rubinroten Himmel und sah geplatzte Blutgefäße, aus denen Farben quollen. Ihr erschien die untergehende Sonne wie das rotgeschwollene Gesicht einer Frau, das sie einmal von einer langsam fahrenden Straßenbahn aus gesehen hatte. Nie zuvor hatte sie ein solches Bild der Gewalt und des offen gezeigten Begehrens gesehen. Sie konnte nicht verstehen, warum sich beides in diesem einen Körper getroffen und zusammengetan hatte, damit sie es sah. Miß Toklas drückte das Gesicht gegen die Scheibe. Sie stand immer so, selbst wenn in der Straßenbahn reichlich Platz war. In der Nähe eines Fensters zu stehen gab ihr das Gefühl, auf der Hut zu sein. Die Straßenbahn hielt an einer Haltestelle, und da auf dem Bürgersteig war eine Frau mit aufgeknöpfter Bluse, welche die Falte zwischen ihren Brüsten freigab, die wie eine weiche Samtschnur aussah. Ein Polizist hatte die Hände um ihre Arme gelegt. Ihr Gesicht war eine Farborgie. Als die Straßenbahn weiterfuhr, ließ Miß Toklas die Frau nicht aus den Augen, bis sie nur noch ihren Hinterkopf sah. Sie wandte den Blick nicht ab, bis sich auf einmal die Haare der Frau lösten und über ihren Rücken hinabflossen, ein flutender Fleck, der mit dem Stoff der Bluse verschmolz. Miß Toklas fiel in Ohnmacht. Ein Fremder fing sie auf, und der Schaffner mußte sie wieder zu sich bringen. Es war ein erstaunlicher Vorfall auf einer ansonsten ganz normalen Fahrt von ihrem Elternhaus zum Schlachter, Obst- und Gemüsehändler, Bäcker, Fischhändler und Geflügelhändler. Es war eine Szene, die schnell hätte verblassen sollen, es aber nicht tat. Miß Toklas hielt an ihr fest, an dem lädierten Gesicht, an der weichen Samtschnur, hielt daran fest als einem Talisman und einer Verlockung, bis sie in die Rue de Fleurus 27 kam.

Alice Babette Toklas traf in Paris mit einem Überseekoffer ein, der Brokatjacken in Chinatown-Rot enthielt, einen Pelzmantel aus Silberfuchs, ein Korsett in leuchtendem Kirschrot und massenweise Batik- und Seidenkleider in Farben, die das Grün ihrer Augen zur Geltung brachten. In ihrer Handtasche steckte ein spitzenbesetztes Taschentuch, eines von einunddreißig, die sie in einem Balsamholzkasten aufbewahrte, eins für jeden Tag selbst des längsten Monats. Sie kam mit frisch manikürten Fingernägeln und dem Duft von Freesien und Honig auf der Haut. GertrudeStein konnte nicht umhin, letzteres zu bemerken.

Die Erde unter Miß Toklas' Füßen hatte ihre übliche Fassung verloren, war in einem Anfall von Hysterie eingestürzt, und

Miß Toklas nahm das als ein Zeichen. Ein Erdbeben hatte San Francisco in eine biblische Stadt verwandelt. Durch die angeschwollenen Nebenflüsse gebrochener Hauptwasserleitungen wurden Fluten ausgelöst, Feuer leckten an den offenen Wunden geborstener Gasrohre, Blüten öffneten sich zur Unzeit im Gefolge der von den Feuern ausgehenden Hitze. Ganze Stadtteile waren plötzlich verlassen, ihre Bewohner gezwungen, sich in Nachtgewändern und Bademänteln aus den Häusern zu begeben und der sonderbaren Ruhe eines wolkenlosen Himmels auszusetzen. Miß Toklas' Vater verschlief das ganze Erdbeben. Fünf Uhr dreizehn war für ihn zu früh, um aufzustehen. Miß Toklas ging in den Garten, grub ein Loch und füllte es mit dem Familiensilber − etwas, woran sie sich hinterher nicht mehr erinnern konnte, ein Instinkt zu bewahren, der ihr immer gut zustatten kommen würde. Nach dem Erdbeben sehnte sie sich nach Zigaretten, einem heißen Bad und einer Menge anderer Dinge, die sie noch nicht benennen konnte. All das nahm sie als ein Zeichen. Ein Jahr später, als der September in den Oktober überging, klopfte Miß Toklas an die Tür in der Rue de Fleurus 27. Als sie vor der Studiotür stand und wartete, daß jemand kam, hörte sie die Blätter im Herbstwind rauschen. Sie dachte, sie hörte GertrudeSteins Lachen. Viele Jahre später stand ich vor derselben Tür und dachte, ich hörte die Stimme meines Vaters. Miß Toklas hatte den ihren zurückgelassen. Ich hatte unglücklicherweise zuviel im Gepäck.

Als Miß Toklas GertrudeStein kennenlernte, war ihr Gesichtsausdruck unbewegt. Ruhig wäre zuviel gesagt. Ich stelle mir vor, daß Miß Toklas' Gesichtsausdruck derselbe war wie der, den sie inzwischen auf allen ihren Photos zeigt: Sie blickt auf, die Augen teilweise von den schweren Lidern verhüllt. Ihre Lippen, die voller sind, als man erwartet hätte, sind zusammengepreßt, um stumm zu fragen: Nun, was starrst du mich so an? Nur auf einem Photo ist sie anders. Aufgenommen im Jahr des Erdbebens, ein Jahr bevor sie ihr Elternhaus verließ mit der Absicht, nie zurückzukehren, ist es das einzige in der Rue de Fleurus 27, auf dem Miß Toklas allein zu sehen ist. Miß Toklas mag sich nicht ohne GertrudeStein photographieren lassen. Umgekehrt ist das nicht der Fall, wie sie weiß. Das Bild zeigt Kopf und Oberkörper. Der Kopf ist zur Seite gedreht, und der Blick geht nach links unten. Wer sie nicht kennt, der meint, sie sei schüchtern, so wie sie den Blick abwendet, ja sogar schamhaft. Sie steht vor einem Hintergrund aus Stoff, der ein wenig unscharf ist. Er scheint sich leicht zu bewegen, als hätte gerade jemand den Raum verlassen und die Tür fest hinter sich geschlossen, so daß der Luftzug das an die Wand genagelte Stück Stoff mit Leben erfüllt. Diese von dem Photoapparat eingefangene Bewegung ist jetzt ein Eindringling, ein fremdes Gesicht im Hintergrund eines sonst sorgfältig arrangierten Tableau. Miß Toklas trägt ein langes chinesisches Gewand mit sanft gerundeten Schultern. Seide mit einer sehr detailreichen Bordüre. Jedesmal, wenn sie es über ihre Haut gleiten läßt und locker von ihm umhüllt wird, hat sie das Gefühl, verführt zu werden, oder stellt sich vor, daß sich Verführung so anfühlt. Das Kleidungsstück ist reines Theater mit seinen langen Ärmeln, die nach unten glockenförmig auslaufen und die selbst die kräftigsten Arme spindeldürr aussehen lassen. Die ihren sind schlank und jugendfrisch, vom Blitzlicht des Photographen herausgehoben. Ihr Gesicht und ihre Arme leuchten blendendweiß. Sie hält die Arme vor dem Körper gekreuzt, die Hände umfassen den gegenüberliegenden Unterarm. Dabei stecken sie in den Ärmelöffnungen und sind kaum sichtbar. Der Photoapparat ist neugierig und folgt ihnen ins Dunkle. Ich vermute, daß Miß Toklas dieses Gewand deshalb gewählt hat, daß sie gewünscht hat, sich darin zu verewigen. Seine weiten aufreizenden Ärmel dienen als Stellvertreter für einen tiefen Ausschnitt, entblößte Schultern, Brustwarzen, die sich gegen die Seide mit ihren gewundenen Mustern drängen. Und für ihren Wunsch, so stelle ich mir vor, ihren Körper dem Licht darzubieten, für den inneren Zwang, ihn aufzuwecken. Das haben wir gemeinsam.

16 * * * * * * * * * * * * * * * *

Madames Sekretärin hatte wie die meisten vietnamesischen Katholiken in Saigon von dem Alten Mann gehört. Einen Bekehrer der Armen nannte man ihn. Ja sogar einen Heiligen, wenn man davon absah, daß er eine Frau hatte. Es hieß jedoch, daß er nach der Geburt seines vierten Sohnes ein Keuschheitsgelübde abgelegt habe. Jetzt habe er sein Leben völlig Gott geweiht, sagt man. Er sei ihr zweiter Pater Augustin, sagen sie. Und wer von ihnen hätte nicht die Geschichte von Pater Augustin gehört, einem einfachen Landpfarrer, der vom Bischof von Saigon erwählt worden war, die Reise zu machen, die ihn dem Himmelstor so nahe bringen würde, wie es niemandem von ihnen auf dieser unerschütterlichen Erde vergönnt war. Pater Augustin, heißt es, habe unter der riesigen Kuppel der Peterskirche gestanden und über die Weichheit von Marmor gestaunt und über die Art, wie Gott seinen Dienern erlaubt hatte, den Marmor zu drapieren und das Bild seines Sohnes damit zu umhüllen. Pater Augustin habe den Ring des Papstes geküßt, sei jedoch gestorben, bevor er sein letztes Ziel habe erreichen können, das, wie er geglaubt habe, die Krönung seiner Pilgerreise gewesen wäre. Er starb auf einem Frachtschiff, das ihn nach Südfrankreich bringen sollte. Sein Ziel war Avignon, der Geburtsort des Jesuiten Alexandre de Rhodes. Pater Augustin fühlte sich gezwungen, wie es heißt, alles zu sehen, was dieser Jesuit hinter sich gelassen hatte, alles, was dieser Missionar in eine Erinnerung verbannt hatte, die ihn im Stich lassen würde, alles, was dieser Mann geopfert hatte, um den katholischen Glauben in das Land zu bringen, das Pater Augustin nie wiedersehen würde. Sein Leben für seinen Glauben. Ein ehrenwerter Handel, sagen die

Leute. Der Alte Mann ist von derselben Art wie Pater Augustin. Das ist sein Schicksal. Aber jetzt ist ihm die unschickliche Ehre zuteil geworden, einen Sodomiten zum Sohn zu haben. Die Frau kann man leicht übersehen, aber der Sodomit ist eine Sünde. Wie konnte solch eine gotteslästerliche Frucht von so einem heiligen Baum fallen? wird man fragen. Vielleicht wird man denken, daß der Baum selbst schlecht ist, sein Holz von Larven übersät.

Während sich all das im mit Alkohol vollgesaugten Gehirn des Alten Mannes abspielte, stand er an der Tür seines Hauses und wartete auf mich. Sein Gesichtsausdruck sagte mir, daß mir von diesem Haus jetzt nichts mehr gehörte. Seine Haltung sagte mir, daß er mehr als betrunken, daß er nur noch einen Schnaps vom Umfallen entfernt war. Als ich jünger war, habe ich immer gedacht, wenn ich ihm ein brennendes Streichholz ins Ohr stecken würde, müßte sein ganzer Kopf in Flammen aufgehen und der Alkohol, der ihn verstopfte, in einer einzigen Stichflamme verbrennen. Nun ja, jetzt war es zu spät. Als ich auf ihn zuging, sah ich den Strohhut meiner Mutter, der an seinem üblichen Platz beim Kücheneingang hing. Die Küche war später angebaut worden, eine nachträgliche Idee, die aus der Rückseite des Hauses hervorragte. Sie hatte ihren eigenen Eingang, aber keine Tür. Ein Stück honigfarbener Stoff hing vor der Öffnung. Meine Mutter sagte immer, sie fände die Farbe beruhigend. Sie hatte einen Monat lang unsere Teeblätter gesammelt, bis sie genug hatte, um das Stück Musselin zu färben, das sie vorsichtig von einer größeren Rolle abgerissen hatte. «Warum läßt du es nicht weiß?» fragte ich, weil mir sehr daran lag, etwas zu haben, was die Fliegen von uns fernhielt.

«Weiß ist die Farbe der Trauer», sagte sie.

Ich weiß, daß sie den übrigen Stoff, aufgerollt und versteckt, aufgehoben hat. Hat sie ihn, nachdem ich fort war, hervorgeholt? Hat sie das Honigtuch abgenommen, es geküßt, wie sie meine Wangen küssen würde, und es aufgerollt, um es sicher zu verwahren?

«Komm nicht näher!» rief der Alte Mann. Er senkte die Stimme und begrüßte mich folgendermaßen: «Ich habe drei Söhne. Einen Koch. Einen Gepäckträger. Einen Drucker.»

Ist das alles? dachte ich. Ich hatte etwas Gewalttätigeres erwartet. Es hatte vor langer Zeit damit angefangen, daß er seinen Daumen in die weiche Stelle meines Schädels drückte. Dann zersplitterte ein Ast, dicker als mein Arm, an meinem Schienbein. In jüngster Zeit bekam ich ein Stuhlbein gegen meinen Adamsapfel gerammt. Obwohl es stimmte, daß sich der Alte Mann in dem Maße, in dem ich älter wurde, weniger auf körperliche Gewalt verließ, um sich verständlich zu machen. Vielleicht hatte ich auch gelernt, seinen Schlägen besser auszuweichen. So oder so war der Schaden gleich groß gewesen. Am Ende waren Worte leichter für ihn. Sie kosteten weniger Zeit und verletzten denselben Menschen.

«Hast du mich gehört? Ich habe gesagt, ich habe *drei* Söhne.»

Er klingt, als ob er an einer Rede arbeitet, dachte ich. «Ich bin ein frommer katholischer Mann, und ich habe drei Söhne ...», stellte ich ihn mir vor, wie er an seinen Eröffnungsworten feilte.

«Ich habe immer nur drei gehabt. Du bist der Sohn deiner Mutter. Was deinen Vater betrifft, mußt du sie fragen. Da ich ein mildtätiger Mann bin, habe ich euch beide behalten, und so vergeltet ihr mir das?»

Eine Frage beantwortet man manchmal am besten mit einer Gegenfrage. «Mildtätigkeit, die man zurückzahlen muß? Ist sie dann nicht ein Darlehen?» dachte ich und sprach es dann ganz gegen meine Art laut aus.

Der Alte Mann, der nicht länger mein Vater war, sah mich an, spuckte mir ins Gesicht und ging zurück ins Haus.

Ich stehe immer noch dort. Eine Reihe Feuerameisen marschiert den Türrahmen hinauf. Winzige orangefarbene Tagetes mit ihren unzähligen eingedrehten Blütenblättern drängen sich um den Weg, auf dem ich stehe. Aus den Augenwinkeln sehe ich das ausgefranste Kinnband am Hut meiner Mutter, das sich matt in der Sonne bewegt. Ich stehe immer noch dort.

Zu der Geschichte von Pater Augustin gehört, wenn ich mich richtig erinnere, auch ein hinterlassenes Tagebuch, angefüllt mit Verzückungen und dem Wunsch zu sterben. Man sagt, der Tod sei freundlich zu dem Pater gewesen und habe sein Kommen vorher angekündigt. Wie aus Pater Augustins Aufzeichnungen hervorgeht, nutzte er die Gelegenheit und ließ sich vom Kapitän das Versprechen geben, daß seine Leiche nach Avignon gebracht und dort auf einem katholischen Friedhof beerdigt werden würde, sollte er sterben, bevor sie Land erreichten. Dafür sollte der Kapitän alles erhalten, was Pater Augustin bei sich hatte, was sich dann zur Überraschung des Kapitäns und, hätte er noch gelebt, um es zu sehen, auch Pater Augustins als kleines Vermögen in Gestalt von goldenen Kelchen herausstellte, die ein Geschenk des Papstes für den Bischof von Saigon waren. Hier endet die Geschichte für gewöhnlich. Es heißt ja, der Tod sei der bewegendste Schluß.

Meine Mutter und ich fanden Pater Augustins Geschichte allerdings ganz und gar nicht inspirierend, sondern tragisch. So weit weg von zu Hause sterben zu müssen ist das denkbar schlimmste Ende, dachten wir. Im großen und ganzen gefiel sie uns jedoch. Nicht wegen der Tränen, sondern wegen der goldenen Kelche und weil der Pater sie, ohne es zu wissen, mit sich geführt hatte. Wir fanden, daß diese beiden Details aus der ansonsten befriedigenden Geschichte herausfielen. Sie waren in unseren Augen nicht direkt Ungereimtheiten, aber Wege, die man noch weiter hätte erkunden sollen. Wir dachten uns unterschiedliche Schlüsse zu der Geschichte aus, indem wir die Sache mit den Goldkelchen und ihrer Beförderung aufnahmen und abwarteten, wohin sie uns führen würde. Meine Mutter und ich hatten keine Hemmungen zu improvisieren, weil Pater Augustins Geschichte für uns nicht dieselbe religiöse Bedeutung hatte wie für die vietnamesischen Katholiken. Für sie war der Pater ein einfacher Landpfarrer, dem eine Audienz beim Papst gewährt worden war, weil er ein ganzes Dorf getauft hatte, angefangen bei seinem Vater und seiner Mutter. Er war ein einfacher Landpfarrer, der, als Seine Heiligkeit ihn lobte, gestand, gesündigt zu haben. Seine Motive, so gab er zu, seien selbstsüchtiger Natur gewesen. Er habe Angst davor gehabt, allein im Himmel zu sein. Er war ein einfacher Landpfarrer, der den Ring des Papstes geküßt hatte und dessen einzige Sünde seine Treue und Ergebenheit gegenüber der katholischen Kirche gewesen war. Die zu befolgenden Lehren, die nachzuahmenden Taten waren zahlreich und nahmen zu. Für diejenigen, die sie erzählten, wurde Pater Augustins Geschichte – wie die Kelche, die er, ohne es zu wissen, weggegeben hatte – zum Gefäß, welches ihnen, den wahrhaft Frommen, den süßen und erlösenden Geschmack des Himmels zu kosten gab. Für meine Mutter und mich war die Geschichte von Pater Augustin wie jede andere, die man wiederholte und weitererzählte. Eine Geschichte ist schließlich am besten, wenn man sie mit jemandem teilt, eine Gabe im wahrsten Sinne des Wortes.

Pater Augustins Gott war für meine Mutter weniger interessant als die anderen Götter in ihrem Leben. Sie war Buddhistin. Außerdem hatte man ihr von klein auf beigebracht, ihre Vorfahren anzubeten. Die Gesichter ihrer Großeltern hatte sie nie gesehen, so daß ihr nur ihr Vater und ihre Mutter blieben, ein Gott und eine Art Halbgöttin nach der Rangordnung auf dem Familienaltar. Getauft und ein Mitglied der katholischen Kirche wurde sie erst am Morgen ihrer Hochzeit. Man bedeckte ihren

Kopf mit einem weißen, mit zwei blauen Bändern besetzten Tuch. Als sie Pater Vincentes Kirche betrat, sah sie das Standbild der Jungfrau Maria, deren Kopf auf ähnliche Weise bedeckt war, und sie erkannte, was für eine Art von Frau sie nach dieser Religion sein sollte. Jungfrau Maria? Aber wie bekommen sie ihre Kinder? Das wollte das Mädchen, das eines Tages meine Mutter werden sollte, natürlich wissen. Die Antwort bekam sie in jener Nacht zusammen mit den Schmerzen zwischen den Beinen. Versuchte er, an der anderen Seite wieder herauszukommen? Sie hatte gerade ihre ersten Monatsblutungen gehabt, und als sie am nächsten Morgen das angetrocknete Blut an der Innenseite ihrer Schenkel sah, dachte sie, es käme daher. Sie holte die Baumwollstreifen hervor, die ihre Mutter ihr gegeben hatte, und faltete einen von ihnen eng zusammen. So legte sie ihn zwischen die Beine und wickelte die Enden um einen zweiten Streifen, den sie sich bereits um die Taille gebunden hatte. Dann kochte sie ihrem neuen Ehemann den Morgenreis. Ihre Mutter hatte ihr zehn Baumwollstreifen und ein Paar Ohrringe gegeben, zwei kleine Ringe aus Jade, die sie von ihren eigenen Ohrläppchen abgenommen hatte.

Lange, fleischige Buddha-Ohrläppchen bedeuten Glück, hatte man der Mutter des Mädchens erzählt, aber ehrlich gesagt, hatte sie nur Unglück gehabt. Ihr Mann war gestorben und hatte sie ohne alles zurückgelassen. Nur eine noch sehr junge Tochter und keine Söhne. Das ist das Schlimmste, was einem passieren kann, hatte man ihr gesagt. Als ihre Tochter zwölf geworden war, hatte ihre Mutter es satt, von den spärlichen, nur unwillig gegebenen Almosen ihres Schwagers zu leben. Sie wollte ihren Mann wiedersehen. Unbedingt. Sie sah ihn in ihren Träumen, und er sagte ihr, was sie tun sollte. Die Tochter verheiraten und ihm ins Jenseits folgen. «Es ist das einzig Edelmütige, was du tun kannst», erklärte er ihr. Seine Familie könne es sich nicht leisten, sie beide ewig durchzufüttern, stimmte sie ihm zu. Am folgenden Tag suchte sie einen Heiratsvermittler auf und sagte: «Ich besitze ein Paar Jadeohrringe.» Sie strich ihre Haare hinter die Ohren, um sie ihm zu zeigen. «Hier», sagte sie. «Und ich habe eine Tochter, und das ist alles.»

«Keine Sorge», sagte der Heiratsvermittler, obwohl sein faltiges Gesicht das Gegenteil sagte: Die Ohrringe da dürften wohl kaum als Mitgift ausreichen.

Sie kehrte ins Haus ihres Schwagers zurück und weinte. Ihre Tochter schlief neben ihr, wie immer, seit man ihren Vater in ein weißes Leintuch gehüllt hatte. Zwei Jahre lang ging ihr Leben so weiter. Alle paar Monate hörte die Mutter von einem weiteren Heiratsvermittler, der auf der Suche nach einem guten Geschäft mit einer Braut durch ihr Dorf kam. Schließlich sagte sie zu einem von ihnen: «Ich will meinen Mann wiedersehen. Unbedingt», setzte sie hinzu und blickte dem Mann in die Augen, zwang ihn zu sehen, was sie tun wollte. «Unbedingt», wiederholte sie. Der Heiratsvermittler, der ein Herz hatte, was bei einem Mann seines Berufes selten war, sagte, er würde sehen, was er tun könne. Einen Monat später kehrte er zurück und brachte gute Nachricht. Ein junger Mann, ein Katholik, von Patres erzogen, war bereit, ihre Tochter zur Frau zu nehmen. Aber vorher wolle der junge Mann drei Dinge wissen. Erstens, ob das Mädchen bereits angefangen habe zu bluten. Zweitens, ob in der Familie Fälle von Unfruchtbarkeit vorgekommen seien. Drittens, wann die Mutter vorhabe, ihren Mann «wiederzusehen». Die Mutter antwortete augenblicklich: «Ja, nein, gleich nach der Hochzeit.» Daraufhin war die Sache abgemacht, da der Heiratsvermittler die Anweisung hatte, das Geschäft abzuschließen, wenn die Antworten in genau dieser Weise ausfielen.

«Verehren» ist ein starkes Wort. Besonders wenn es in der Form eines Befehls benutzt wird, sollte man es nicht unbedacht oder leichthin verwenden. Meiner Mutter hatte man die Bedeutung dieses Wortes in seiner ganzen gefühllosen Wucht beigebracht, noch bevor sie «Má» und «Cha» sagen konnte. Noch bevor sie wußte, wie sie ihre Eltern zu nennen hatte, in welcher verwandtschaftlichen Beziehung diese zu ihr standen, wußte sie, daß ihr Wort uneingeschränkt galt, über dem Gesetz stand, ranggleich mit der Religion. Man brachte ihr bei, daß sie ihre Eltern zu verehren habe, wenn sie tot seien, und ihnen gehorchen müsse, solange sie lebten. Von Anfang an war für meine Mutter «verehren» ein Synonym für «gehorchen», und so dachte sie niemals daran davonzulaufen, aufzustehen und sich von ihren nackten Füßen über die Sümpfe hinaustragen zu lassen, die das Haus ihres Onkels umgaben. Sie saß still, während ihre Mutter die Nadel erhitzte und ihr die Ohrläppchen durchstach. Sie saß still, während sich ihre Mutter die Jade aus den Ohrläppchen nahm und sie in die ihren hängte. Sie saß still und empfing von ihrer Mutter dieses seltene Geschenk der Zärtlichkeit, das für sie immer Schmerz bedeuten würde. Es war ihre letzte Erinnerung an die Mutter. Am nächsten Morgen erwachte sie und hatte niemanden mehr neben sich. Am Abend zuvor hatte ihr die Mutter erklärt, welchen Weg sie gehen mußte und wie sie durch den Heiratsvermittler eine Nachricht schicken sollte, wenn die Hochzeit stattgefunden hatte. Sie berührte ihre Ohren. Sie küßte die Matte, auf der sie immer geschlafen hatten, denn sonst gab es nichts, von dem sie sich verabschieden konnte.

Durch den Heiratsvermittler erfuhr sie vom Tod ihrer Mutter. Er bringt mir nur schlechte Nachrichten, dachte sie. Die durchbohrenden Stöße gingen weiter, bis sich etwas zeigte. Ihr dicker Bauch bescherte ihr eine Gnadenfrist. Das wiederholte sich noch zweimal. Drei Knaben. Ihr Mann habe wirklich großes Glück, sagte man zu ihr. Nach dem ersten war er in der Tat stolzgeschwellt. Er baute für sie auf der Rückseite des Hauses eine größere Küche. Er brauchte einen Raum, wo sie sich mit dem Baby, das nicht aufhören wollte zu schreien, aufhalten konnte, wenn er selbst im Haus seinen Geschäften nachgehen mußte. Wenn sie in dem Anbau saß und ihren Erstgeborenen in den Armen wiegte, konnte sie aus den anderen Räumen gemurmelte Gebete und das Klicken von Münzen vernehmen. Sie hörte die Stimmen unbekannter Männer, manchmal weinten sie, und manchmal riefen sie alle zusammen ekstatisch: «Amen!» Dieser Amen mußte ein mächtiger katholischer Gott sein, dachte sie.

Ihre zweite Trotzhandlung – die erste war ihr Schwur, niemals wieder Pater Vincentes Kirche zu betreten – bestand darin, hinten in der Küche einen Schrein zu Ehren Buddhas, zum Gedenken an ihren Vater und ihre Mutter zu errichten, obwohl diese sie so wenig geliebt hatte. Letzteres machte ihr natürlich zu schaffen, aber pflichtbewußt versuchte sie, es zu vergessen. Manchmal jedoch, in der Nacht, wenn der Regen nicht aufhören wollte und sie ein Gefühl überkam, als fröre sie innerlich, hielt sie ihren kleinen Jungen in den Armen und dachte über die Liebe ihrer Mutter zu ihrem Vater nach. Sie hätte gerne gewußt, wie es möglich war, daß die Liebe zu einem Mann stärker war als die zum eigenen Kind. Wie man so verzweifelt lieben konnte, daß man als Mutter seine einzige Tochter zurücklassen und diesem Mann und seinen durchbohrenden Stößen ausliefern konnte. Anfänglich hatte sie Angst, daß ihr Mann den Altar finden würde, aber bald wurde klar, daß er die Küche nie betreten, daß sie ihr allein gehören würde. Den Fußboden aus gestampfter Erde, die Tontöpfe, die Blechteller, die Schöpfkellen aus Kokosnußschalen, den Wasserbehälter hinter dem Haus zum Auffangen des Regenwassers, das alles liebte sie so, wie sie ihr Kind liebte. Anfänglich fürchtete sie, daß sie es mehr liebte, weil es nur ihr allein gehörte. Der Junge gehörte schließlich auch ihm.

Ein paar Monate nach der Geburt seines zweiten Sohnes fand

sie hinter dem benachbarten Schulhaus einen alten, weggeworfenen Kalender. Alle Tierkreiszeichen waren darauf in roter Farbe dargestellt. Rot sei die Glücksfarbe, hatte man ihr gesagt. Also hängte sie den Kalender in ihrer Küche auf, und jeden Tag betrachtete sie ihr Zeichen, das des Hundes, und fragte sich, warum ihr Vater und ihre Mutter nicht noch ein Jahr hatten warten können, damit sie im Zeichen des Schweins hätte zur Welt kommen können. Der Hund sei wachsam, treu und verteidige entschlossen sein Eigentum, hatte man ihr gesagt. Das Schwein jedoch habe die Gabe der Resignation und des Hinnehmens, jene zwei Eigenschaften, die ihm das Leben immer erleichtern würden. Deshalb würde eine im Jahr des Schweins geborene Frau immer Glück haben. Aber wenn sie kein Geburtsrecht auf Glück besaß, dachte sie, dann mußte sie eben selbst danach suchen. Und von da an sah sie regelmäßig am Ende jeder Woche hinter der Schule nach, ob wieder etwas Wertvolles im Abfall gelandet war.

Warum so etwas Kostbares wegwerfen? dachte sie, als sie eine buntbemalte Blechschachtel aufhob. Auf dem Deckel war eine Frau zu sehen, die auf einen vollen Mond zuflog, und das erinnerte sie an ihre Mutter. Das Mondfest war gerade vorüber, und sie konnte noch das typische Festtagsgebäck riechen, das in der Schachtel gewesen war. Sie nahm sie mit nach Hause und stellte sie mit auf den Altar. Aber auch ohne diese Opfergabe wären ihr Vater und ihre Mutter stolz auf sie gewesen, das wußte sie. Sie hatte ihrem Mann gerade den dritten Sohn geboren. Ihr Bauch war noch dick, und ihr Mann würde wieder mehrere Monate lang keine Notiz von ihr nehmen. Ein Segen, dachte sie.

Als das Fest des neuen Mondjahres näher rückte, war ihr Bauch wieder in sich zusammengefallen, aber sie war von den Vorbereitungen zu sehr in Anspruch genommen, um sich wegen der nächtlichen Schritte ihres Mannes Sorgen zu machen. Wie jeder in Saigon wünschte sie sich etwas Neues, um das neue Jahr willkommen zu heißen. Eine winzige goldene Perle an einer rosa Seidenschnur, ein *áo dài* mit einer Andeutung von Stickerei am Halsausschnitt, einen Strohhut mit einem Kinnband aus Baumwollsatin – aber sie wußte, daß ihr solcher Luxus nicht beschieden war. Deshalb ging sie an der Rückseite der Schule vorbei, um zu sehen, was sie finden konnte. Dort sah sie auf der Erde eine weitere Blechschachtel liegen. Am Muster auf dem Deckel war zu erkennen, daß sie kandierte Lotussamen enthalten hatte. Sie kniete nieder, um die Schachtel aufzuheben, und stellte zu ihrer Überraschung fest, daß sie noch verschlossen und mit einer Schnur fest umwickelt war. Mit so etwas Nagelneuem in den Händen fühlte sie sich wie eine Diebin. Sie blickte hoch, um zu sehen, ob sie beobachtet würde. Sie blickte hoch und sah meinen Vater. Er beobachtete sie durch ein Fenster der Schule. Er trug eine Brille mit einem Drahtgestell und kleinen ovalen Gläsern, die von dort, wo sie noch kniete, fast nicht zu sehen waren. Sie wies ihn als gebildet und zu einer anderen Klasse gehörig aus. Ein gelehrter Prinz, dachte sie.

So begann ihre Liebe. Einfach. Eine Schachtel mit kandierten Lotussamen süßte ihren ersten Liebesseufzer. Der Lehrer liebte sie, und er liebte ihren Körper. Er liebte ihn, bis es zu sehen war. Ihr Haar wurde dicht, glänzte vor Öl und roch nach der frischen Apfelsinenschale, mit der sie ihren Kamm befeuchtete. Sie sah blühend aus mit ihrem warmen, sauberen Gesicht, das die Farbe von Sand hatte. Ihre Brüste wurden empfindlich, schmerzten von der Milch. Sie trug ihr viertes und sein erstes Kind. Der Lehrer teilte ihr mit, daß er, um sich weiterzubilden, ins Ausland gehen werde. Nach Frankreich, sagte er. Er gab ihr einen kleinen Geldbetrag und keine Möglichkeit, mit ihm in Verbindung zu treten. Sie hätte jedoch schwören können, daß sie ihn ein paar Monate später mit einer jungen Frau an seiner Seite aus Saigons Notre-Dame herauskommen sah. Es war

Aschermittwoch, und beide trugen auf der Stirn einen Finger-
abdruck in der Farbe des Monsunhimmels. Meine Mutter nahm
etwas von dem Geld und kaufte einen Ballen weißen Musselin
und einen *áo dài* aus grauer Seide. Für die Zukunft, dachte sie. Sie
wußte, daß sie das Geld in seiner papierenen Form unmöglich
hätte behalten können. Wenn sie es versteckt hätte, würde er es
gefunden haben. Er nimmt mir alles weg, was wertvoll ist,
dachte sie. Meine Mutter war noch nicht ganz neunzehn, als sie
ihren letzten Sohn gebar. Sie war eine junge Frau, und sie hatte
drei Söhne von einem Mann und einen von einem anderen.

«Bitte, bitte, bitte», flehte meine Mutter. Sie hatte der Hebamme alles gegeben, was von dem Geld des Lehrers übriggeblieben war, aber sie hatte Angst, daß diese sich nicht an das Abkommen halten würde.

«Bist du sicher?» fragte die Hebamme noch einmal.

Meine Mutter nickte nur, von meiner Geburt erschöpft. Die
Hebamme griff in sie hinein, und dann war da ein Schmerz,
den sie noch nicht kannte. Als meine Mutter wieder zu sich
kam, hörte sie: «Sie wird überleben, aber sie wird keine Kinder
mehr haben können.» Der Mann meiner Mutter ließ die Hebamme nicht aus den Augen, während diese sich in einem
Becken die Hände wusch. Er stand da mit über der Brust ge-
kreuzten Armen, sein Rosenkranz hatte sich in einer Armbeuge
verfangen, und das Kreuz ragte senkrecht hervor. Von dort, wo
meine Mutter lag, konnte sie den daran genagelten Mann sehen, den Mann, der sich für ihre Sünden hingegeben hatte, wie
Pater Vincente ihr gesagt hatte. Für *meine* Sünden? hatte sie gedacht.

Ihr Mann trat zu ihr, und sie drehte schnell den Kopf weg,
weil sie dachte, er würde sie schlagen. Er streckte aber nur die
rechte Hand aus und sagte: «Gib sie her!»

Sie verstand: «Gib es her!» Aber ich halte das Kind doch gar
nicht im Arm, dachte sie. Sie hätte wissen müssen, daß ihn das

Baby nicht interessierte. Es war ein Junge, und das war gut, aber ansonsten war er fertig mit ihr.

«Ich will die Ohrringe», sagte er. «Wovon soll ich sonst die Hebamme bezahlen?» fragte er.

Aber ich habe sie doch schon bezahlt, dachte meine Mutter, allerdings für etwas anderes. Die Hebamme hatte ihren Lohn für diesen Akt der Barmherzigkeit schon viele Monate im voraus verlangt. Sie hatte versprochen, für ihre Begnadigung zu sorgen, für immer. «Kein Stoßen, kein zusammenfallender Bauch, keine von Milch geschwollenen Brüste mehr», hatte meine Mutter gefleht.

Meiner Mutter und mir gefiel folgendes Ende am besten:

Nachdem Pater Augustin gestorben war, ließ der Kapitän noch in derselben Nacht den zerbrechlichen Körper des Toten in eine alte Tischdecke wickeln und ins Mittelmeer werfen. Pater Augustins Schuhe gingen mit ihm, da keiner an Bord so kleine Füße hatte. Einen Tag später, als das Schiff im Hafen von Marseille anlegte, erwachte der Kapitän, vom Gefühl seiner Schuld durchdrungen. Der Indochinese, den er beraubt hatte, war nicht bloß irgend jemand, sondern er war ein Priester gewesen. Eilig sorgte der Kapitän dafür, daß Pater Augustins Reisetagebuch seine eigene mühselige Reise zurück nach Vietnam und zum Bischof von Saigon antrat. Ein Brief vom Kapitän begleitete es und erklärte in zittriger Handschrift: «Der letzte Wunsch des Paters ist natürlich respektiert worden.»

Meine Mutter und ich mochten diese Version, weil die letzten Worte nicht von Pater Augustin gesprochen wurden, sondern von dem Mann, der die goldenen Kelche mit nach Hause genommen hatte. Wir fragte uns, wie sie sich wohl auf dem Fensterbrett des Kapitänshauses ausgemacht hatten. Wir stellten uns vor, wie sie in der Sonne geglänzt und den ganzen Raum mit Licht erfüllt haben mußten. Wunderschön, dachten wir.

Wenn ich jetzt über diese Geschichte nachdenke, sage ich mir, daß der Bischof von Saigon Bescheid gewußt haben mußte. Nicht, was die lästerlichen Versionen meiner Mutter anging, aber er mußte von den Goldkelchen und ihrem Transport durch Pater Augustin gewußt haben. Diese Version hörte ich jedoch erst, als ich Vietnam bereits verlassen hatte. Der Mann auf der Brücke hat sie mir im Jardin du Luxembourg erzählt, während das übrige Paris schlief.

Der Bischof von Saigon war ordnungsgemäß von dem großzügigen Geschenk des Papstes benachrichtigt worden und hatte Pater Augustin zum Vatikan gesandt, damit er für eine sichere Zustellung sorgte. Aber als ein Jahr verstrichen war, seit man Pater Augustin zum letztenmal in einer Apsis der Peterskirche hatte knien sehen, nahm man an, er sei auf See umgekommen, und der Bischof zelebrierte persönlich eine Messe zu seinem Gedächtnis. Pater Augustins Tagebuch mit seinem schwarzen Ledereinband und seinem marmorierten Vorsatzpapier, das ein Tribut an den einzigen Stein war, der in Pater Augustins Augen tugendhaft genug für den Herrn war, reiste über die Meere und fand den Weg nach Hause und in die Hände des Bischofs von Saigon. Dieser bewunderte die italienische Handwerkskunst und fand die Marmorierung in Tönen von Pfauenblau und Meeresschaumgrün geschmackvoll ausgeführt. Dann wandte sich der Bischof der letzten Eintragung zu. Pater Augustins letzte Seite war wie alle vorhergehenden auf vietnamesisch geschrieben, eine Sprache, die schon vor Jahrhunderten in säuberliche lateinische Schriftzeichen gegossen worden war, verziert mit Tilden, Zirkumflexen, Kürzezeichen, Akuten und Gravis – eine Gabe des Jesuiten Alexandre de Rhodes. Der Jesuit war sich – wie alle Missionare nach ihm – bewußt, welche Macht in der Lese- und Schreibfähigkeit lag. Das geschriebene Wort hört nie auf zu bekehren, stirbt niemals an Malaria und hat die unheimliche Tendenz, sich zu vermehren, ein Vorgang, mit dem er als ein Mann Gottes nicht vertraut war. Der Jesuit schaffte die Ideogramme Vietnams ab und lehrte seine Konvertiten den Katechismus in einer um der Einfachheit willen neu gestalteten Sprache. Leichter zu lernen und leichter zu unterrichten, dachte der Jesuit. Der Bischof von Saigon war ein lebender Beweis für den Erfolg dieser Erfindung. Er überflog die letzte Seite von Pater Augustins Tagebuch, und seine blauen Augen starrten wütend, als sie lesen mußten, daß ein einfacher Landpfarrer die ihm, dem Bischof, zugedachten goldenen Kelche gegen eine Beerdigung in Avignon eingetauscht hatte. Der Bischof riß die Seiten mit Pater Augustins Aufzeichnungen heraus; das Tagebuch selbst behielt er. Pater Augustin war in der Tat nur ein einfacher Landpfarrer gewesen. Er war ein Laufbursche in Gestalt eines Emissärs, oder vielleicht war er ein Emissär in Gestalt eines Laufburschen. Wie auch immer, es war ein schlechter Handel für ihn, sagte der Mann auf der Brücke. Sein Glaube und sein Gehorsam tragen die Schuld, daß er in der Tiefe eines weit entfernten Meeres gelandet ist.

Wie Pater Augustin hatte auch meine Mutter Leidenschaft empfunden, eine stürmische, verwandelnde Leidenschaft, die anhielt, noch lange nachdem der Lehrer fortgegangen war. Mein Vater mag nicht treu gewesen sein, aber er war mutig. Mutig genug, um zu lieben, auch wenn er wußte, daß seine Liebe, wie sein Sehvermögen, höchstwahrscheinlich schwächer werden und vergehen würde. Die Mutter, so sage ich mir, wagte mehr. Und damit endet ihre Geschichte. Mut ist für mich immer ihr Höhepunkt. Was bleibt da noch zu sagen übrig? Meine Mutter hätte mir bestimmt beigepflichtet, wäre sie dagewesen. Aber da war nur Bão. «Dies ist die Geschichte meiner Mutter», so begann ich. «Sie handelt von einem Leben, das sie, wenn auch nur für kurze Zeit, mit ihrem Märchenprinzen gelebt haben muß. Es ist eine Geschichte voller nebelverhangener Seen, schattiger Umarmungen, exotischer Schauplätze, Reisen über das Meer, Familiengeheimnisse und unchristlicher Laster.»

«Erzähl weiter», sagte Bāo. Zum Schluß fand Bāo meine Mutter bewundernswert, wie Serena die Solistin, bloß auf eine andere Art.

«Ja», sagte ich und schloß die Augen. Die *Niobe*, vom Licht des Mondes eingelullt, ruhte in einem Wellental, an einer Mutterbrust auf einem fernen Meer. In der Dunkelheit, in der meine Gedanken ohne die geringste Furcht wanderten, sehnte ich mich nach ihrer Berührung, nach dem Blick, mit dem sie mich ansah, wenn ich das Honigtuch teilte und vor ihr stand.

Meine Mutter hatte auf ihrer Schlafmatte in ihrer Küche auf mich gewartet. Sie hatte das Brüllen des Alten Mannes gehört. Als ich eintrat, stand sie auf und goß uns Tee ein. Ich hockte mich auf den Boden, denn mein Leben bewegte sich zu schnell, und ich dachte, näher an der Erde würde sich die Bewegung verlangsamen. Ich schaukelte vor und zurück wie die alte Frau, die verkauft, was sie an dem Tag gerade im Garten hat. Meine Mutter kam zu mir. Sie hockte sich hinter mich, nahm mich in die Arme und preßte meinen gebeugten Rücken an sich. Die Zeit blieb stehen.

Ich weiß, Má. Ich weiß. Du willst mir das Gefühl geben, daß ich deinen Schoß nie verlassen habe. Daß ich in dir immer beschützt bin, sicher bin, daran soll ich immer denken. Ja, Má, ich weiß. Ja, Má, ich bin noch immer dort.

Meine Mutter nahm einen roten Beutel aus ihrem Geldgürtel, den sie seit meiner Geburt um die Taille trug. Der einzige Ort, wo der Alte Mann niemals suchen würde, dachte sie. Sie legte mir den Beutel in die Hand und sagte, sie brauche dieses bißchen Extravaganz nicht mehr und habe auch kein wirkliches Bedürfnis mehr danach. Ich gab ihr den Beutel zurück, aber sie drückte ihn mir wieder in die Hand. «Ich habe alles, was ich brauche», log sie. Ich lächelte, weil meine Mutter es selbst jetzt nicht fertigbrachte, ärgerlich oder hart zu klingen. Ich steckte den roten Beutel in die Hemdtasche. Ich küßte sie auf die Wangen und ließ mir dabei Zeit, die Orangen in ihrem Haar zu riechen.

17 *****************

Stein und Toklas seien schamlos, findest du. «Lovey und Pussy? Mein Gott, die beiden scheuen auch vor nichts zurück!» sagst du und fängst an, laut zu lachen.

Du möchtest alles über sie wissen, Sweet Sunday Man, angefangen bei den Kosenamen, die sie füreinander haben, bis hin zu der Frage, ob sie sich vor meinen Augen geküßt haben. Du sprichst von den beiden als «den Steins», was ich verwirrend finde, aber du versicherst mir, daß die jungen Männer, die sich zu ihren Sonnabendtees einfinden, sie alle ebenfalls «die Steins» nennen. Hinter ihrem Rücken wohlgemerkt, und du rätst dringend, von ihnen niemals so zu sprechen, wenn sie es hören können. Die Steins? Natürlich nicht, Sweet Sunday Man, das klänge ja, als wären sie so etwas wie eine Maschine. Glaub mir, meine Mesdames sind vieles, aber ganz bestimmt nicht technisch interessiert. GertrudeStein und Miß Toklas haben ein Automobil, aber nur GertrudeStein chauffiert. Miß Toklas dirigiert sie. GertrudeStein liebt die freie Fahrt, aber Miß Toklas allein hat die Karten. Beide Mesdames sind jedoch gleichermaßen unfähig, wenn es sich um die schmierigen Ölflecke, den stotternden Motor oder das vertraute Ausrollen vor einem ungeplanten Halt handelt. Ein Auto, darin sind sich meine Mesdames einig, ist ein Mittelding zwischen einer Maschine und einem Tier. Daher ist es verständlicherweise ein wenig launisch. Die Erfahrung hat sie jedoch gelehrt, daß Pannen nur etwas Vorübergehendes sind. Automobile haben im Gegensatz zum Menschen viele Leben. Meine Mesdames müssen einfach Geduld haben und auf die nächste Wiedergeburt warten. Eigentlich brauchen sie nur auf das nächste Auto zu warten. Der Anblick von zwei Frauen, die ohne männliche Begleitung, also «allein», in einem Auto sitzen, bringt immer alle Arten von Verkehr zum Erliegen, obwohl der Verkehr, oder was man so nennt, oft spärlich ist – ein junger Mann auf einem Fahrrad, ein von einem Pferd gezogener Heuwagen und sein Besitzer, noch ein Mann, diesmal nicht so jung, auf einem Fahrrad. Alle wollen unbedingt helfen, sind jedoch viel zu langsam, weil es Hilfe oft erst mehrere Städte weiter gibt. In Frankreich sind die Mechaniker nicht so dicht gesät wie die Bäcker. Da braucht man nicht in jeder Stadt einen.

Wenn Miß Toklas weiß, daß sie auf ihrer Ausfahrt Paris hinter sich lassen und in Gegenden kommen werden, wo man für die Heimfahrt nicht sofort ein Taxi anhalten kann, dann packt sie die «Warteausrüstung» ein. Die ihre besteht aus Stricknadeln und mehreren Knäuel apfelgrüner Wolle von der zerzausten Sorte mit den wirr herausragenden dünnen Härchen. Sie mag die Farbe – da steckt so viel Unreife drin, daß sie das Gesicht verziehen muß, wenn sie nur hinschaut. Aber vor allem mag sie, wie die Frische der Farbe als Folie für die Struktur des Garns dient, eine Empfindung, als schmelze etwas in der Hand. Die Augen sagen einem das eine und die Hände etwas anderes. Diese Art von Austausch schätzt Miß Toklas ganz besonders. Sie findet, daß darin der Unterschied zwischen einem gutgestrickten Schal und einem interessanten gutgestrickten Schal liegt. «Modisch», «elegant», «hübsch» sind als Kategorien zu subjektiv, findet sie, da sie persönlichen Vorlieben und dem Zeitgeschmack entspringen. «Interessant» dagegen fordert immer zu einem zweiten Blick auf. Es ist der unwiderstehliche Blick zurück, der verstärkte Wunsch, zu kennen und zu besitzen. Interesse kann nicht erst ganz am Ende erweckt werden. Ein paar Pailletten, ein paar aufgesetzte Glanzlichter aus Glasperlen, ein Stück gekaufte Fransenborte, all das weist auf mangelnde Überlegung hin, so als ob man ein Stück Fleisch nach dem Braten salzt anstatt vorher. Meine Madame weiß, daß Faszination am besten wirkt, wenn sie, wie Salz, von Anfang an da ist.

Miß Toklas' Haltung dem Stricken gegenüber entspricht ihrer Haltung dem Kochen gegenüber. Nehmen wir beispielsweise ein Lamm à la Toklas. (Ich nenne das Gericht so, nicht sie. Sie würde das für zu unbescheiden halten.) Zu Anfang des Frühjahrs bekommen amerikanische Gäste in der Rue de Fleurus 27 häufig Lamm serviert. Nur die Amerikaner. Miß Toklas findet, daß französisches Lammfleisch an die Franzosen verschwendet ist. Sie sind damit aufgewachsen und rechnen inzwischen damit. Die Amerikaner jedoch setzen sich unwissend zu Tisch, und daher sind sie es auch, die selig wieder von ihm aufstehen. Bei diesen Anlässen besteht Miß Toklas auf Pré-salé, das einfach in einem sich auflösenden Stück Butter gebraten und ohne Sauce, Gewürz, ja selbst ohne einen Zweig Minze serviert wird. Einfach ein großes Stück perfekt gebräunten Fleisches in der Mitte einer ovalen Platte. Die schlichte Präsentation wird mit höflichen Lobesworten bedacht. Heuchler, denkt Miß Toklas. Sie findet es höchst traurig, daß die Welt voller Menschen ist, die schmeicheln und Lobreden halten, bevor sie überhaupt gekostet haben. So würde Miß Toklas ihre Worte nie verschwenden. Man kann das Muster des Geschirrs bewundern, die kristallenen Weinkelche, die Treibhausblüten, aber das Essen sollte man nie allein aufgrund seines Aussehens loben. Warte, bis es deine Zunge erreicht hat. Die Zunge ist schließlich ein Organ der Wahrheit. Ich kann nicht so tun, als fände ich Aromen, wo keine sind. Genausowenig kann ich die schleimige Konsistenz eines nicht durchgegarten Hühnchens, den aggressiven Geschmack sauer gewordener Milch oder die durchdringend nach Eisen riechenden Dämpfe von verbranntem Zucker ignorieren. Miß Toklas ist ja nicht dumm. Sie weiß und sie rechnet damit, daß der Anblick des Lammfleisches allein ganz bestimmt enttäuschen und zu Zweifeln hinsichtlich ihrer angeblichen Kochkünste führen wird. Aber dann! Dann wird der Lammbraten aufgeschnitten und verzehrt und niemals vergessen.

Pré-salé heißt das Fleisch, weil die Schafe auf den Marschen und Salzwiesen entlang der Nordküste Frankreichs grasen. Das Salzwasser überflutet das flache Land und hinterläßt auf den Wiesen eine Mischung der verschiedensten Gräser und Kräuter. *Pré-salé*-Lämmer sind natürlich und von zartem Fleisch, werden von Beginn an gesalzen und gewürzt. Das ist nun wirklich weise Voraussicht, denkt Miß Toklas. Der erste Bissen ist eine geschmackliche Offenbarung. Der zweite Bissen erinnert uns daran, warum wir junge Tiere töten und essen. Der dritte Bissen gestattet es dem Gehirn, sich wieder zu Wort zu melden und zu fragen: Aber wie ist das möglich? Keine sichtbare Spur von gemahlenem Pfeffer, kein milchiges Körnchen Salz, auch nicht die geringste Andeutung von Rosmarin, wildem Fenchel oder Thymian, und doch gibt dieses Lamm all das her und nicht nur das. Ja, das ist es, wonach meine Madame mit allen ihren Kreationen trachtet: faszinierte Neugier.

GertrudeSteins «Warteausrüstung» besteht aus einem Stapel leerer Kladden, liniert und mit einem Rand versehen für den Schulgebrauch, sowie einer Schachtel gespitzter Bleistifte. Tinte kommt absolut nicht in Frage. Selbst wenn GertrudeStein an einem richtigen Tisch sitzt, läuft ihr die Tinte von den Fingerspitzen ins Gesicht und in die Haare. Sie findet immer den Weg auf ihre Ärmel und nur allzuoft vorne auf die Bluse. Miß Toklas rät GertrudeStein, Braun (die Farbe, die der Garderobe ihrer Lovey das ausgesprochen uniformähnliche Aussehen verleiht) mit dem noch praktischeren Schwarz zu vertauschen. Nicht nur, daß man darauf den Schmutz nicht sehen würde (für Miß Toklas der einzig denkbare Grund für das Tragen von Braun), sondern es würde auch die Tinte verbergen. GertrudeStein hält das für eine vorzügliche Idee, bis sie den verschmitzten Ausdruck – eine grüne Schlange unter der Wasseroberfläche – in Miß Toklas' Augen sieht. GertrudeStein knurrt, und Miß Toklas lächelt süffisant. Und so, mit ihrer jeweiligen «Warteausrüstung» in der Hand, kann man meine Mesdames des öfteren am Straßenrand antreffen. Miß Toklas gerät niemals in Panik. Ihr Herz schlägt ruhig wie immer. Ihr ist klar, daß dieses Bild, das sie und GertrudeStein den Vorüberfahrenden bieten, allgemein als Hilferuf verstanden wird. Miß Toklas weiß aus all den Wildwestgeschichten, die ihr GertrudeStein unbedingt hatte laut vorlesen müssen (wenn gerade keine Detektivgeschichten an der Reihe waren), daß es in jener Landschaft aus felsigen Gebirgszügen und einem riesigen blauen Himmel das Schlimmste ahnen läßt, wenn man auf ein gesatteltes, aber reiterloses Pferd stößt. In Frankreich auf dem Lande entspricht ein menschenloses Auto einem gesattelten und reiterlosen Pferd und ist ein sicheres Zeichen, daß etwas schiefgegangen ist. Miß Toklas weiß, daß ihr friedliches Bild folglich eine irritierend ähnliche, wenn auch hilfreiche Reaktion auslösen wird. GertrudeStein glaubt, es seien ihr gewinnendes amerikanisches Lächeln, ein offenes Roastbeefsandwich von einem Lächeln, und die flotten Hüte von Miß Toklas, die die vielen Hilfsangebote provozieren.

Während sich GertrudeStein einerseits kaum dafür interessiert, wie ihr Auto funktioniert, oder öfter noch, wie es nicht funktioniert, glaubt sie andererseits, daß zwischen ihm und ihr ein kräftiges und organisches Band bestehe. Dieses Band spürt sie genaugenommen bei allen möglichen motorisierten Lasttieren. Wenn es nach ihr ginge, würden sie und Miß Toklas einen Lastwagen fahren. Immer wenn sie hinter dem Lenkrad sitzt, ist sie sicher, daß dies ihre Kreativität freisetzt, daß es ihren Wörtern hilft, ihre sich sonst sträubenden Partner zu finden. GertrudeStein meint, es läge am dröhnenden Motor, den federnden Sitzen oder vielleicht auch nur an dem rollenden Geschwindigkeitsversprechen. Miß Toklas fragt sich, ob es nicht die Dämpfe sind. Benzin und Motoröl könnten der Freisetzung von Schöpferkraft förderlich sein, denkt sie. GertrudeStein tut das als höchst unwahrscheinlich ab. Sie weigert sich, ihrem Geruchssinn eine solche Fähigkeit zuzuschreiben. Ihre Nase, so findet sie, ist eine schreckliche Niete. Ihr gibt sie die Schuld daran, daß sie keine Patienten untersuchen und daß sie nicht kochen kann. Miß Toklas ist der Meinung, es sei unangemessen und möglicherweise grotesk, wenn ihre Lovey diese beiden Dinge in einen Topf werfe. GertrudeStein erinnert Miß Toklas daran, daß ihr erstes Zusammentreffen mit einem lebenden Patienten im Rahmen ihres Medizinstudiums auch ihr letztes war. Inzwischen ist GertrudeStein zu dem Schluß gekommen, daß man, um ein guter Arzt zu sein, einen ausgezeichneten Geruchssinn haben muß, um zwischen den Gerüchen, die ein Körper während der einzelnen Stadien des Verfalls ausströmt, zu unterscheiden und sie richtig einzuordnen. Der Atem zum Beispiel sagt unglücklicherweise alles. Honig könnte Diabetes bedeuten. Essig Magengeschwüre. Der Urin ist ebenfalls aufschlußreich. Er kann nach weißen Rüben und Kohl stinken, was auf eine fleischlose Ernährung hinweist. Er kann vor Alkohol strotzen, wenn die Leber abgesoffen ist und nicht mehr weiß, wie sie funktioniert. Dann gibt es noch den scharfen Zwiebelgeruch nicht abgewaschenen Schweißes und den süßen Wurstgeruch einer eiternden Wunde. Miß Toklas wirft GertrudeStein einen warnenden Blick zu und setzt damit ihrer Aufzählung ein Ende. Trotzdem beharrt GertrudeStein darauf, daß ihre Nase sie im Stich gelassen habe, weil sie diesem Angriff nicht gewachsen war. Sie habe sich zur Wehr gesetzt, indem sie alle diese gräßlichen Gerüche der Patienten zu einer festen Mauer aus Schmutz und Gestank zusammengefügt habe, eine Mauer, die zu durchbrechen sie absolut nicht bereit war. Außerdem, behauptet GertrudeStein, sei ihre widerstrebende Nase dafür verantwortlich, daß sie absolut nicht willens sei zu kochen. Man braucht Miß Toklas nicht erst daran zu erinnern, daß in diesem Zweig der Hauswirtschaft ein wißbegieriger Geruchssinn von allergrößter Bedeutung ist und daß GertrudeStein lieber ein Glas verdorbene Milch trinken würde, als sich die Mühe zu machen, vorher daran zu riechen.

GertrudeStein muß zugeben, wenn auch nicht Miß Toklas gegenüber, daß jene in diesem Fall recht haben könnte. Nirgends stinkt es mehr nach Auto als in einer Werkstatt, und in einer solchen befand sie sich, als ihr bewußt wurde, daß zwischen ihrer Kreativität und ihrem Automobil eine Beziehung bestand. GertrudeStein saß in einem fremden, gleichermaßen launenhaften Fahrzeug und wartete darauf, daß man ihr eigenes auseinandernehmen und wieder zusammensetzen würde, und zwar mit neuen Zündkerzen und einem Zigarettenanzünder im Armaturenbrett − letzteres eine Überraschung für Miß Toklas. GertrudeStein befand sich an jenem Nachmittag nur in Begleitung eines Buches, da Miß Toklas darauf bestand, daß eine Werkstatt kein Ort für eine Dame sei. Das fortwährende Aufheulen der Motoren, die frisch wiederbelebten Automobile, die ihre flauschigen Abgasbällchen umherwarfen, all das war seltsam fesselnd, fand GertrudeStein. Die aggressiven, unverkennbaren Gerüche von leblosen Dingen, die zum Leben erweckt werden, glühende Metalle, die mit dem Moschus des Schweißes in Berührung kommen, der Geruch des Menschen, der leidenschaftlich die Maschine umwirbt, all das erregte GertrudeStein sogar noch mehr. So wie Miß Toklas im Korsett sie erregte, dachte GertrudeStein. Sie wandte sich wieder dem Buch auf ihrem Schoß zu und sah, wie die gedruckten Wörter um ihre Aufmerksamkeit kämpften. Ihre Auseinandersetzung zerbrach die Ordnung und zerstörte die Bedeutung. Um GertrudeSteins Blick auf sich zu ziehen und um sie zu unterhalten, taten sie sich auf provokative Weise zusammen. Sie bildeten Gedichte und

Theaterstücke, Essays und den Anfang von sehr langen Kurzge-
schichten. Sie versprachen ihr das Libretto zu einer Oper und
die Geschichte aller Menschen, die je gelebt hatten. Gertrude-
Stein durchwühlte ihre Jackentaschen. Etwas zum Schreiben,
egal, was. Auch eine Nadel, um sich etwas von ihrer eigenen roten Tinte abzuzapfen, wäre ihr in einem solchen Augenblick
recht gewesen. Statt dessen fanden und verschmähten ihre Finger eingewickelte Zimtbonbons, die Miß Toklas ihr in die Taschen gesteckt hatte, um dieses leicht zittrige Gefühl, das dem
Hunger direkt vorausgeht und das GertrudeStein, wie sie weiß,
verabscheut, hinauszuzögern. Voraussicht ist zwar Miß Toklas'
besonderes Kennzeichen, aber einer Laune ist Voraussicht nicht
gewachsen. Dieser einmalige, aller guten Absicht zum Trotz
unterlaufene Irrtum brachte GertrudeStein in eine außerge-
wöhnlich mißliche Lage.

Da man, wie ihr einfiel, Energie braucht, wenn man für sich
selbst sorgen muß, steckte GertrudeStein einen roten Bonbon in
den Mund und wartete darauf, daß das Brennen des Zimts ihre
Zunge aufwecken würde. Dann rief sie einem Angestellten zu,
er möge ihr den Bleistift leihen, den er hinter dem Ohr stecken
hatte. Während der nächsten Stunden schrieb sie ohne Unter-
laß, bedeckte das Buch auf ihrem Schoß mit ihrer eigenen
Schrift. Sie fand Platz auf der Innenseite des Einbands, vorne wie
hinten, auf den Rändern und auf dem freien Raum über jedem
Kapitelanfang. Der Text war zu eng gesetzt, sonst hätte sie auch
noch zwischen den Zeilen geschrieben. Bei ihrer Rückkehr in
die Rue de Fleurus 27 übergab sie das Buch Miß Toklas, die sofort damit begann, es abzuschreiben. Sie tippte drei vollstän-
dige Kopien und verbrachte den Rest der Woche damit, jede
einzelne sorgfältig Korrektur zu lesen. Dann radierte sie
GertrudeSteins Gekritzel aus, was die Buchseiten grau werden
ließ. Als sie das Buch in die Bücherei zurückbrachte, verloren
sie und GertrudeStein ihre Mitgliedschaft. Auf Miß Toklas'

Frage hin nannte GertrudeStein stolz das Auto als ihre mechanisierte Muse. Jeder und alles hat seinen eigenen Pulsschlag und Rhythmus. Laut GertrudeStein hilft das Auto, indem es dahinsaust, nur, beides zu verstärken. Jetzt, wo sie selbst so empfänglich dafür sei, wisse sie genau, wann sie einer vorbeikommenden Person oder Sache einen Satz oder einen Absatz widmen müsse. Sätze könnten viele hundert Zeilen lang sein, Absätze könnten nur ein oder zwei Wörter umfassen. Die Länge habe nichts damit zu tun. GertrudeStein sieht Sätze oder Absätze nicht, sie hört sie, während ihr Auto dahinsaust.

«Dahinsaust?» wiederholte Miß Toklas und wollte wissen, wie GertrudeStein gleichzeitig lenken und schreiben könne.

«Nein, nein», meinte GertrudeStein, «ich habe mit dem Wagen in einer Werkstatt gestanden.»

Miß Toklas fragte sich, ob GertrudeSteins Logik hier nicht zu wünschen übriglasse. Wenn Lovey in einem geparkten Auto – zudem noch in einer Werkstatt – gesessen hatte, dann mußte man doch vermuten, daß Bewegung und Geschwindigkeit mit Loveys kreativem Ausbruch wenig zu tun gehabt hatten. Miß Toklas kam zu dem Schluß, daß es trotz GertrudeSteins Versicherungen an der Werkstatt und möglicherweise den Abgasen gelegen hatte.

Natürlich hat es an der Werkstatt gelegen. Kannst du dir einen Ort vorstellen, Sweet Sunday Man, der als reine Männerdomäne maskuliner wäre? Gut, da sind noch die Pissoirs, aber um dort Zugang zu erhalten, fehlt meiner Madame etwas Wesentliches. Sie hat jedoch ein Auto, und das genügt, um Einlaß in die Versammlungsstätte der Bruderschaft der Mechaniker, Taxifahrer, Fernfahrer und Chauffeure zu finden. Die Anwesenheit einer Frau ist dort eher selten, und meine Madame genießt die Aufmerksamkeit, den prickelnden Ruhm, die einzige zu sein. Und genau das ist es, wonach diese Madame in ihren Werken strebt.

Wie ich bemerkt habe, neigt GertrudeStein dazu, die Gesellschaft von Frauen zu meiden, Miß Toklas natürlich ausgenommen. Langweilig, findet GertrudeStein. Während der Sonnabendtees steht die Tür in der Rue de Fleurus 27 Männern wie Frauen offen. Allerdings werden nur die Frauen durch die Wohnung geführt, ein Eilmarsch, der in der Küche endet, in Miß Toklas' wohlriechender Höhle. Hier wird der gleiche Tee serviert und das gleiche Gebäck wie draußen im Studio, es gibt das gleiche hauchdünne Porzellan, die gleichen Blumen, welche jedoch wegen der ungewohnten Hitze, die vom Backofen ausgeht, die Köpfe hängen lassen. Miß Toklas hält die Unterhaltung in Fluß. Sie diskutiert die neuesten Trends in der Kleider- und Schuhmode, tut kund, wen sie in der Stadt für die besten Modistinnen und Schneiderinnen hält, und erteilt unerbetene Ratschläge in kulinarischen und gärtnerischen Fragen. Die Frauen – Kolleginnen, Mitarbeiterinnen, Freundinnen und gelegentlich Geliebte der jungen Männer, die in diesem Moment alle im Studio sitzen und sich ihrer Abwesenheit gar nicht bewußt sind – schweigen größtenteils. Es ist der Schock, da bin ich sicher. Um mit Miß Toklas und ihrem «Chinaman», wofür sie mich unerklärlicherweise halten, in der Küche zu sitzen, sind diese amerikanischen Damen nicht den ganzen weiten Weg hierhergekommen. In eine Falle gelockt, so müssen sie sich vorkommen. Ja sicher, meine Liebe, aber wenigstens haben Sie in Miß Toklas' Höhle mich, der Ihnen Tee und Kuchen serviert.

Nachdem sich der Nachmittag eine Weile dahingeschleppt hat, legen einige der Frauen einen anderen Gang ein. Wäre es nicht denkbar, daß sie, falls Miß Toklas sie unterhaltsam fände, Zutritt zu dem animierten Stimmengewirr in dem andern Zimmer bekämen? Sie neigen ihre wohlfrisierten Köpfe der Stimme meiner Madame entgegen und saugen ihre Worte ein. Wenn sie sprechen, deuten sie mit dem Kopf in Richtung Studiotür, dem Ziel ihrer Sehnsucht.

Geben Sie es auf, meine Liebe. Warum kämpfen Sie so gegen meine Madame? Glauben Sie mir, Miß Toklas ist ein Paket, das es wert ist, ausgewickelt zu werden. Eine Artischocke, wenn Sie verstehen, was ich meine. Aber das tun sie nie.

Miß Toklas genießt die Aufmerksamkeit, beantwortet liebenswürdig jede ihrer Fragen und vergißt nie, welche Aufgabe sie hat. Wenn die Sonne untergeht und es im Studio immer lauter wird, akzeptieren die Frauen allmählich die Tatsache, daß die Küche ihr Bestimmungsort ist. Die scharfsinnigeren unter ihnen fragen sich, ob sie dort auf Miß Toklas' Wunsch oder auf Wunsch von GertrudeStein eingesperrt sind.

Eigentlich auf Wunsch beider. Aber aus unterschiedlichen Gründen.

GertrudeStein hält alle diese Frauen bloß für «Gattinnen». Ihr tatsächlicher Familienstand interessiert sie nicht, genausowenig wie ihr zum Teil offensichtliches sexuelles Interesse aneinander. Gattinnen sind niemals Genies, Genies sind niemals Gattinnen. Deshalb hat GertrudeStein keine Verwendung für sie, schon gar nicht bei ihrem Sonnabendtee. Er ist ein gesellschaftliches Ereignis, schon, aber vor allem ist er der Initiationsritus für die sie Verehrenden. Die, welche sie unterhalten, ihr schmeicheln, ihr das schlagende Herz zu Füßen legen, werden mit einer Einladung zum Mittagessen belohnt, der zweiten Station auf dem Weg zur Vertrautheit. Die dritte Station kann nur über eine Einladung zum Abendessen erreicht werden. Wenn dabei auch Ehefrauen mit im Spiel sind, schließt sie meine Madame in ihre Essenseinladung ein, meistens nur aus Höflichkeit und selten aus Interesse. Für GertrudeStein, die bereits eine Frau hat, vielen Dank, spenden Gattinnen Trost, tun wohl und bedürfen oftmals selbst des Trostes. Für eine Weile sind sie amüsant, sogar beunruhigend, besonders wenn sie mit wohlgeformten Beinen in hauchdünnen Strümpfen die Rue de Fleurus 27 betreten, einer Andeutung von Nebel, die GertrudeStein, wie sie weiß, mit einigen Handbewegungen zum Verschwinden bringen kann. Miß Toklas weiß, daß GertrudeStein Ehefrauen auf ihre Art durchaus schätzt. Sie beobachtet, wie GertrudeSteins Blick den sich unter den Röcken aufwärtsschlängelnden Kurven folgt. Zum Teufel, das sieht selbst ein Blinder. GertrudeSteins Sinn für weibliche Formen ist schwer zu übersehen. Als Miß Toklas ihren ersten Besuch in der Rue de Fleurus machte, legte sich GertrudeSteins «Sinn» um sie wie ein stählernes Band. Sie fühlte, wie sich ihr Fleisch daran rieb, wie ihr der Schweiß den Rücken hinunterlief und die Innenseite ihrer Schenkel feucht wurde. Sie schlug die Beine übereinander, und GertrudeStein sah sie an, als wüßte sie Bescheid. Salz bringt Süße erst richtig zur Geltung. Köstlich, dachte GertrudeStein.

Gefährlich, wie Miß Toklas inzwischen weiß. GertrudeStein mißdeutet wie üblich Miß Toklas' Beweggründe und bevorzugt ihre eigenen. «Selbstlos», seufzt meine Madame und dankt ihrem Schicksal, daß Miß Toklas immer zur Stelle ist, um die Gattinnen in Schach zu halten. Sie sind so lästig, wenn man zu arbeiten hat. Pussy aber nicht. Nein, Pussy nie. Aber die, die die Regeln aufstellen, behalten sich das Recht vor, auch die Ausnahmen von diesen Regeln festzulegen. In der Rue de Fleurus 27 bilden immer meine Mesdames die Ausnahme. Allerdings könnte Miß Toklas niemals ein Genie sein, da es laut GertrudeStein in jeder Familie nur eines geben kann. Einige Regeln sind eisern. Andere haben Flügel. Die Schwierigkeit ist für mich von jeher gewesen zu sagen, welche welche ist.

Nehmen Sie zum Beispiel Basket und Pépé. Letzten Monat ordnete Miß Toklas an: «Nur eine Mahlzeit am Tag!» Seine Hoheit und der nervöse kleine Thronprätendent hatten zuviel Fett angesetzt. Genaugenommen hatten alle in der Rue de Fleurus 27 mit Ausnahme von Miß Toklas und mir zugenommen und waren auf Diät gesetzt worden, alle, GertrudeStein eingeschlossen. Keine Ausnahme, dachte ich. Von Hause aus neige ich dazu, Absolutheiten zu respektieren. Wenn ich Wörter wie «nur» und «eins» höre, dann glaube ich das. Aber wie jeder von den dicken Bäuchen der drei Schuldigen ablesen kann, ist *diese* Regel weit davon entfernt, absolut zu sein. Wenn Gertrude-Stein nicht hinsieht, füttert Miß Toklas Pépé. Wenn Miß Toklas nicht hinsieht, füttert GertrudeStein Basket. Und wer füttert GertrudeStein? Ich natürlich. Sie zahlt schließlich die Hälfte meines Gehalts. Glauben Sie mir, diese Regel ist eisern.

Sweet Sunday Man, ich sehe, wie du meine Mesdames beobachtest. Ich sehe, wie du sie anschaust, wenn sie wegsehen, und in ihrer Iris nach all dem suchst, von dem du sonst nichts weißt. Sie haben dich ihrerseits beobachtet. Es ist wahr, ich lüge nicht, Sweet Sunday Man. Es gab da einiges, was meinen Mesdames unglaubhaft erschien und daher ihre Neugier geweckt hat. Sie haben deine Hände gesehen und gleich gewußt, daß du kein Schriftsteller bist. Zu sauber und zu gepflegt, haben sie gedacht. Schriftsteller schneiden sich selten die Nägel, sie beißen sie eher ab. Außerdem zu glatt und gänzlich ohne Schwielen. Ein Arbeiter bist du also auch nicht. Ja, ich weiß, das hätten sie schon daraus schließen können, wie du sprichst, aber darin sind meine Mesdames wie ich. Sie gehen niemals davon aus, daß Worte ihnen die ganze Wahrheit mitteilen können. Aber es waren nicht deine Hände, die dich verraten haben, Sweet Sunday Man, es war dein Rücken. Während deines ersten Besuchs in der Rue de Fleurus 27 sah GertrudeStein ihn zweimal. Dieser Anblick war für sie so unerwartet, weil die Gäste, die sich um GertrudeStein scharen, niemals gehen, wenn diese mitten im Satz ist. Nie. Glaub mir, «die Jungs», wie du sie nennst, verlassen den Gesprächskreis höchst selten, auch nicht, um sich zu erleichtern. Miß Toklas staunt jedesmal, wie sauber die Toilette nach diesen Treffen ist. An deiner Kopfhaltung konnte GertrudeStein erkennen, daß du auch im Weggehen auf jedes ihrer Worte lauschtest. Nicht zuhörtest, aber hörtest. Hörtest, aber nicht zuhörtest. Inzwischen warst du zu einem leuchtenden neuen Paradox geworden, das den Tag meiner Madame erhellte. Am Abend berichtete GertrudeStein dann Miß Toklas von deinem Verhalten. Sie waren gerade beim Dessert, meiner besten Eiscreme à la Singapur. Die Vanille und den kandierten Ingwer konnten beide herausschmecken, aber nur Miß Toklas ahnte, daß da noch etwas Tieferes war, etwas, das sich als ein leichtes Prickeln auf der Zunge zu erkennen gab.

Pfefferkörner, Miß Toklas. Lassen Sie in der Milch zehn zerstoßene Pfefferkörner einen Tag lang ziehen. Seihen Sie die Milch durch, und fahren Sie fort wie gewohnt. Die von den Pfefferkörnern hinterlassene Schärfe wird den Esser aufmerksam machen, und er wird dem Geschmack dieser Süßspeise erneut nachforschen. Denken Sie es sich als eine unerwartete Andeutung von Ironie in der vertrauten Stimme eines Liebhabers.

GertrudeStein, die zu neugierig war, um wegen deiner mangelnden Aufmerksamkeit beleidigt zu sein, wollte dich auf der Stelle zum Abendessen einladen und bei geschmorten Rebhühnern unter die Lupe nehmen. Miß Toklas wußte, daß GertrudeSteins Menüwahl wenig mit der Verfügbarkeit von Federwild im Dezember zu tun hatte. Für GertrudeStein hatte sie mehr etwas mit der Jagd zu tun. Miß Toklas war nicht einverstanden. Sie fürchtete, daß dich so ein ungewöhnlicher Schritt warnen würde. Wenn jemand weiß, daß er beobachtet wird, dann erhält man keine brauchbaren Informationen mehr, das hatte Miß Toklas den vielen Detektivgeschichten entnommen, die sie hatte ertragen müssen. Besser als Cowboys, dachte sie, aber sie sehnte sich immer noch nach den Abenden zurück, an denen ihr GertrudeStein aus *Das Leben der Heiligen* vorgelesen hatte. Sie hatten erst das A geschafft (die heilige Agatha mit ihren abgeschnittenen Brüsten, die heilige Agnes mit ihrem abgetrennten Kopf, die heilige Appollonia mit ihren eingeschlagenen Zähnen), als GertrudeStein die genauso grausigen, wenn auch nicht so unterhaltsamen, von Mördern und Spielern bevölkerten Detektivgeschichten entdeckte.

«Nimm sie als *Das Leben der Sünder*», sagte GertrudeStein. «Es sind durchaus Ähnlichkeiten vorhanden.»

«Sündern fehlt die Leidenschaft», konterte Miß Toklas.

Miß Toklas entschied, daß alles beim alten gelassen werden sollte. Man würde dich zum nächsten Teenachmittag einladen, aber mehr nicht. Nichts sollte so wirken, als hätte sich etwas verändert. Aber natürlich wurde in dem Augenblick, in dem meine Mesdames anfingen, dich zu beobachten, alles anders, Sweet Sunday Man. Miß Toklas war entzückt, als du dich am folgenden Sonnabend bei ihr nach einem Koch erkundigtest. Welch ein günstiges Zusammentreffen von Eigeninteressen, dachte sie. Das war, als deine Hände deine Geschichte enträtselten. Miß Toklas bemerkte sie sofort. Ein Künstler, dachte sie. Seine ausdrucksvolle Art, die Finger zu bewegen. Ein Schauspieler, vielleicht ein Puppenspieler, also in beiden Fällen jemand, der seinen Lebensunterhalt verdient, indem er sich versteckt, dachte sie. Im Gegensatz zu mir konnte Miß Toklas nicht absolut sicher sein. Daher fragte sie GertrudeStein am Abend, ob du dich genauso verhalten hättest wie in der Woche zuvor.

«Ja», erwiderte GertrudeStein und berichtete dann, daß du dich diesmal sehr viel taktvoller benommen hättest, sich aber im Grunde nichts geändert hätte. Deine Sprunghaftigkeit, deine unberechenbaren Anfälle von Desinteresse, so verkündete sie, hätten ihre Wurzel in einer heftigen Abneigung gegen Musik oder zumindest gegen ernsthafte Gespräche darüber. «Zweifellos ein Musikkritiker», erklärte GertrudeStein, und ihre Lippen zersprangen zu einem kleinen, selbstgefälligen Gelächter. Meine Madame findet ihre eigenen Scherze immer vollauf befriedigend. Dagegen hält sich Miß Toklas' Vergnügen meistens in Grenzen.

«Nein, nein, Lovey, er ist kein Journalist», widersprach Miß Toklas.

«Ich weiß, daß er kein Journalist ist, Pussy. Ich habe gesagt, er ist Kritiker.»

«Er ist auch kein Kritiker, Lovey.»

«Was immer Lattimore auch sein mag, als ich heute nachmittag eine Diskussion mit Robeson hatte, ist er jedenfalls mittendrin weggegangen. Eine faszinierende Debatte für jeden, der sich auch nur im geringsten für Musik interessiert.»

«Robeson, der Opernsänger?»

«Ja. Ich habe ihn gefragt, warum er unbedingt Negrospirituals singen müsse, wo er doch in Requiems und Oratorien auftreten könne. Und weißt du, was der komische Vogel geantwortet hat? Mit dieser Basso-profundo-Stimme, die er hat, sagte er: ‹The spirituals, theys a belong to me, Missa Stein.›»

«Hör auf, Lovey! Du klingst wie ein Schuhputzer. Ist dir schon der Gedanke gekommen, daß für Lattimore deine Unterhaltung mit Robeson vielleicht nichts mit Musik zu tun gehabt hat?»

«Nein.»

«Vielleicht ist es Robeson, für den sich Lattimore nicht interessiert, oder vielleicht interessiert er sich zu sehr für das Thema Robeson und will nicht, daß man es merkt.»

Ich habe den Verdacht, daß Miß Toklas schon immer über eine besondere Intuition verfügt hat, aber nachdem sie sich alle diese Detektivgeschichten hat anhören müssen, trifft sie grundsätzlich ins Schwarze.

«Oh», sagte GertrudeStein.

«Mein Gott, Lovey! Musik? Da gibt's doch wohl Naheliegenderes. Wenn man Mister Paul Robeson ansieht, denkt man doch nicht als erstes an Musik. ‹Missa Stein, for a genius you ese a'ways plain wrong.›»

Meine Mesdames sahen sich an, und ihr Gelächter erhob

sich und verzehrte sie. Es kletterte die Wände hinauf, kam um die Ecke und folgte mir, als ich zurück in die Küche ging. Bosheit, wie ich fürchtete. Aber wenn ich es mir überlege, war das, was ich gehört hatte, doch etwas anderes. Ich kenne Bosheit gut, sie ist etwas Genaueres, sorgfältiger Konstruiertes. Das Lachen der beiden hatte eher etwas Wurmiges, Vernachlässigtes. Trotzdem war es verstörend. Verstörend deshalb, weil so etwas keine Barrieren kennt, nichts, was seine Ausbreitung verhindern kann. Es kann ganz woanders entstanden und von dort eingeschleppt worden sein. So sät es sich aus, so wächst es.

Robeson hatte das gar nicht gesagt, nicht wahr, Sweet Sunday Man? Sag mir, was er geantwortet hat. Sag es ganz laut.

«Miß Stein, bei Spirituals kann ich singen, bei allem andern muß ich auftreten.»

GertrudeStein und Miß Toklas sind wirklich schamlos. Glaubst du etwa, Sweet Sunday Man, daß meine Mesdames mich zu jedem geschickt hätten? Ein guter Koch ist in dieser Stadt viel wert. Eigentlich in jeder Stadt. Frag dich einmal selbst: Wo ißt man nicht?, und du verstehst, was ich meine. Kochen ist die Antwort auf eine weltweit geschaltete Kleinanzeige. Das erlaubt mir, wie ein Zugvogel zu leben, wie ein Fisch in einem grenzenlosen Meer. Ein Segen, der gleichzeitig ein Fluch ist. Irr dich nicht, Sweet Sunday Man. Miß Toklas hat mich dir als Opfer dargebracht, eine kleine Maus, die in deine Küche gelangen konnte, eingeladen zwar, aber ansonsten unbemerkt. Dort konnte ich dann die Schränke und Regale untersuchen und zwei neugierigen Mesdames in der Rue de Fleurus 27 berichten, was sie enthalten. Was sie letztendlich bewegt, ist die Frage: Ist Lattimore ein Neger? Meine Mesdames sagen, sie wollen einfach nur ganz sicher sein.

Nach so vielen Jahren in Frankreich sind Lovey und Pussy schließlich doch Amerikanerinnen geblieben, sagst du.

Natürlich sind sie das, Sweet Sunday Man. Natürlich.

18 * * * * * * * * * * * * * * * * *

An Bord der *Niobe* hielt ich den roten Beutel umfaßt, den mir meine Mutter so fest in die Hand gedrückt hatte, und dachte an die Tagesmenge von Wasser zwischen uns. Dann dachte ich an die Wochen, Monate, Jahre und Dekaden von Wasser, die noch vor mir lagen. Für mich war das Maß der Zeit immer der Lauf der Sonne gewesen und der verläßliche Wechsel des Mondes. Aber auf See lernte ich, daß man die Zeit auch in Wasser umrechnen kann, in die Entfernung, die man auf ihm dahingetrieben ist. Wenn man sie so mißt, dann bewegt sich die Zeit in Kategorien von näher und ferner und nicht stetig vorwärts auf einer festen, geraden Linie. So gemessen, beschreibt die Zeit Schleifen und Schnörkel und kann mich jeden Augenblick in Spiralen davontragen und mich dann wieder nach Hause stürzen lassen.

Ich weiß, Má, der Beutel ist rot. Weil Rot die Farbe des Glücks ist. Die Farbe des Glaubens, der das Schicksal übertrumpft, die Farbe der reifenden Hoffnung, die Farbe von Früchten an einer nicht enden wollenden Ranke. Rot ist die Farbe dessen, was durch unser Herz fließt, ein innerer Strom, den wir nie zurücklassen müssen. Wenn Monsieur und Madame etwas Rotes sehen, denken sie an Zorn, Tod, eine Gefahrenstelle oder eine Situation, die äußerste Vorsicht erfordert. Lächerlich, geschwollen, völlig falsch verstanden. Rot an meinen Fingerspitzen bedeutet, daß ich immer noch bei dir bin, Má. Rot setzt dich dickflüssig aus meinem Körper frei. Rot sorgt dafür, daß du bei mir bleibst.

Ich könnte gerade jetzt ein bißchen Glück gebrauchen, Má, dachte ich, als ich den Beutel in meiner Hand betrachtete. Seit

Tagen hatte mich die Seekrankheit in ihrer Gewalt, zwang mich vier- oder fünfmal am Tag, mich tief zu bücken, mich vor dem Klo zu verneigen, mich über die Reling oder über schmutzige Töpfe zu beugen. Meine Achtungsbezeugungen dem Wasser und dem Wind gegenüber wurden nur durch Kartoffelschälen, Zwiebelschneiden und das Klauben in den abgeweichten Schalen von getrockneten Linsen und Bohnen unterbrochen.

Nein, Alter Mann, das sind nicht die Aufgaben eines Kochs, noch nicht einmal auf einem alten, lecken Kahn. Aber die *Niobe* ist französisch, und ich bin schließlich Vietnamese.

Ich war bloß der Küchenjunge, was sogar noch eine Stufe unter dem *garde-manger* ist. Anfänglich durfte ich noch nicht einmal das Essen anrühren, nur die Reste in den Töpfen und den Servierschüsseln, die ich abzuwaschen hatte und, wie mein Pech es wollte, mit dem füllen mußte, was ich an dem Tag in meinem Magen hatte. Als ich schließlich imstande war, das Geschirr schneller zu säubern als es schmutzig zu machen, fragte mich der Koch der *Niobe*, ein Franzose mit Namen Loubet, wo ich vorher gearbeitet hätte. «In der Küche des Generalgouverneurs in Saigon», sprach Loubet mir nach. Von da an stand Loubet spät auf, rauchte seine Zigaretten und starrte durch die schmierigen Bullaugen aufs Meer. Währenddessen zeigte ich, was ich alles in der Küche des Generalgouverneurs gelernt hatte. Arbeit ohne Ruhm. Gefallen ohne Lob. Vergnügen ohne Anerkennung.

Wenn die Komplimente des Kapitäns zusammen mit den leeren Schüsseln in der Kombüse eintrafen, lächelte Loubet und murmelte: «In der Küche des Generalgouverneurs in Saigon.»

Ich hätte es besser wissen sollen, dachte ich. Unwissenheit oder behauptete Unwissenheit ist für jemanden wie mich immer von Vorteil, wie ich einmal Bảo gegenüber festgestellt hatte.

Aber ich handelte auch ein zweites Mal gegen diese Einsicht, als ich Bāo von dem roten Beutel erzählte. Ich sagte ihm, daß ich, was den Inhalt beträfe, ganz sicher sei. Der Beutel stamme aus dem Geldgürtel meiner Mutter. Ein paar hundert *đồng*, sagte ich, in schmuddeligen Scheinen, die sie seit wer weiß wie langer Zeit an ihren Körper gepreßt mit sich herumgetragen hatte. Wahrscheinlich Geld, das sie für ihren Sarg gespart hatte oder vielleicht für ein paar weiße Blumen auf ihrem Grab, dachte ich. Der Alte Mann glaubte wie die Franzosen, die einzig angemessene Farbe für Ausstattung und Kleidung, um seinen Kummer zu zeigen, sei Schwarz.

Ich weiß, Má, daß Schwarz die Farbe unseres Haars ist, die Farbe unserer Augen bei Anbruch der Dämmerung, die Farbe eines erholsamen Nachtschlafs, die Farbe von Kohlereis, vom Fruchtfleisch der Tamarinde, von der unversehrten Schale eines tausendjährigen Eis. Wie kann dieses Schwarz die Farbe der Trauer sein? Mit einer Unterglasur aus rotem Flußlehm, aus dunklem Meeresblau oder aus Baumwipfelgrün erlaubt uns diese Farbe zu träumen.

Bāo stieß einen Pfiff aus, als er von dem roten Beutel hörte. Er sagte, ich müsse ihn einfach öffnen, denn wenn ich schon nicht neugierig sei, er zumindest sei es.

Er hätte das gar nicht so deutlich zu sagen brauchen. Es hätte genügt, wenn er bloß «Blödmann» gemurmelt hätte. Als ich den Beutel aufgeschnürt hatte und Bāo sah, was darin war, stieß er wieder einen Pfiff aus. «Was tust du noch hier unten?» wollte er wissen. «Damit kannst du deine eigene Kabine haben und jeden Abend am Kapitänstisch sitzen, du Blödmann.»

Ja, dachte ich, wie wahr. Ich wickelte den Beutel wieder zusammen und steckte ihn zurück unter mein Kopfkissen.

Rot ist eine fest gedrückte Hand. Rot ist eine gebärende Mutter. Rot ist Glück, das sie irgendwie gespart, aufbewahrt und an ihren jüngsten Sohn verschwendet hatte. Bevor ich von zu Hause fortging, gab mir meine Mutter einen Beutel, in dem, wie ich glaubte, Geld war. Wie bei allem, was sie betraf, würde es Zeit brauchen, um zu verstehen, um herauszufinden, was darinnen lag, geschützt wie im Mutterleib. Wenn ich die Augen schließe, sehe ich sie immer noch vor mir in der Küche. Der Lehmboden, die Tongefäße, die Blechteller, die Schöpfkellen aus Kokosnußschalen, der Behälter für das Regenwasser – all das hat mir meine Mutter gegeben, und ich habe sie verlassen. Durchaus kein fairer Handel, ich weiß.

Erst nach vielen Tagen auf See wurde mir klar, daß mein Kopf auf einem Beutel mit Gold geruht hatte – Blattgold, Lage auf sonniger Lage. Leichter und wertvoller als sein papierenes Gegenstück, ist Gold etwas, das aus der Erde kommt und dessen Wert, wie meine Mutter weiß, überall auf ihrer gekrümmten Oberfläche Geltung hat. Papiergeld erhält seinen Wert von denen, die es gedruckt haben, und leidet deshalb oft, ja sieht sich sogar, wenn es aus seiner vertrauten Umgebung fortgeschafft wird, völlig herabgesetzt. Es ist verderblich wie ein Fisch auf dem Trockenen. Oder stellen Sie sich einen Mann auf dem offenen Meer vor.

Tagtäglich höre ich die Stimme des Alten Mannes, höre, wie er mich von dort, wo er jetzt unter der Erde liegt, wie ich mir sage, anschreit. In dem Augenblick, in dem er sein Blut von dem meinen fortnahm, es von ihm trennte, so als wäre seins das Eiweiß und meins das Eigelb, habe ich ihn dort hingetan. «Glücksspiel und Glaube gehen Hand in Hand», an diesen abgedroschenen Aphorismus klammert sich der Alte Mann und hört selbst jetzt nicht auf, sich durch das weiche Erdinnere zu drängen, indem er es mit der Länge und Breite des Ortes, an dem ich mich zufällig gerade befinde, in Übereinstimmung bringt. Für einen Mann, der nie das Meer gesehen hat, ist er ein meisterlicher Navigator. Dort, wo sein Herz sein sollte, befindet sich sein innerer Kompaß. Ich habe geglaubt, Alter Mann. Ich habe geglaubt –

«Deinen ‹Glauben› kenne ich! Wie kannst du es wagen, das Wort Gottes in den Mund zu nehmen, um damit die Dinge zu beschreiben, die du praktizierst? Nur ein Narr wie du kann glauben, daß dieser französische Schwule dich retten wird. Aus Liebe? Weil er deinen dürren, wertlosen Körper begehrt? Ich habe deiner Mutter immer gesagt, daß du ein jämmerlicher Verlierer bist, und hier haben wir den endgültigen Beweis. Tja, du hast gespielt und verloren …»

Ist es wirklich das, was dich so aufbringt, Alter Mann? Daß ich verloren habe? Solange mich dieser französische «Schwule» immer noch warm hält, solange er dir immer noch Stoff liefert –

«Halt den Mund! Mir wird schlecht, wenn ich daran denke, was du tust, wie du Schande über meinen Namen bringst. Nach allem, was Minh der Souschef für dich getan hat. Ich habe ihm gesagt, er solle sich deinetwegen keine Mühe machen, und ich hatte recht. Aber er bestand darauf, daß du lesen und schreiben lernst. ‹Heutzutage muß ein *chef de cuisine* vielseitig und anpassungsfähig sein, Französisch können …› Das war seine ständige Rede. Und was hast du damit angefangen?»

Wovon redest du, Alter Mann? Anh Minh hat mir Lesen und Schreiben beigebracht, damit ich eine Einkaufsliste machen, auf Inserate antworten und den Rezepten folgen kann, die irgendein französischer Koch in Erwartung seines Todes zu Papier gebracht hat. Aber vor allem wollte Anh Minh, daß ich unseren Nachnamen erkennen könnte, ein Epos in einem Wort, das eines Tages auf der Kochmütze seiner Träume aufgestickt sein würde. Weiß und hoch, wie die Gestalt einer schönen Französin, seufzte Anh Minh mitten in der Nacht. Bist du so stockbesoffen, Alter Mann, daß du glaubst, ich hätte durchs Lesen und Schreiben gelernt, wie man liebt, wie man im Körper eines anderen Mannes Leidenschaft findet? Glaubst du, ich hätte das aus einem Buch? Ich bin nicht wie du, Alter Mann. Ich liebe meinen Nächsten, weil ich der bin, der ich bin, und nicht, weil es mir die Pater und ihr Evangelium gesagt haben. Im Namen deines Gottes übergebe ich diesen Leib der Erde, wo er …

Aber das war von Anfang an der Fehler, fürchte ich, die Schwachstelle in meinem Plan. Ich hatte geglaubt, ich könnte den Alten Mann mit Schaufeln voll Erde und Schlamm erstikken. Aber als er erst am Boden lag, in dem speziellen Schlick, aus dem das Land dieser Familie besteht, mußte alles, was darauf war, zwangsläufig eingehen. Überall quoll Haß hervor, unter seinen Augenlidern, aus seinem Mund, aus seinen Ohren und aus seinem Arsch, der nicht die schlimmste Scheiße seines Lebens produziert hatte. Ich hätte ihn nie mit der Erde vereinigen dürfen. Ich hätte seine Leiche ins Meer werfen, hätte sie vertreiben sollen und nicht mich. Mein Zorn läßt mich immer wieder in der Erde herumwühlen, an ihrer schützenden Hülle zerren, begierig, tief in ihrem Innern seine Leiche verfaulen zu sehen. Aber der Alte Mann spielt nicht mit. Sein Körper ist völlig intakt. Die Folge von jahrelangem Schnapstrinken. Es kann bewirken, daß jemand tot ist, aber nicht von uns gegangen, kann ihn für die, die das Unglück haben, seinen Namen zu tragen, unauslöschlich machen. In Alkohol eingelegt oder konserviert, so kann man es auch sehen. All das Wasser, das man normalerweise in einem Körper findet, ist in seinem durch Alkohol ersetzt worden, und zwar durch so hochprozentigen, daß er alles töten kann, was mit ihm in Berührung kommt. Die winzigen Tiere, die Maden, die Würmer, die bei der Zersetzung des Körpers helfen, bevor er wieder zu Erde wird, hatten bei ihm keine Chance, ihre Arbeit zu tun. Deshalb ließen sie ihn in Ruhe, ließen seinen Haß das Land vergiften, ein Prozeß, der so langsam vonstatten geht, der seinem immer noch funktionierenden Willen so sehr gehorcht, daß mein ganzes restliches Leben darüber verstreichen wird. Hätte ich einen Sohn, würde er vielleicht auch sein Leben aufbrauchen. Damit kommt der Alte Mann der Unsterblichkeit so nahe, wie er es näher gerechterweise nicht hätte erhoffen dürfen, und ich bin derjenige, der einzige, der dafür sorgt.

Ja, Alter Mann, ich habe gespielt. Ich habe meine Stellung als *garde-manger* verspielt, eine jämmerliche Lebensstellung, die zu haben ich im Gegensatz zu dem, was du dachtest, nicht als Glück betrachtete. Ich habe die lange weiße Schürze verspielt, die begehrte Position eines «Eines-Tages-Souschef» unter dem Zepter von Minh «Endlich-doch-der-*chef-de-cuisine*». Ich habe eine Zukunft verspielt (ich weiß, man nahm an, eine «bessere»), an die Anh Minh glaubte wie an einen gütigen Gott. Leistung führt zu Aufstieg. Dienste finden ihren Lohn. Treue wird mit Treue beantwortet. Anh Minhs Vertrauen darauf gab ihm Kraft. Aber mir nicht.

Als Blériot ins Haus des Generalgouverneurs kam, warf ich einen Blick auf sein Gesicht, einen auf meine Umgebung und fragte mich, was ich eigentlich zu verlieren hatte. Die Antwort auf eine solche Frage hängt davon ab, was der Spieler in seinem Leben für fest und konstant hält. Was wird immer dasein? Was wird sich niemals verändern? Selbst wenn der Spieler verliert, steht der implizierte Zustand am Ende dieser Fragen. Man kann es auch so sehen: Woran glaubt der Spieler? Ich nehme an, wer nie spielt, muß sich diese Frage nicht stellen, muß sich niemals eingestehen, daß es darauf nur wenige Antworten gibt. Die Antwort (oder, wenn er wirklich Glück hat, die Antworten) umreißt die Vorstellungen, die der Spieler von Risikobereitschaft und Beherrschung hat. Wenn seine Antwort «An nichts!» lautet, dann wird er zwangsläufig verlieren, weil es nichts gibt, was ihn vom Abgrund wegführt, weil es nur den Drang zu springen gibt. Das Risiko feuert den Spieler an, mutig zu sein. Die Beherrschung rät ihm zur Umsicht. Erst die Balance zwischen beidem verspricht Erfolg.

Ich hatte Vertrauen, Alter Mann. Du bist es, der keins hatte. Nicht das geringste Vertrauen zu mir, wenn du angenommen hast, ich wäre so naiv, mir in Blériots Armen Rettung zu erhoffen. Schließlich ist er ein Franzose. Selbst im wildesten Kampf, an den ich mich gerne als Liebe erinnern möchte, spürte mein Körper die Grenze zwischen uns. Ich erkannte die Demarkationslinien, die stacheldrahtbewehrten Regeln dieser Gefechte. Und anders als du immer noch denkst, Alter Mann, sah ich in Blériots blauen Augen mit den schwarzen, explodierenden Sternen in der Mitte keine Beförderung, keine Gehaltserhöhung für Anh Minh, noch nicht einmal Dosen mit Pfirsichen und Birnen für Má. Ich sah keine Fahrkarte nach anderswo, anderswo besser, wie wieder angenommen wurde. Im Gegensatz zu dir sah ich in seinen blauen Augen nicht meinen Retter. Ich sah einen Mann, der es wert war, daß man um ihn spielte, weil ich Vertrauen hatte, weil ich glaubte –

«Hör auf, dieses Wort zu gebrauchen! Ich habe dir doch gesagt, daß es Gott gehört, der Kirche, den Frommen und den Erlösten. Es gehört mir», sagt der Alte Mann und spuckt bei jedem Wort Erde.

Halte den Mund, Alter Mann, und laß mich ausreden. Das hier ist meine Geschichte. Die werde ich erzählen, und du wirst stumm daliegen.

Ich habe geglaubt. Geglaubt, daß der Alte Mann für meine Mutter vier Augenblicke lang Freundlichkeit empfunden hat, viermal einen Anflug von Zärtlichkeit, vier lautere Gründe zu seufzen. Daß diese Augenblicke wie ein viermaliges kurzes Auftauchen des Mondes die Dunkelheit jener Nächte, in denen meine Brüder und ich empfangen wurden, ein wenig milderten. Wenn ich als Kind zu den Sternen hinaufsah oder in die Sonne blinzelte, war es mir unmöglich zu glauben, daß es nicht überall auf der Welt gleich spät sei. Und wie alle Kinder konnte ich auch nicht zu dem Manne emporblicken, von dem alle sagten, daß er mein Vater sei, und glauben, daß er mich in einem Akt der Verachtung gezeugt hatte, einer Verachtung, die immer noch anhält. Welch dummer, blinder Glaube! Anzunehmen, daß mein Vater, nur weil mein Leben von ihm kam, bei aller Grausamkeit und Brutalität im tiefsten Herzen doch ganz anders war. Eine tragische Fehleinschätzung meinerseits, wenn ich dem Alten Mann glauben soll, einem Trinker und Spieler, einem Dieb, der mir mein Zuhause weggenommen hat.

«Du Narr! Du hast es mir doch gegeben!» Der Alte Mann lacht in dem befriedigenden Bewußtsein, daß stimmt, was er sagt.

Ja, dachte ich, wie wahr. Ich hätte es besser wissen sollen. Ich hätte seine Leiche ins Meer werfen sollen. Sie hätte ich vertreiben sollen, nicht mich.

Nachdem mich meine Mutter zur Welt gebracht hatte, gab es vieles, was sie ihrem Vater und ihrer Mutter im Gebet nicht mehr sagen konnte. Sie hätten sie verstoßen. Und wen hätte sie dann noch anbeten, wessen Bild hätte sie sich dann noch für ihren Familienaltar aus der Erinnerung zusammensetzen können? In der Ahnenverehrung gibt es keine Vergebung, nur Vergeltung und ewige Schuld. Sogar im Jenseits mußte meine Mutter vor sie treten, vor ihren Vater, ihre Mutter und eine ganze Sippe, die sie nicht kannte, aber deren Funktion es war, über sie zu Gericht zu sitzen. Was würden sie bloß alle sagen? Die große Traurigkeit ihres Lebens war, daß sie es bereits wußte. Sie hatte jemanden bezahlt, damit er das einzige von Wert entfernte, was ihr Mann in ihrem Körper entdeckt hatte. Sie hatte ihm wer weiß wie viele ungeborene Söhne gestohlen. Sie hatte es gewagt, über ihren Körper zu verfügen, obwohl man ihr klar und deutlich gesagt hatte, daß sie keinerlei Recht auf ihn habe. Diebin, Verschwenderin und – am schlimmsten von allem – ungehorsame Frau, diese Schimpfnamen verfolgten sie tagtäglich, wenn sie auf den Markt ging, und abends verfolgten sie sie bis nach Hause, um ihr das Laken wegzuziehen, so daß sich ihr

Körper vor Schuldgefühl zusammenrollte. Sie wachte auf und war vierzig Jahre alt, die Frau eines Mannes, der die Gesellschaft von Männern vorzog, dessen Zunge sich nach dem Körper eines Mannes namens Christus sehnte – «eine heilige Gemeinschaft», wie der Alte Mann sagte. Sie wachte auf und war eine Straßenverkäuferin, die nur Geld verdiente, um zu sehen, wie man es ihr wieder fortnahm, eine Frau, die Söhne zur Welt gebracht hatte, die, als sie laufen konnten, niemals zu ihr liefen, sondern immer von ihr fort, vier Söhne, von denen einer glaubte, daß ihre Liebe allein nicht ausreiche – denn warum hat er mich sonst verlassen? fragte sie sich. Sie wachte auf und war eine Tochter, deren Vater und Mutter verhindert hatten, daß sie die beiden im nächsten Leben jemals wiedersehen wird. Im Leben allein zu sein ist eine Sache, dachte sie, aber im Tode allein zu sein, das wäre unerträglich.

Meine Mutter ist stark, glauben Sie mir. Nicht wie die Kastanienbäume hier in dieser Stadt. Diese breitblättrigen Riesen widerstehen den Winterstürmen mit Unbeugsamkeit und in einer in vielen Jahren entstandenen, konzentrischen Rüstung. Man kann auch auf andere Weise überleben. Wenn im Sommer die Stürme tobten und Pflanzen und Tiere durcheinanderwirbelten, bemerkte meine Mutter, daß der Bambus immer heil davonkam. Einmal sah sie, wie der hinter ihrem Küchengarten vom Wind niedergedrückt wurde, so daß die Stengel fast am Boden lagen. Heute ist das sicher sein Ende, dachte sie. Während sie noch dastand und darauf wartete, daß sich die Tragödie vollzog, ließ der Sturm nach und hörte dann ganz auf. Inzwischen war der Regenwasserbehälter auf den Bauch gefallen, und durch einen Sprung in seiner Wand rann Wasser über die roten und orangefarbenen Chilischoten, die auf der Erde verstreut lagen. Einige hatten noch ihre grünen Stiele, andere waren zu plötzlich aus dem Garten des Nachbarn weggerissen worden und hatten die Stiele zurücklassen müssen. Ihr Bedauern darüber quoll in Gestalt kleiner, heller Samenkörner hervor. Wie in Trauer lagen die Bambusstauden zu Boden gedrückt. Aber innerhalb von Minuten nickten sie und wogten hin und her. Sie schüttelten den Regen ab und standen wieder aufrecht da. Meine Mutter war tief beeindruckt. Also das ist wirklich Stärke, dachte sie. Beharrlichkeit und Flexibilität sind keine Gegensätze. Will man überleben, erfordert das gewisse Kompromisse. Maß des Durchhaltevermögens ist der letzte, der noch steht. Das war die Lektion, die sie gelernt haben mußte.

Meine Mutter beschloß, dieser letzte zu sein. Im Gegensatz zu ihrer eigenen Mutter würde sie nie einem Mann gestatten, ihr ihr Leben wegzunehmen. Sie wollte zusehen, wie ihr Mann alt und schwach wurde. Sie stellte sich vor, wie es aussehen würde, wenn seine Leiche den Mekong hinuntertrieb, hinunter ins Südchinesische Meer. Im Gegensatz zu mir würde sie ihm nie gestatten, auf das Land, das sie ihr Zuhause nennt, Anspruch zu erheben. Sie wollte dasein, um ihren jüngsten Sohn in ihrer Küche willkommen zu heißen, dort und in ihrem Haus. Aber um ihren Plan verfolgen zu können, mußte sie zunächst einmal die Fesseln ihres Glaubens abstreifen. Sie brauchte einen Glauben, der ihr einen Weg bot, dem Zorn ihrer Vorfahren zu entgehen, einen Ort, wo diese, wenn sie starb, nicht schon auf sie warteten. Wie so viele wirklich Verzweifelte vor ihr suchte sie Zuflucht im Katholizismus. Eine Bekehrung möchte ich es nicht nennen, denn diese bedeutet einen plötzlichen Wandel, das Aufschlagen einer neuen Seite, eine Meinungsänderung. Sie behielt aber ihren Familienaltar und den Buddha, der dasaß und sie anlächelte. Schließlich ist sie Vietnamesin. Sie geht auf Nummer Sicher.

Als ich von zu Hause fortging, war meine Mutter schon seit fünfundzwanzig Jahren, zwar niemals in der Praxis, aber doch theoretisch Katholikin. Am Tag ihrer Hochzeit hatten die Tropfen des geweihten Wassers ihren Kopf berührt, und anschließend hatte man sie aufgefordert, den Mund aufzumachen, um die Hostie zu empfangen, die trocken und geschmacklos auf ihrer Zunge lag. Diese Katholiken sind furchtbar schlechte Köche, hatte sie damals gedacht. Als ich von zu Hause fortging, hatte meine Mutter über zwanzig Jahre lang, wenn auch nicht mit Gott, so doch in seiner Nähe gelebt. Sie hatte mehr in sich aufgenommen, durch die winzigen Öffnungen ihrer Poren aufgesaugt, als irgendeinem von uns klar gewesen war. Im Katholizismus erkannte sie eine ihr vertraute Trinität wieder, die ihr Erwachsenenleben kennzeichnete – die Schuld, die Verweigerung und den Aufschub des Glücks. Sie fand einen Vater und eine Mutter, obwohl die beiden in diesem Fall nicht miteinander verheiratet waren. Und sie fand einen Sohn, der den fortgegangenen ersetzte. Im Katholizismus hörte meine Mutter ihre Stimme zu Gebet und Lied erhoben. Als sie das letzte Mal laut gesungen hatte, waren ihre Söhne noch ihre Babys gewesen, und wir waren zum Auf und Ab einer Jungmädchenstimme eingeschlafen, eingehüllt von der angenehmen Wärme dieses vom Singen belebten Jungmädchenkörpers. Im Katholizismus hatte meine Mutter einen Ort gefunden, wohin sie eines Tages gehen konnte, zu dem sie in ihrem grauen *áo dài* aufsteigen konnte wie der Weihrauch von ihrem Familienaltar. Nur ein ganz kleiner Teil von ihr – nur ihre Ohrläppchen, stelle ich mir vor – bedauerte, daß ihre Eltern nicht dort sein würden, um sie zu begrüßen. Sie würden mich aber sowieso gleich wieder verlassen, dachte sie.

In einem Punkt schwankte meine Mutter jedoch nicht, nämlich wenn es um ihren Schwur ging, nie wieder einen Fuß in Pater Vincentes Kirche zu setzen, jenen Ort, an dem sie ge- und verkauft worden war. Jeden Sonntag machte sich der Alte Mann, nachdem er sich das Gesicht gewaschen und gegen seinen süßlich-durchdringenden Alkoholatem einen starken Tee getrunken hatte, auf den Weg zu Pater Vincentes Kirche, um seinen

Posten in der ersten Bankreihe einzunehmen. Meine Mutter zog sich dann eine saubere Bluse an, band ihren Strohhut unter dem Kinn fest und ging zu Fuß bis ins Zentrum zur Kathedrale Notre-Dame. Als sie dort das erste Mal der Messe beiwohnte, hatte man ihr eine Perlenkette gegeben. Nicht gerade Goldperlen auf einer rosa Seidenschnur, dachte sie, aber wenigstens konnte sie wählen – blau mit dem Mann an einem Kreuz oder rosa mit der Frau, die ihren Kopf bedeckt hält wie eine ewige Braut. An jenem Morgen sagte meiner Mutter das Läuten der Glocken, daß die Messe gerade zu Ende ging und wie viele Boulevards sie noch entfernt war. Sie behielt ihren Schritt bei und kam gerade rechtzeitig zum Nachmittagsgottesdienst. Sie schlüpfte durch die Tür, die sich eben langsam schloß, und setzte sich in eine der glänzenden Bänke. Sie blickte zu den Chrysanthemen, Gladiolen und weißen Lilien empor, die den goldgetüpfelten Altar schmückten. Wunderschön, dachte meine Mutter. Selbst wenn Pater Vincentes Kirche mehr hätte bieten können als Ringelblumen und Hahnenkamm, hätte sie dort nie einen Gottesdienst besucht. Ihre Andacht im selben Haus zu verrichten wie der Alte Mann wäre ein Sakrileg gewesen, dachte sie. An jenem Morgen wußte meine Mutter noch nicht, daß das, was sie ihrem Körper nach meiner Geburt angetan hatte, nach katholischem Glauben ebenfalls eine Sünde, ja eine unverzeihliche Todsünde war. Als sie es herausfand, war es zu spät. Ihre nachweisliche Unwissenheit hatte sie bereits gerettet.

Mit dem Glauben beginnt die Geschichte meines Lebens. Der Alte Mann glaubte an den Vater, den Sohn und den Heiligen Geist. Er glaubte, wenn ein Sohn gut war, dann wäre eine ganze Brut sogar noch besser. Es schien ihm eine gute Idee zu sein, Männer ins Leben zu rufen, die ihm auf ewig zu Dank verpflichtet sein würden. Warum sollte ich nicht meine eigenen Dienstboten haben? fragte er sich. Um seinen Plan in die Tat umzusetzen, mußte er sich eine Frau beschaffen. Wäre dieser Plan nicht gewesen, hätte er nie eine Frau haben wollen, hätte er nie eine Frau begehrt. Die einzige Frau, die er je geliebt hatte, hatte ihn weggegeben, hatte ihn vor Gottes Tür abgesetzt und ihm befohlen, die Augen zuzumachen und zu beten. Er hatte darum gebetet, daß das Lächeln in ihr Gesicht zurückkehren möge. Er hatte um Reis in ihrer Schale und nicht nur in seiner gebetet. Er hatte darum gebetet, daß sie nicht mehr so oft seufzen müsse, besonders dann, wenn sie glaubte, er sei eingeschlafen. Er öffnete die Augen und fand sich allein. Seine Gebete für sie waren erhört worden. Es waren die letzten selbstlosen Gedanken seines Lebens gewesen. Als man das Mädchen, das meine Mutter werden würde, zu ihm brachte, erblickte er in der Verzweiflung der Menschen um sich herum inzwischen nur noch die Hoffnung auf ein ständiges Einkommen. Sein langes Leben hindurch umgab sich der Alte Mann mit Spielern, die dringend jede Art von Glück brauchten. Es war die Sorte Männer, die bereits daran glaubt, daß man jedesmal dasselbe Paar Hosen tragen müsse. Andere aßen vor den Spielen nur Rindfleisch, wenn sie es sich leisten konnten. Viele hatten vor einer besonders wichtigen Runde keinen Sex. Es waren Männer, die von vornherein anfällig waren. Damit handelte der Alte Mann – mit gläubigen Schafen für die Herde. Er wußte, des einen Aberglauben ist des andern Religion. Es gab auch Frauen mit prallen Geldgürteln und der Bereitschaft, jeden Gott anzubeten, jedes Gebet zu sprechen, wenn sie nur gewannen, aber der Alte Mann fand ihren Anblick und ihren Geruch unerträglich. Eine Frau im Haus war bereits eine zuviel, fand er. Aber da er ein Mann war, dem es darum ging, die Zahl seiner Söhne zu vermehren, mußte er dieses Geschöpf anrühren, das wie seine Mutter roch, die einzige Frau, die er je geliebt hatte. Es machte ihn jedesmal ganz krank. Er vollzog den Akt schnell und ohne die Augen zu schließen. Damit legt mich keine Frau mehr rein, dachte er.

Meine Mutter hielt ihre Augen immer geschlossen. Sie kniff sie zu, versiegelte sie mit dem festen Gewebe ihrer Wimpern. Er kann mich zwingen, die Beine breit zu machen, aber nicht, die Augen zu öffnen, dachte sie. Wenn sie fühlte, wie er sie aufriß, ließ sie sich forttreiben ins Dunkle, auf der Suche nach ihrer Mutter. Sie wollte wissen, ob ihre Mutter sicher sei. War ihre Mutter absolut sicher, daß dies der Mann war? Ihre Mutter und ihr Vater, der mitgekommen war, um der Antwort noch mehr Gewicht zu verleihen, sagten: «Ja, das ist der Mann!» Wie konnten sich alle beide irren? dachte sie und machte die Augen auf. Ihr Mann war fertig, und sie stand auf, um sich zu säubern. Sie hockte sich über eine Waschschüssel mit Regenwasser. Langsam ließ sie sich hinab. Sie hatte dem Wasser zur besseren Reinigung der Wunde einen Löffel Salz hinzugefügt, und es erblühte rosa. Sie sah hinunter auf die Farbe und weinte. Das Salz ließ ihre Wunde brennen. «Gehorchen» ist ein starkes Wort, so wie «verehren». Ihre Mutter und ihr Vater hatten es ihr gesagt, und sie glaubte ihnen. Sie hatten ihr das Leben geschenkt, damit sie ihnen Enkel geben konnte. Von Anfang an war sie auf diese Aufgabe vorbereitet gewesen. Als ihr Körper den ersten Schritt tat, suchte ihre Mutter ihr einen Mann. Einen Märchenprinzen, hatte sie gedacht. In den Tagen, die der Ankündigung ihrer Mutter folgten, wurde sie immer und immer wieder darauf hingewiesen, daß sie diesem Manne gehorchen müsse. Er ist bestimmt weise, dachte das Mädchen. Ich darf ihn nicht verärgern. Er ist bestimmt empfindsam, dachte das Mädchen. Ich darf ihn nicht verlassen. Er ist bestimmt gütig, dachte das Mädchen. Aus dem sanften Mund der Frau, die ihr das Leben geschenkt hatte, empfing meine Mutter die Worte, die dafür sorgen würden, daß sie still und reglos unter dem Alten Mann liegenblieb. Die Worte trieben mit ihr in die Dunkelheit und hinderten sie daran, mit einem Messer hochzufahren und ihm den Hals durchzuschneiden wie einem Huhn. Ihre Mutter hatte ihr gesagt, sie müsse ihren Zorn hinunterschlucken, und sie würgte ihn hinunter, bis ihr Bauch davon ganz dick wurde. Und was noch schlimmer war, ihre Mutter hatte gewußt, daß es so kommen würde.

19 * * * * * * * * * * * * * * * * * *

«Ich hatte einmal einen Bruder ...»

GertrudeStein wirft diese an sich völlig irrelevante Bemerkung gern ihren neuen, verwirrt blickenden Bekannten hin. Sie testet damit deren Geistesgegenwart, Geschick und Beweglichkeit. Stellen Sie sich den Meister eines Kampfsports vor, der auf einmal seinen Schüler heftig angreift. Wenn der Schüler die Prüfung besteht, kommt er eine Stufe weiter. Versagt er, überläßt man ihn seinen Verletzungen und dem Tod. Ob die Verletzung tödlich ist oder nur eine Schramme, entscheidet der Unglückselige durch seine Reaktion. Sollte der junge Mann das Gespräch auf den Aufenthaltsort oder die finanzielle Lage ihres Bruders bringen, bedeutet das für ihn das Ende. Zu leicht abgelenkt, daher einer näheren Bekanntschaft nicht wert, denkt sie. Ein Bruder ist nicht interessant, ist nicht interessant genug, um sie aus dem Zentrum ihrer eigenen Konversation zu verdrängen, denkt meine Madame. Aber wenn der junge Mann diesen trügerischen Pfad nicht betritt, wenn er der verführerischen Erwähnung des Bruders Stein zu widerstehen vermag, dann sind Miß Toklas und ich uns sicher, daß wir sein Gesicht in der Rue de Fleurus 27 wiedersehen werden.

«Eigentlich hat sie drei und eine Schwester», kann man häufig Miß Toklas in ihrer Ecke des Studios berichtigen hören.

«Aber für mich, Pussy, gab es nur einen», beteuert meine Madame dann jedesmal.

Wie wahr, denke ich. Wir haben alle nur einen, egal, wie groß unsere Familie ist. Den einen, für den wir in einen Teich voller Algen springen, sein trübes Wasser schlucken und im Schlamm einsinken würden, um ihn zu retten. Den einen, für den wir behaupten würden: «Es war alles allein meine Schuld», egal, um welches Verbrechen oder welche Sünde es sich handelt. Den einen, den wir zugleich verehren und beneiden, bis schließlich der Neid stärker wird und die Oberhand gewinnt.

Es stimmt. GertrudeStein hatte einen Bruder, früher einmal. Seinetwegen hatte sie den Atlantischen Ozean überquert. Sie hatte im Land ihrer Geburt das Alter von neunundzwanzig Jahren erreicht und sah dort nur noch einen steil abfallenden Hang vor sich. Sie konnte ihn mit anmutigen, gezierten kleinen Schritten hinuntersteigen, oder sie konnte sich fragen: «Können auch Frauen eigene Wünsche haben?» und den Hang hinunterrennen mit hochgeworfenen Armen und einem jubelnden: «Ja! Ja! Ja!» Paris empfahl sich durch zweierlei, durch ihren Bruder Leo und das neue, das zwanzigste Jahrhundert. Es war schon drei Jahre alt, und GertrudeStein hatte immer noch das deutliche Gefühl, in einem Museum zu leben, unter Glas, sorgfältig geschützt vor den grellen Strahlen der Sonne. Oakland, Allegheny, Cambridge, Baltimore – all diese Städte, in denen sie geschlafen hatte, in denen sie aber niemals richtig aufgewacht war, steckten noch tief im neunzehnten Jahrhundert, dachte sie. Sie konnte sich keine größere Kränkung vorstellen, weder für eine Stadt noch für sich selbst. Gewiß, ihr Leben war bewegt gewesen. Sie hatte studiert und sie hatte geliebt. Dem ersteren gab sie den Vorzug, denn dabei hatte sie sich dank ihrer Intelligenz und Redegewandtheit hervortun können. Wo es jedoch um die Liebe ging, hatten sich Denken und Reden niemals als hilfreich erwiesen. Wie viele ihrer Studiengenossen an der Medizinischen Fakultät neigte sie dazu, die Symptome der Krankheiten, die sie gerade studierte, auch an sich zu entdecken. Stand das Herz auf dem Stundenplan, so war sie sicher, daß mit ihrem Kreislauf etwas ganz und gar nicht stimmte – ein Zustand, den sie für chronisch, wenn nicht gar für tödlich hielt.

Sie konnte nicht mehr tief Luft holen. Sie wachte in der Nacht auf und fand die Haare auf ihrem Kopf, unter den Achseln und im V zwischen ihren Schenkeln von Schweiß verfilzt. Die seltsamen Gerüche ihrer eigenen Ausdünstungen, ein von ihr aufsteigender Dampf verursachten ihr Übelkeit und brachten ihr ihren Körper zu Bewußtsein. In solchen Nächten schlief sie nicht viel, sondern schloß nur die Augen und wünschte die Nacht vorüber. An den Morgen danach schwor sie, daß da Schmetterlinge gewesen waren, daß sie sich einer nach dem anderen auf ihren Augenlidern und auf den leeren Wäscheleinen ihrer Lippen niedergelassen hatten. Sie fand, daß dies doch bestimmt ein körperlicher Zustand war, um den sich die medizinische Wissenschaft kümmern und Abhilfe schaffen mußte.

Gertrude «Gertie» Stein, neunundzwanzig Jahre alt und bald zweihundert Pfund schwer, war verliebt und hielt das für eine Krankheit. Sie glaubte – wie der Chauffeur – an die Macht anstrengender körperlicher Übungen und stellte ihre Ernährung um. Sie erschien nicht mehr zu den Nachmittagstees im Haus der Geliebten und fing an, mit einem Weltergewichtler zu boxen, mit einem Mann, der sich keinen Ruhm mehr erhoffen konnte und dies dadurch wettmachte, daß er die dicke junge Dame dazu brachte, Haken und Schwinger auszuteilen. Lippen, von Erdbeermarmelade gerötet, eine Haut wie langsam herabrinnende Sahne, Haar von der Farbe richtig aufgebrühten Tees, all das gab sie auf. Sie hatte geglaubt, Boxen würde sie wieder atmen lassen. Sie hatte sich geirrt, und das machte sie wütend. Diese Liebe ist brutal, dachte sie, erst recht, wenn da drei sind. Drei ist, wenn es um die Liebe geht, eine Unglückszahl, erst recht, wenn sie die dritte war, die letzte, die einen umgefallenen Bienenkorb gefunden hatte, der noch süß, aber schon mit Beschlag belegt war und eifersüchtig bewacht wurde. Sie wollte die einzige sein. Sie würde immer die einzige sein wollen.

«Die Geburtshilfe ist bei mir durchgefallen» schrieb Gertrude an ihren Bruder Leo. «Die Geburtshilfe hat mich, anders als meine Mitkandidaten, befreit», setzte sie hinzu. In Wirklichkeit war es umgekehrt. Sie war in Geburtshilfe durchgefallen. Sie war mit Pauken und Trompeten derart durchgerasselt, daß alle in der Universität davon erfahren hatten. «Diese junge Dame nimmt wertvolle Ressourcen in Anspruch, schlimmer noch, verschwendet sie», erklärte die Medizinische Fakultät einstimmig und mißbilligend. Eine Frau in der Medizinischen Fakultät bedeute einen Mann weniger dort, hatten die gelehrten Herren immer argumentiert. Sie hatten das jedoch widerstrebend hinnehmen müssen im Austausch gegen die großzügige Stiftung zweier phlegmatischer, unvermählter Schwestern, die es leid waren, sich vor gelehrten Männern zu entkleiden, die sie nie im Leben zu heiraten gedachten. Die Fakultät nahm das Geld der alten Jungfern an und ließ Frauen zum Studium zu, aber als Leo Steins Schwester zur ersten ihres Geschlechts wurde, die, nun ja, nicht das geringste Interesse an der weiblichen Seite der Fortpflanzung zeigte, da wurde sie zum Symbol, noch dazu zu einem sehr dicken und lebendigen Symbol dafür, daß durch die alten Jungfern und ihr Geld die natürliche Ordnung gestört worden war. Die Auswirkungen waren in der gesamten Universität zu spüren. Die Studenten machten sich über ihre Kommilitonin lustig, und die Studentinnen mieden sie, weil sie ihre ohnehin schon schwere Bürde noch schwerer gemacht hatte. Am Ende gab es für diese junge Dame keinen anderen Weg mehr als den Abgang. Sie konnte sich entweder freiwillig beurlauben lassen oder bleiben, bis ein förmlicher Ausschluß erfolgte. Ohne großes Zögern begab sie sich an Bord eines Schiffes und fuhr über den Atlantik zurück in Richtung Alte Welt, die inzwischen, wie ihr Bruder Leo ihr versicherte, eigentlich die Neue war.

In der Rue de Fleurus 27 war Leo der Maler und seine

Schwester die Schriftstellerin. Sein *métier* war das Ergebnis einer bewußten Entscheidung, ihres dagegen eher das von etwas Fehlendem. Sie mußte etwas anfangen mit den Stücken ihres Herzens, dieses solide gebauten Organs, das aber fallengelassen worden war von den zitternden Händen einer Frau, die nach dem fünften Monat eines unerträglichen Jahres benannt war. Gertrude hielt es für das beste, es zu Papier zu bringen, aber dort auf dem Papier, das sie füllen sollte, setzte sie ihr gebrochenes Herz in den Körper eines Mannes ein. Im übrigen blieb die Geschichte, die sie, wie sie feststellte, erzählte, nämlich die unerwiderte Liebe zu einer Frau, unverändert. In der Rue de Fleurus 27 suchte und fand sie Trost im Gewirr ihrer Prosa, in dem dichten Nest ihres Haars, in den sie einhüllenden Falten ihrer dunkelfarbigen Kimonos. Ein ganzer Schrankkoffer solcher Kleidungsstücke, Souvenirs von Leos Reisen ohne sie, wartete auf sie im Studio. Sie dankte dem Bruder mit einem Schlag auf den Rücken und einer Umarmung, die seine zusammengequetschten Lungen zum Pfeifen brachte. Sofort musterte sie die mit Kranichen, Pfingstrosen und Kirschblüten bestickten Kimonos aus und fing an, die anderen zu tragen. Mit ihren soliden, undurchdringlichen Feldern von Blau-, Braun- und Grautönen waren diese gewöhnlichen Kimonos ideal geeignet für sie, weil sie es ihr gestatteten, auf das Korsett gänzlich zu verzichten. Eine Gebetsperlenkette, die sie auf dem Boden des Koffers gefunden hatte, vervollständigte ihr Ensemble. Die hübsche Kette – jede Perle hatte die Größe einer unreifen Pflaume – reichte von Gertrudes Hals bis dorthin, wo ihre Taille gewesen wäre, wenn sie eine gehabt hätte. Sie war zu dieser Zeit schlicht «Gertrude», die Schwester, die Jüngere, die, die in die Fußstapfen des Bruders trat, weshalb es nur angemessen war, wenn Leo den Familiennamen trug. Er ist derjenige welcher, dachte Gertrude. Ihr Hausstand in der Rue de Fleurus 27 sollte der Beginn eines auf Dauer angelegten Zusammenlebens werden. Keine Gatten und Gattinnen hier, dachte sie. Gatten und Gattinnen waren nicht mehr erforderlich im zwanzigsten Jahrhundert, so lautete ihr Vorschlag, den sie uneingeschränkt annahm. Sie irrte sich natürlich.

Sie irrt sich immer, wenn es um die praktische Seite des täglichen Lebens geht, wie Miß Toklas ihr bescheinigen kann. Dieses Urteil brauchte zum Nachweis seiner Gültigkeit und Wahrheit das Vergehen der Zeit – das zunehmende Grau im Haar meiner Mesdames, das Gelbwerden ihrer Zähne, das Hervortreten blauer Adern auf ihren Waden. Die logische Schlußfolgerung – «GertrudeStein ist ein Genie» – brauchte das nicht, und Alice Babette Toklas, dreißig Jahre alt und gerade erst gelandet, machte es sich zur Aufgabe, sie zu proklamieren. In dem Augenblick, in dem diese Worte ausgesprochen wurden (ein Zauberbann, der deutlich macht, daß er nie gebrochen werden will), wurde aus Gertrude, dreiunddreißig und unverfroren korsettlos, GertrudeStein. Keine Verkleinerungsform mehr, zu der alle Frauennamen verdammt sind, sondern eine kraftvolle, lautstarke Bekanntgabe ihres ganzen Ichs, jedesmal wieder. Nicht irgendeine Gertrude, sondern GertrudeStein, die Ältere, die Klügere, die Schriftstellerin. «*Das* Genie», setzte Miß Toklas hinzu, als sie GertrudeSteins Kopf sanft auf ihren Schoß bettete.

«Es kann doch in jeder Familie nur eins geben, Pussy», murmelte GertrudeStein, während sie ihre Hände unter die Stoffwellen von Miß Toklas' Rock schob.

«Bei den Steins bist du es dann eben, Lovey.»

GertrudeStein war bereits geneigt, dem zuzustimmen. Inzwischen hatte sie vier Jahre lang mit ihrem Bruder Leo zusammengewohnt, und er war in ihren Augen immer blasser geworden. Der Grund war klar. Leo malte nicht mehr, und das, so dachte GertrudeStein, beraubte ihn der Kreativitätsschübe, die ihre eigenen Wangen röteten. Schlimmer noch, Leo hatte es zugelassen, daß sein Interesse an der Kunst anderer größer geworden war als das der anderen an seiner. In den vergangenen Jahren hatten sie sich beide zusammen in dieser Stadt gerade durch das Interesse ausgezeichnet, das sie der Kunst anderer entgegenbrachten. Sie hatten in der Rue de Fleurus 27 Gemälde und Maler gesammelt und Leute, die an dem allen interessiert waren, das heißt an den Gemälden, den Malern und den Steins. Die Gemälde hängten sie an die Wände des Studios. Die Künstler setzten sie auf die darin vorhandenen Sofas und Stühle. Die Gäste luden sie ins Studio ein, damit sie dort nach oben und in die Runde blickten. Es war das gleichzeitige Vorhandensein aller drei, das, wie Miß Toklas erkannt hatte, die Trikolore des wachsenden Ruhmes formte, welche hoch über der Rue de Fleurus 27 wehte. Aber Leo fand wie seine Schwester, daß es in jeder Familie nur ein Genie geben könne, und Leo war sicher, daß er es war. Der Ältere, der Klügere, *das* Genie, dachte Leo. Schlimmer noch, er ließ es sich angelegen sein, das auch zu verkünden: «Sicherlich trägt Gertrude zur gemeinsamen Sache bei, aber es beginnt und endet mit der Gegenzeichnung des Schecks. Meine Schwester hat ihre eigenen Ansichten, aber die meinen sind begründet. Natürlich hat sie ihre Lieblinge, aber ich ziehe das Künstlerische dem bloß Kunstfertigen vor.»

GertrudeStein liebte ihren Bruder, ihren einzigen. Sie liebte ihn genug, um nichts von dem zu hören, was er sagte. Aber nachdem Miß Toklas ihre täglichen Besuche in der Rue de Fleurus 27 aufgenommen hatte, fügte Leo den Eigenschaften, die es schwermachten, ihn zu mögen, noch Eifersucht und Roheit hinzu. Er verbrachte Stunden (nämlich die, die Miß Toklas bei seiner Schwester zubrachte) in den Cafés dieser Stadt, wo er unter Mithilfe von einer oder zwei Flaschen zu dem für alle hörbaren Schluß kam, daß Gertrudes Texte nichts als bloßes Gebrabbel seien, Zeichen eines undisziplinierten, faulen Kopfes. «Sie glaubt, es sei Kunst, wenn man gelesen, aber nicht verstanden wird. Auf raffinierte Weise spielt sie sich selbst einen

Streich. Sie behauptet, sie schaffe Neues, und dabei ahmt sie lediglich das geistig Kranke nach.»

«Sie», die inzwischen unbestreitbar GertrudeStein geworden war, wollte sich von niemandem verspottet sehen, schon gar nicht von Leo. Seine Treulosigkeit, sein Verrat und seine Brutalität ließen ihre Liebe zu ihm so sehr schrumpfen, daß sie eines Tages ganz verschwand.

«Gebrabbel!» beklagte sich GertrudeStein bei Miß Toklas.

«Lovey, es kann nur ein Genie geben», flüsterte Miß Toklas, den Satz wiederholend, der GertrudeStein vollständig und gnadenlos von ihrem Bruder trennen würde, von ihrem einzigen. Miß Toklas wußte das sehr wohl.

Nimm etwas aus der Mitte, sagst du zu mir. Niemand erinnert sich jemals daran, was dort geschieht.

«Nein.»

«Bie, sie werden das niemals merken.»

«Nein.»

«Bitte, Bie ... nur über die Woche, und dann kannst du es am nächsten Sonntag wieder zurückbringen.»

Was für eine seltsame Bitte, denke ich. Oder ist es eher eine Aufforderung, ein kindlicher Wunsch, der im Munde eines Mannes schnell zu einem Entweder-oder-Befehl werden kann?

Du möchtest GertrudeSteins Handschrift sehen, ihre ausgestrichenen Wörter, die verworfenen. Was sie behält und was nicht, kann dir etwas über die Zukunft sagen, meinst du. Meine Madame ist keine Wahrsagerin, denke ich.

«Verlange etwas anderes von mir», flehe ich. In meinen Fingerspitzen prickelt es, sie nehmen wie immer die elektrische Spannung auf, die in der Luft liegt, die der Äußerung einer Drohung vorangeht, Blitze vor einem heftigen Gewitter.

Sweet Sunday Man, bitte versteh doch. Meine Madame und Madame ernähren mich. Sie zahlen mir meinen Lohn, beherbergen meinen Körper, und ich gebe ihnen zu essen. Das ist das Wesen unserer Beziehung. Einfach, denkst du vielleicht. Sogar leicht ersetzbar. Das Frühstück, die nachmittägliche Mahlzeit, das Abendessen, es ist das Tagtägliche, was ich mit ihnen teile. Du magst glauben, das sei lediglich eine zwar ununterbrochene, ansonsten jedoch belanglose Kette von Mahlzeiten, aber da würdest du dich irren. Jeden Tag speisen meine Mesdames und ich, wenn auch nicht gemeinsam, so doch Rücken an Rükken. Natürlich ist immer eine Wand zwischen uns, aber wenn sie *Filet de bœuf Adrienne* essen, dann esse ich ebenfalls *Filet de boeuf Adrienne*. Wenn sie *Salade cancalaise* speisen, dann speise auch ich *Salade cancalaise*. Wenn sie das Mahl mit *Crème renversée à la cévenole* abschließen, dann schließe ich es auf die gleiche Weise ab. Verstehst du, Sweet Sunday Man? Anders als alle anderen, die meinen Monsieur und Madame zu nennen ich das Unglück hatte, erkennen diese beiden mir das Recht zu, das zu essen, was sie essen, ein Recht, das eigentlich eher ein Privileg ist, wie du weißt, wo ich es doch bin, der das Kochen besorgt. Meine Mesdames verlangen nicht einmal, daß ich warte, bis sie fertig sind, daß ich mir meine Mahlzeit aus dem zusammenkratze, was bei ihnen übriggeblieben ist. Wenn ich den ersten Bissen *Bœuf Adrienne* in den Mund schiebe und auf die Knie gezwungen werde – bildlich gesprochen natürlich, da ich diese Stellung der Liebe und dem Beten vorbehalte – durch Weißwein, Cognac, Lorbeer, Thymian und rote Johannisbeeren (jene flüchtige letzte Beigabe, die alle ihre Komplimente mit einem Fragezeichen enden läßt), dann weiß ich, daß auch meine Mesdames auf den Knien liegen und ein Wort des Dankes sprechen für zwei Tage des berauschten Marinierens und eine Stunde steten Klopfens. Bei allen Rindfleischgerichten bestehen meine Mesdames auf Austern als Begleitung. Diese salzigen Leckerbissen sind eher eine Ergänzung, ein Kontrapunkt zu dem butterigen Nachgeschmack des Rinderbluts. *Salade cancalaise* liefert meinen

Mesdames dies und noch mehr. In der Höhlung eines Salatblattes liegt eine einzelne pochierte Auster. Unter dieser kleinen Zusammenballung von Meeresnebel befindet sich ein weiches Lager aus Kartoffeln. Das alles bedeckt eine hauchdünne Schicht schwarzer Trüffeln. Die Kartoffeln sorgen für Gewicht und Textur, aber die Trüffeln, ah, die Trüffeln sind ein Geschenk an die Nase. Sie sind Vergnügen, das zu einem einzigartigen Duft verfeinert worden ist, fast animalisch, süchtig machend, der Körper eines Geliebten, der sich in einer mondlosen Nacht dem meinen nähert. Selbst das haben meine Mesdames mit mir geteilt. Verstehst du, Sweet Sunday Man? Meine Mesdames essen ihren Salat wie die Franzosen gerne zum Schluß – etwas Saures und Pikantes, um die Süße dessen, was folgt, zu steigern. Deshalb, Sweet Sunday Man, glauben Amerikaner immer, die französischen Desserts seien, für sich gegessen, kaum ausreichend süß. Stell dir ein Dessert wie einen Ensemblespieler vor, den man nie zwingen sollte, für sich allein aufzutreten. Wenn man sie mit den Samen aus Vanilleschoten besprenkelt und reichlich Kastanienpüree unterzieht, erhebt die Crème renversée à la cévenole den schlichten überbackenen Custard in den Stand der Gnade. Wie Anh Minh sagen würde: «Wenn du nicht an Gott glaubst, wie willst du dann die Kastanie erklären?» Dem pflichten GertrudeStein und Miß Toklas zweifellos bei. Wenn sich die ersten Winterstürme erheben, fahren meine Mesdames in den Bois de Boulogne, stellen sich unter die Kastanien und singen: «Engel, Engel!» Wenn meine Mesdames dann in die Rue de Fleurus zurückkehren, verlangt es sie nach Crème renversée à la cévenole.

«GertrudeStein beurteilt einen Koch nach seinen Desserts, und ich beurteile einen Koch nach allem übrigen», hatte Miß Toklas im Verlauf des Einstellungsgesprächs zu mir gesagt. Ich habe diese Feststellung wie alle Aussagen von Miß Toklas absolut bestätigt gefunden. Glaub mir, es ist nie leicht gewesen, für diese beiden zu arbeiten. Miß Toklas ist eine Madame, die ihren

Gaumen benutzt, um das Maß der Vollkommenheit festzulegen. Ihr Koch muß, wenn er ihr gefallen will, dasselbe tun, was ein äußerst schwieriges Unterfangen ist. Ihr Koch muß nämlich ihre Zunge übernehmen, Platz dafür schaffen, was nur bedeuten kann, daß er seine eigene entfernt. Das verlangt sie von allen ihren Köchen. Das ist natürlich unmöglich, und deshalb mußten sie am Ende alle gehen. Ich habe mich so lange gehalten, weil ich erfahren in solchen Dingen bin und qualifiziert.

Als sie meine Madame geworden war, fragte mich Miß Toklas als allererstes, ob ich ein Rezept für Gazpacho wüßte.

«Ja.»

«Hast du es in Spanien gelernt?»

«Nein.»

«Dann vergißt du es besser.»

«Oh.»

«Hier in der Rue de Fleurus 27», begann Miß Toklas, «gibt es vier Versionen von Gazpacho. Wir wollen mit der Gazpacho à la Malaga anfangen. Du brauchst dazu vier Tassen Rinderbrühe, die am Vorabend zubereitet wird. Vergiß nicht, zwei Knoblauchzehen und eine große Gemüsezwiebel dazuzugeben, wenn du die Knochen ziehen läßt. Eine große reife Tomate, geschält und entkernt und in Würfel geschnitten, nicht größer als – laß mich deine Hände sehen –, nicht größer als dein Daumennagel. Eine kleine Gurke, halb so dick wie dein Handgelenk und ...»

Unsere erste Unterrichtsstunde ging auf diese Weise weiter, bis meine Madame erklärte: «Vermische alles gründlich und servier die Suppe eiskalt. Köstlich!» Dann versprach sie: «Morgen kommt die Gazpacho à la Segovia dran.» Miß Toklas schloß die Augen, als sie «Segovia» sagte, woraus ich folgerte, daß auch diese Gazpacho köstlich war.

Ich ging im Kopf die Liste der Zutaten durch – Rinderbrühe, Tomate, Gurke, Knoblauch, Zwiebel, rote Paprika, gekochter

Reis, Olivenöl. Ich öffnete den Mund, um zu fragen: «Was ist mit —»

Aber Miß Toklas kam mir zuvor und sagte: «Salz ist hier nicht wichtig. Denk gut nach, Bin, bevor du es benutzt.» Eine Prise Salz, so meine Madame, sollte niemals ein primitiver Reflex, ein nervöses Zucken des Kochs sein, schon gar nicht eines Kochs, der in der Rue de Fleurus 27 tätig ist. Salz ist eine Zutat, die wie jede andere bedacht und sorgfältig abgewogen sein will. Der wahre Geschmack des Salzes — das ganze Meer auf der Zungenspitze, der Stich des Leides, der Geruch der Arbeit — war meiner Madame zufolge Jahrhunderten der kulinarischen Unüberlegtheit nicht mehr zugänglich. Es ist ein Geschmack, der, so meint Miß Toklas, manchmal unnötig ist wie im Falle der Gazpacho à la Malaga und der manchmal, so bei der Gazpacho à la Segovia, das Scharnier darstellt, das den Aromen der anderen Zutaten erlaubt, sich zu öffnen. «In meiner Küche werde ich dir sagen, wann Salz notwendig ist», erklärte mir meine Madame und beendete damit für diesen Tag den Unterricht.

Mit dieser Madame zu arbeiten würde, das konnte ich bereits sehen, nicht einfach werden. Sie ist eine aufmerksame Madame, und das sind, offen gesagt, die schlimmsten. Und was ist mit der anderen? fragte ich mich. Ich erinnere mich, daß ich dachte: Zwei aufmerksame Mesdames, und ich bin in einer Woche hier raus. Ich weiß, ich weiß. Es ist die andere Madame, die dich mehr interessiert, Sweet Sunday Man. Aber was du nicht zu begreifen scheinst, ist, daß sie zusammengehören und daß ich das, worum du mich bittest, meiner Madame und Madame nicht antun kann. Der Betrug, die Treulosigkeit, die Brutalität des Ganzen! Selbst ich bringe das nicht fertig, Sweet Sunday Man.

«Wie wäre es mit einer Photographie, Bie?»

Ich nicke, gestehe mein kindliches Verlangen nach einem Bild von dir und mir.

«Das machen wir. Wir werden zum Studio Lené gehen und uns photographieren lassen, sobald du ...»

Ein angemessener Tausch. Ein fairer Handel. Ein ausgewogenes Geben und Nehmen. Ich habe dieses Spiel schon mal gespielt, denke ich.

«Bitte, Bie, nur eine Woche, von Sonntag bis Sonntag, und dann kannst du ...»

«Unser Photo» ist alles, was ich haben möchte, und es ist alles, was ich höre. Sweet Sunday Man, der honigsüß zu reden weiß. Wenn ich bei ihm bin, werde ich daran erinnert, daß süß nicht nur ein Geschmack auf der Zunge ist. Mein ganzes Wesen kann von Süße erfüllt sein. Er beschleunigt meinen Puls, und ich bleibe in diesem hellwachen Zustand auch dann noch, wenn unsere Körper nicht mehr eins sind. Er bewohnt einen Körper, der frei durch das ständige Blau des Himmels über dieser Stadt schweben kann, und er nimmt mich mit, wenn er träumt. Er füllt meine Lungen mit seinen Atemzügen und Seufzern. Ich koche für ihn, und er ernährt mich. Das ist das Wesen unserer Beziehung.

Mit ihrem Kimono und ihren Gebetsperlen angetan, steht GertrudeStein vor der Studiotür und wartet. Auf Miß Toklas, stelle ich mir immer vor, wenn ich diese Photographie betrachte. GertrudeSteins Haar ist voll und wächst im Inneren des Bildes üppig weiter. Ein kleines Lächeln verschönt ihr Gesicht, vertieft die Grübchen in ihren Wangen. Es ist ein Lächeln, das sagt: Vergiß mich nicht! Es ist nicht so sehr ein Befehl, sondern eher ein kluger Rat, ein Tip, welches Pferd siegen wird. Meine Madame starrt so konzentriert in die Kamera, daß ich mir vorstelle, ihr Wille habe den Verschluß auf- und wieder zugehen lassen, um sie in dem Augenblick festzuhalten, in dem sie erklärte: «*Ich bin es!*» Es ist ein bedeutsamer Augenblick, den zu teilen sich meine Mesdames aus irgendeinem Grund sträuben. Andererseits waren meine Madame und Madame schon immer ziemlich unberechenbar hinsichtlich dessen, was sie an die Öffentlichkeit gelangen lassen und was sie mit schraubstockartiger Festigkeit an ihre Busen pressen wollten. Dieses Photo beispielsweise haben sie beschlossen, im Schrank zu lassen, bei der Schreibmaschine von Miß Toklas und den Kladden und Unterlagen von Gertrude-Stein. Gegen die Rückwand gelehnt, zeigt das Photo Gertrude-Stein mit vor der Brust zusammengelegten Händen, ein Knoten, der darauf wartet, gelöst zu werden. Von Miß Toklas, stelle ich mir vor. Der Saum von GertrudeSteins Kimono berührt den Boden und verschwindet dann im weißen Rand der Photographie. Ich halte sie dort fest, am Saum ihres Kimonos, und frage meine Madame: «Würden Sie das auch tun?» Miß Toklas würde mit «Ja!» antworten, das weiß ich. GertrudeStein wird nie mit derartigen Problemen konfrontiert. Sie steht dort und wartet, nicht geduldig, aber zuversichtlich, auf das, was ihr, wie sie weiß, von Rechts wegen zusteht. Sie ist die Empfängerin von Liebe und Zuneigung, aber sie verschafft sie sich nicht. Dafür hat sie Miß Toklas.

Ich stehe vor dem offenen Schrank, stehe in der Stille, die die Rue de Fleurus 27 in Besitz nimmt, wenn meine Mesdames Arm in Arm eingeschlafen sind. Ich nehme eine dünne Kladde aus dem Schrank, die mir sagt, sie sei klein, unbedeutend, ja leicht zu vergessen. Die Kladde stammt nicht aus der Mitte des Stapels, wie Sweet Sunday Man geraten hatte, aber es ist auch keine von ganz oben. Nach meiner Schätzung befand sie sich in sicherer Entfernung von der Stelle, an der Miß Toklas mit dem Daumen die aufgehäuften Seiten durchgeblättert hat, wie ich einmal gesehen habe. Die über die weiche Kuppe ihres Fingers streifenden Ränder erzeugen in ihr eine prickelnde Erwartung, an die sie sich später als ein Gefühl der Unausweichlichkeit erinnern wird. Ich schließe den Schrank wieder, aber erst nachdem ich GertrudeStein, glückselig in ihrem Kimono, eine gute

Nacht gewünscht habe. Ich kehre in mein Zimmer zurück, mache die Tür zu und schlage die Kladde auf. Ich sehe eine ununterbrochene Kette von Wörtern. Ich überfliege sie auf der Suche nach solchen, die ich vielleicht kenne, die ich vielleicht erkenne wie das Gesicht meines Bruders in der Verschwommenheit einer vorüberziehenden Menschenmenge. Nein, nichts, denke ich. Dann entdecke ich das Wort «bitte» (eines der wenigen englischen Wörter, die mir Sweet Sunday Man beigebracht hat), und ich sehe es noch einmal. Ich wende die Seite um, und auch dort ist ein «bitte».

«Bitte» kann eine Frage sein. «Darf ich?»

Und eine Antwort. «Du darfst.»

«Bitte» ist auch ein Wunsch, ist ein Gefallen, den ich ihm tun soll.

Mein Zeigefinger springt von «bitte» zu «bitte». Da ... das ist eine Frage. Dort ... das ist eine Antwort. Hier ... ist es eine Geste, und da ... ist es ein Wunsch. Ich folge einem Handlungsverlauf, den ich vielleicht als einziger entdecke, aber einen Augenblick lang rede ich mir ein, daß ich, wie Sweet Sunday Man, Madames Text lese. Ich blättere um und sehe das Wort «Bin». Ich erkenne an der Schreibweise das, was meine Mesdames für meinen Vornamen halten. Auf den folgenden Seiten finde ich meinen amerikanischen Namen wieder und wieder. Und jedesmal überwältigt mich das Gefühl, Zeuge meines eigenen Ertrinkens zu sein. Da ... bin ich, denke ich. Hier ... bin ich wieder. Ich bin umgeben von Fremden, welche an einer stetig abrollenden Leine aufgereiht sind, die sie über Wasser hält. Es ist eine Leine, an der ich keinen Halt finde. GertrudeStein weiß das, aber wie auch immer, es ist sie, die mich dort hineingeworfen hat, denke ich.

Ich habe Ihnen nicht gestattet, mich so zu behandeln, Madame. Ich bin da, um sie zu füttern, nicht um Ihnen als Futter zu dienen. Für solche Dienste verlange ich mehr Geld, Madame.

Sie bezahlen mich nur für meine Zeit. Meine Geschichte, Madame, gehört mir. Ich allein bin berechtigt, sie zu erzählen, sie auszuschmücken oder Dinge wegzulassen.

Hier, Sweet Sunday Man, hier. Die Kladde mag ja meiner Madame gehören, aber die Geschichte gehört mir. Schau, da steht überall mein Name. Da ... und da ... und da. Dein Blick folgt meinem Finger, der über die beschriebenen Seiten fährt, und du lächelst. «Sei unbesorgt, Bie», beruhigst du mich. Die Geschichte, *meine* Geschichte, könnte ja auch, sagst du, liebevoll, begeistert, ja sogar bewundernd erzählt sein. Du tust Madames Kladde in deinen Schreibtisch. Du verschließt die Schublade mit einem Schlüssel, den du am Hosenbund trägst. «Ich werde dir nächsten Sonntag alles erzählen. Jetzt sollten wir erst einmal gehen, denn sonst kommen wir zu spät zu unserer Verabredung», sagst du, wieder lächelnd. Ein Photo von dir und mir, denke ich. Das Geräusch der sich schließenden Schublade, der weiche Ton von Holz auf Holz, das scharfe Klicken des Schlosses folgen uns die Rue de l'Odéon hinunter. Die Sonne scheint, und ich bin in ihrem grellen Licht ohne Orientierung. Ich schließe die Augen, und alles, was ich jetzt noch sehe, ist das Gesicht meiner Madame, das mir zulächelt.

Nachdem diese Aufnahme von GertrudeStein im Kimono gemacht worden war, schrieb Leo seiner Schwester ein Briefchen (sie hatten aufgehört, miteinander zu sprechen), in dem er Miß Toklas vorwarf, sie habe ihm die Schwester gestohlen. Als Miß Toklas das las, lachte sie und schrieb zurück: «Ihre Schwester hat sich mir geschenkt.»

Wie wahr, denke ich. Ob Geschenk oder Diebesgut, das hängt ganz davon ab, wer die Feder in der Hand hält.

20 *********************

Eine Februarsonne bietet sich der Stadt an, ein seltenes Gut, auf das sich die Pariser begierig stürzen. Sie schwärmen durch den Jardin du Luxembourg, finden Trost in den Lachen aus Licht. Wie kleine Fleckchen geschmolzener Butter, denke ich. Die Kastanienbäume sind jetzt schon seit Monaten kahl. Ich bin immer noch ganz bestürzt, wenn ich sie sehe, so viele in einer Reihe und auf die Spitze gestellt, die Blätter tief in der Erde, die Wurzeln im Wind schwankend. Wie Schlangenmenschen, Akrobaten – ein Schauspiel, das ich, wie ich fürchte, als einziger sehe. Ich ertappe mich dabei, daß ich die Dornensträucher nach Hagebutten absuche. Es rührt mich, daß sie geblieben sind, unerschütterliche Farbkleckse in einer Stadt, der ihre Palette verlorengegangen ist. Ich ziehe die Konturen tiefhängender Äste nach. Meine Finger finden die Schwellungen unmittelbar unter der Oberfläche, die Knötchen, welche die Fortdauer des Lebens anzeigen. Der winterliche Garten ist ein Geschenk dieser Stadt an mich, Honig in einem Bienenkorb, Korallen in einem tobenden Meer. Um ihn zu sehen, muß ich ausharren. Kinder rennen an mir vorbei. Die Kindermädchen folgen ihnen, ihre Schützlinge im Blick, Klatsch auf den Lippen. Junge Frauen gehen vorbei, Arm in Arm, ihre glockenförmigen Hüte schwingen im flotten Takt ihrer Füße. Studentinnen, stelle ich mir vor. Für Verkäuferinnen zu dunkle Lidstriche. Touristen trotten im Gänsemarsch hinter ihrem Führer her, einem Franzosen, der einen hübschen blauen Mantel und ein schiefes, elfenbeinernes Lächeln zur Schau trägt. Ich bin der einzige Narr, der noch sitzt. Im Februar gibt es kein Gerangel um die Plätze auf den Bänken. Ein weiterer Vorzug dieses von der Kälte gestutzten Gartens.

Der Winter erwartete mich an den Gestaden dieses Landes wie eine rachsüchtige Matrone, die mir voller Zorn die kalte Schulter zeigt. Sie läßt mich nie vergessen, daß ich während der gut ersten zwanzig Jahre meines Lebens ihre Existenz ignoriert, sie nie in den Knochen gespürt, mich nie nach ihr gesehnt habe, wenn die Sonne zu hoch am Mittagshimmel stand. Anfangs war sie ganz Geduld und Schönheit, maskierte sich mit Farben, verbarg sich im Herbstlaub. Als sie mir die erste Kußhand zuwarf, hieß ich sie mit weitgeöffneten Armen willkommen und argwöhnte nicht, daß sie mich innerhalb weniger Tage zum Weinen bringen würde. Als ich zur Welt kam, leckte sich die Hitze die vollen Lippen und umarmte mich. Bevor mich meine Mutter in die Arme nehmen konnte, roch ich bereits die Hitze. Bevor ich die Milch meiner Mutter trinken konnte, schmeckte ich das Salz auf ihrer Brustwarze. Ich erzähle das mir selbst, wiederhole es wie ein Gebet, als Bitte um Schutz, als etwas Wärmendes, in das ich mich einwickeln kann. Mäntel sind mir nie dick genug. Ich würde ja versuchen, zwei übereinanderzuziehen, aber ich besitze nur einen. Und der Wind würde doch nur durch die zusätzlichen Wollschichten fahren, so daß ich wünschte, ich besäße drei. Ich bin in dieser Stadt im Winter verloren. Das Eis verstärkt meine Niedergeschlagenheit, vergrößert das, was mir fehlt. Schnee weckt in mir den Wunsch zu schlafen, nicht in meinem Bett, sondern an den Ecken belebter Boulevards, in Passagen, unter den Markisen geschäftiger Läden, wo immer ich gerade bin, wenn mein Körper sagt: Bitte, nicht weiter. Der Wunsch ist manchmal so stark, daß ich, erschöpft vom Kampf, in die Wohnung meiner Mesdames zurückkehre. Es endet für mich nicht immer mit einem Sieg. Oft habe ich den Tag auf einer Parkbank vertan, habe so still gesessen, daß sich die Tauben im Glanz meiner Schuhe betrachteten. Wie lange ich dort gesessen habe, sagt mir nur die Steifheit meiner Glieder, die Zeit, die es dauert, bis das Blut wieder prickelnd durch Arme und Beine strömt.

Heute beobachte ich eine Gruppe Kinder. Sie spielen auf den Steinstufen, die hinaufführen dorthin, wo mich die Kälte an der Bank angenietet hat. Ich werde auf die Gruppe aufmerksam, als ein kleines Mädchen mit großen Augen aus dem Kreis der Kinder ausbricht und die Stufen hinaufgelaufen kommt. Sie verläßt den Weg und rennt direkt zu den Bäumen hin. Dort angekommen, fängt sie an, mit ihren in Fäustlingen steckenden Händen im Schnee zu graben. Sie zieht einen dünnen, armlangen Ast hervor, an dem noch ein einzelnes braunes Blatt hängt. Sie rennt die Treppe wieder hinunter, und der Ring der Kinder öffnet sich. Ihre eingemummelten Körper bilden einen Halbkreis, in dem sich die Tragödie, die ich nicht vorausgesehen hatte, abspielen würde.

Das Mädchen mit den großen Augen, das mir jetzt als einziges Kind die Sicht verdeckt, bricht das Blatt vom Ast ab und wirft diesen beiseite. Sie kniet nieder und fängt an, irgendwem oder irgendwas Luft zuzufächeln, das ich nicht sehen kann. Ich beuge mich vor, und mein Blick trifft auf etwas Geschwungenes, Graues, das sich kaum regt. Eine Taube, eine ganz gewöhnliche stadtgraue Taube stolpert zwischen den schwarzen Stiefeln des Mädchens hindurch und versucht, die Flügel auszubreiten. Der rechte öffnet sich zu seiner ganzen Länge, zu schwungvollem Weiß. Der linke knickt in der Mitte weg zu zerbrochenem Grau. Der Vogel taumelt vorwärts und fällt auf seinen herabhängenden linken Flügel. Er liegt dort, und die Kinder werden immer aufgeregter. Ein Junge lacht und stößt mit dem Finger zu. Das Mädchen mit den großen Augen fächelt noch, kniet aber nicht mehr. Vorüberkommende Kinder bleiben stehen. Ihre Kindermädchen ziehen sie weiter, schimpfen sie aus, weil sie sich etwas Sterbendes angeschaut haben. Die kleine Schar der Zuschauer variiert in ihrer Größe, aber alle, die hinzutreten, lassen zwischen sich und dem Vogel einen großen Abstand. Es muß genug Raum bleiben für solche Dinge, ein Instinkt, über den alle verfügen außer dem

Jungen mit dem ausgestreckten Finger und dem Mädchen mit den großen Augen. Sie fächelt weiter, kniet jetzt wieder. Sie hat den Kopf tief hinuntergebeugt, berührt fast den Kopf der Taube, ein Kopf, der sich hebt und wieder hinunterfällt, eine sichtbare Erschütterung jedesmal, wenn er auf den harten Stein schlägt. Der Junge mit dem Finger erinnert sich an den weggeworfenen Ast und rennt zu ihm hin. Er bringt ihn herbei und stupst die Taube in den Nacken. Das Mädchen tritt beiseite, gibt etwas Gewaltsamem nach, gibt etwas in sich selbst nach. Der Vogel reagiert, indem er sich wieder auf die Füße dreht. Sein Kopf wackelt zu einem unhörbaren Gesang. Er hüpft eine Stufe hinunter und versucht erneut, die Flügel auszubreiten.

Schwungvolles Weiß, zerbrochenes Grau.

Schwungvolles Weiß, zerbrochenes Grau.

Jetzt bleiben Erwachsene stehen. Das Schauspiel ist zu einer Sache des öffentlichen Interesses geworden. Der Tod, eine private Angelegenheit, hat einen befristeten Auftritt, wie die Februarsonne. Gesichter, in Falten gelegt und besorgt, blicken auf die Kinder und die Taube hinab. Nicht weit entfernt flüstern ein Mann und eine Frau miteinander. Ich stelle mir vor, daß sie nicht Französisch sprechen. Dafür sind die Schuhe der Frau zu flach. Keine Pariserin würde je so schmucklos und erdnah dastehen. Die Frau berührt die Schultern der vor ihr Stehenden, bis da keiner mehr ist außer dem Jungen mit dem ausgestreckten Finger, ein Finger, der ein groteskes Aussehen bekommen hat durch den Ast, der seine natürliche Reichweite vergrößert. Die Frau beugt sich zu dem Vogel nieder, der sich jetzt nicht mehr ans Fliegen erinnern kann. Auf seinen eng zusammengestellten Füßchen sitzend, bebrütet er ein Ei, ohne begreifen zu können, daß es nur aus Stein ist. Die Frau zieht ihre Handschuhe aus. Die Zeit steht still. Die Erde wird klein, und die Frau und der Vogel sind die einzigen, die noch einen Schatten auf ihre Oberfläche werfen. Ich mache die Augen zu, kann sie jedoch nicht geschlossen halten – ein weiteres nutzloses Flattern an diesem Wintertag.

Die Frau nimmt die Taube in die Höhlung ihrer Hände – das gefleckte Rot einer Waschfrau – und richtet sich auf. Der erwartete Widerstand, der Kampf des Vogels um seine Freiheit, bleibt aus. Die Frau geht die Stufen hinunter und trägt die Taube vor sich her, erhoben wie eine Opfergabe für die Schneebeete unten. Sie setzt den Vogel an einer Stelle ab, wo der Schnee weggeschmolzen ist. Sie läßt die Hände um den Vogel gelegt, gibt ihm Halt für das, was kommen wird, wärmt ihn, wie ihn keine Sonne je wieder wärmen wird. Die Versammelten sind der Frau die Treppe hinunter gefolgt, und von da, wo ich sitze, kann ich sehen, wie ihre Körper von Unsicherheit sprechen. Manche wenden sich ab, dann wieder um. Köpfe bilden kleine Kreise, die sich dann in Wellenlinien wieder öffnen. Unsicher, wie ich sehe, ob die zusammengelegten Hände der Frau die Sterbesakramente ausgeteilt haben, ob sie jetzt ihren Tag wieder aufnehmen, die Minuten zurückverlangen können, die sie an einen kleinen Tod verloren haben. Das Mädchen mit den großen Augen hat immer noch das Blatt in der Hand, fächelt damit die Luft vor sich. Der Junge mit dem ausgestreckten Finger steht da, zwei kleinere Jungs neben sich. Lektionen werden gelernt. Grausamkeit wandert von einem zum andern, ein nicht allzu heimlicher Händedruck.

Ich sehe ein plötzliches Gewoge von Mänteln und Hüten. Kinder werden schnell davongeführt, ihre kleinen Hände bedecken ihre Münder, größere ihre Augen. In meiner Blickrichtung befindet sich wieder eine gewöhnliche stadtgraue Taube. Sie versucht zu fliegen, bietet einen Anblick schlimmer als der Tod. Mit ihrer verletzten linken Schwinge kann sie nur über den Schnee hinstreichen. Sie fliegt zu einer nahen Hecke und wirft ihren Körper in das Gewirr der Zweige. Die Federn bleiben an Dornen und anderen seltsamen kleinen Auswüchsen hängen und werden hochgehoben, in schmählicher Weise den Blicken ausgesetzt. Die Taube schlägt so stark mit den Flügeln, daß die Hecke erschüttert wird, zittert, erschreckt wird von etwas, das dem Leben ähnlich ist. Der Vogel fällt auf den schneebedeckten Boden zurück. Seine Weigerung, einen sanften, einverständlichen Tod zu sterben, ist eine Verhaltensweise, die die Versammelten als störrisch und undankbar empfinden. Sie zeigen ihre Mißbilligung, indem sie ihre Aufmerksamkeit abziehen, eine zurückgezogene Hand. Der Vogel fliegt wieder in die Zweige, verwirrt und erschöpft.

Ich schließe die Augen, ein nutzloses Flattern. Ich öffne sie wieder und sehe dich eine halbe Welt entfernt. Ich höre, wie Fieber deine Lippen öffnet. Ich spüre dein Zittern, farblose Geckos, die dein Rückgrat hinunterhuschen. Ich rieche den Nachtschweiß, der dich reingewaschen hat.

Die Frau mit den rotgefleckten Händen ist als einzige übriggeblieben. Niemand möchte der Verzweiflung so nahe sein. Sie hängt zu schwer in der Luft. Sie ist ihrem Wesen nach invasiv, hat den dumpfen Geruch muffiger Räume und leerer Häuser, hat einen deutlichen Eigengeschmack, der scharf ist und auf der Zunge brennt. Die Frau sollte es wissen. Sie trägt die Verzweiflung mit sich herum, am verschmutzten Saum ihres Rocks und eingenäht in das Futter ihres Mantels. Sie untersucht den Vogel und erkennt die Zeichen – das geheime, versteckte Merkmal ihrer Gattung –, und sie weiß, daß dies seine Zeit braucht. Sie hebt die Taube auf, wieder ein schnelles Einhüllen in Rosa, und geht mit ihr die Treppe hinauf. Sie geht an mir vorbei und legt den Vogel unter die Bäume, nahe bei der Stelle, wo das Mädchen mit den großen Augen den Ast ausgegraben hat. Die Frau schaut zu mir herüber, und wir tauschen Versprechen aus. Jemand würde das auch für mich tun, wenn meine Stunde gekommen ist, meine ich sie sagen zu hören. Sie verläßt mich ohne Worte des Abschieds.

«Ça suffit!» rufe ich den Kindern zu, die sich auf den oberen Stufen wieder zusammengefunden haben. «Jetzt reicht's! Jetzt reicht's! Jetzt reicht's!» Mein kaum verständliches Französisch bringt sie zum Lachen, und sie fragen sich, ob ich noch ganz normal bin. Das Nachdenken darüber fällt kurz aus. Sie kommen zu dem Schluß, daß ich verrückt bin. Sie laufen weg, lassen mich auf dieser Bank am Rande eines Parks sitzen, der versucht, eine sich zurückziehende Sonne an die Leine zu legen. Ich höre, wie die Taube mit ihrem Körper zappelnd gegen einen Schneehaufen schlägt. Mit jedem Versuch werden ihre Flügel schwerer, Eiskristalle setzen sich fest, unerwünschte Juwelen, winterliche Kletten. Das schwache Knirschen des Schnees bringt mich zum Weinen. Ich werde so lange hier sitzen, bis es aufhört.

Ich weiß, daß du deinen besten *áo dài* anhast. Du hast ihn gekauft, als du gerade mal achtzehn warst. Grau ist keine Farbe für eine junge Frau. Grau ist die Farbe, die du haben wolltest, weil du schon damals praktisch dachtest, weil du wußtest, daß Grau die Farbe ist, in die du hineinwachsen, die du noch tragen würdest, wenn dein Haar weiß geworden war. Du knöpfst dich in dieses Gewand und kannst nicht umhin zu bemerken, daß es an dir herabhängt und nichts hat, woran es sich festhalten kann. Deine Brüste sind jetzt kleiner als zu der Zeit, als er sie zum ersten Mal sah. Dein Bauch zeigt die Spuren deiner vier Söhne und deines einen Ehemanns. Du berührst dein Gesicht auf eine Weise, wie es sonst niemand getan hat, seit ich fortgegangen bin. Du lächelst, weil du weißt, daß ich bei dir bin, daß ich dein Bedürfnis verstehe, dieses Kleid anzuziehen, eine Sache, die du dein eigen nennen kannst. Du weißt, daß ich deine Hand halte, daß ich dich zur Tür seines Hauses hinausführe. Du trittst auf die Straße und bist plötzlich wie zerbrochenes Grau. Seide fließt an deinem Körper hinab, eine Weichheit, die er dir genommen hatte. In der Stadt meiner Geburt hältst du das Versprechen, das wir einander gegeben haben. Wir haben geschworen, nicht auf dem Küchenfußboden zu sterben. Wir haben geschworen, nicht unter dem Dach seines Hauses zu sterben.

21 ★★★★★★★★★★★★★★★★★★★

«Bie, die Steins planen wegzugehen.»

Das weiß ich natürlich, Sweet Sunday Man, und auch, wohin und warum. Ich kann es allerdings gar nicht glauben, daß du es schon weißt. Die Enttäuschung steckt mir im Hals wie eine Gräte. Seit über einem Monat habe ich diese Neuigkeit jetzt schon aufgespart. Ich habe sie für heute später am Abend aufgespart.

Ja, was du gehört hast, stimmt. Meine Mesdames haben vom Algonquin Hotel in der City von New York Telegramme erhalten. Diese Telegramme bestätigen, daß das Algonquin stets *oysters* und *honeydews* vorrätig haben wird. Ich habe mir besondere Mühe gegeben, mir diese beiden englischen Wörter zu merken, und wo ich sie jetzt vor dir ausspreche, lächelst du wie gewöhnlich. Ich muß sie mehrere Male wiederholen, den Klang ändern und einebnen, so gut ich kann, *AYster, ayySTER, hu-NIdu* und so fort, bevor du weißt, wovon ich spreche. Die Übersetzung von *oyster* ins Französische fällt dir nicht schwer, aber mit *honeydew* hast du Schwierigkeiten. Du erklärst mir, daß es sich um eine Melone handelt, aber du seist nicht sicher, ob es im Französischen eine genaue Entsprechung gebe. Du wirst, wie du mir sagst, einige Zeit damit verbringen müssen, danach in deinen Büchern und Lexika zu suchen. Ich sehe dich an und zucke die Achseln. Ich kann, offen gestanden, den Grund für diese Anstrengung nicht erkennen. Wörter, Sweet Sunday Man, haben doch nicht in jeder Sprache einen Zwilling. Manchmal haben sie nur entfernte Cousins, und manchmal geben sie gar vor, überhaupt keine Verwandten zu haben. Wenigstens kennen wir bei diesem die Familie, die Melonen. Ich weiß deshalb, daß eine *honeydew* eine Frucht ist, die wie eine Blume duftet, eine Frucht, deren Konsistenz irgendwo zwischen fest und flüssig angesiedelt ist, eine Frucht, deren Saft den Körper des Glücklichen kühlt, der ihn zu sich nimmt. Was die anderen Merkmale der Frucht angeht, so werde ich sie mir einfach vorstellen müssen.

Meine Mesdames hatten die Speisekarte des Algonquin im Januar mit der Post erhalten, und bald danach begannen die Reisevorbereitungen. Eigentlich wäre es, glaube ich, zutreffender zu sagen, daß die Vorbereitungen für die Reise erst begannen, als die Speisekarte mit der Post eingetroffen und für angemessen befunden worden war. GertrudeStein las alle Gerichte laut vor, während Miß Toklas gelegentlich Kommentare dazu abgab. Ich selbst war überrascht, daß die Speisekarte eines amerikanischen Hotels so viele französische Speisen enthielt – *canapés, meunières, paupiettes, glacées*. Diese Wörter zu hören war tröstlich für mich, der ich zwischen Eßzimmer und Küche hin- und herging, um nach dem Abendessen meiner Mesdames abzuräumen. Wie zu erwarten, gab es einige Sachen (wahrscheinlich amerikanischen Ursprungs), die ich nicht kannte. Am Ende des Vortrages sah Miß Toklas beeindruckt aus, vielleicht sogar ein bißchen stolz. GertrudeStein wirkte einfach nur erleichtert. Sie hatte die zwei Dinge auf der Speisekarte entdeckt, die sie interessierten, wahrscheinlich ausschließlich interessierten. Seither haben wir in der Rue de Fleurus noch mehr Speisekarten von Hotels überall in Amerika erhalten. Jede war wieder laut vorgelesen worden. Wenn Austern und Honigmelonen nicht vorkamen oder zwar vorkamen, die Formulierung jedoch vage oder von Hinweisen auf, wie ich annahm, ihre saisonal bedingte Verfügbarkeit begleitet war, dann setzte eine hektische Korrespondenztätigkeit ein. Miß Toklas schrieb Telegramme und wartete unruhig auf die Antwort. Zumeist jedoch las Gertrude-Stein *oysters* und *honeydews* mit einem hörbar angefügten Seufzer der Befriedigung vor, und dann wich die Spannung, die mit diesen Berichten verbunden war, aus dem Raum.

Austern in der halben Schale und frische Melonen, beides serviert auf zerstoßenem Eis, das ist, sagst du, das einzige, was GertrudeStein vor einem Vortrag zu sich nehmen kann.

«Vortrag? Aber ich dachte immer, meine Madame schreibt Bücher.»

«Das tut sie auch. Und dann hält sie Vorträge darüber.»

«Oh.»

Du hattest ein Gerücht über GertrudeStein gehört, das bis zu diesem Augenblick weit hergeholt erschien. Bei den Sonnabendtees war gemunkelt worden, daß sie vor Vorträgen nervös sei, daß sich dieses Monument von einer Frau doch tatsächlich setzen müsse, um nicht in Ohnmacht zu fallen. Auch wenn du Iridologe und nicht sonderlich an den inneren Organen interessiert bist, weißt du, daß ein übernervöser Magen empfindlich ist. Wenn du dir persönlich auch nicht vorstellen konntest, selbst unter günstigsten Bedingungen eine Mahlzeit aus rohen Austern und kalten Honigmelonen bei dir behalten zu können, so konntest du doch nachvollziehen, daß die zarten Farben dieser beiden Gerichte eine beruhigende Wirkung auf GertrudeStein ausübten.

«Vor den Vorträgen», sage ich und versuche mir GertrudeStein vorzustellen, wie sie vor Zuhörern steht, die derart furchteinflößend sind, daß sie das Selbstvertrauen meiner Madame ins Wanken bringen können.

«Deshalb kehren die Steins im Oktober nach Amerika zurück.»

«Woher weißt du das?» frage ich.

«Ich hab's in der Zeitung gelesen.»

Mein Gesicht verrät das Erschrecken darüber, daß die Zeitungen von den Mahlzeiten wissen, die meine Madame vor den Vorträgen zu sich nimmt, und du lächelst.

«Oh, *das*. Keine Sorge, nur du und ich wissen von den Austern und den Melonen.»

«Psst, Messieurs, bitte seien Sie still, und schauen Sie geradeaus», fordert uns der Photograph Lené auf.

Wir holen beide tief Luft und warten bewegungslos auf den weißen Blitz. Glauben Sie mir, mitten auf dem Meer mitten in der Nacht sind selbst die Sterne nicht so hell.

«Kommen Sie am nächsten Sonntag wieder, Messieurs. Ich werde dasein und Ihre Photos ebenfalls», sagt der Photograph Lené, als er dir die Quittung aushändigt. Du faltest das blaue Stück Papier zusammen und steckst es in die Manteltasche.

Nur sieben Tage, sage ich zu mir selbst.

Als wir in die Rue de l'Odéon zurückkommen, versichern mir der Narzissenduft, das sich an den Mansardenfenstern entkleidende Sonnenlicht und der volle, warm werdende Bauch des Buddhaofens, daß dieses Spiel das Risiko wert war. Eine Woche ängstlicher Unruhe für eine Woche Vorfreude, das ist ein durchaus fairer Handel, denke ich. Alles für meinen gelehrten Prinzen, denke ich. Wirklich, wie könnte ich dich nicht in dieser Rolle sehen? Dein Interesse an den Büchern meiner Madame ist weit mehr als nur beiläufig. Dein Wunsch, das in ihren Kladden Festgehaltene eingehender zu studieren, entspringt ganz sicher einem wissenschaftlichen Interesse. Deine Fähigkeit, Fakten über sie und Miß Toklas zu sammeln, ist in jüngster Zeit selbst meiner gleichgekommen.

*

Puderzucker, Kräckerkrümel, Salz. Heute ein kurzer Gang hinaus auf die Straßen dieser Stadt, und ich werde damit bedeckt sein. Ich bin kein Dichter, deshalb verzeihen Sie mir bitte meine mangelnde Wertschätzung, ja Verabscheuung des Schnees. Damals beim Generalgouverneur erzählte uns der Chauffeur, daß Schnee wie die weichsten Daunen der weißesten Taube sei, daß er sich wie Blüten an die Hüte der hübschen jungen Französinnen schmiege. Er erzählte uns, daß sich der Schnee auf seinem Gesicht angefühlt habe wie ein Kuß. Ich weiß jetzt, daß das nur Erinnerungsgerede war, daß der Chauffeur solche Sachen offensichtlich erfand, weil er sie – wie wir alle – gerne glauben wollte. Wenn die Sonne von Saigon unsere Lippen springen, sie platzen läßt wie eine reife Frucht, dann kann uns die Verheißung eines Kusses, selbst in solcher Ferne, durch die endlose Folge der Tage helfen. Ich selbst habe, ehrlich gesagt, stets den Regen vorgezogen. Das hat mit meinem Beruf wenig zu tun. Anders als die Dichter bleiben die Köche vom Wetter unberührt. Laut Minh dem Souschef wissen die besten von Anfang an, wie man sich die extreme Hitze und die bittere Kälte zunutze machen kann. Sie nehmen die Sonne und verwandeln das Fleisch von Früchten oder Tieren in etwas Wohlschmeckendes zum Kauen. Selbst wenn die Haut unter ihren Fingernägeln schon blau wird, vergessen sie nie, daß Eis Fleisch ohne Maden oder Salzkruste bedeutet. Der Regen dagegen bedeutet, daß Hefe manchmal langsamer treibt und Eier innerhalb weniger Tage faul werden. Meine Vorliebe für Regen hat wirklich nur wenig mit seinen kulinarischen Auswirkungen zu tun. Ich wurde, wie alle meine Brüder, während eines Wolkenbruchs gezeugt. Was sollte man in der Regenzeit auch schon anderes machen? Du lieber Himmel, ich nehme an, jeder in Saigon wurde zum Geräusch von Wasser gezeugt, das auf den Hausdächern herumlärmt und sich dann durch die Regenrohre hinab davonmacht. In dieser Stadt, nun ja, jeder, der heutzutage in Paris gezeugt wird, kommt wohl eher in den Genuß von Autohupen und Kirchenglocken, trägt doch der Schneefall nicht zum pausenlosen Geplapper der Stadt bei. Schnee im Februar, ein geräuschloser (mürrischer wäre nicht übertrieben) Schneefall, das ist für mich das Unversöhnlichste, das es gibt. Da ist keine Vorspiegelung von Charme, da gibt es kein Gewirbel in der Höhe, kein filigranes Konfetti. Der Himmel öffnet sich einfach nur und schüttet Puderzucker, Kräckerkrümel und Salz hinunter. Genau das denke ich. Nichts Poetisches, nichts Profundes – nichts Prosaischeres als das elende Wetter und daß ich da hinausmuß, bevor der Markt für heute zumacht. Das Frühstück ist serviert. Basket und Pépé sind mit Leber vollgestopft. Bis zum Lunch für ihre Mesdames ist noch Stunden Zeit. GertrudeStein und Miß Toklas bleiben daheim, wegen des Wetters und weil sie später die Photographen zum Tee erwarten. Der Rhythmus eines Montags in der Rue de Fleurus 27, durchsetzt mit Genörgel über den Schnee, mit einem Refrain über tropischen Regen. Das Schicksal jedoch hört zu. Schlimmer noch, es hält irrtümlicherweise ein melancholisches Aparte für einen Anfall von Nostalgie. Letztere ehrt die Vergangenheit. Ich bedaure sie nur.

«Thin Bin, *das* ist für Sie.»

Ich wende den Blick vom schneebefleckten Fenster ab, und mein Herz steht still. Schon so bald? denke ich. Es ist erst ein Tag vergangen, Mesdames. Nur ein Tag.

Miß Toklas steht an der Tür in der Küche, GertrudeStein neben ihr. GertrudeStein hat eine Hand in der Tasche ihres Rocks, und die andere zeigt auf ein kleines Silbertablett in der Hand von Miß Toklas. «Thin Bin, *das* ist für Sie», wiederholt GertrudeStein.

Die Karte für eine einfache Metro-Fahrt? Eine Abfindung abzüglich der Kosten für eine Kladde (gebraucht)? Ein Empfehlungsschreiben für meine nächsten Arbeitgeber? «Fabelhafter Koch, aber unbeholfen, wenn betrunken, und dafür bekannt, daß er gelegentlich stiehlt. Hochachtungsvoll – die Steins.» Was meine Mesdames da auf dem Tablett auch für mich haben mögen, ein *canapé* ist es wenigstens nicht, davon kann ich wohl ausgehen. In all den Jahren, die ich nun schon bei ihnen bin, habe ich sie noch nie auf diese Weise zusammen gesehen. Erstens begleitet GertrudeStein Miß Toklas selten in die Küche. Sie praktizieren Arbeitsteilung, und GertrudeSteins Hälfte hat nichts mit diesem Raum zu tun. Zweitens übernimmt immer Miß Toklas das Reden, wenn es um häusliche Angelegenheiten geht. GertrudeStein weiß nicht einmal, wieviel ich als Lohn bekomme. Was das Silbertablett angeht, so kann ich nur vermuten, daß diese beiden bei ihren Kündigungsverfahren etwas förmlicher vorgehen als andere Messieurs und Mesdames. Der Zeitpunkt – nach dem Frühstück und vor dem Mittagessen – ist der klassische. In diesen wenigen schicksalhaften Stunden werden mehr Köche entlassen als in irgendwelchen anderen. Die meisten Messieurs und Mesdames verlangen Kaffee und etwas Süßes von mir, bevor sie mich gehen lassen. Auch ist der Montag der bevorzugte Tag für derlei Aufgaben. Monsieur und Madame haben dann genug Zeit, um einen Ersatz zu finden. Aus diesem Grund werden die meisten Dinnerpartys auf die Zeit von Donnerstag bis Sonnabend gelegt. Der Anfang der Woche bleibt reserviert für den allgemeinen Wechsel, für das Heuern und Feuern. Und da ist natürlich auch der Schnee. Rauhe Witterung scheint Monsieur und Madame stets dazu zu ermutigen, mir die Tür zu weisen und diese hinter mir zu schließen. Aber ausnahmsweise einmal habe ich nicht die Absicht, das Verfahren zu beschleunigen, weshalb ich bedrückt, aber standhaft nicht von der Stelle weiche. Mesdames, Sie haben es schon auf dem Silbertablett. Sie könnten genausogut die paar Extraschritte machen und mir das darauf Befindliche servieren.

«Dieb», höre ich den Alten Mann mir ins Ohr zischen.

Halt den Mund. Es war schließlich meine Geschichte.

«Lügner.»

Da haben wir schließlich doch etwas gemeinsam, Alter Mann.

GertrudeStein nimmt Miß Toklas das Tablett aus der Hand, kommt damit zu mir und gibt es mir. Ich hocke inzwischen auf ihrem Küchenfußboden. Mein Leben bewegt sich zu schnell, und wie immer glaube ich, daß es sich verlangsamen wird, wenn ich der Erde näher bin. Meine Mesdames haben sich an mein gelegentliches Abtauchen gewöhnt. Anfangs schrieben sie es der sprachlichen Kluft zwischen uns zu, dann dem durch das Trinken bewirkten Stumpfsinn. Jüngst haben sie dafür einen degenerativen Hörverlust meinerseits verantwortlich gemacht, was die Lautstärke ihres Sprechens und die Wiederholung selbst der einfachsten Anweisungen erklären würde.

«Nein, sein Gehör ist in Ordnung, er ist nicht taub, sondern bloß stumm», schreit mir der Alte Mann ins Ohr.

Danke für die Klarstellung, Alter Mann, aber leider kann dich meine Madame und Madame nicht hören. Ich bin der einzige hier, der auf diese Weise leiden muß.

«Thin Bin, wir nehmen an, dies ist für Sie?» fragt Gertrude-Stein zum dritten Mal.

Ich blicke auf den Briefumschlag hinab und nicke ein allgemeines «Ja». Ich weiß, GertrudeStein, mein Name dort sieht ganz anders aus, als er klingt. Bei tonalen Sprachen ist das oft so. Stellen Sie sich vor, daß Sie den singenden Tonfall meiner Mutter, die Ornamentik ihrer Seufzer mit den Buchstaben Ihres Alphabets einfangen müßten. Aber machen Sie sich nicht die Mühe, GertrudeStein, ein französischer Jesuit hat das schon vor vielen Jahrhunderten besorgt. Er ist für die Diskrepanz verantwortlich, die jetzt vor uns liegt. Ich kann Ihnen jedoch versichern, daß *das* der Name ist, den mir meine Mutter am Tag meiner Geburt gegeben hat. Und das da in der Ecke, das ist der Name meines ältesten Bruders, des Souschefs im Hause des Generalgouverneurs in Saigon.

Beim Anblick von Anh Minhs steifer Schrift läßt mich die Kälte zittern, die im Innern aller unserer Knochen wohnt und die vom Gehirn als Empfindung großen Alleinseins registriert wird. Ich habe schon seit Monaten nicht mehr an ihn gedacht, nicht mehr seit meine Mesdames nach Hause kamen, die Man-

teltaschen wie auch den Rücksitz ihres Automobils voller Kastanien. Anh Minh glaubt, daß Kastanien die Krümel sind, die aus
dem Mund Gottes fallen. Natürlich ist es ein französischer Gott.
Oder vielleicht einfach nur ein Gott mit einem französischen
Küchenchef. Wie auch immer, niemand hätte wohl an dieser
Fülle mehr Freude gehabt als er, dachte ich. Anh Minh ist der
einzige. Ich mußte nicht erst seinen Namen auf dem Umschlag
lesen, um es zu wissen. Niemand auf jener oder irgendeiner anderen Seite des Globus hätte mir einen Brief geschrieben außer
ihm. Ich hatte ihm vor Jahren einen geschickt, vor fast fünf, um
genau zu sein. Mein Brief war voll von unzusammenhängenden
Beobachtungen und voreingenommenen Darstellungen eines
Betrunkenen gewesen, niedergeschrieben im Zigarettenqualm
eines überfüllten Cafés. Ich hätte einen ruhigeren Ort vorgezogen, aber die Körper um mich herum sorgten dafür, daß das
Etablissement geheizt und warm war. Draußen feierte die Stadt
die Geburt des Sohnes ihres Gottes. Drinnen war die Feier, wie
der Alte Mann sagen würde, gottlos.

Mach den Chauffeur dafür verantwortlich, Alter Mann. Er
war es, der mir als erster von diesen Orten erzählt hat. Seine
moralischen Geschichten, ein Reisebericht mit Erwähnung all
der Etablissements, die nie besucht zu haben er behauptet hat,
sind für mich eine notwendige Straßenkarte dieser Stadt gewesen. Wenn ich Geld in der Tasche hatte (wie das an jenem
Weihnachtsabend der Fall war), dann bestellte ich mir ein Gläs-
chen von irgend etwas Hochprozentigem und nippte gelegentlich daran. Wenn nichts in meinen Taschen war außer meinen
Händen, dann wartete ich an der Tür darauf, bis jemand vorbei-
kam, der noch einsamer war als ich. An jenem Abend, als ich an
Anh Minh schrieb, ich säße an einem Marmortisch in einem
kleinen, aber eleganten *salon du thé*, log ich, weil ich nicht wollte,
daß er meinen ersten Brief nach Hause wegwarf. Als Monate, ja
Jahre vergingen, ohne daß eine Antwort kam, mußte ich mich

daran erinnern, daß Anh Minh mit Worten sparsam umgeht. Er würde sie nie an Dinge verschwenden, die unverändert geblieben sind. Warum sollte er schreiben, sagte ich mir, wenn sich daheim nichts, aber auch gar nichts jemals verändert? Er ist Minh-noch-immer-der-Souschef. Anh Hoàng schuftet noch immer in der zweiten Klasse. Anh Tùng hat Tag für Tag den Geschmack von Druckerschwärze auf der Zunge. Der Alte Mann, nun ja, der bevorzugt den Kommunionswein und zum Runterspülen ein Glas Rum.

«Es ist Zeit, daß Du nach Hause zurückkehrst», schreibt Anh Minh. «Egal, was er alles zu Dir gesagt hat, er ist unser Vater, und er liegt im Sterben.»

Mein Bruder schreibt weiter, daß der Alte Mann einen Schlaganfall erlitten hat, daß er rechtsseitig gelähmt und jetzt ans Bett gefesselt ist. Es stimmt also, dachte ich, der Gott des Alten Mannes kann einen Menschen niederstrecken. Aber so, wie es klingt, muß sein Gott ihn erst noch erschlagen. Ja, der Alte Mann ist, fürchte ich, noch sehr lebendig. Verzeih mir, wenn es für mich immer leichter war, an ihn als einen Verstorbenen zu denken. Seit meiner ersten Nacht auf der *Niobe* kann ich erst einschlafen, nachdem ich seinen Sarg in den saugenden Lehm gesenkt, nachdem ich Pater Vincente beiseite geschubst habe, um meine eigene Version des Bestattungsrituals zu vollziehen. Wie hätte ich sie sonst dort zurücklassen können? Wie kann ich mir vorstellen, wie ich mit meinen Lippen leicht die Wangen meiner Mutter berühre? Mir vorstellen, wie sie mir sagt, ich solle, wenn ich denn müsse, fortgehen, aber um ihretwillen nicht zurückschauen. Und mir dann vorstellen, wie er im Zimmer nebenan noch atmet. Verzeih mir, wenn ich das nicht kann.

«Er ist unser Vater», lese ich Anh Minhs Worte noch einmal. Lügner, denke ich. Welche Version dieser Geschichte soll ich glauben? Daß meine liebe Mutter einen Liebhaber hatte, der, wenn auch nur für kurze Zeit, ihr Märchenprinz war und ihr mit Schatten geschmückte Umarmungen schenkte und sie mit mir sitzenließ, mit mir, ihrem letzten Sohn? Oder daß der Alte Mann mein Vater ist und daß er ungeachtet dieser Tatsache vor seinem Haus stand (eines, das ich nie wiedersehen werde) und mich anlog, damit er mich als tot betrachten konnte? Wie man so sagt, Alter Mann, ist Blut dicker als Wasser. Aber in unserem Falle hast du die Meere mit so viel Müll und Gehässigkeit zugeschüttet, daß kein Schiff, Alter Mann, diese Gewässer noch befahren und mich zu dir zurückbringen kann. Wenn deine Stunde gekommen und vergangen ist, glaub mir, dann werde ich kein Weiß tragen.

Der Alte Mann atmet Luft ein. Er atmet Schmutz ein. Das ist für mich von keiner großen Bedeutung mehr. Meine Mutter hatte am Ende den Mut, ihn zu verlassen. Ich mußte das nicht erst im Brief meines Bruders lesen, um es zu wissen. Ich habe es schon seit vielen Tagen gewußt. Anh Minhs Brief hat mir lediglich bestätigt, daß dies der Grund für die nächtlichen Besuche meiner Mutter war. Wir haben uns im Jardin du Luxembourg voneinander verabschiedet. Die Stadt hatte sich wie heute einen Umhang aus Weiß umgelegt. Meine Mutter hatte ihren grauen *áo dài* an und ich zwei meiner Pullover und meinen einzigen Wintermantel. Wir saßen auf einer Parkbank und plauderten über nichts Bestimmtes, wie zwei Leute, die das ganze Leben miteinander verbracht haben. Der Schnee um uns herum fing gerade zu schmelzen an, und sie zitterte vor Kälte. Ich saß bei ihr, bis die aufgehende Sonne sie fortnahm. Die Besuche gingen weiter, bis ich sie eines Tages sah, doch da war ich hellwach. In der Hoffnung, mir meinen Kummer zu erleichtern, hatte sie die Gestalt einer Taube angenommen, eines stadtmüden Vogels, der verendete. Der Tod, glauben Sie mir, kommt niemals als erstes in Worten zu uns.

«Gott hat Má Flügel gegeben», schreibt Anh Minh. Kurz

und bündig wie immer, denke ich. Was er meint, ist, daß unsere Mutter keine Angst mehr hatte. Nach Jahren des Rosenkranzbetens legte sie sich in einer mondlosen Nacht schlafen und sah am Horizont ganz deutlich den Himmel. Sie trat unter seinem Dach hervor mit einer Entschlossenheit, die die wahrste Gabe des Glaubens ist. Ihr Mann, ein falscher Prophet, würde ihr niemals dorthin folgen können, wohin sie ging. Ihre vier Söhne, nun ja, das müssen sie selbst entscheiden. Bei diesem letzten Gedanken wurde ihr Körper eins mit der Erde, und ihre Seele stieg in den Himmel auf.

«Amen», schreibt Anh Minh.

«Amen», lese ich laut.

Vom Klang meiner eigenen Stimme erschreckt, blicke ich vom Brief meines Bruders auf. Die Küche ist leer. Meine Mesdames müssen sie schon vor langer Zeit verlassen haben. Ich höre im Studio Stimmen. Hier drinnen ist niemand außer dem Herd und den Kupferpfannen.

22 ********************

Wie üblich ist er nicht zu Hause, wenn ich komme. Was er an seinen Samstagabenden tut, erzählt er mir nicht. Wenn er sonntags zurückkommt, ist er gewaschen, rasiert und hat ein frisches Hemd an, also frage ich nicht. Was spielt es für eine Rolle, sage ich mir, solange er jetzt hier bei mir ist. Wir begrüßen uns kurz, nennen den Namen des anderen, tauschen aus, was wir uns die ganze Woche über hatten sagen wollen, und dann versuchen unsere Körper, die verlorene Zeit wieder wettzumachen. Dann fängt für mich der süße Sonntag offiziell an. Heute morgen zittern mir die Hände, und die verdammten Schlüssel wollen nicht aus dem Schloß. Ich habe die ganze Woche nicht geschlafen. Angst und Erwartung haben all die Nächte hindurch ihre laute Musik gemacht, und mein Herz hat zu ihrem Jazzbeat den Takt geschlagen. Entweder das, oder die Nachbarn meiner Mesdames haben sich ein Grammophon gekauft und belieben zu glauben, daß Krach und Rabatz − so wie Basket und Pépé − bleiben, wo sie sind. Ich kann es nicht mit Sicherheit sagen. Was die Quelle der Ruhestörung war, meine ich. Die Lage der Hunde ist mir wohlvertraut.

Basket und Pépé fahren in nächster Zeit bestimmt nirgendwohin. Meine Madame und Madame versuchen, etwas gegen ihre Schuldgefühle zu tun, indem sie für Seine Hoheit und den Thronprätendenten eine Reiseausstattung kaufen. Jedem zwei Lederhalsbänder mit glänzenden Ziernägeln und für Basket ein Mäntelchen. Keine Hosen. Schließlich ist Basket ein Hund. Und Hunde, selbst die völlig verhätschelten, scheinen keine Bedekkung ihres Hinterteils zu brauchen. Was Pépé angeht, so sieht er unbekleidet besser aus, und das wissen er und meine Mesdames auch. Zum Glück waren meine Madame und Madame mit solchen Vorbereitungen viel zu beschäftigt, um zu bemerken, wie meine Hände zitterten. Sie denken, ich hätte ihren Tee verschüttet, ihr Geschirr zerbrochen und mich an den geblümten Scherben geschnitten, weil ich an das ständige Klingeln ihres Telephons nicht gewöhnt und deshalb nervlich völlig zerrüttet bin. Wir in der Rue de Fleurus 27 haben nämlich endlich unser eigenes Telephon. GertrudeStein geht niemals dran. Unser häusliches «Fräulein vom Amt» ist Miß Toklas. Anfänglich folgte sie der französischen Sitte und schrie «Allô!» in die Sprechmuschel, wenn es läutete. Jetzt hebt sie bloß ab und atmet. Sie wartet darauf, daß die Stimme am anderen Ende einen Gruß und einen Namen stottert. Wenn ihr das, was sie hört, nicht gefällt, legt sie auf. Keine Erklärung, keine falschen Entschuldigungen, nichts dergleichen. Sie tut dasselbe mit den Augen, wenn sie Leuten gegenübersteht, warum sollte sie sich also über die Telephonleitung anders verhalten? GertrudeStein lacht laut auf, wenn sie den Hörer mit dumpfem Geräusch auf die Gabel fallen hört. Sie und ich, wir wissen, daß Miß Toklas das Maß ihres Widerwillens gegen den Anrufer durch die Heftigkeit zu erkennen gibt, mit der sie den Hörer auflegt. Was für eine nützliche Maschine, denkt Miß Toklas.

Meine Mesdames sind in letzter Zeit in Hochstimmung. Ihnen schwindelt der Kopf. Man hat sie angerufen. Man hat ihnen ein Telegramm geschickt. Und was das Beste ist, man hat sie photographiert. GertrudeStein hat sich schon seit Wochen nicht an den Schreibtisch gesetzt, und Miß Toklas hat nicht ein einziges Mal den Schrank aufgemacht, um die Schreibmaschine zu benutzen. Ich hatte trotzdem Angst. Weil Photographen sogar noch neugieriger sind als Dienstboten. Der einzige Unterschied ist, daß Photographen ihre zudringliche Kunst praktizieren, während meine Madame und Madame noch im Zimmer sind. Während ihrer Besuche höre ich oft, wie GertrudeStein Miß

Toklas losschickt, um irgendein kleines Erinnerungsstück aus ihren gemeinsamen Jahren zu holen – in dem, wie ich mir vorstelle, andauernden Versuch, die versammelte Mannschaft zufriedenzustellen. Miß Toklas könnte auf ihr Leben mit Gertrude-Stein nicht stolzer sein, und wenn sie ein Erinnerungsstück im Studio nicht präsentiert, dann gibt es einen zwingenden Grund dafür. Nehmen Sie beispielsweise «La Argentina». Letzten Montag hat GertrudeStein Miß Toklas losgeschickt, damit sie für zwei spanische Photographen, die dem Schnee getrotzt hatten, um mit meinen Mesdames Tee zu trinken, La Argentina holte. Diese Dame ist eine Flamencotänzerin, die mit ihren vollen, wirbelnden Röcken meine Mesdames von dort, wo sie hoch über ihrem Bett tanzt, jeden Morgen und jeden Abend aufweckt. Trotz des Namens hatten meine Mesdames sie in Madrid gekauft. Das kann man dem Aufkleber auf der Rückseite entnehmen. Die Vorderseite des Posters, nun ja, die Vorderseite ist ein gutes Beispiel dafür, daß einige Frauen auch voll angezogen sexuell aufreizend wirken können. Wenn ich La Argentina lange genug ansehe, kann ich sie fast riechen. Es ist kein Zufall, daß ich ihr unter die Röcke schauen kann, wenn ich auf dem Bett meiner Mesdames liege. Letztere Behauptung ist natürlich nur eine Vermutung, denn ich würde mich nie erdreisten, diesen Blickwinkel selbst auszuprobieren. Miß Toklas ist eine Madame von kultiviertem Geschmack. Sie besitzt *bon goût*, wie die Franzosen sagen würden. Der Futterstoff ihrer Handtasche gehört in die gleiche Farbfamilie wie das Futter ihres Mantels. Dieselbe Farbe hieße, es zu übertreiben. Der Duft, den sie im Nacken aufträgt, zollt dem Duft, der von ihrem Eßtisch aufsteigt, Respekt. Ein Wettstreit wäre Verschwendung, denkt Miß Toklas. GertrudeStein ist eine Madame mit Appetit, einem spontanen, animalischen Appetit. Das bedeutet, daß sie zusätzlich zu La Argentina Vitrinen voll mit Figürchen ihrer katholischen Lieblingsheiligen aus Muscheln und Hühnerfedern hat, herge-

stellt von frommen, aber, wie ich nur annehmen kann, stock-
blinden Nonnen. Sie hat Regalbretter voller Miniaturbrunnen,
auf deren gerüschten Rändern Tauben sitzen, Souvenirs, die
man überall in der Stadt an Touristenständen feilbietet. Sie hat
Wände, die bedeckt sind mit Bildern von grüngesichtigen
Frauen mit gebrochenen Nasen und mißgebildeten Augen, die
oftmals auch noch nackt sind, aber im Gegensatz zur Flamencotänzerin angezogen viel besser aussehen würden. Die Rue de
Fleurus 27 ist damit und mit noch mehr vollgestopft, und Miß
Toklas ist diejenige, die das alles durchgehen muß. Die Bilder
habe ich sie an den Studiowänden von der Stelle bewegen
sehen, aber abgenommen hat sie sie niemals. Miß Toklas hat
einen Staubwedel aus Straußenfedern, mit dem sie ihre un-
ebene Oberfläche säubert. Das Wort «gewissenhaft» charakteri-
siert wohl auf angemessene Weise die Konzentration und Häu-
figkeit, mit der sie dieser Aufgabe nachkommt. Was die
mausernden Heiligen und die Souvenirbrunnen angeht, hat
Miß Toklas für sie Wandbretter in dunklen Korridoren, Nischen
in kleinen Nebengelassen und andere intime Aufbewahrungs-
orte in der Rue de Fleurus 27 gefunden. GertrudeStein scheint
ihren Ortswechsel nie zu bemerken. GertrudeStein braucht natürlich auch nie aus ihrem chintzbezogenen Sessel aufzustehen,
um irgend etwas von diesen Sachen selbst zu holen. Miß Toklas
ist es auch lieber, wenn das so bleibt.

Oft kehrt Miß Toklas mit etwas völlig anderem ins Studio zurück, als was sie hatte holen sollen, oder sie kommt, wie im Falle
von La Argentina, gänzlich ohne etwas. Sie zuckt die Achseln,
wedelt mit den leeren Händen, und bald darauf ziehen die
Photographen ihrer Wege, enttäuscht zwar, aber offensichtlich
keineswegs entmutigt, da weitere Vertreter ihrer Zunft in der
Rue de Fleurus auftauchen. Wenn Miß Toklas nicht da wäre,
hätte ich viel mehr Grund, mir Sorgen zu machen. GertrudeStein
würde, sich selbst überlassen, die Photographen durch die ganze

Wohnung traben lassen. Es würde mich nicht wundern, wenn sie, auf dem Bett ruhend, mit ihnen Tee tränke inmitten zerwühlter Decken, zerknitterter Laken und nicht aufgeschüttelter Kopfkissen. Sich selbst überlassen, ließe GertrudeStein jenen Schrank weit offenstehen, fürchte ich, und verteilte Miß Toklas' getippte Abschriften sowie ihre eigenen Originalkladden an alle, die sie sehen wollen. Und diese Photographen wollen nur allzu gerne sehen, glauben Sie mir. Genau das ist der Grund, warum Miß Toklas immer in ihrer Nähe ist, denn sie ist es, die GertrudeStein daran erinnert, nie etwas umsonst wegzugeben. Ich weiß immer, wann andere Schriftsteller zum Tee da waren. Sie hinterlassen jedesmal einen Stapel Papiere – gratis. Miß Toklas liest sie stets als erste und oft als einzige. GertrudeStein ist Schriftstellerin, nicht Leserin, denkt Miß Toklas, wenn sie auf den Papierkorb zielt. Sie wirft nie daneben. Schriftsteller sind in dieser Hinsicht wie Köche, vermute ich. Wir üben eine Kunst aus, deren Wert sich verzehnfacht, wenn ihr Ergebnis mit anderen geteilt und konsumiert wird. Eine Kladde in einem Schrank ist ein Kuchen, der in einem schon lange kalt gewordenen Backofen vor sich hin kümmert, von niemandem geschätzt und in Gefahr, vergessen zu werden. Wenn man es so sieht, dann habe ich nichts getan, was GertrudeStein nicht gern selbst getan hätte. Ich habe ihre Leserschaft großzügig um einen Leser vermehrt.

Auf einen sanften Druck meiner Schulter hin geht die Mansardentür ganz leicht auf, ohne ihr übliches Knarren. Sweet Sunday Man muß sie letzte Woche ölen haben lassen, oder vielleicht ist es auch nur das andere Wetter. Holz hat die Neigung, sich auszudehnen und sich wie eine Lunge ohne Luft wieder zusammenzuziehen, wenn die Außentemperatur sinkt und dann wieder steigt. Aber es braucht die Tür nicht – die Gerüche sagen mir alles. Frische Farbe und frische Luft können nur eins bedeuten. Sweet Sunday Man hat mir einmal erzählt, daß er von unseren fünf Sinnen am meisten unserem Geruchssinn mißtraue. Er sei am leichtesten irrezuführen. In den allermeisten Fällen, behauptete er, sei es das Herz, das uns sagt, was da ist und was nicht.

Ich sehe den Ofen mit dem Buddhabauch. Ich sehe einen Schreibtisch mit Blick auf die sonnenhellen Fenster. Ich sehe Regale entlang den Wänden. Ich sehe einen Vorleger am Fuße des Betts. Ich sehe ein gefaltetes Stück Papier, das wie ein Zelt auf dem Fußboden steht. Ich habe ein Haar aus seiner Bürste. Ich habe ein Taschentuch aus seiner Manteltasche. Ich habe die abgenutzten Schnürsenkel von seinen Schuhen. Ich habe jeden Zettel, den er für mich dagelassen hat. Ich habe sie alle aufgehoben. Ihr Inhalt dreht sich für gewöhnlich um Zeit. Seine voraussichtliche Verspätung, seine mögliche Heimkehr, dargestellt durch eine einsam auf der Seite schwebende Zahl. Manchmal enthalten die Zettel eine kurze Liste der nicht vorhandenen Zutaten. Reife Feigen, wenn Bodenfrost herrscht, Lamm, wenn die Bäume bereits ihre Blätter verloren haben, Artischocken, wenn die Sommersonne in tiefem Schlaf liegt, all das hatte er auf seinem Teller vorfinden wollen. Aber Woche um Woche hatte ich zu ihm sagen müssen: «Warte.» Die Erde unter unseren Füßen ist gefroren. So ist es von Anfang an gewesen. Aber Dezember, Januar und Februar sind Monate, die einen einfallsreichen Koch belohnen. Ich habe also für ihn getrocknete Feigen in Bergamottee gedünstet. Ich habe Hammelfleisch mit in Zitronenschale gewickelten Kräutersträußchen geschmort, bis sich seine ältlichen Sehnen wieder an den Frühling erinnerten. Was die Artischocken betrifft, so habe ich alle Gläser mit den ergrauenden, in ihren Essigbädern schwimmenden Herzen, die ich in seinem Küchenschrank finden konnte, ausrangiert. Manchmal, Sweet Sunday Man, ist es besser, sich nach etwas zu sehnen.

Ich knie mich hin, um nachzusehen, wonach er heute hungert. Durch die weit offenen Fenster kommt ein Windstoß und weht den gefalteten Zettel über den Boden. Er landet auf einer Seite dicht bei den festgeschraubten Füßen des Buddhabauchofens. Das kleine Zelt hat, wie ich sehe, ein blaues Inneres. Wie der wolkenlose Himmel draußen, denke ich. Über ganz Paris hat er sich ausgebreitet. Der Umschwung kam so plötzlich, daß es falsch wäre zu sagen, die Sonne vom Dienstag habe den Schnee vom Montag geschmolzen. Sie hat ihn verdampft, und die Bewohner der Stadt waren überglücklich. Meinen Mesdames ging es nicht anders. Sie sagten alle Termine ab. Miß Toklas rief die Photographen einzeln an und sagte ihnen, sie sollten nächste Woche wiederkommen. Bis auf die beiden spanischen Photographen, die am Montag zum Tee da waren, hatte sie alle abgewiesen. Anschließend suchten Miß Toklas und GertrudeStein ihre sämtlichen Lieblingscafés auf, die angesichts dieses Glücksumstandes in aller Eile wiederhergerichtet worden waren, und sonnten sich. Ich weiß, die Sonne war meine Rettung. Sie leerte die Rue de Fleurus 27, und leere Zimmer sind bemerkenswert diskret. Sie bewahren Geheimnisse und vergessen Indiskretionen. Lob werfen sie zurück, und Flüche schlukken sie. Sie neigen zu Beständigkeit und ziehen daher die Gesellschaft des Vertrauten vor. Womit nur gesagt sein soll, daß der Inhalt der Rue de Fleurus während des größten Teils der vergangenen Woche zum Glück unberührt geblieben war. Und als daher gestern der letzte der jungen Männer den Sonnabendtee verließ und gegen eine verfrühte Frühlingsnacht eintauschte, seufzte ich. Ein Risiko, das einzugehen sich gelohnt hat, dachte ich, als sich meine Augen zum erstenmal in fünf Tagen zum Schlafen schlossen. Der sechste war dann ohne Zwischenfall und ohne Photographen verstrichen. Als schließlich der heutige Morgen anbrach und eine Zitronentortensonne mit sich brachte, seufzte ich wieder. Den meisten Entlassungen geht drohendes schlechtes Wetter voraus. Ein prächtiger blauer Himmel, so dachte ich, hat selten diese Wirkung.

Blau ist die Farbe eines makellosen Himmels, eines friedvoll schlafenden Meeres. Blau ist der schillernde Glanz auf den Schuppen eines Fisches, ist eine Farbe, die tief unten schwimmt und der es weit vom Ufer entfernt am besten geht. Blau ist der letzte Rest von Schönheit, den das Tier mitteilen kann, bevor ein Messer seinen weichen Bauch findet und ausnimmt. Und hier, in der Mansarde, in der die Stadtluft noch nach Farbe riecht, ist Blau die Farbe des einzigen, was übriggeblieben ist. Blau, das weiß ich, noch bevor meine Finger es mir bestätigen können, ist die Farbe der Quittung vom Studio Lené. Der dünne Zettel ist mit einem kleinen Klecks Klebstoff auf eine Briefkarte geklebt worden, der durchgeschlagen und einen Fleck um das Wort «Lené» hinterlassen hat. Selbst die elegante Schrift hat die Empfangsbestätigung nicht davor bewahren können, ange-schmutzt und besudelt auszusehen. Nachlässig, denke ich. Sweet Sunday Man hat noch nicht einmal warten können, bis der Klebstoff etwas angetrocknet war. Er muß die beiden Teile eilig zusammengepreßt, gefaltet und mir als umgedrehtes V hinterlassen haben. Die Tinte der Nachricht ist wahrscheinlich verschmiert, denke ich. Bis Tinte trocken ist, vergeht auch ei-nige Zeit.

Nach dem Aussehen der Mansarde zu urteilen, hatte Sweet Sunday Man keine. Die Wände sind frisch gestrichen. Die Böden sind fleckenlos sauber und gebohnert. Der gescheuerte Holz-ofen ist eine Spur sauberer. Die Tür ist repariert und leise. Der Hauswirt muß für das alles Tage gebraucht haben. Sweet Sun-day Man dürfte höchstens zwei oder drei Tage gehabt haben, um zu packen. Alles war sorgfältig geplant und bis zum Ende akribisch genau durchgeführt. Bevor er die Mansardentür hin-ter sich schloß, sah er noch einmal zurück auf die vom offenen Fenster eingerahmten Schornsteine der Stadt, ein Ausblick, der den sehr Reichen oder sehr Armen vorbehalten ist, und blitzar-tig fiel ich ihm wieder ein. Er klopfte bei einer Nachbarin an und lächelte. Er hätte alles von ihr haben können, aber er bat sie nur um Feder, Papier und Klebstoff. Sweet Sunday Man schrieb: «Danke, Bie, für *Das Buch vom Salz*. Stein hat dich sehr gut getroffen.» Das Ganze war auf französisch geschrieben, bis auf die vier englischen Wörter. Der Titel der Kladde, nehme ich an. In seiner Eile hat Sweet Sunday Man ihn noch nicht einmal für mich übersetzen können. Wozu auch? hat er wahrscheinlich gedacht. In seiner Eile hat er sogar vergessen, seinen Namen darunterzusetzen. Er hat in die Manteltasche gefaßt und die Empfangsbestätigung vom Studio Lené gefunden. Er hat sie aufgeklebt und beides zusammen einmal gefaltet, seine letzte Nachricht für mich. Er hat sie auf dem Fußboden zurückgelassen, denn in seiner Mansarde gibt es nichts mehr außer dem Buddhabauchofen, der noch immer Hitze ausstrahlt, trotz des Wetterumschwungs.

23 *

Bão hatte unrecht. Nützliche Wörter und Ausdrücke einer andern Sprache haben wenig mit Trinken, Geld oder Mädchen zu tun. Je undurchschaubarer die Sprache ist, je unaussprechlicher, desto leichter wird das Leben für jemanden wie mich. Die Wahlmöglichkeiten werden eingeschränkt. Entscheidungen müssen nicht mehr erwogen werden. Ich sehe es nicht, also kann ich es nicht haben. Wenn es der Mann nebenan nicht trinkt, werde ich es höchstwahrscheinlich auch nicht bestellen. Ein schnelles Nicken, ein in die Luft gestreckter Finger oder eine hochgezogene Braue sagt: «Ich möchte dasselbe wie der da.» Dann sitze ich angespannt und warte, bis der Kellner wiederkommt, und bete die ganze Zeit, daß die Flüssigkeit im Glas meines Nachbarn nicht fünfundzwanzig Jahre alter Whisky ist oder ein Jahrgangschampagner. Ich übertreibe gern. Die Lokale, die ich besuche, führen kaum etwas, das über ein Jahr alt ist. An diesen Orten ist Jugend billig, genauso wie die Kundschaft, vornehmlich junge Männer, aber manchmal auch Mädchen. Man kann es nie genau sagen, bevor man sich nicht die Hände angesehen hat. Füße kann man durch spitze Schuhe kleiner erscheinen lassen. Hohe Absätze können den Eindruck hervorrufen, daß sich unter jenem Rock nichts als zehn winzige Zehchen verbergen. Aber Hände mit lackierten oder unlackierten Nägeln sind wie rote Signalflaggen. Handschuhe – am besten schwarze, weil Pastelltöne und leuchtende Farben die Größe nur betonen – sind daher ein übliches Zeichen. Ja, einige Mädchen tragen sie nur für den Fall, daß Kunden zu blöd oder zu betrunken sind, um zu erkennen, worin ihre einzigartigen Dienste bestehen. Was mich betrifft, ist die Sache eindeutig: *What you see is what you get.*

Bão zum Beispiel hatte kein Interesse an dem, was er sah. Er verfügte auf der *Niobe* über eine Sammlung bereits bezahlter Erinnerungen, die er mit Händen, warm wie das Südchinesische Meer, hervorlockte. Während uns das Schiff wie eine zwischen zwei Sternschnuppen aufgespannte Hängematte in den Schlaf wiegte, hörte ich ihn oft stöhnen.

«Serena die Solistin», flüsterte Bão, «hatte sie immer an.»

«Hatte was an?» fragte ich und machte mich auf eine weitere Geschichte von weiblicher Eigenliebe gefaßt.

«Handschuhe.»

«Oh.»

«Schwarz und bis zum Ellbogen», setzte er hinzu, «und sonst nichts.»

«Nichts?»

«Nichts.»

Bãos schneller Atem verriet mir, daß es das war, was er glauben wollte. Wer bin ich, daß ich die Erinnerungen dieses Mannes in Zweifel ziehen dürfte? dachte ich, und schon ertappte ich mich dabei. «Hör mal, ich weiß nicht, wie Serena das mit der, äh, oberen Hälfte hingekriegt hat, aber wie das übrige geht, kann ich dir zeigen.» Ich kletterte aus meiner Koje hinunter zu ihm. Ich nahm seine Hände, die wärmer als das Südchinesische Meer waren, und zeigte ihm, wie man zwischen meinen Beinen eine Spalte bilden konnte. Wieder hörte ich ihn in der Dunkelheit stöhnen. Diesmal gilt es mir, dachte ich.

Ich war ein guter Schüler gewesen. Glauben Sie mir, Blériot hatte viele Eigenheiten, und das hier war eine von ihnen. «Laß uns Monsieur und Madame spielen», pflegte er zu sagen, bevor er das Licht ausmachte. Was er meinte, war genaugenommen eine Variation des Themas «Monsieur und Madames Sekretärin». Blériot liebte die zusätzliche Schicht Sünde.

«Sag mir das Wort für ‹süß›», befahl mir der *chef de cuisine* auf französisch.

«Süß», tat ihm der *garde-manger* auf vietnamesisch den Gefallen.

«Sauer?»

«Sauer.»

«Bitter?»

«Bitter.»

Vergnügen hing für Blériot von der sorgfältigen Kombination solcher Wörter ab. Sie wirkten am Tag, warum also nicht auch in der Nacht?

«Sag mir das Wort für ‹Salz›.»

Die dies im Dunkeln fordernde Stimme gehörte diesmal mir. Ich habe dasselbe Wörterspiel mit Sweet Sunday ... ich meine mit Lattimore gespielt. Ich weiß noch, wie er lächelte. Zuerst dachte ich, er könnte mein Arbeiterfranzösisch nicht verstehen, aber dann beugte er sich herab und leckte die Spuren davon aus meinen Mundwinkeln. Er hatte mir bereits das englische Wort für «süß» beigebracht. «Sauer» und «bitter» sollten bald folgen. Das Wort für «Salz» lernte ich schließlich auch noch, aber nicht von ihm. In der Küche sind für mich diese vier Wörter, die in jeder Sprache von einem Kopfschütteln oder Nicken begleitet werden, von unschätzbarem Wert. In den anderen Räumen des Hauses haben sie mir gelegentlich eine Spur von Poesie gestattet, kärglich nicht aufgrund eines begrenzten Wortschatzes, sondern wegen des Gewichts der sorgfältig gewählten Wörter. Im Gegensatz zu Blériot vergesse ich diese Wörter nicht, wenn die Nacht vorüber ist, nur um sie dann zur unpassendsten Zeit, wenn gerade Worte das Allerunnötigste sind, erneut hören zu wollen. Doch, Blériot hatte viele Eigenheiten, und das war nur eine weitere.

Bảo dagegen zog in solchen Augenblicken Stille vor, meinerseits jedenfalls. Schließlich ist er ein Mann. Den Klang seiner eigenen Stimme hörte er immer gern. In der Nacht, bevor die *Niobe* in Marseille vor Anker ging, sagte jedoch keiner von uns etwas. Die Lichter des nahen Hafens zogen den Horizont in Gold nach. Möwen, die in jedem geschäftigen Hafen beheimatet sind, umkreisen das Schiff und stießen auf unser von Abfall übersätes Kielwasser hinab. Stimmen, vermischt mit dem Geräusch klatschender Wellen, drangen grüßend an unser Ohr. Ein Schiff voller Männer, die den gierigen Armen der See nun fast entronnen waren. Am nächsten Morgen sehnte ausgerechnet ich mich nach Wasser. Ich war nicht der einzige. Innerhalb weniger Stunden nach unserer Ankunft in Marseille hatte Bão auf einem Ozeandampfer angeheuert, der nach Amerika bestimmt war. Er winkte mir von einem Deck aus zu, das er persönlich schrubben würde. In seiner Hemdtasche befand sich an jenem Morgen ein Stück Papier mit dem Namen von Minh dem Souschef, für seinen nächsten Zwischenaufenthalt in Saigon, und ganz unten in seinem Seesack – eingewickelt in zwei Hemden – lag unter einem Paar Schuhe der rote Beutel meiner Mutter. Den Namen meines Bruders habe ich ihm gegeben. Den Beutel hat er genommen. Und das Schlimmste daran ist, daß ich diesem Mann, wenn er nur gefragt hätte, das Gold meiner Mutter, die Haut meines Vaters, die Hände meines Bruders und alle Knochen, die jetzt, wo er fort ist, lose in meinem Körper umherschwimmen, freiwillig gegeben hätte.

Bitte, Má, weine nicht. Ich weiß, ich hätte mir dafür Brot kaufen können, ein Zimmer für die Nacht. Ich hätte mir dafür Liebe kaufen können, aber ich hätte niemals die Jahre deines Lebens zurückkaufen können. Leid, selbst wenn es durch Schweiß und harte Arbeit zu hauchzartem Gold gehärtet wurde, ist immer noch Leid. Am Ende für uns beide wertlos, Má. Es ist besser, wenn ein Fremder damit um die Erde reist, als wenn es dein jüngster Sohn wäre.

Ein unbefriedigendes und unerträgliches Ende, ich weiß. Deshalb endet für mich die Geschichte von dem roten Beutel auch nie im Hafen von Marseille:

Bão, der Seemann, dessen Name «Sturm» bedeutet, befuhr sieben Monate lang die sieben Meere und kehrte schließlich in die vertraute Umarmung des Mekong zurück. In seinem Besitz befanden sich noch immer der Name meines ältesten Bruders und das Herz meiner Mutter, versiegelt in einer Allegorie aus Rot und Gold. An Land angekommen, ließ sich Bão den Weg zum Haus des Generalgouverneurs zeigen und fragte am Hintereingang nach Minh dem Souschef. Als Bão die lange weiße Schürze und die gestärkte Kochmütze sah, die auf dem Kopf meines Bruders thronte, stieß er einen Pfiff aus. Sie war halb so hoch wie die von Chef Blériot und meinem Bruder zusammen mit einem Haufen Vorschriften, die sämtlich den Standard der Hygiene in der Küche des Generalgouverneurs betrafen, überreicht worden. Aber alle Angestellten im Haus wußten, daß der weiße Hut, der «Giftpilz», wie sie ihn hinter dem Rücken meines Bruders nannten, in Wahrheit der einzige sichtbare Ausdruck von Blériots Schuldgefühlen war.

«Das hier ist für Ihre Mutter», sagte Bão und überreichte Minh, dem Immer-noch-Souschef, den roten Beutel. «Bình wollte, daß sie ihn wiederbekommt.»

«Wer?»

«Bình, Ihr jüngster Bruder.»

«So heißt mein jüngster Bruder nicht», erwiderte Anh Minh.

«Oh!» sagte Bão und öffnete den Mund zu einem langen, stillen Gelächter, am Ende erleichtert, daß der Küchenjunge nicht der einzige Narr an Bord der *Niobe* gewesen war. «Macht nichts», sagte der Seemann zu niemand Bestimmtem, drehte sich um und machte sich auf den Weg zurück zum Meer.

Es war keine Täuschungsabsicht, aber wirkliche Namen werden niemals genannt. Das sollte doch meine Geschichte von dem Mann auf der Brücke bereits ausreichend klargemacht haben.

Neulich habe ich ihn wiedergesehen. Er sah jünger aus als bei unserer ersten Begegnung. Dieselben Lippen, wenn auch voller als in meiner Erinnerung. Dieselben Augen, lebendig und wißbegierig. Ja sogar beredt, wenn es denn stimmt, daß die Augen alles über einen Mann aussagen. Derselbe links gescheitelte Haarschopf, nur ein bißchen länger, eher wie der eines Dichters in einem Café am linken Ufer als wie der eines gelehrten Prinzen in einem Teakpavillon. Ich habe ihn überall gesucht, in den Avenuen, auf den Uferpromenaden und auf den Parkbänken dieser Stadt. Ich bin sogar zu dem Restaurant in der Rue Descartes zurückgegangen und habe gegenüber dem Eingang mit der roten Laterne gestanden. Aber als ich vor zwei Monaten dort hinkam, stellte ich fest, daß die Laterne verschwunden war. Der Koch war wohl nach Vietnam zurückgegangen, um seine Mutter zu besuchen, oder vielleicht hatte er einen weiteren Anfall von Wanderlust bekommen und durchstreifte einmal mehr die Welt. Ich habe gehört, daß Männer in einem gewissen Alter erneut von der Sehnsucht nach der Mutterbrust ergriffen werden oder von der nach fernen Berggipfeln. Auch auf der Brücke war ich wieder, wo wir uns, Hände auf dem Geländer, Gesichter dem Fluß zugewandt, kennenlernten. Es hat Zeiten gegeben, wo ich dort so lange gestanden habe, bis sich meine Beine anfühlten, als erinnerten auch sie sich an das unaufhörliche Fließen des Wassers. Das bedeutete für gewöhnlich, daß es sehr spät war und daß ich zuviel zu trinken gehabt hatte.

Der Ort, an dem ich am allerwenigsten mit dem Mann auf der Brücke gerechnet hätte, war das Studio Lené. Natürlich bin ich hingegangen, sogar noch an demselben Sonntag, an dem ich Lattimores Zettel gefunden hatte. Ich wollte mein Photo haben. Ich hatte es mir redlich verdient, wie er sagen würde. Ich konnte es ja jederzeit durchschneiden, dachte ich, und Lattimores Gesicht irgendwo hintun für die Zeit, wenn ein Messer nicht mehr scharf genug sein würde und es sein Lächeln tun muß. Außerdem dachte ich, daß die Photographie bereits bezahlt sei. Darin hatte ich mich geirrt. Lattimore hatte nur die Hälfte des Preises als Sicherheit anzahlen müssen. Unglücklicherweise dauerte es fast eine halbe Stunde, bis ich dem Angestellten diesen einfachen Sachverhalt entlockt hatte, denn der mußte dauernd zwischen dem Laden und dem Hinterzimmer, wo der Photograph Lené vermutlich gerade mitten in einer Sitzung war, hin- und herlaufen. Es erleichterte die Sache nicht, daß der spitznasige Angestellte bezüglich meiner Aussprache wenig Geduld aufbrachte. Dieses französische Arschloch sah immer wieder auf meine Quittung und fragte: «Aber wo ist Monsieur Lattimore?» Statt dem Angestellten zu sagen: «Monsieur Lattimore ist auf dem gottverdammten Photo!», fiel ich in mein servilstes Französisch und bat Monsieur Arschloch, Monsieur Photograph zu fragen, ob ich die Photographie jetzt mitnehmen und den Rest der Rechnungssumme in wöchentlichen Raten bezahlen dürfe. Dabei galt als abgemacht (jedenfalls was mich anging), daß die Wochen nicht notwendigerweise aufeinanderfolgen mußten. Zu meiner Überraschung erklärte sich Monsieur Arschloch bereit, die Angelegenheit mit seinem Chef zu besprechen, und verschwand im Hinterzimmer, wo er, wie ich annahm, eine Reihe schwieriger, mich betreffender Verhandlungen mit dem Photographen Lené führte – oder schlicht darauf wartete, daß ich aufgeben und gehen würde.

Vorn im Laden des Studios Lené hatte ich mich inzwischen genügend beruhigt, um mich daran zu erinnern, daß ich seit dem Vorabend nichts mehr gegessen hatte. Ich sank auf einen reichverzierten kleinen Stuhl, der eigentlich nur dazu da war, betrachtet oder photographiert zu werden. Nichts daran bot Bequemlichkeit, weder die kunstvoll geschnitzte Lehne noch der mit grünem Samt bezogene Sitz, der sich verdächtig danach anfühlte, als sei er mit rohen Linsen gefüllt. Nach ein paar wenig einladenden Minuten kam ich zu dem Schluß, daß es wohl besser sei, wieder auf meinen eigenen zwei Beinen zu stehen. Ich stand auf und führte meinen Hunger gemächlich im Laden spazieren. Die Wände waren mit Musterphotos bedeckt. Es gab eine große Auswahl von Formaten, angefangen beim allerkleinsten für ein Medaillon. Die Menge der Gesichter erweckte den Eindruck, als wäre der Raum voller Menschen. Ich betrachtete den Gesichtsausdruck der Leute, die mich aus ihrem sorgfältig gestalteten Bild anstarrten (der Photograph Lené ist in der ganzen Stadt für seine Fähigkeit bekannt, seinen Modellen eine große Auswahl von Phantasieschauplätzen zu bieten, die vom einfachen griechischen Garten im Frühling bis zum exotischen mitternächtlichen Harem des letzten Maurenherrschers reichen), und fragte mich, wie sie wohl an diese Wände geraten sein mochten. Ich versuchte den alle verbindenden Grund ihres Hierseins zu finden. Außergewöhnliche Schönheit, schmachtende Haltung, furchtloses Sich-Stellen? Oder die Modelle hatten wie ich die zweite Hälfte ihrer Rechnung nicht bezahlen können und sich genötigt gesehen, ihre Gesichter und Körper an den Laden des Urhebers ihrer nun aufgegebenen Träume abzutreten. Ich hatte bei unserem Besuch nichts mit dem Photographen Lené zu tun gehabt, weil Lattimore das Reden übernommen hatte, und deshalb fiel es mir schwer zu sagen, welche Methode der Auswahl wohl dem Charakter des Photographen am meisten entsprach. Als ich so von einem Photo zum anderen wanderte (eine Reise von einer Traumszene zur nächsten), bemerkte ich, daß einige der Photos gar nicht schwarzweiß waren, sondern sehr feine Tönungen zeigten, violette und blaue, rosafarbene und braune, als ob sie im gedämpften Licht der Morgen- oder Abenddämmerung aufgenommen worden wären. Ich besah mir die Wände daraufhin genauer, um Abweichungen in der Farbgebung auszumachen. Und da entdeckte ich ihn. Ich stieg auf den verspielten Stuhl, um den Mann auf der Brücke besser zu sehen oder vielmehr sein jugendliches Gesicht auf einem Photo, das nicht größer war als meine geöffnete Hand.

«Kennen Sie ihn?»

Ich drehte mich um und sah auf das schütter werdende Haar des Photographen Lené hinab, der mich angesprochen hatte. Aber ich hielt es für höflicher, erst einmal von dem Stuhl herabzusteigen, bevor ich ihm antwortete.

Lené wiederholte seine Frage.

«Ja … ich meine, nein. Ich bin mir nicht sicher.» Meine Antwort war ein schönes Beispiel dafür, welche Freude es dieser Sprache macht, mich zu erwischen, wenn ich nicht auf der Hut und schlecht vorbereitet bin.

«Das beschreibt ihn genau.» Lené lachte. «Der beste Retuscheur, den ich je hatte. Besser als der Schwachkopf, der jetzt für mich arbeitet.»

«Wie heißt er?»

«Pierre Bazin.»

«Nein, nein, der Mann auf dem Photo.»

Lenés sichere, aber klanglich wirre Antwort sagte mir, daß ich die Sache anders angehen mußte. Ich reichte dem Photographen Lattimores Empfangsbestätigung. Ich bat ihn, mir doch den Namen des Mannes auf dem Photo aufzuschreiben. Als mir Lené den blauen Zettel zurückgab, stand auf seiner Rückseite ein zweifelsfrei vietnamesischer Name: Nguyễn Ái Quốc. Clever, dachte ich. Ein bißchen unbeholfen, aber trotzdem clever.

«Was höre ich da von wöchentlichen Zahlungen, Monsieur?»

Ich blickte von der Quittung auf und antwortete, ohne zu zögern: «Geben Sie mir das da.» Ich zeigte auf das Photo von dem Mann auf der Brücke.

«Ah, dann kennen Sie ihn also doch», sagte Lené. «Ich versichere Ihnen, niemand kann Wimpern so malen wie der da.

Niemand. Feiner als die richtigen. Bemerkenswert, höchst bemerkenswert.»

«Bitte, ich werde die andere Hälfte von dem hier bezahlen», sagte ich und gab ihm Lattimores Quittung zurück, «aber Sie können das Photo behalten ... für Ihre Wände. Ich nehme statt dessen das da.» Ich zeigte auf das Bild von dem Mann auf der Brücke.

«Das geht nicht, Monsieur. Der Abzug bedeutet mir viel. Wissen Sie, es ist ein altes Verfahren, noch aus dem neunzehnten Jahrhundert. Für so einen Abzug verlange ich das Vierfache des normalen Preises, Monsieur. Für die Entwicklung braucht man einen ganzen Tag Sonne. Einen ganzen Tag Sonne in Paris! Können Sie sich das vorstellen, Monsieur?»

Ich schüttelte den Kopf.

«Sie können gerne kommen und ihn besuchen.» Lené deutete mit dem Kinn zu dem Mann auf der Brücke. «Jederzeit.»

Ich nickte. Es gab nichts mehr zu sagen. Das Thema Geld beendet bei mir jede Unterhaltung. Lené stand da und sah mich an, als wüßte er Bescheid.

«Hier, nehmen Sie das», hörte ich ihn sagen.

Der Photograph Lené stand inzwischen hinter dem Ladentisch, da, wo Monsieur Arschloch gesessen und mich ignoriert hatte, bis ich ihm den blauen Wisch unter die Nase hielt. Ich blickte auf den Umschlag, den mir der Photograph hinhielt, und sagte wieder: «Für Ihre Wände.» Das hatte nichts mit Edelmut, Stolz oder einem bislang verborgenen Selbstwertgefühl zu tun. Ich sah vielmehr den Preis, der auf der einen Ecke des Umschlags stand, und obwohl Lattimore die Hälfte davon schon bezahlt hatte, wußte ich, daß ich viele Wochen – ob aufeinanderfolgende oder nicht – brauchen würde, um den Rest zu begleichen. Ich würde mein Geld, den Schweiß meiner Arbeit, lieber für den von Sturmgewässerblau überspülten Mann auf der Brücke sparen, dachte ich. Es war die Farbe des Meeres ge-

wesen, die zunächst meine Aufmerksamkeit erregt, mich angezogen hatte, aber glauben Sie mir, das war erst der Anfang. Das
Photo war auf Papier abgezogen worden, das so wirkte, als at-
mete es. Seine poröse Oberfläche öffnete sich mit jedem Luft-
holen und sog die Gesichtszüge des Mannes auf der Brücke in
sich ein. Weniger ein Photo als vielmehr eine Tätowierung unter der Haut.

Clever, dachte ich wieder. Nguyễn Ái Quốc war ganz offensichtlich nicht der Name, mit dem der Mann auf der Brücke auf
die Welt gekommen war. Ich heiße mit Nachnamen auch
Nguyễn – wie die meisten Menschen in Vietnam. Deshalb war
es durchaus möglich, daß es auch der seine war. Verräterisch
war jedoch die Kombination von Ái und Quốc. Für sich genommen, bedeuten die Wörter «Liebe» und «Land», wenn sie
aber miteinander verbunden werden, bedeuten sie «Patriot».
Sicherlich ein guter Name für einen Reisenden, dachte ich – vor
allem wenn ihn ein Reisender annimmt, dessen Herz die Heimat klugerweise nie verlassen hat.

Als Bảo sich mir vorstellte, mir dabei eine Hand vors Gesicht
streckte und grunzend seinen seeuntauglichen Namen nannte,
war ich sprachlos. Ich, der ich noch nie auch nur einen Fluß, einen Bach, ja eine überschwemmte Straße überquert hatte, stand
mitten auf dem Meer und kaum aufrecht in einer Kabine, die
ich mit einem Mann teilte, mit dem ich nichts gemeinsam hatte
außer einem höchst unheilträchtigen, das Schicksal herausfor-
dernden Vornamen. Zwei «Stürme» an Bord eines Schiffes,
dachte ich, war bestimmt das Zeichen irgendeines Gottes, der
Wink, über Bord zu springen und an Land zurückzuschwim-
men. Da ich jedoch nicht mal Wassertreten konnte, war mir
dieser Ausweg von Anfang an versperrt gewesen. Bis sich mein
schweigsamer, körperlich aber ausdrucksstarker Schlafgenosse
dazu herabgelassen hatte, mich nach meinem Namen zu fragen,

hatte ich viel Zeit gehabt, über die Sache nachzudenken. Dabei hatte ich das durchgemacht, was ich für lähmende Seekrankheit hielt. Als sich jedoch dieselben Symptome später auch an Land bei mir zeigten (die Wirbel hinter meinen Augenlidern, der Geschmack meiner eigenen Leber im Mund, das Gefühl, als fiele mein Magen ins Bodenlose hinab), da begriff ich, daß die Seereise nicht schuld daran war. Wohl aber das Bedauern. Nicht mit Blick auf Blériot. Sein Verrat (obwohl das eigentlich voraussetzt, daß zwischen uns einmal ein Vertrauensverhältnis bestanden hatte), sein Verrat war nur eine Frage der Zeit gewesen. Ich hatte auf einige Jahrzehnte gehofft, in denen Blériot alt und ich stark werden würde. Nein, was zwischen mir und diesem Mann geschehen war, der darauf bestanden hatte, daß ich ihn mit «Chef» oder – schlimmer noch – «Monsieur» anredete, und das sogar dann noch, wenn unsere Kleider am Boden lagen, das war zwar bedauerlich, aber kaum das körperliche Unwohlsein wert, welches das Bedauern begleitet.

Ich stehe immer noch dort.

Alter Mann, wirst du morgen aufwachen, dich im Spiegel betrachten und deinem rechten Fuß erklären: «Nein, du gehörst nicht zu mir!»? Wirst du am darauffolgenden Tag dasselbe Urteil deinen Händen verkünden? Wird dieses Ritual, bei dem deine böse Zunge tut, was ihr dein böses Herz aufträgt, weitergehen, bis du, Alter Mann, nur noch ein Torso und ein Kopf bist? Dann wird Pater Vincente, stelle ich mir vor, den Rest seines natürlichen Lebens dem unermüdlichen Einsatz für deine Seligsprechung weihen. Ein Märtyrer, der sich selbst solche Wunden zufügen kann, ist ein todsicherer Kandidat für den Stand der Heiligkeit, wird Pater Vincente denken, wenn er sich in seiner Phantasie mit deinen Überresten vor dem Heiligen Stuhl knien sieht.

Ich stehe immer noch dort.

In den bis dahin zwanzig Jahren meines Lebens war ich in

Fragen des Glaubens immer äußerst behutsam gewesen. Ich war peinlich genau gewesen, wachsam, klarsichtig, ja sogar kaltherzig. In der katholischen Kirche hatte ich nie eine Bedrohung gesehen. Von dem Moment an, wo ich laufen konnte, folgte ich meinen Brüdern zu Pater Vincentes Kirche und in die vorletzte Reihe. Wenn der Alte Mann seine neuen Konvertiten zur Frühmesse geleitete, dann parfümierten ihre gemurmelten Gebete die Straßen mit so viel Alkoholdunst, daß die Kinder und streunenden Hunde, die ihnen nachliefen, unterwegs oft betrunken hinfielen und sich selbst vollpinkelten. Meine erzwungene Teilnahme an diesen Prozessionen berührte mich überhaupt nicht. Auch gehörte ich nicht zu denen, die Opfer vor dem Ahnenaltar darbrachten. Ich würde nie und nimmer die Seelen eines Mannes und einer Frau füttern, die so erpicht auf das Leben nach dem Tod waren, daß sie ihre einzige Tochter ihm überließen. Selbst Anh Minhs Glaube an Monsieur und Madame übte keine Wirkung auf mich aus. Ich fürchte, die einzige Möglichkeit, daß die Gebete meines lieben Bruders erhört werden, besteht darin, daß er sich eines Abends hinlegt und stirbt. Dann muß er darauf hoffen, daß sein verletzter, aber ungebrochener Geist beim Anbruch des nächsten Morgens im Körper eines Franzosen wiedergeboren wird.

Ich stehe immer noch dort.

Ich höre deine Stimme, Alter Mann, und ich weiß, daß ich meiner Wachsamkeit, meinem klaren Blick, meinem kalten Herzen zum Trotz gescheitert bin. Ich habe mich vor allen falschen Göttern geschützt, nur vor dir nicht. Schließlich geht es beim Glauben um Liebe und Erlösung. In meinem Leben hat es kein Gefäß gegeben, in dem weniger von all dem enthalten war als in dir, Alter Mann.

Má, bitte weine nicht! Vom Morgen meiner Geburt bis zum Abend meines Todes werde ich deine Liebe niemals herbeiwünschen, in Frage stellen, erflehen müssen. *Das* ist deine Gabe an mich. Aber ich habe wie der Korbflechter auf all den Überfluß um mich herum geschaut und geglaubt, es gäbe da noch mehr. Feuerameisen und winzige orangefarbene Tagetes machen mich schaudern, wenn sie die Erdkugel andersherum drehen und mich zurückbringen auf den Weg, auf dem ich einst gestanden und zu deinem Strohhut hingeschaut habe, der an seinem üblichen Platz beim Eingang zur Küche hing, und blind, wie ich war, habe ich dort nichts gesehen als ein ausgefranstes Kinnband, das sich träge in der Sonne bewegte.

«Bình», antwortete ich, ohne mit der Wimper zu zucken. Bãos erhobene Stimme sagte mir, daß er seine Frage einmal zuviel hatte stellen müssen. Ich entschuldigte mich und gab den Wellen, die draußen vor sich hin schäumten, die Schuld daran, daß ich ihn nicht gehört hatte.

«Bình, ja? Das ist gut. Wir heben uns gegenseitig auf», sagte Bão und knuffte meinen Arm, um mir zu verstehen zu geben, daß mir verziehen war, und auch, um sein Bemühen um ein Wortspiel und den außergewöhnlichen Erfolg desselben zu unterstreichen. Was er sagen wollte, war, daß der Name Bình, der ja «Friede» bedeutet, ein glückbringendes – von elegantem ganz zu schweigen – Gegengewicht zu seinem «Sturm» darstellte. Danke, das ist mir auch schon aufgegangen.

Aber als mich Bão dann wieder dazu aufforderte, mir in Vorbereitung auf unsere Ankunft im Hafen am folgenden Morgen einen neuen Namen auszudenken, war ich überrascht. «Aber wie viele Tage sind wir denn auf See gewesen?» fragte ich ihn. Seine Antwort war eine Offenbarung. Als ich auf der *Niobe* angeheuert hatte, hatte ich ein Schiff gebraucht, das noch am selben Tag in See stach, weil ich nicht wußte, wo ich in jener Nacht schlafen sollte. Mein Rauswurf beim Generalgouverneur war plötzlich gekommen, aber unvermeidbar gewesen. Den Rauswurf aus dem Haus des Alten Mannes hatte ich dagegen nicht erwartet. Ich verschwendete an den Bestimmungshafen der *Niobe* keinen Gedanken, noch weniger an die Dauer der Fahrt. Obwohl eine Seereise, wie ich damals annahm, etwas war, das im allgemeinen viele Jahre dauerte. Die Welt war für mich, der ich meinen Erdenwinkel noch nie verlassen hatte, riesengroß. Aber als ich es dann tat, wurde sie sogar noch riesiger. Was den Erdenwinkel anging, so schrumpfte er immer mehr zusammen, bis er nur noch ein Staubkörnchen auf einer Kugel war. Glauben Sie mir, ich hatte nie den Wunsch gehabt nachzusehen, was auf der anderen Seite der Erde ist. Ich brauchte ein Schiff, das in See stechen würde, weil das Wasser dort draußen tief ist, tiefer als das der eingeengten Flüsse, die ich leicht zu Fuß erreichen konnte. Ich wollte Wasser, wo es am tiefsten ist, weil ich hineingleiten und zulassen wollte, daß mich der Widerschein des Mondlichts verschlang. «Ich wollte nie so weit weg», sagte ich zu Bāo. Was ich meinte, war, daß ich, als ich an Bord der *Niobe* ging, nicht die Absicht hatte, je in irgendeinem Hafen anzukommen. Auf dem Schwarzweißphoto, das die Welt bei Nacht ist, sah Bāo mich an, als verstünde er.

24 *

«Austern, Lovey, Austern wird es immer geben», beharrt Miß Toklas.

GertrudeStein wirft ihr einen kläglichen Blick zu, der Ausdruck ihrer wachsenden Sorge ist, daß Austern allein vielleicht nicht ausreichen könnten.

Dieser Austausch, der sich alle paar Minuten wiederholt, wobei Miß Toklas' Worte gelegentlich vom Pfeifen des Zuges übertönt werden, hat uns von Paris bis nach Rouen begleitet. Miß Toklas hatte mit ihrem Weichtiermantra angefangen, gleich nachdem die letzten Photographen von einem Schaffner aus dem bereits anfahrenden Zug eskortiert worden waren. Wie schon der Concierge in der Rue de Fleurus 27 konnte der Mann, der nicht begriff, worin eigentlich die Attraktion lag, gar nicht aufhören, den Kopf zu schütteln. Bald darauf fingen Gertrude-Steins ängstliche Blicke an.

«Und Honigmelonen», setzt Miß Toklas hinzu, «sie haben uns versichert, daß es Honigmelonen geben wird.»

Dieser Zusatz zum Repertoire meiner Madame bestätigt mir, was ich bereits vermutet hatte, nämlich daß wir gerade einen kritischen Punkt bei unserer Reise erreicht haben. Wenn ich jetzt das Fenster herunterließe und den Kopf hinausstreckte, würde ich in Kürze das Meer riechen, das weiß ich. Die Kirchenglocken von Le Havre übermitteln, wie die Glocken in allen Hafenstädten, mit jedem ihrer Schwünge die Nähe der Stadt zum Wasser und tragen seine salzigen Brisen und seine mineralischen Gerüche weit über die normalen Grenzen hinaus. Miß Toklas weiß das offensichtlich auch, denn zum erstenmal seit Beginn der Reise beugt sie sich vor und läßt das ihr nächstgelegene Fenster herunterrattern. Ich atme lange und tief ein. Austern, denke ich. Wirklich, woran könnte ich auch sonst bei Miß Toklas' unaufhörlichem Psalmodieren denken? Eine Zugfahrt mit meinen Mesdames habe ich mir schon seit langem gewünscht. Mit ihnen ein Erster-Klasse-Abteil zu teilen war meine geheime Sehnsucht. Wünsche, das habe ich schon immer gewußt, können auf grausame Weise erfüllt werden. Ja, seit Beginn der Fahrt habe ich an nichts anderes gedacht als an Austern. Noch bevor ich das Wort für sie kannte, wußte ich, daß die Amerikaner, jedenfalls die, die in der Rue de Fleurus zum Abendessen eingeladen wurden, eine große Vorliebe für Austern hegen. GertrudeStein war jedoch eine Ausnahme. In all den Jahren, die wir zusammen waren, hatte sie selten eine besondere Vorliebe für oder Appetit auf sie erkennen lassen, schon gar nicht in rohem, gallertartigem Zustand.

«Und Honigmelonen», wiederholt Miß Toklas, «sie haben uns versichert, daß es Honigmelonen geben wird.»

Also das überrascht mich sogar noch mehr. Selbst in Bilignin, wo im Garten des Sommerhauses alle möglichen Früchte üppig wachsen, habe ich gesehen, wie GertrudeStein bei einer sonnengereiften Charentais-Melone, die aufgeschnitten ihren orangefarbenen Bauch mit allen seinen Kernen den Augen der Welt und besonders den Augen GertrudeSteins darbot, abgewinkt hat. Miß Toklas brach es dann jedesmal fast das Herz. Sie war die Gärtnerin, der einzige Mensch, der diese Schönheit von ihrer Blüte bis zu ihrem kugeligen Wachsen unter der heißen Sommersonne umhegte.

Während uns der Zug dem Meer immer näher bringt, verstehe ich die ungewöhnliche Paarbildung von Austern und Honigmelonen immer besser. Ich möchte Lattimore sagen, daß seine auf den Farben basierende Erklärung unvollständig ist, aber wie gewöhnlich komme ich zu spät zu meinem Ergebnis. Lattimore hat mich und vermutlich Paris Ende Februar verlassen. Der Zug, in dem meine Mesdames und ich uns befinden, dampft seinen Weg durch eine von der Oktobersonne beschienene Landschaft. Lattimore hatte zweifellos recht. Austern und Honigmelonen wirken beruhigend auf GertrudeStein. Von dieser Annahme ist Miß Toklas ausgegangen und hat dementsprechend gehandelt, seit der Zug die Gare du Nord verlassen hat, tut es selbst jetzt noch, wo er im Bahnhof von Le Havre einfährt. Miß Toklas glaubt, daß die beruhigende Wirkung schon einsetzt, wenn ihre Lovey diese Wörter bloß hört. Was deren Wirkung auf ihren Koch betrifft, hat Miß Toklas ausnahmsweise einmal dafür gesorgt, daß ich absolut voll bin. Rohe Austern, denke ich, können hinunterrutschen, und Honigmelonen können, wie alle reifen Melonen, in der Wärme meines Mundes zu einer Pfütze aus Saft werden. Genau diese flüssigkeitsähnlichen Eigenschaften sind es wohl, die diese beiden Nahrungsmittel einer nervösen GertrudeStein empfehlen. Eins weiß ich von meiner Madame, nämlich daß sie unfähig ist, mehrere Dinge gleichzeitig zu tun. Und da kommt Miß Toklas ins Spiel. Wenn GertrudeStein vor ihren Vorträgen aufgeregt ist, dann kann man nicht von ihr erwarten, daß sie sich ängstigt und gleichzeitig noch ihr Essen kaut. Wenn es möglich wäre, würde Miß Toklas ja beides für ihre Lovey übernehmen, aber da das nicht geht, hat sie sich ein Menü ausgedacht, dessen Bestandteile der Form nach fest sind, so daß sie nicht auf GertrudeSteins Zustand verweisen und dadurch ihren Stolz verletzen, trotzdem jedoch verzehrt werden können, ohne daß man sie vertrackterweise kauen muß.

«Austern, Lovey, Austern wird es immer geben. Und Honigmelonen. Sie haben uns versichert, daß es Honigmelonen geben wird», flüstert Miß Toklas GertrudeStein zu, als wir in Le Havre aussteigen.

«Austern» und «Honigmelonen» sind zwei Wörter der englischen Sprache, mit denen ich inzwischen nur allzu vertraut

bin. Was Miß Toklas sonst noch sagt, nun, das kann ich mir vorstellen. Aber selbst wenn ich diese Fähigkeit nicht hätte, wäre
schon das Verhalten meiner Mesdames aufschlußreich. Glauben
Sie mir, ich höre nicht zum erstenmal, wie sie zueinander immer und immer wieder dasselbe sagen. Liebende, die eine
Ewigkeit zusammengelebt haben, genießen den Luxus, niemals
etwas Neues sagen zu müssen. Außerdem kommen meine beiden Mesdames in das Alter, wo dauernde Wiederholung das
Gedächtnis unterstützt, so daß es all die winzigen Details behält,
die sonst verlorengehen würden. Allerdings ist Miß Toklas'
Stimme sanfter, als ich sie je gehört habe, und GertrudeSteins
Gesichtsausdruck, der durch die roten Spinnen im Weiß ihrer
Augen verschlimmert wird, läßt sie wie ein Kind aussehen, das
man in einem Zug vergessen hat.

Anfänglich glaubte ich, meine Mesdames seien so niederge-
schlagen, weil sie Basket und Pépé vermissen. Aufs feinste gekleidet, waren die beiden untröstlich, als ihre Leinen dem Concierge übergeben wurden. Miß Toklas und GertrudeStein hatten
diesen mit genug Geld ausgestattet, um Seine Hoheit und den
Prätendenten mindestens ein Jahr lang mit Leber vollzustopfen.
Zusätzlich zu der Garderobe, die sie mitbrachten, gab es noch
einen Notgroschen für Extraleinen und neue Wintermäntel. Da
sowohl Basket als auch Pépé dazu neigen, in den kälteren Monaten des Jahres übermäßig zuzunehmen, konnten meine Mesdames unmöglich vorhersehen, welche Größe sie in den kommenden Monaten brauchen würden. Dieses Detail mußte
deshalb, wenn auch ungern, dem Concierge überlassen werden. Basket drängte seinen Körper in GertrudeSteins Tweedrock
und hinterließ dort, da er haarte, seine Locken. Pépé grub die
Vorderpfoten in Miß Toklas' neuen Nerzmantel und stieß ein so
verzweifeltes, hohes Geheul aus, daß es für das menschliche
Ohr nicht mehr wahrnehmbar war. Dafür hörten es die Hunde
in der Nachbarschaft, und es erhob sich ein mitleidiger und

vorwurfsvoller Chorgesang. Pépé hatte schon immer einen Sinn fürs Dramatische. Baskets Methode war direkter. Er setzte sein Körpergewicht ein, das einzige, was ihm außer seinem rasenden Bellen zur Verfügung stand, um seine Madame bei sich zu behalten.

«Auf Wiedersehen, auf Wiedersehen, meine Süßen, auf Wiedersehen», sagten Miß Toklas und GertrudeStein mit im Kummer vereinter Stimme, als unser Taxi losfuhr. Miß Toklas tupfte sich die Augenwinkel, GertrudeStein konnte ihre Tränen wegblinzeln. Warum Tränen, Mesdames? Gibt es in Amerika keine Hunde? dachte ich.

Unterkunft erster Klasse, ein Schnellzug und jetzt diese schwimmende Stadt, die sich den ganzen Weg bis nach Hause als Ozeandampfer ausgibt, Mesdames. Und wenn die Photographen hier an Deck ein Anzeichen sind, dann werden in Amerika so viele Blitze losgehen, daß es für Sie im Land Ihrer Geburt niemals dunkel werden wird.

Miß Toklas steht auf dem von Glas umschlossenen Deck der *SS Champlain*, hat die Lippen geschürzt, als wolle sie jeden Augenblick «Sch!» sagen, und sieht königlich aus wie immer. GertrudeStein macht einen bemerkenswert entspannten Eindruck. Sie sieht aus, als hätte sie ein Geschenk zu machen, eins, von dem sie weiß, daß man es freudig empfangen wird. Beide Mesdames − aber besonders GertrudeStein − leben richtig auf, wenn Photographen da sind. Eine neue Gruppe war zusammen mit dem Kapitän der *SS Champlain* an Deck versammelt und wartete auf uns, und diesmal schienen GertrudeStein und Miß Toklas über die Aufregung, die fest entschlossen ist, ihnen nach Amerika zu folgen, ehrlich überrascht zu sein. Ich bin gerade an Deck zurückgekehrt, nachdem ich eine Schar von Gepäckträgern begleitet hatte, die die vielen Überseekoffer und kleinen Gepäckstücke meiner Mesdames in das Wohnzimmer ihrer Suite trugen. Ich gehe an den Photographen vorbei und stehe neben Miß Toklas. Ich denke an die Sträuße gelber Rosen, die auf meine Mesdames in ihrer Suite warten, und daß sie größer sind als alles, was ich auf dem Blumenmarkt der Île de la Cité je gesehen habe. Miß Toklas schaut mich an und sagt lautlos: «Hier, nehmen Sie das.» Sie schiebt mir ein kleines Nähetui in die Manteltasche. Mit der Nase deutet sie auf GertrudeSteins braune, samtbesetzte Schuhe. Zwischen ihnen liegt ein einzelner Perlmuttknopf auf seine Metallöse gelehnt da wie ein winziger Spielzeugkreisel. An GertrudeSteins rechtem Schuh schlägt der Riemen auf und ab und genießt seine Freiheit. Wenn meine Madame das Gewicht von einem Fuß auf den andern verlagert, schnellt der Riemen besonders weit hoch. GertrudeStein vollführt nämlich einen kleinen Tanz, weil ihren Füßen das Leder der neuen Schuhe und der zusätzliche Rand des Samtbesatzes zu schaffen machen. Miß Toklas zieht die Hand aus meiner Tasche, ergreift meine Hand und drückt sie zweimal in kurzer Folge: Bitte, Bin, nähen Sie GertrudeSteins Knopf an. Es geht nicht, daß sie auf den Photos so unordentlich aussieht! soll der erste Druck ihrer Hand sagen. Der zweite, bei dem mir zum Glück das Blut nicht mehr ganz so in den Adern stockt, ist nicht eigentlich ein Befehl, sondern eher eine Bitte: Bin, bitte nähen Sie Gertrude-Stein den Knopf an. Es geht nicht, daß ich ihr auf den Photos in dieser Art zu Füßen liege!

Selbstverständlich, Madame, selbstverständlich.

Ich ziehe das Nähzeug aus der Tasche und tue das Meine, damit GertrudeStein auch weiterhin stilvoll reisen kann. Ich weiß, daß die SS Champlain für meine Madame und Madame erst der Anfang ist. Als wir an Bord des Ozeandampfers gingen, entdeckte ich keinerlei Ähnlichkeit zwischen ihm und der Niobe. Die Suite meiner Mesdames oder die boulevardbreiten Decks der SS Champlain haben nun wirklich nichts an sich, was mich an meine früheren Seereisen erinnern könnte.

Als die Niobe vor Jahren in Marseille vor Anker gegangen war, blieb ich ein paar Wochen dort in der Stadt, bis mir einfiel, was Bão gesagt hatte: Es ist leichter, auf See pleite zu sein als an Land. Ich heuerte auf einem Frachter wie der Niobe an und kehrte zu einem Leben mit Wasser unter den Füßen zurück. Während der folgenden drei Jahre wechselte ich von Frachter zu Frachter. Während jener Zeit schlief ich alles in allem so um die vierzig Nächte an Land. Zurückschauend kann ich nicht sagen, was mich aufs Wasser getrieben hat oder vom Land fort. Ich erinnere mich jedoch, wie hypnotisch das Mondlicht auf mich wirkte, wenn es auf einer Leinwand aus Salzwasser schwamm, und daß ich, wenn ich aufs Meer hinausschaute, immer glaubte, ich würde auf dem nächsten Schiff, im nächsten Hafen, den wir anliefen, Bão finden. Ich fand zwar Männer, die ihm ähnelten, aber jenen GutaussehendenBruder habe ich nie wiedergesehen. Eines Abends dann, als ich zusammen mit einem anderen Küchenjungen, der von der chinesischen Insel Hainan stammte, aber ein paar Brocken Vietnamesisch konnte, die Kochtöpfe scheuerte und dabei erwähnte, daß der Mond seine Gestalt verändert habe, daß er ovaler und länger geworden sei und jetzt aussehe wie eine unreife Mango, sagte der Küchenjunge, ohne aufzublicken: «Du mußt mal wieder auf festem Land scheißen.» Obwohl ich zweifellos schon eleganter formulierte Ratschläge bekommen hatte, dachte ich, daß an dem, was der Küchenjunge da sagte, etwas Wahres sein müsse. Er hatte überzeugt geklungen, und seine Antwort war fast automatisch gekommen. Diese Form von Bestimmtheit beeindruckt mich heute noch. Als also unser Frachter seine Fahrt in Marseille beendete, sagte ich dem Küchenjungen, der übrigens ein Mann von fünfunddreißig Jahren und Vater von drei Kindern war, Lebewohl und versuchte, einen Job an Land zu finden. Neben Marseille und Avignon war Paris die einzige andere Stadt in Frankreich, an die ich jemals gedacht hatte. Auf die unterschiedlichste Art und Weise – eine Unternehmung, an die selbst ich mich nicht erinnern möchte – gelangte ich in die Stadt, die mir der Chauffeur des Generalgouverneurs mit seinen Erzählungen so lebendig vor Augen geführt hatte, wobei er in der Aufregung mit seiner Zigarette herumgefuchtelt hatte, deren glühendes Ende jeweils für die Straßenlampen entlang den Champs-Élysées, für die große Rosette von Notre-Dame oder für die Bake auf dem Eiffelturm stand. Als ich in Paris ankam, war ich dreiundzwanzig Jahre alt, und Kochen war noch immer das einzige, was ich wirklich konnte. Ich machte mich auf die Suche nach einer Anstellung als im Haus wohnender Koch, denn ich wußte, daß sie für die beiden Dinge sorgte, die ich brauchte, egal, ob auf dem Wasser oder an Land, nämlich Arbeit und einen Platz zum Schlafen. Aber ich fürchte, ich war – wie schon auf den Frachtern – nicht imstande, es in einer dieser Stellen längere Zeit auszuhalten. Messieurs und Mesdames waren durch die Bank schwierig, aber jeder auf seine eigene, undurchschaubare Art. Lektionen, die man in einem Haus gelernt hatte, waren im nächsten nutzlos. Ich machte Erfahrungen, das schon, aber es waren einfach niemals die richtigen.

Nach einem Jahr katastrophaler Anstellungen dachte ich wieder ans Wasser. Jeden Tag und jeden Abend stand ich still auf einer Brücke, während in Paris das Leben brauste. Ich blickte nach unten und sah, daß das Spiegelbild des Mondes auf der Seine kleiner war als früher draußen auf dem Meer, aber immer noch groß genug. Ich schätzte die Entfernung bis zum Wasser unten, fühlte, wie mein Körper starr vor Kälte wurde, dachte daran, daß alle Flüsse auf der Welt danach streben, ins Meer zu fließen. Ich packte das Geländer. Sein Eisen kühlte meine Finger, die alle, jeder für sich, von einem flammenlosen Feuer zerschnitten worden waren. Blaue Funken und Silberfäden überzogen ihre Spitzen, verunstalteten ihre Oberfläche und hinderten sie daran zu heilen. Ich behielt die Handschuhe an, wenn ich ein Einstellungsgespräch mit einer neuen Madame oder einem Monsieur führte. Im Augenblick ging das, weil es noch kalt draußen war, aber was sollte ich mit meinen behandschuhten Händen machen, wenn es wärmer wurde? Augenbrauen würden sich heben, Argwohn würde geweckt werden, dachte ich. Und dann, einen Tag, bevor das Wetter Gelegenheit hatte umzuschlagen, stand ich auf jener Brücke und lernte einen Mann kennen. Ich möchte hier keinen falschen Eindruck erwecken. Nicht alle meine Freundschaften wurden so leicht geschlossen. Nun war ein Landsmann, ein Landsmann in Paris, weder damals noch heute eine so große Seltenheit, aber er war eine ziemliche Überraschung. Stellen Sie sich vor, Sie bissen in eine Kakipflaume, wenn es auf den Märkten der Stadt nur Birnen gibt. Im Laufe eines Tages, während eines Essens, während unseres liebevollen, von Laternenmonden beleuchteten Abschieds in einem Park, den ein immer dichter werdender Nebel zu einem abgeschiedenen Ort machte, beschloß ich zu bleiben. Ich wollte ihn wiedersehen. Aber der Mann auf der Brücke sagte mir nicht, wohin er fuhr, und die Welt war viel zu groß, als daß ich ihn hätte suchen können. Der einzige Ort, den wir gemeinsam hatten, war diese Stadt. Vietnam, das Land, das wir Heimat nannten, war für mich bereits eine Erinnerung. Es war mir lieber so. «Eine Erinnerung» war für mich ein anderer Ausdruck für «eine Geschichte». «Eine Geschichte» war ein anderer Ausdruck für «ein Geschenk». Der Mann auf der Brücke war eine Erinnerung, er war eine Geschichte, er war ein Geschenk. Paris hat ihn mir geschenkt. Und in Paris will ich bleiben, beschloß ich. Nur in dieser Stadt, dachte ich, werde ich ihn wiedersehen. Für einen Reisenden ist es manchmal nötig, sich die Welt absichtlich zu verkleinern. Es ist die einzige Methode, wie man mit dem Wandern aufhören und eine neue Heimat finden kann. Nachdem der Mann auf der Brücke abgereist war, barg Paris eine Hoffnung. Es war eine Stadt, in der sich so etwas wie Liebe ereignet hatte, und es war eine Stadt, in der es sich wieder ereignen konnte. Drei Jahre später sah ich in einem Park auf einer Bank unter Kastanien die Kleinanzeige, die Miß Toklas aufgegeben hatte und die mit den Worten begann: «Zwei amerikanische Damen wünschen …»

Wie zu Beginn habe ich auch jetzt am Ende die Anweisung, den Concierge aufzusuchen. Als das Horn der schwimmenden Stadt den Einwohnern von Le Havre mit lautem Tuten verkündet, daß eine Reise ihren Anfang nimmt, fordert mich Miß Toklas auf, Namen und Nachsendeadresse beim Concierge zu hinterlassen, damit sie und GertrudeStein, wenn sie in die Rue de Fleurus 27 zurückkehren, um Basket und Pépé zu holen, nach mir schicken können, falls nötig.

Selbstverständlich, Madame, selbstverständlich.

Wenige Minuten später stehe ich wieder am Pier inmitten einer winkenden Menge, die denen an Bord der SS *Champlain* eine gute Reise wünscht. Speziell für GertrudeStein und Miß Toklas präzisiere ich den allgemeinen Wunsch, indem ich in Gedanken die Worte «nach Hause» anfüge.

Glauben Sie mir, so naiv wie Basket und Pépé war ich nie. Ich hatte schon sehr früh begriffen, daß ich, ebenso wie die beiden, Amerika nie zu Gesicht bekommen würde. Zumindest nicht zusammen mit GertrudeStein und Miß Toklas. Ich grollte ihnen deswegen nicht. So wie die Speisekarten der Hotels klangen, würden die kulinarischen Bedürfnisse meiner Mesdames in den kommenden Monaten sicherlich mehr als befriedigt werden. So daß ich, als meine Madame und Madame mich baten, sie nach Le Havre zu begleiten, ohne Zögern ja sagte. Die Anzahl der Überseekoffer, die an den Wänden des Studios aufgereiht standen, legte nahe, daß GertrudeStein und Miß Toklas ein zusätzliches Paar Augen brauchen würden, um sicherzustellen, daß die erste Etappe ihrer Reise glatt verlief und daß nichts

Wichtiges zurückbleiben würde. Dafür fragte mich Miß Toklas, ob ich eine Rückfahrkarte nach Paris haben wolle oder den Preis dafür in bar, damit ich auch woanders hinfahren könnte. «Bitte das Geld», war meine Antwort. Ich wußte nicht, wohin ich im Anschluß an Le Havre wollte. Deshalb war die Bitte um Bargeld meine Methode, einer Entscheidung aus dem Weg zu gehen.

Wie ich zugeben muß, war ich in den Wochen vor dem Aufbruch meiner Mesdames einige Male mitten in der Woche für ein paar nachmitternächtliche Drinks aus dem Haus geschlüpft. Wenn ich in Paris bin, verfalle ich dem Irrglauben, daß Trinken mir beim Denken hilft. Was es nicht tut. Unglücklicherweise fiel mir das erst wieder ein, als ich pleite war. Ein weiterer Sommer in Bilignin hatte meine Alkoholtoleranz in einem Maße erhöht, daß ihr mein beschränkter Etat in Paris nicht gewachsen war, dieser Stadt nicht nur der Lichter, sondern, wie ich hinzufügen muß, auch des sehr teuren Alkohols. In diesem Sommer − es war der sechste Sommer meiner Mesdames in Bilignin und mein fünfter − waren die Bauern freigebiger denn je gewesen. Als ich aus dem Zug stieg, war ich ganz in Weiß gekleidet und ohne meinen üblichen Hut, und sie auf ihre Art verstanden, daß ich um jemanden trauerte. Ich hatte ihnen gar nicht erst zu sagen brauchen, daß meine Mutter während des ersten Vollmondes dieses Jahres gestorben war. Als die Bauern von Bilignin nach einigen Wochen begriffen, daß ich meine Reisekleidung den ganzen restlichen Sommer tragen würde, fragten sie sich laut, ob ich wohl auch einen Geliebten betrauerte. Als ich wissen wollte, warum sie so etwas sagten, behaupteten sie, gesehen zu haben, wie ein Mann wegen einer verlorenen Liebe weiß geworden sei. Warum also solle mit seinen Kleidern nicht dasselbe passieren? Ich hatte ihnen gar nicht erst zu sagen brauchen, daß Lattimore fort war, daß ein ungewöhnlich warmer Februartag in Paris ihn mir entführt hatte und in seiner Mansarde nichts zurückgeblieben war als weit geöffnete

Fenster, noch feuchte Farbe an den Wänden und ein warmer Buddhabauchofen, zu dem ich mich in einem Augenblick der Sehnsucht hinabgebeugt hatte, um ihn zu umarmen. Aber ich darf natürlich nicht seine markigen Dankesworte vergessen. Als durch und durch guterzogener Mann wollte Lattimore mich wissen lassen, wie dankbar er für all das war, was ich ihm gegeben hatte im Tausch für eine (wie sich später herausstellte) nur zur Hälfte bezahlte Photographie von einem zufriedenen Kunden und mir.

Aber bitte sehr, wirklich gern geschehen, Lattimore – oder soll ich dich «Monsieur» nennen? Falls es dich interessiert, falls es dir jemals eine Sekunde Schlaf raubt, wenn du die Augen schließt und das silberne Blitzen der Schuld an deiner Kehle siehst, dann mach dir bitte keine Gedanken, denn meine Mesdames müssen den Verlust erst noch bemerken. Meine lange Erfahrung mit zerbrochenem Geschirr, verlegtem Silberbesteck und ähnlichem unvorhergesehenem Verschwinden persönlicher Habe hat mich gelehrt, wenn Monsieur und Madame den Verlust nicht innerhalb der ersten Woche bemerken, tun sie es höchstwahrscheinlich nie. Und wenn sie ihn bemerken, dann bin ich für gewöhnlich nicht mehr in ihren Diensten und folglich nicht mehr der bezahlte Empfänger ihres spuckesprühenden Zorns. Wörter sind Wörter, sage ich mir. Ob mit der Hand oder mit der Maschine geschrieben, geschrieben hat sie GertrudeStein, und alles, was GertrudeStein geschrieben hat, ist ein Original, wie du sagen würdest. Und Miß Toklas muß ja ihre üblichen drei Kopien von *Das Buch vom Salz* haben, versichere ich mir. Ich weiß jetzt, was diese Wörter bedeuten, Lattimore. Ich habe sie mir von deinem Danke-aber-nein-danke-Zettel auf ein sauberes Blatt Papier abgeschrieben und dem Concierge gegeben. Der empfand zwar keine besondere Zuneigung zu meinen Mesdames, träumte jedoch von Amerika und lernte Englisch für den Tag, an dem sein Traum wahr werden würde. Bis dahin wollte er sein Englisch mit Basket und Pépé üben. Er übersetzte die Worte für mich ins Französische und fragte dann, ob das der Titel eines Kochbuchs sei. «Nein», erwiderte ich, «eines Buchs über einen Koch.» Der Hausmeister schien trotzdem beeindruckt zu sein.

Salz, dachte ich. Was für Salz, GertrudeStein? Kochsalz, das Salz im Schweiß, in den Tränen oder im Meer? Das ist nicht alles dasselbe, Madame. Wie es brennt, wie es sticht, wie stark es ist, bei all dem gibt es feine Unterschiede. Wissen Sie, Gertrude-Stein, welche Arten ich auf meiner Zunge geschmeckt habe? Eine Geschichte ist ein Geschenk, Madame, und ich schenke sie Ihnen.

GertrudeStein − unerschütterlich, reuelos und ungebeugt − sieht mich an und lächelt. Dieses Photo von ihr und Miß Toklas, das zweite von den beiden, die ich von jenem Tag habe, ist an Deck der *SS Champlain* gemacht worden. Meine Mesdames sind auf ihm ungemein gut getroffen. Ich bin auch dort, der da mit dem Rücken zur Kamera. Ich liege GertrudeStein nicht zu Füßen, sondern nähe ihr den Knopf an ihrem rechten Schuh wieder an. Er war in der Aufregung abgegangen. Als ich das Bild zusammen mit dem von der Gare du Nord in der Zeitung sah, habe ich sie beide ausgeschnitten und seitdem immer bei mir getragen. Meine Mesdames haben sie, das weiß ich, sorgfältig in ihr grünes Lederalbum geklebt, das inzwischen mit Familienphotos nur der öffentlichen Art prall gefüllt ist. Ich mag besonders das Photo, das sie auf dem Bahnhof zeigt. GertrudeStein und Miß Toklas sitzen auf einer Bank vor mir. Meine Madame und Madame posieren für eine kleine Schar von Photographen, die sich ihretwegen versammelt hat. GertrudeStein sieht beinahe jungmädchenhaft aus. Die Falten eines Lächelns graben sich in ihre üppigen Wangen. Miß Toklas sieht zufrieden aus, aber wie immer auch irgendwie irritiert − eine Auster mit Sand am Schalenrand, eine Frau, deren Korsett kneift. Wir warten in der Gare du Nord, umgeben von den Geräuschen der Züge – bei ihrer Ankunft ein fröhliches Klirren und Klappern, bei ihrer Abfahrt Klagelieder, erschöpfter Kummer und allerletzte Gefühle, die unter ihre sich immer schneller drehenden Räder geraten. Meine Augen sind geschlossen, denn manchmal hilft es mir beim Denken, wenn es dunkel ist. Ich sehe das Meer von Le Havre. Ich sehe, wie seine Wassermassen empfänglich sind für das Licht eines vollen Oktobermondes. Ich fühle, wie mein Körper in diesem weichen Licht nachgibt. «Was hält dich hier?» höre ich eine Stimme fragen. Deine Frage, dein Wunsch, meine Antwort zu wissen, hält mich hier, antworte ich. In der Dunkelheit sehe ich dich lächeln. Instinktiv blicke ich auf, so als hätte jemand laut meinen Namen gerufen.

* *

Dieses Buch ist auf zwei Inseln, in zwei Ländern, drei Staaten und fünf Städten geschrieben worden. Es war eine mühsame, unheimliche, aber vor allem erstaunliche Reise. Daß der erstaunliche Teil der Unternehmung möglich wurde, verdanke ich der Edward and Sally Van Lier Fellowship, der Fundacion Valparaiso, der Corporation of Yaddo, Hedgebrook, der Lannan Foundation, dem Asian American Writers' Workshop, Barbara Tran, Andrea Louie, Quang Bao, Hanya Yanagihara, David L. Eng, Isabelle Thuy Pelaud, Elaine Koster, Janet Silver, Lori Glazer, Carla Gray, Jayne Yaffe Kemp und Deborah DeLosa.

Vielleicht hätte ich nie den Mut aufgebracht, diese Reise überhaupt anzutreten, wenn ich nicht vor langer Zeit die folgenden hilfreichen Menschen kennengelernt hätte: Grace Yun, Russell Leong und Dora Wang.

Letztlich ist jedoch die Metapher der Reise leer, ja vollkommen bedeutungslos ohne einen Ort und ohne einen Menschen, zu denen man heimkehren kann. Dank sei Damijan Saccio, ohne den ich beides nicht gehabt hätte.